कैराली मसाज पार्लर

(उपन्यास)

कैराली मसाज पार्लर

अर्चना पैन्यूली

भारतीय ज्ञानपीठ

पहला संस्करण : 2020
दूसरा संस्करण : 2023

लोकोदय ग्रन्थमाला : ग्रन्थांक 1438

ISBN : 978-93-87919-95-2

कैराली मसाज पार्लर

(उपन्यास)

अर्चना पैन्यूली

प्रकाशक : **भारतीय ज्ञानपीठ**
18, इन्स्टीट्यूशनल एरिया, लोदी रोड, नयी दिल्ली–110 003

मुद्रक : भारतीय ज्ञानपीठ, नयी दिल्ली=110003

आवरण : महेश्वर

KAIRALI MASAJ PARLOR
(Novel)
By Archana Panuily

Published by
Bharatiya Jnanpith
18, Institutional Area, Lodi Road, New Delhi-110 003
Ph. : 011-24698417, 24626467; 23241619 (Daryaganj)
Mob. : 9350536020; e-mail : bjnanpith@gmail.com
sales@jnanpith.net; website : www.jnanpith.net

Second Edition : 2023
Price : Rs. 550

मेरी निर्मम आलोचक एवं समीक्षक
कुसुम दीदी को

मेरे पिछले उपन्यास, 'पॉल की तीर्थयात्रा' में बड़ी निष्ठा से अपनी तीर्थयात्रा सम्पन्न करने वाला पॉल यहाँ मौजूद है। पढ़िये, उसकी जिन्दगी के साथ आगे क्या होता है।

आभार

'कैराली मसाज पार्लर' की रचना यात्रा में सदैव की भांति मेरे आत्मीय जनों और शुभचिन्तकों का अविस्मरणीय सहयोग रहा।

सर्वप्रथम मैं केन्द्रीय हिन्दी संस्थान के उपाध्यक्ष डॉ. कमल किशोर गोयनका जी के प्रति अपना आभार व्यक्त करती हूँ जिन्होंने सारगर्भित भूमिका लिख कर उपन्यास का महत्व और मेरा आत्मविश्वास बढ़ाया हैं। उनके भीतर के समालोचक ने जिस साहित्यिक निष्ठा से कृति का मूल्यांकन किया है वह उनकी समाज और साहित्य की गहरी समझ को परिलक्षित करता है।

लेखिका एवं उत्तराखंड राज्य की शिक्षा सेवा में प्रधानाचार्य के पद पर कार्यरत रहीं सरोजिनी नौटियाल ने 'कैराली मसाज पार्लर' के सम्पादन का गुरु दायित्व निभाया है। भाषा और शिल्प को लेकर उनकी सावधानी अभिव्यक्ति को लेकर सतर्क करती है।

साहित्यिक अभिरुचि सम्पन्न सुधा थपलियाल के बहुमूल्य सुझावों और टिप्पणियों से मुझे कृति के सुधार और परिष्कार में मदद मिली है।

दिल्ली विश्वविद्यालय के हिन्दी विभाग की एसोसिएट प्रोफेसर डॉ. विजया सती का स्नेहपूर्ण व सकारात्मक निर्देशन बहुत उपयोगी रहा है।

'कैराली मसाज पार्लर' की नायिका नैन्सी मूलतः केरल राज्य की है। अतः कथानक के एक अच्छे-खासे हिस्से में केरल के मलप्पुरम नगर, ईसाईयत, चर्च आदि का भूगोल और संस्कृति उपस्थित हो जाती है। इस सम्बन्ध में डेनमार्क निवासी श्री जॉर्ज थॉमस का उल्लेख करना अति आवश्यक है। वे चूँकि केरल राज्य के हैं, वहाँ की हवा-पानी में पले-बढ़े हैं। अतः स्वाभाविक रूप से वे मेरे लिए वहाँ की ऐतिहासिक, सांस्कृतिक, भौगोलिक और धार्मिक जानकारी का स्रोत बने रहें। उपन्यास को यथार्थपरक बनाने में अपना महत्वपूर्ण योगदान देते रहें।

सहयोगियों की इस शृंखला में मैं अपने वैज्ञानिक पति डॉ. ज्योति प्रसाद पैन्यूली के प्रति आभार व्यक्त किए बिना नहीं रह सकती। उन्होंने घर परिवार के रोजमर्रा के कार्यों का दायित्व अपने ऊपर लेकर न मुझे उपन्यास के

कथानक में उतरने-डूबने का मानसिक एकान्त दिया अपितु तकनीकी सहयोग देकर मेरे कार्य को आसान भी किया। मेरी बेटियाँ गरिमा और प्रिया मेरे हर संघर्ष और उपलब्धि में मेरे संग खड़ी रहती हैं।

भारतीय ज्ञानपीठ की सम्पादकीय टीम के हर सदस्य का कोटि-कोटि धन्यवाद जिन्होंने अपने प्रतिष्ठित प्रकाशन के तहत 'कैराली मसाज पार्लर' को प्रकाशित कर पुस्तक को पाठकों तक पहुँचाया। डॉ. महेश्वर दत्त शर्मा जी का विशेष धन्यवाद।

—अर्चना पैन्यूली

आधुनिक सभ्यता के जंजाल में शाश्वत मानवीय रिश्तों की कहानी

अर्चना पैन्यूली हिन्दी के प्रवासी साहित्य की एक प्रतिष्ठित एवं स्वीकृत लेखिका हैं। वे अपने मूलस्थान देहरादून से मुंबई होते हुए अब डेनमार्क में रहती हैं। उन्हें अपने माता-पिता से धर्म, संस्कृति और साहित्य की अध्ययनशीलता का संस्कार मिला। यद्यपि उन्होंने किशोरावस्था में पहली कविता तथा युवावस्था के आरम्भ में एक लेख 'यह समाज है मुर्दापरस्त' लिखा था, परन्तु विवाहोपरांत जब वे सन 1987 में मुंबई पहुंची तो अध्यापन के साथ लेखन प्रवृत्ति का विकास हुआ। स्कूल के साहित्यिक, राष्ट्रीय तथा सांस्कृतिक उत्सवों पर वे छात्र-छात्राओं के लिए स्क्रिप्ट लिखतीं और उन्हें सराहना मिलती तो पत्र-पत्रिकाओं में लिखने की प्रेरणा मिली। सन 1994 में 'मेरी सहेली', 'सरिता', 'जनसत्ता' आदि में अपनी रचनाएँ भेजी और वे प्रकाशित हुई तो उससे उनमें अपने लेखन के प्रति विश्वास पैदा हुआ। वे सन 1997 में डेनमार्क पहुँची तो प्रवास-काल में पहली कहानी लक्ष्मी लिखी जो सरिता में, तदुपरांत कई पत्रिकाओं में छपी। यह कहानी मुम्बई की 'बाई' पर थी जो बहुत पसंद की गई। उन्हें यूरोप जाकर इस बात का अफसोस हुआ कि यूरोप में सब कुछ मिलता है मगर 'बाई' नहीं मिलती। यूरोप में धन से सब कुछ खरीदा जा सकता है, परन्तु 'लक्ष्मी' जैसी सेविका को नहीं खरीदा जा सकता। यह दर्द उन्हें अभी तक सालता है, और उन्हें मुम्बई की अपनी बाई हमेशा याद आती है।

अर्चना पैन्यूली का डेनमार्क प्रवास उनमें एक सशक्त लेखिका को जन्म देता है। उनके लेखन का एक नया युग शुरू होता है, अर्थात् वे अपनी महत्वपूर्ण रचनाओं के साथ अच्छे साहित्यकारों में अवतरित और प्रतिष्ठित होती हैं। मैंने उनकी कई कहानियाँ, लेख, उपन्यास आदि पढ़े हैं और उनकी रचनाओं का प्रशंसक रहा हूँ। उनकी अभी तक पांच कृतियाँ प्रकाशित हो चुकी हैं—'परिवर्तन' (2003), 'वेयर डू आई बिलांग' (हिन्दी, 2010), 'वेयर डू आई बिलांग' (अंग्रेजी, 2014), 'पॉल की तीर्थयात्रा' (2016), 'हाईवे ई-47' (2017) तथा 'कितनी माँएँ हैं मेरी' (2019)। और अब 'कैराली मसाज पार्लर' प्रकाशित हो रहा है। अर्चना पैन्यूली ने

अभी तक जितना लिखा है, बेहतर लिखा है और मौलिक लिखा है। प्रवासी साहित्य-संसार में उनकी अनवरत उपस्थिति रहती है।

'कैराली मसाज पार्लर' की कथा भी मौलिक है। कथा चार महाद्वीपों तक फैली है—एशिया, अफ्रीका, यूरोप और अमेरिका। इसकी प्रमुख पात्र नैन्सी भारतीय है। नैन्सी अपनी निजी जीवन-गाथा से उपन्यास को वैश्विक उपन्यास बना देती है। अपने मसाज पार्लर में आने वाले एक ग्राहक—पॉल से उसकी आत्मीयता हो जाती है और मालिश सत्र के दौरान उसे वह अपनी जीवन-गाथा किश्तों में सुनाती है। जून में अपनी अमेरिका यात्रा के दौरान जब मेरी लेखिका से फोन पर बात हुई तो उन्होंने इसे 'ग्लोबल उपन्यास' कहा है और मैं कह सकता हूँ कि यह अपने प्रकार का पहला उपन्यास है जिसकी कथा और पात्र चार महाद्वीपों तक विस्तृत हैं। प्रवासी साहित्य में अधिकांशतः भारत और प्रवासी देश की संयुक्त कथा मंचों के उपन्यास-कहानी मिलेंगे और कुछ में तीन देशों में भी कथा-सूत्र निर्मित होते हैं, लेकिन चार महाद्वीपों को कथा-मंच बनाकर भी लेखिका ने कथा को बिखरने नहीं दिया है। कथा नायिका नैन्सी देश बदलने के साथ पति भी बदलती है और कथा के नये प्रसंग सामने आते हैं तथा एक स्त्री का जीवन-सत्य चार दिशाओं से उद्घाटित होता है। वस्तुतः जीवन का सत्य यह है कि मनुष्य के जीवन में कुछ सत्य, कुछ मूल्य एवं कुछ अनुभूतियाँ शाश्वत होती हैं और कुछ संस्कृति, परिवेश एवं निजता के कारण भिन्न-भिन्न स्थानों तथा सन्दर्भों में बदल जाती हैं। यहाँ तक कि मानवीय रिश्तों में भी ये दोनों स्थितियाँ रहती हैं। नैन्सी अपने जीवन में तीन पति बदलती है। हर बार कुछ नये-पुराने अनुभव होते हैं। उसके जीवन से जो शाश्वत अनुभव निकलता है वह है कि हर मानवीय रिश्ता परस्पर सद्भाव, सामंजस्य, समझौता एवं सहचर भाव पर टिका है और इसके लिए निजता तथा अंहकार से मुक्ति आवश्यक है। हर मानवीय संबंध में सुख-दुःख होते हैं, संघर्ष-समर्पण होता है, अनुकूलता-प्रतिकूलता होती है, लेकिन स्थायित्व तभी आता है, सम्बन्धों में मधुरता तभी आती है जब दोनों पति-पत्नी अहं को त्याग कर एक-दूसरे के लिए बन जाते हैं।

अर्चना पैन्यूली ने मेरे एक प्रश्न के उत्तर में कहा कि 'कैराली मसाज पार्लर' मात्र एक प्रेम कथा ही नहीं है, बल्कि वह रोजमर्रा के रिश्तों और सम्बन्धों की कथा है। वह आधुनिक सभ्यता में रहने वाले परिवारों के स्वरूप और नियति पर एक चेतावनी भी है। चेतावनी यही है कि नैन्सी तीन पति बदलती है, मगर उसे खुशी किसी के साथ नहीं मिलती और हर बार अपने नये पति की तुलना में उसे अपना पहला पति बेहतर लगता है। तीन पति बदलने के बाद उसे समझ में आता है कि उसका अंहकार ही टूटन का कारण रहा है। काश! 'वह' यदि अपने पहले पति के साथ ही यह समझ जाती और थोड़ा समझदारी से काम लेती तो उसे न तो तीन पति

बदलने होते और न ही उसे बार-बार तलाक की त्रासदी से गुजरना पड़ता। रिश्तों के टूटने की वजह चाहे कुछ भी हो, तलाक लेना कोई आसान फैसला नहीं है। यहाँ पर मुझे अपने पड़ोस में रह रही एक महिला का ध्यान आता है...उसकी तीन संताने थीं—एक पति से और दो प्रेमियों से। उसने पति की धोखाधड़ी से क्रूद्ध होकर उसने बदला लेने के लिए यह सब किया, लेकिन वह पति के साथ रहकर परिवार को बचाती है, उसे छोड़ती नहीं।

उपन्यास रोचक है, गतिमान है, कथा प्रवाह सुंदर है। थोड़ा हड़बड़ी है, मगर बहुविवाह करने वाली नैन्सी के जीवन में भी उतावली, आतुरता रहती है, सो यह हड़बड़ी उसके जीवन कथा से मेल खा जाती है। नैन्सी के अतिरिक्त अन्य पात्र—कुंजम्मा, मौरीन, लॉरा, फिलिप आदि भी अच्छे उभरे हैं और अपना एक प्रभाव छोड़ते हैं। मुख्य कथा के साथ चलने वाले प्रसंग, जैसे नैन्सी की समुद्री तैराकी, आयुर्वेदिक तेल मालिश आदि का उल्लेख मन को आह्लादित करते हैं, विशेषकर पार्लर एवं तेल मालिश बड़ी गहराई और प्रभावी ढंग से वर्णित हैं। पॉल जो पूरे उपन्यास के दौरान एक मूक श्रोता रहता है, अंत में मुखर होता है और उपन्यास का उपसंहार करता है। वह नैन्सी की पूरी कथा सुनने के बाद उसे पूर्णतया निर्दोष नहीं करार देता। किन्तु दूध का धुला वह भी नहीं है। गुण-दोष तो हर मनुष्य में हैं। वह नैन्सी को उसके गुणों-दोषों के साथ स्वीकार करता है। उससे प्रेम करता है और विवाह करता है। दोनों को एक पुत्र रत्न की भी प्राप्ति होती है। उसके साथ नैन्सी का दाम्पत्य अच्छा चलता दिखाया है।

अर्चना पैन्यूली अपने उपन्यासों से भारतीय पाठकों को एक नये मानवीय संसार से परिचित कराती हैं—एक भारतीय स्त्री अपनी शर्तों पर जीवन जीने के दुराग्रह के कारण पति को बदलती रहती है। उनसे संताने उत्पन्न होती जाती हैं और वह अपनी खुशी की तलाश में बच्चों की खुशी भूल जाती है। फलतः परिवार विघटित होता रहता है और अंत में उसे अपने अहंकार को दबाकर समझौते का रास्ता अपनाना पड़ता है। इस प्रकार यह आधुनिक सभ्यता के जंजाल में उलझी शाश्वत मानवीय रिश्तों की कहानी है। स्त्री अपने कारण हारती है तो जीतती भी है अपने मानसिक जगत पर नियन्त्रण करके तथा परिवार व रिश्तों के स्थायित्व के लिए सकारात्मक दिशा देकर। इस प्रकार 'कैराली मसाज पार्लर' भारतीय स्त्री की हार की नहीं विजय की कहानी है।

अर्चना पैन्यूली को इस उपन्यास के लिए बधाई देता हूँ। उन्होंने प्रवासी साहित्य को एक नई संवेदना तथा नई अनुभूति की रचना दी है, भारतीय स्त्री को अपने निजत्व के साथ अन्यों के साथ जीने का मंत्र दिया है और बार-बार तलाक तथा बार-बार विवाह के कटु अनुभवों से गुजार करके जीवन जीने का व्यावहारिक

निष्कर्ष रख दिया है। यह महाद्वीपों के मानवीय जीवन तथा परिवारों के लिए भी एक संदेश है कि स्त्री–पुरुष की स्वतंत्र सत्ता के बावजूद मानवीय समाज में सह-भाव ही सर्वोत्तम जीवन–मूल्य है। इस उपन्यास से प्रवासी साहित्य समृद्ध हुआ है और मुझे विश्वास है कि यह इस दशक के श्रेष्ठ हिन्दी उपन्यासों में अवश्य ही स्थान प्राप्त करेगा।

—कमल किशोर गोयनका
उपाध्यक्ष
केन्द्रीय हिन्दी संस्थान, आगरा
मानव संसाधन विकास मंत्रालय
भारत सरकार

कई पूर्वाग्रहों को धता दिखाता कैराली मसाज पार्लर

मुझे अर्चना पैन्यूली के नये उपन्यास 'कैराली मसाज पार्लर' की पांडुलिपि को पढ़ने और सम्पादन करने का अवसर मिला। चार महाद्वीपों की पृष्ठभूमि में रचा उपन्यास 'कैराली मसाज पार्लर' ऐसी दुनिया पेश करता है, जिसमें भिन्न-भिन्न परिवेश में रह रहे पात्रों के सम्बन्धों का ताना-बाना है। प्रेम, त्याग, संग्राम, आघात, विश्वासघात और साजिश भी भरपूर शामिल है। नारी प्रधान उपन्यास है। नायिका नैन्सी, अपने पतियों से सताई, इस दुनिया में अपने लिए एक ठोस ठिकाना खोजने के लिए संघर्षरत है। उपन्यास पति के अवैध संबंधों से पीड़ित महिला, घरेलू हिंसा से पीड़ित महिला और क्रूर, अत्याचारी पति से सताई महिला की दुखद दास्ताँ बड़ी शिद्दत से प्रस्तुत करता है। पति-पत्नी के प्यार के रिश्ते कैसे खटास और बहस में बदल जाते हैं! उनसे बाहर निकलना कितना मुश्किल होता है! यह बात लेखिका ने स्वीडिश अपराधविज्ञानी और मनोचिकित्सक, निल्स बेजरोत के गढ़े शब्द 'स्टॉकहोम सिंड्रोम' का हवाला देते हुए समझाई है।

लेखिका अर्चना पैन्यूली में सूक्ष्म अवलोकन शक्ति है—मानव व्यवहार, मानव मन की हर धड़कन को पकड़ने की क्षमता है। उनकी रचनाओं में नैतिकता का कोई मुखोटा नहीं है। मनुष्य अपने मूल रूप में जैसा है, वैसा ही चित्रित हुआ है। पात्रों के चरित्र चित्रण से यह बात स्थापित होती है कि कोई भी व्यक्ति न तो पूर्णतया खराब होता है और न ही अच्छा। उनकी रचनाएँ केवल मनोरंजन ही नहीं करती बल्कि जीवन के प्रति हमारा दृष्टिकोण भी व्यापक करती हैं, साथ ही हमें अपने पूर्वाग्रहों से मुक्त करने का सामर्थ्य भी रखती हैं। एक महिला का स्त्री पुरुष—दोनों के लिए मसाज सेंटर खोलना, महिला का एक उत्कृष्ट समुद्री तैराक होना, पचास साल की उम्र में माँ बनना, गे रिलेशनशिप, आदि विषयों को लेकर जो हमारे सामाजिक पूर्वाग्रह हैं, यह उपन्यास उनको क्षीण करता है।

नैन्सी तीन बार विवाह करती है। उसका पहला पति, जो पादरी है और परस्त्रीगामी है, उसमें भी कई खूबियाँ है जो नैन्सी के व्यक्तित्व को निखारने में

अत्यधिक सहायक होती हैं। उसका दूसरा पति, जो हिंसक प्रवृत्ति का है और जब तब पत्नी को मारा-पीटा करता है, मगर रुपयों-पैसों के मामले में वह नैन्सी को बिलकुल परेशान नहीं करता। उसके दो-दो एटीएम कार्ड नैन्सी के पास रहते हैं। हर नये रिश्ते से जुड़ने के बाद उसे अपने पिछले पतियों के गुण महसूस होते हैं, जो सिद्ध करता है कि परिस्थितियों के साथ-साथ हमारा नजरिया भी बदलता है।

नैन्सी का बड़ा बेटा परिस्थितिवश अपनी माँ के बजाए, अपने पिता के पास पलता है। उसका दूसरा बेटा भी नैन्सी को छोड़ कर अपने पिता के पास चला जाता है। उपन्यास में यह बात बड़ी टीस से उभर कर आयी है कि केवल प्राकृतिक रूप से ही किसी चीज का हकदार होना सब कुछ नहीं है, उसके लिए व्यक्ति में निर्वाह की क्षमता और मनोवृति का भी होना जरूरी है। प्राकृतिक अधिकार तो एक घटना है, लेकिन वह मेरा बेटा हमेशा बना रहेगा, यह इस पर निर्भर करता है कि मैंने उसके साथ कैसा बर्ताव किया, उसके लिए क्या परिस्थितियाँ बुनीं।

जीवन की अप्रत्याशित घटनाएँ हैरान करती हैं। वास्तव में जीवन में कुछ भी अप्रत्याशित नहीं होता, जिसे हम अप्रत्याशित मानते हैं उसकी भूमिका बहुत पहले से बनने लगती है। नैन्सी अपनी खूबियों-खामियों के साथ एक कर्मठ स्त्री है, जिन्दगी के हर मुकाम पर वह कमर कस कर खड़ी है और जीवन को नये अर्थ दे देती है। वह एक ऐसी कागज की नाव है जो अंधड़ और तूफानों में गली नहीं।

चाहे पार्लर का वातावरण हो, या किसी के निवास का रहन-सहन हो, या सम्बन्धों की बात हो, छोटी-छोटी बातों ने भी शब्दों का आकार लिया है जो पाठकों को उस परिवेश की जीवन्तता का अहसास करवाता है। कथाक्रम में अच्छा प्रवाह है। पाठक शीघ्रता से सभी पात्रों से जुड़ जाता है और कथा में बहता जाता है। भीड़ में नितांत अकेले होने के दंश को नैन्सी ने बार बार भोगा, जिसकी चुभन पाठकों के हृदय को भी सालती रहती है। अनुभूति का ऐसा हस्तांतरण लेखिका के लेखन चातुर्य की एक पहचान बन चुका है।

अर्चना पैन्यूली में लेखन की अनंत सम्भावनाएं हैं। उनके सामने अनुभव का एक फैला हुआ परिदृश्य है जिससे हमारी उनसे अपेक्षाएं बढ़ जाती हैं।

—सरोजिनी नौटियाल

प्रधानाचार्य (अवकाशप्राप्त)
राजकीय बालिका इंटर कॉलेज
चम्बा, टिहरी गढ़वाल, उत्तराखंड

कैराली मसाज पार्लर

आरम्भ

जरा सी आहट हुई। पल भर बाद मैंने उसे अंदर आते हुए देखा—पचास-पचपन साल का आदमी, न बूढ़ा, न जवान, उम्र की दरम्यानी अवस्था में, नीले रंग की कमीज पहने और खाकी रंग की पैंट, दोनों पैरों में पट्टियाँ बंधी हुई। मैं दरअसल उसका इन्तजार ही कर रही हूँ। एक दिन पहले ही उसने मेरे मसाज सेंटर में ऑनलाइन बुकिंग की है। मुझे सुखद आश्चर्य हुआ था, जब मैंने अपने बुकिंग सिस्टम में उसका नाम पढ़ा। अपनी आजीविका के लिए यह मसाज पार्लर खोले मुझे चंद रोज ही हुए हैं। अभी तक जो दो-तीन लोग अपनी मालिश करवाने आये हैं, मेरे घनिष्ठ मित्र ही हैं, अपरिचित ग्राहक अभी कोई नहीं आया है। आज पहली बार किसी असली ग्राहक ने मेरे पार्लर की तरफ रुख किया है।

मुस्कुराहट बिखरते हुए मैंने अपने नये ग्राहक का स्वागत किया। आगे बढ़ कर उससे गर्मजोशी से हाथ मिलाया। 'पॉल स्कॉट', उसने अपना परिचय दिया।

''वेलकम! मैं हूँ आपकी मसाज थेरेपिस्ट—नैन्सी, 'आपकी' पर मैंने जोर दिया।

''ओह आई सी!'' वह चहका। ''नया है?'' उसने पूछा, मैंने सहमति में गर्दन हिलाई। उत्सुकता से वह मेरे पार्लर को निहारने लगा। मैंने भी उसे अपने पार्लर का मुआयना करने का पूरा मौका दिया। ग्राहक का आश्वस्त होना जरूरी है।

पार्लर में चौखटों के पास लगे ऊर्जावान पिरामिड को उसने विस्मय से निहारा। जगह-जगह लगे एलोवेरा प्लांट्स को छुआ, सहलाया, सूँघा भी, शायद यह जानने के लिए कि वे असली हैं या नकली। उसकी नजर दीवार पर लगी मेरी गुरु-मौरीन टॉड की तस्वीर पर पड़ी, फिर मुझ पर अटकी। जिज्ञासा से उसकी आँखें भर गयी। शायद उसके पास भी वही सवाल है जो हर किसी के पास रहता है इस तस्वीर को देख कर। मैं इंडियन, मेरी गुरु मौरीन टॉड अफ्रीकन हब्शी... कैसे हमारा मिलन हुआ? कैसे वह मेरी गुरु और मैं उसकी चेली बनी? खैर, उसने कुछ पूछा नहीं, मैं कुछ बोली नहीं।

वह दीवार पर टंगा मेरा डिप्लोमा सर्टिफिकेट पढ़ने लगा। मैं गर्वित हो गयी। ऐसी-वैसी मालिश करने वाली नहीं हूँ, पेशेवर मसाज थेरेपिस्ट हूँ।

दीवारों पर लटके वाक्यांशों को पढ़ कर वह मुस्कुराने लगा—

आ जा...तनमन को कर दे कैराली मसाज तरोताजा।

मसाज कराएँ दर्द भगाएँ।

हर मर्ज की दवा तेल मालिश।

बहुत सी परेशानियों का हल-एक्यूप्रेशर, मसाज, हर्बल जल।

आयुर्वेदिक मालिश-सेहत के लिए एक प्राकृतिक दृष्टिकोण!

मेरी तरफ अपनी नजर तानते हुए वह यकायक बोला, ''मेरा पूरा शरीर दर्द कर रहा है, खासकर मेरे पैर। मुझे एक अच्छी मालिश चाहिए...।''

''मसाज डे आपके हफ्ते का बेस्ट डे बन जाएगा,'' मैं बात को पकड़ते हुए बोली। ''बैठिये,'' उसे सोफे पर बैठने का संकेत करके मैं अंदर जाकर ताजे फलों व सब्जियों की स्मूथी ले आई। उसे पेश की। वह अचकचा गया। उसके हाथ नहीं बढ़े एकदम से।

''यह कॉम्प्लीमेंटरी ड्रिंक है—आर्गेनिक है,'' मैं मुस्कुराते हुए बोली।

''ओह! आई सी! थैंक यू!'' वह चहक उठा।

छोटे-छोटे घूँट लेकर वह पीने लगा। रिसेप्शन काउंटर पर अपनी जगह पर बैठ कर मैं उसके स्वास्थ्य के बारे में पूछताछ करने लगी—कोई त्वचा रोग, हृदय की स्थिति, एलर्जी। मैंने अपने कंप्यूटर पर उसकी केस हिस्ट्री नोट की। अपने निष्कर्षों के आधार पर उसके लिए उपचार की योजना तैयार की।

''डीप टिश्यूस मसाज से शुरू करती हूँ—एक घंटे की मालिश होगी एक सेशन में।'' मैं उसे मसाज के पॅकेज सुझाने लगी, डिस्काउंट का भी प्रलोभन दिया। पर वह भी कोई कच्चा खिलाड़ी नहीं है, मेरे पटाने में एकदम से नहीं आया।

''आज मालिश करवा कर देखता हूँ...। मुझे आपकी काबिलियत पर शक नहीं है, लेकिन मुझे सब तरह की मालिश पसंद नहीं आती। थोड़ा अजीब किस्म का बन्दा हूँ,'' कहते हुए वह ठठाकर हंस पड़ा।

''ठीक है,'' मैं मायूसी से बोली।

''वेरी रेफ्रेशिंग,'' वह खाली गिलास टेबल पर रखते हुए बोला।

''यू वेलकम।'' मैं अपनी जगह से उठ गई। ''चलिए...।''

मैं उसे अंदर मसाज केबिन में ले गयी। मुझे उसका मन जीतना है। अपनी मालिश से उसे खुश करना है, ताकि वह मेरे पास बार-बार आये। मुझे ग्राहक चाहिये।

''कपड़े उतार दीजिये,'' मैंने उसे निर्देश दिया।

वह शरमा गया और हल्की सी मुस्कान उसके चेहरे पर उभर आयी। उससे अपने कपड़े एकदम से उतारते नहीं बना।

"मुझे एक डाक्टर ही समझिये," मैं बोली।

"मुझे पैरों की मालिश करवानी है," वह जिरह करने लगा।

मैंने उसके पंजों पर नजर डाली। मैं पहले ही देख चुकी थी कि उसके पैरों पर हल्की गुलाबी रंग की पट्टियाँ बँधी हैं और चौड़ी-चौड़ी, खुली स्ट्रैप वाली सेंडल चढ़ी है। "जब मालिश होती है तो शरीर के सभी हिस्सों की होती है। पैंट-शर्ट उतार देंगे तो सहूलियत होगी। यह गाउन पहन लीजिये," कहते हुए मैंने उसकी तरफ एक गाउन बढ़ाया।

बड़े अनमने मन से उसने गाउन पकड़ा। मैं केबिन से बाहर चली गई।

थोड़ी देर में केबिन में घुसी तो देखा उसने पैन्ट-शर्ट उतार कर गाउन पहन लिया है। सैंडल उतार कर वह मसाज टेबल पर लेट चुका है—आँखें बंद। मैं उसके निकट गई। पैरों पर से पट्टियाँ खोली। गाउन ऊपर सरकाया। मोटे-मोटे, सूजे हुए पाँव-लाल गहरे जख्म। एड़ियां व तलुवे तो और भी बुरी हालत में। "ओह माय गॉड!" मेरे मुख से फिसला। "कैसे हुए ये घाव?"

"तीर्थयात्रा की है।"

"तीर्थयात्रा?"

"हाँ, 108 किलोमीटर चला हूँ—दिन भर, रात भर... मन्दिर तक पहुंचने के लिए।"

"मन्दिर? कहाँ का मन्दिर?"

"एक भारतीय मन्दिर।"

"आप भारत गये तीर्थयात्रा में?"

"क्या भारतीय मन्दिर सिर्फ भारत में ही हैं?"

"नहीं," मैं शर्मिंदा होते हुए बोली, "भारतीय मन्दिर विदेशों में भी स्थित हैं। "आप कहाँ चले?"

"यहीं डेनमार्क में ही चला हूँ।"

"यहाँ डेनमार्क में?"

"हाँ, यहाँ सीलैंड द्वीप की सरहद पर एक सिद्धिविनायक मन्दिर है...उसकी तीर्थयात्रा की है। डेनमार्क में रहने वाले कई भारतीय जाते हैं उस मन्दिर में। आप नहीं जाती?"

"मैं क्रिश्चियन हूँ।"

"ओह! खैर, प्रसिद्ध हो गयी मेरी यात्रा-पॉल की तीर्थयात्रा! यहाँ के सारे अखबारों में खबर है," कह कर वह खी-खी हंसने लगा।

''दुर्भाग्य से मैं नहीं पढ़ पायी वह खबर,'' मैं बोली।

''डेनिश अखबार पढ़ती हो?''

मैं फिर शर्मिंदा हो गयी। हल्के से बोली, ''कुछ खास नहीं। मगर मेरा यह अहोभाग्य कि वे उत्साही तीर्थयात्री मेरे पार्लर में तशरीफ लाए हैं। आपका यहाँ स्वागत है...'' मैंने बात संभाली।

वह मुस्कुरा गया। ''धन्यवाद।''

''क्या आपने यह यात्रा आध्यात्मिक उद्देश्य से की,'' उसके पाँवों का निरीक्षण करते हुए मैंने पूछा।

''मैं एक श्रद्धालु नहीं, एक प्रेमी हूँ। वह प्रेम की तीर्थयात्रा थी।''

''अरे वाह!'' मैंने हल्के से उसका पंजा दबाया तो रक्त झर आया। ''आह...'' वह दर्द से बिलबिला गया।

''अरे, आपके पैर तो बुरी तरह जख्मी हैं। खून झर रहा है। आप चल कैसे पा रहे हैं?''

''पैर जख्मी हो गये, मगर दिल के घाव भर गये,'' वह हल्के से हँसते हुए बोला।

मैंने गुनगुने पानी के एक टब में नमक व नींबू का रस मिलाया, और उसके पैरों को पन्द्रह मिनट तक पानी में डुबाये रखा। डेड स्किन साफ की। ''मुझे बताएँ, अगर कुछ असुविधाजनक लगे या आपको मालिश के दौरान कोई असहजता हो,'' मैं बोली, उसने सिर हिलाया।

एक चम्मच मोम, आधा कप आयुर्वेदिक नीम तेल और चार चम्मच एलोवेरा जेल का पैक बनाकर हल्के हाथों से उसके टखनों, पिंडलियों व तलुओं की मालिश करने लगी, बीच-बीच में प्रेशर पॉइंट पर दबाव डालते हुए। पहले तो वह कराहता रहा, फिर खामोश हो गया। उसके पैर मालिश के दबाव के अभ्यस्त होने लगे।

''आपको मेरे मसाज सेंटर के बारे में पता कैसे चला?'' मैंने उससे पूछा।

''फेसबुक से,'' वह आँखें बंद किए-किए बोला।

''फेसबुक से!''

''हाँ, मैं स्कूल टीचर हूँ। मेरे स्कूल के तीन टीचर आपके फेसबुक फ्रेंड्स हैं...।''

''आप कोपनहेगन यूरो स्कूल में पढ़ाते हैं?''

''हाँ।''

''दुनिया कितनी छोटी है! कभी मैं भी वहाँ पढ़ाती थी...। दस साल वहाँ पढ़ाया और दस साल से ऊपर हो गये उस स्कूल को छोड़े हुए। वहाँ के कुछ शिक्षकों से अभी भी मेरा मिलना-जुलना है—लुईस, मिशेल, डेनियेला...।

"हाँ, वे अभी भी वहीं जमे हैं।"

"आपको वहाँ कितना समय हुआ?"

"साढ़े दस साल।

"शायद आपने वह स्कूल जब ज्वाइन किया तो मैंने उसी वक्त रिजाइन किया...।"

आँखें खोल कर उसने मुझे घूरा। उसकी चेतना से कुछ टकराया, चहका, "आपको देखते ही मेरे दिमाग में कुछ घंटियां बजने लगी थी। लगता है मैंने आपको स्कूल में देखा हुआ है...।"

"देखा होगा...।"

"किस साल की बात है यह...?"

"2005 में मेरा छोटा बेटा पैदा हुआ था। मैं एक साल की मेटरनिटी लीव में थी। साल भर बाद मैंने स्कूल ज्वाइन किया ही था कि मेरे पति का ट्रांसफर अमेरिका हो गया। मैं परिवार के साथ अमेरिका चली गई। अमेरिका से लौटने पर मैंने वहाँ फिर से आवेदन किया था, मगर वहाँ मुझे दुबारा नौकरी नहीं मिल पायी।"

"टू बैड," वह बोला।

"पता नहीं कि खराब था या अच्छा," मैं अपने पार्लर को प्यार से निहारते हुए बोली।

कभी-कभी जिन्दगी में ऐसे लोग मिल जाते हैं जिनसे हमारा कोई खास वास्ता नहीं होता लेकिन वे हमारे इतने अधिक मददगार सिद्ध हो जाते हैं कि लगता है जैसे समय ने उनको हमारे पास भेजा। पॉल ऐसे ही लोगों में से था। उसने ऐसे समय मेरी मदद की जब मैं मझधार में अटकी थी। अगर वह सही समय में नहीं मिलता तो मुझे किनारा नहीं मिलता। मुझे अपना पार्लर बंद करना पड़ जाता। आजीविका के लिए कोई दूसरी डगर तलाशनी पड़ती। वह न केवल मेरा नियमित ग्राहक बना बल्कि उसने मेरे पार्लर की मार्केटिंग भी जमकर की। सोशल मीडिया—फेसबुक, ट्विटर, इंस्टाग्राम पर मेरे पार्लर की फोटो लगा भरपूर प्रचार किया। अपने स्कूल व चर्च में मेरे पार्लर का विज्ञापन लगाया। अपने सभी इष्टमित्रों को मेरे पार्लर के बारे में बताया। मैं उसकी कायल हो गयी। मुझे उसमें एक दोस्त, सच कहूँ तो खुदा नजर आने लगा।

उसकी बोलने की आदत कुछ ज्यादा है, मगर शांतिपूर्ण ध्यान से सुनता भी है। मालिश करवाते वक्त वह मुझसे मेरी जिन्दगी के बारे में पूछा करता। शुरू-शुरू में तो आम सवाल...मैं डेनमार्क कब आई? क्यों आई? मुझे यह मुल्क कैसा लगता है? बाद-बाद में वह मेरी व्यक्तिगत जिन्दगी को खरोंचने लगा। "क्या मैं अभी भी पति के साथ हूँ?" "या सिंगल हूँ?" "कितने बच्चे?" "किस उम्र के?"

बीच-बीच में अपनी भी बहुत कुछ कहता, बड़बड़ाता, फुसफुसाता। वह खुद मूलत: स्कॉटलैंड का है। हालांकि डेनमार्क से स्कॉटलैंड उतना दूर नहीं है जितना भारत, दोनों ईयू देश हैं। मौसम, संस्कृति, परिवेश के लिहाज से भी दोनों देशों में बहुत अधिक भिन्नता नहीं है। मगर मेरी ही तरह वह भी प्रवासन के कड़े अनुभवों से गुजर चुका है, दो बार तलाक का दंश झेल चुका है। सो मेरी भोगी व्यथा को वह भली-भांति समझता, कहता—तलाक की त्रासदी पुरुषों के लिए भी कम नहीं है। उसकी हर विजिट में मैं उसे अपनी जिन्दगी का एक छंद सुनाया करती हूँ। मुझे भी एक श्रोता मिल गया। महाजीवन की लम्बी सुख-दुखों भरी कहानी मेरे वक्ष में बर्फ की ठंडी सिल की तरह जमी पड़ी है। पॉल के अपनत्व की गर्मी पाकर यह पिघलने लगी...।

एक

भारत (एशिया)

मेरी कहानी तीस वर्ष पूर्व शुरू होती है...। इन तीन दशकों में मैंने चार महाद्वीपों में जिन्दगी जी है। तीन पति मैंने बदले, और हर बार जब भी मैंने पति बदला मुझे अपना पिछला पति अगले से बेहतर लगा। सबसे पहले पति के साथ मैं नौ वर्ष रही, दूसरे के साथ आठ वर्ष और तीसरे के साथ सात साल बाद ही रहना मुश्किल हो गया। मेरे दो पुत्र हैं—एक पहले पति से और एक तीसरे से।

मार्को मेरे वर्तमान पति हैं, जिससे मेरा तलाक चल रहा है। लोग कहते हैं कि तीनों में से मेरी किसी से भी नहीं बनी—तीसरा तलाक! मुझे ही अपने भीतर झाँकने की जरूरत है, कमी मुझ में ही है। मैं ऐबों से भरी हूँ। मगर पॉल, मैं आपको अपनी दास्ताँ सुनाती हूँ, बाइबिल पर हाथ रख कर कसम खाती हूँ कि एक-एक शब्द सच है। कुछ मिथ्या नहीं, कोई अतिश्योक्ति नहीं। बढा-चढ़ा कर कहने की बजाए मैं घटा कर ही बयाँ कर रही हूँ, क्योंकि कुछ सच इतने कड़वे व वीभत्स हैं, उन्हें उगलने की मेरी हिम्मत नहीं। आप भी शायद सुन नहीं पाएंगे। फैसला करें कि मैं कहाँ गलत हूँ...।

1985 में ले चलती हूँ आपको...जब मेरी पहली शादी हुई थी। केरल राज्य के एक छोटे से शहर मलप्पुरम में जन्म लिया था मैंने। मेरा गृहनगर मलप्पुरम छोटी-छोटी पहाड़ियों और टीलों का क्षेत्र है। तीन नदियाँ—चेलियार, काडलकुंडी और भरतभुजा यहाँ से बहती हैं। एक मुस्लिम बहुल शहर होने के नाते मुसलमानों का वर्चस्व था वहाँ। हिन्दू आबादी भी अच्छी-खासी थी। हिन्दू वैदिक शिक्षा और इस्लामिक दर्शन का यह प्रमुख केन्द्र समझा जाता था। मगर मैंने एक ईसाई परिवार में जन्म लिया था।

''भारत बड़ा हैरतअंगेज देश है,'' पॉल का स्वर उभरा।

नि:संदेह! हम मलप्पुरम में एक तरह से अप्रवासी थे। पूरे केरल राज्य में ईसाई आबादी लगभग अट्ठारह प्रतिशत की तुलना में वहाँ ईसाई आबादी दो प्रतिशत भी पूरी नहीं।''

''अपने ही देश में अप्रवासी?'' पॉल ने आश्चर्य व्यक्त किया।

हाँ, कृषि के लिए भूमि की कमी और अन्य संसाधनों की कमी के कारण, कई ईसाइयों ने दक्षिण और मध्य केरल से मलप्पुरम सहित मालाबार प्रवास किया। उन्होंने मलप्पुरम के पहाड़ी क्षेत्रों में चावल की खेती शुरू की। मेरे दादाजी भी अपने परिवार के साथ, 1940 के दशक में मध्य केरल से वहाँ चले गए। हमारे इर्द-गिर्द मुस्लिम और हिन्दू परिवार थे। सुंदर-सुंदर मन्दिर और मस्जिदें थी। हमारे घर में मंदिर के घंटे की टनटनाहट और मस्जिद की अजान की आवाजें सुबह-शाम सुनाई देती थी। अपने ईसाई के आलावा हम इस्लामी तौर-तरीकों और हिन्दू रीति-रिवाजों से भी खासे रू-ब-रू होते रहते थे। दीपावली, ओणम, रमजान, बकरीद, क्रिसमस, ईस्टर सभी त्योहारों का उत्साह हम अपने मौहल्ले में देखते थे। नमीरा, सकीना, विल्सी, मैरी, इंदु मेरी सखियां थी। सो मुझे तीनों संस्कृतियों को समझने का अच्छा अवसर मिला।

मुझे अपनी परवरिश के बारे में बताते हुए सुन पॉल भी प्रेरित हो गया। ''मैं स्कॉटिश हूँ—बात केवल यहीं तक नहीं है। मैं भारतीय वंश का भी हूँ। मेरी पड़दादी मराठा राजसी परिवार की थी...'' वह गुरूर से बोला।

''अच्छा, राजसी परिवार...! वाह!''

''हाँ...मेरी रगों में यूरोपीय और शाही भारतीय खून बह रहा है।''

''ओह...तभी मैं कहूँ...।''

''बिन लादेन की तरह क्यों दिखता हूँ?''

''हा-हा...'' मैं उसकी विनोदप्रियता पर हंसी।

''आप केरल के माला...।''

''मलप्पुरम शहर में रहती थी...'' मैंने पॉल का वाक्य पूरा किया।

अरीकोड इलाके में एक छोटी सी पहाड़ी पर हमारा घर था। घर के पीछे मचलती हुई चेलियार नदी बहती थी। हमारे घर से दो फर्लांग की दूरी पर ढलान पर हमारा प्रोटेस्टेंट चर्च था, जो हमारे जीवन का एक अभिन्न हिस्सा था। मेरे पिता का नाम कोशी मैथ्यू और माता का नाम सांद्रा मैथ्यू था। हालांकि केरल में माता-पिता को मम्मी-डैडी पुकारना प्रचलित हो रहा था, किन्तु हम उन्हें अपने पारम्परिक सम्बोधनों से ही बुलाते थे—अम्मा और अप्पा। अम्मा को प्यार से कभी-कभी अम्मू पुकार लेते।

साधारण परिवार था हमारा-पिता म्यूनिसिपैलिटी में क्लर्क, माँ गृहस्थन। मेरे माता-पिता में अद्‌भुत सामंजस्य था। वे एक-दूसरे से बेइंतहा प्रेम करते थे। एक दूसरे के प्रति उनका प्रेम-समर्पण, सहज ही अभिव्यक्त उनकी प्रसन्नता हमारे परिवार को कई अभावों से दूर कर देती थी। हमें लगता था दुनिया में सबसे

खुशहाल हमारा परिवार है। मैं उनकी तीसरे नम्बर पर जन्मी दो संतानों में से एक थी।

"जुड़वाँ?"

ठीक समझे आप, पॉल... मेरे साथ मेरा भाई भी जन्मा था...।

"मेरी भी जुड़वाँ बेटियाँ हैं—डाईजाईगोटिक जुड़वाँ। दोनों बिलकुल अलग दिखती हैं।"

"मेरा जुड़वा तो मेरा भाई है, सो दो अलग-अलग अंडाणु से हम पैदा हुए थे...। मैं अपने उस भाई से सदैव बहुत जुड़ी रही, बचपन से ही विकट परिस्थितियों में मैं उसका दामन थाम लेती। न जाने क्यों उसके वक्ष में समा जाना मुझे ऐसा लगता था जैसे मैं भगवान जीजस की विराट बाँहों में हूँ। मेरा नाम नैन्सी और उसका नाम नील था।"

"था?"

"अब वह इस दुनिया में नहीं है।"

"ओह!"

"वह एक अलग दुखद कहानी है, जो मैं बाद में बताउंगी। अभी मैं अपनी जन्म कथा सुनाती हूँ—वोम्ब टू वर्ल्ड (कोख से दुनिया तक)।"

हम दोनों भाई-बहन अपनी मौसी के घर पैदा हुए थे। माँ की छोटी बहन, जिन्हें हम कुंजम्मा बुलाते हैं, हमारे शहर मलप्पुरम से लगभग चालीस कि.मी. की दूरी पर एक दूसरे नगर पताम्बी में रहती थी। कुंजम्मा कुछ दिनों से बीमार चल रही थी—बुखार, गला दर्द वगैरह। अम्मू उन दिनों तीसरी बार गर्भवती थी—आठवाँ माह पूरा होकर नवाँ शुरू ही हुआ था। यह भी उन्हें पता चल गया था कि इस बार उनके गर्भ में दो बच्चे हैं। तीसरे महीने से ही उन्हें अपने गर्भ में दो शिशुओं की सुगबुगाहट महसूस होने लगी थी और छठा महीना शुरू होते होते उन्हें उठते-बैठते वक्त दो सिर महसूस होने लगे थे। वह डाक्टर के पास गयी। उन्हें अपने सभी अनुभव बताये। डाक्टर ने उनका एक्सरे करवाया तो जुड़वाँ बच्चों की पुष्टि हुई ।

जुड़वाँ बच्चे पेट में, चालीस कि.मी. का सफर...। अम्मा क्लांत थी, कशमकश में थी। क्या करें? अपनी बहन को देखने जाए या नहीं? उनका दिल नहीं माना। ले दे कर एक ही तो बहन थी उनकी। एक सुबह अम्मा हिम्मत करके कुंजम्मा को देखने गयी। रोडवेज की खस्ता बस उन दिनों मलप्पुरम से पताम्बी पहुँचने में एक घंटा लेती थी।

अम्मू सुबह-सुबह घर से निकली थी और शाम तक उन्हें मलप्पुरम वापस चले आना था। मगर अम्मू को अपनी बहन के पास बैठे अभी एक-डेढ़ घंटा ही हुआ था कि उन्हें प्रसव पीड़ा शुरू हो गयी। यह जानते हुए कि अम्मू के पेट में जुड़वाँ हैं,

कुंजम्मा ने मामूली दाई न बुलाकर प्रशिक्षित मिडवाइफ को घर बुलाया। मिडवाइफ ने अम्मू की जाँच करके कहा–ग्रीवा का मुख खुल चुका है, थैली फट चुकी है। स्राव काफी हो चुका है। डिलीवरी की तैयारी करो। बच्चे कभी भी बाहर निकल सकते हैं।

आनन–फानन में कुंजम्मा का बेडरूम लेबर रूम बन गया। मिडवाइफ और कुंजम्मा की टीम ने मिलकर अम्मा की डिलीवरी करवाई। आबड़–ताबड़ में मैं और नील इस जग में आये, कुंजम्मा के बिस्तर पर हम पैदा हुए। कहाँ अम्मू अपनी बीमार बहन का हालचाल पूछने गयी थी, और बीमार बहन को उनकी तीमारदारी करनी पड़ गई। हम समय से एक महीने पहले, आठ मास में जन्मे थे, बहुत कमजोर थे, दूध भी चूस नहीं पाते थे। महीने भर बाद जब हम थोड़े दुरुस्त हो गये, तब अम्मू हमें लेकर अपनी छोटी बहन के घर से मलप्पुरम अपने घर लौटी। कुंजम्मा आज भी जब कभी मुझसे मिलती है, हमारे जन्म का वृत्तांत जरूर सुनाती है, इतनी विशदता व जीवंतता के साथ जैसे हम कल ही उनके बिस्तर पर पैदा हुए थे।

नील मुझसे इक्कीस मिनट बाद पैदा हुआ था, इसलिए उसे मुझसे हमेशा छोटा माना गया। हम दोनों से पाँच साल बड़ा एक भाई, जॉर्ज है। जॉर्ज से दो साल बड़ी एक बहन, रेचल। पति–पत्नी और चार बच्चों का समूह...। छह जनों का हमारा परिवार एक साधारण व सुखी परिवार था। हम एक स्वतंत्र, स्वच्छ, सुरुचिपूर्ण सज्जित घर में रहते थे। हमारे परिवार में सम्पन्नता भले ही बहुत अधिक नहीं, किन्तु आत्मीयता और विनम्रता की कोई कमी नहीं थी। हमारा जीवन बेहद व्यवस्थित था। घर में मेरी सुंदर, स्नेहमयी, प्रसन्न–वदना माँ थी और हम बच्चों के नव कलरव से हमारा घर गूँजता था। हमें लगता हम सभी किसी सुदृढ़ चट्टान पर खड़े हैं। मगर...।

''मगर...?''

गहरी सांस लेते हुए मैं बोली, ''जब मैं और नील ग्यारह के हुए अम्मू को कैंसर हो गया।

''ओह...नो...। मैं इस खतरनाक बीमारी की वेदना बहुत अच्छी तरह जानता हूँ। वह भी कैंसर से मरी थी...।''

''कौन?''

''नीना।''

''नीना!''

''उसे लंग कैंसर हुआ था, जो पूरा फ़ैल गया था—ब्रेन तक चला गया था।''

बहुत तरह के कैंसर हैं। अम्मू को ब्रेस्ट कैंसर हुआ था जोकि शुरुआती चरण में पता नहीं चल पाया। जब पता चला तो काफी फैल चुका था। वह हमारे परिवार पर पहला वज्रपात था। पॉल, हमारा चहकता जीवन विषाद से भर गया। मुझे इतना

ही ध्यान है—अम्मू बार-बार तिरुवनंतपुरम जाती थी—क्षेत्रीय कैंसर केंद्र, तिरुवनंतपुरम में इलाज के लिए। फिर एक दिन तिरुवनंतपुरम से ताबूत में बंद उनका शव आया। मैं स्तब्ध थी। सभी को विस्फारित आँखों से ताक रही थी। अप्पा रो रहे थे। सबसे ज्यादा जॉर्ज और रेचल रो रहे थे। रेचल तो रो-रो कर विक्षिप्त हो चुकी थी। जॉर्ज के भी बुरे हाल थे। यहाँ तक कि नील भी रो रहा था। मेरी आँखों में आँसू का एक कतरा नहीं। किसी ने मेरी सूखी आँखों को देख कर कहा—अरे भई इसे रुलाओ। सदमे से इसकी आँखें पत्थर हो गयी है। मेरे पिता के भाई की पत्नी—चेरीअम्मा मुझे रुलाने की कोशिश करने लगी। अम्मू के शव की तरफ इशारा करते हुए बोली, "नैन्सी, तेरी अम्मा की आत्मा उड़ चुकी है। तेरे लिए माँ की गोद गई...।"

कुंजम्मा ने तुरन्त आगे बढ़ कर मुझे अपनी बाँहों में भर लिया, बोली, "मेरी गोद सदैव इसके लिये है।"

कुंजम्मा का वह ममतामय स्पर्श पाकर मैं रो पड़ी। सभी ने चैन की साँस ली।

"कुंजम्मा?"

"हाँ, पॉल, कुंजम्मा—माँ की छोटी बहन, मतलब छोटी माँ...।"

अम्मू से आठ साल छोटी कुंजम्मा सिर्फ बत्तीस-तैंतीस की रही होगी जब अम्मू को कैंसर हुआ था। कुंजम्मा पताम्बी में अपना सब कुछ बेच-बाच कर मलप्पुरम में हमारे घर के पास एक किराए का घर लेकर रहने लगी थी, अपनी बहन और उसके बच्चों की देखभाल के लिए। अपनी बूढ़ी माँ को भी कुंजम्मा ही देखती थी। और अब बीमार बहन की भी जिम्मेदारी उन पर आ पड़ी थी। मरते समय अम्मा को अपनी बहन का ही आसरा था कि वह उनके बच्चों को सम्भालेगी। उनकी सरंक्षक बनेगी।

जिन्दगी ने कुंजम्मा से बहुत कुछ माँगा, और कुंजम्मा ने उदारता से अर्पित किया। हमारे स्कूल की सभी सभाओं और उत्सवों पर कुंजम्मा हमारी अभिभावक बन कर जाती। मुझे अभी भी याद है...मेरे स्कूल में पेरेंट्स-डे था। कुंजम्मा मेरे साथ थी। पतली-छरछरी, फेशुनेबल कुंजम्मा को कोई मेरा अभिभावक मानने को तैयार ही नहीं। मेरी सभी अध्यापिकाएं उन्हें देखकर हैरत से बोली—"यह तो खुद ही एक लड़की है। किसी बड़े-बूढ़े, सयाने को लाओ अपने साथ। हमें उनसे बात करनी है।"

उस घटना के बाद से जब भी कुंजम्मा मेरे स्कूल जाती, पुराने अंदाज में साड़ी पहन कर, बालों को एक कसी चोटी में बाँध, आँखों में ऐनक लगा कर जाती, ताकि वह हमारी गार्जियन लग सके।

"कुंजम्मा की अपनी कोई सन्तान?"

हाँ, उनका अपना एक बेटा है—ल्यूका, मुझसे तीन साल छोटा। छोटे में बहुत

शैतान था।

अम्मा के देहांत के बाद अप्पा पर हमारी परवरिश की जिम्मेवारी पड़ी। कुंजम्मा हमारे घर में तो नहीं घुसी मगर पड़ोस में रह कर उन्होंने अपनी तरफ से हमारे परिवार को पूरा सहयोग दिया। हालांकि अम्मा की मृत्यु के समय अप्पा की उम्र पैंतालीस साल थी मगर उन्होंने दूसरी शादी नहीं की, चर्च के कार्यक्रमों में रम गये। पत्नी की मौत ने उनके जीवन में एक बहुत खास तरह का परिवर्तन पैदा कर दिया था–पराजय का भाव, प्रारब्ध और नियति के सामने समर्पण का भाव। उनका धार्मिक रुझान बढ़ने लगा, ईश्वर में उनकी आस्था गहरी होती गई, वैरागी से हो गये। उनके इस रवैये को कुंजम्मा ने बिलकुल पसंद नहीं किया। मरने से पहले अम्मा जो अपनी बहन को कह गयी थी कि वे उनके बच्चों का ख्याल रखे, कुंजम्मा अपनी तरफ से पूरी कोशिश करती, मगर उनके व अप्पा के बीच कई बातों को लेकर मतभेद हो जाता। जिन्दगी में कोई चीज जब हमें अनपेक्षित कोने से मिलती है तो वह बिना कीमत की नहीं होती। कुंजम्मा की देखभाल दखलदांजी की सीमारेखा को छूने लगी।

इसमें कोई संदेह नहीं था कि कुंजम्मा हमारे लिए अच्छा चाहती थी, लेकिन अप्पा से उनका अक्सर टकराव हो जाता था। उनकी बहस कई बार इतनी तीव्र हो जाती, हम भाई–बहनों को बीच–बचाव करना पड़ता। हम किसी का भी अपमान नहीं होने देना चाहते थे। अजीब सी स्थिति हो जाती थी हमारी। कुंजम्मा में हमें अपनी माँ नजर आती थी, लेकिन अप्पा तो हमारे अप्पा थे।

दरअसल कुंजम्मा अप्पा से जो खुंदक पाले हुए थी, उसकी कई वजहें थी...। अप्पा अपने पाँच भाई–बहनों में सबसे बड़े थे। तीन भाई–बहन दूसरे शहरों में बसे थे, उनसे हमारा विशेष ताल्लुक नहीं रहा, सिर्फ ब्याह–शादियों में ही मिलना हो पाता था। मगर अप्पा के सबसे छोटे भाई—जिन्हें हम पापुन कहते थे, मलप्पुरम में हमारे पड़ोस में रहते थे।

''यह तुम्हारी संस्कृति में अच्छा है। हर रिश्ते के लिए एक नाम है,'' पॉल बोला।

हम अपने अंकल और आंटी को कुंजम्मा, चेरिअम्मा, पापुन के नामों से ही जानते थे। उनके असली नामों से हम अधिक परिचित नहीं रहते थे।

सो, हमें पता चला...किसी जमाने में कुंजम्मा पापुन पर लट्टू थी। यह प्रेम अम्मा और अप्पा की शादी के दिन से ही पनप गया था। शादी में नृत्य करती लड़कियों में, पापुन की नजर जैसे ही कुंजम्मा पर पड़ी, वे आकर्षित हो गये थे। कुंजम्मा भी पहली नजर में पापुन पर फिदा हो गई, और दोनों एक दूसरे से प्यार करने लग गये। मगर इस प्रेम के साथ–साथ कुछ और भी दोनों परिवारों के बीच

पक रहा था। दुर्भाग्यवश किन्हीं मतभेदों को लेकर दोनों परिवारों में भिड़न्त हो गई और दोनों खानदान अम्मा और अप्पा की शादी के बाद से एक दूसरे के जबर्दस्त विरोधी हो गये। ''अब कोई और रिश्ता नहीं,'' दोनों परिवारों ने ठान ली। पापुन से प्रेम की पींगें बढ़ाती कुंजम्मा किसी से नहीं डरती थी। वह अपने परिवार के विरोध का डटकर सामना कर पापुन से शादी करने को तैयार थी, और अपने जीजा, अप्पा से उम्मीद करती थी कि वे दोनों पक्षों के बुजुर्गों को शांत करें और उनके विवाह का समर्थन करें। लेकिन अप्पा को पता नहीं था कि इस तरह के बकवास पारिवारिक नाटक से कैसे निपटा जाए, और इसलिए वे तटस्थ रहें। डरपोक पापुन भी हौसला नहीं दिखा सके। अंततः उन्होंने कुंजम्मा को ठुकरा कर अपने माता-पिता की बताई लड़की से शादी कर ली। कुंजम्मा का दिल टूट गया।

''सफल प्रेम भी असफल हो जाते हैं,'' पॉल का कथन।

जो तुम चाहो वह न मिले तो दुःख तो होता ही है। बेचारी कुंजम्मा... कैसे भूले प्यार के गम को! बहुत सालों तक उन्होंने शादी नहीं की। परिवार वालों का जब काफी दबाव पड़ा तो उन्हें शादी करनी पड़ी।

जब मुझे इस प्रेम कहानी का पता चला तो मैं कुंजम्मा और पापुन को कुछ अलग निगाहों से देखने लगी—किसी जमाने के आशिक! हमारे परिवार के रोमियो और जूलिएट! हमारे परिवार के इतिहास में उनकी प्रेम कहानी दर्ज थी। मैं विशेषकर उन्हें तब निहारा करती जब हमारे किसी पारिवारिक आयोजन पर दोनों उपस्थित होते। मैं उन्हें निहारती, परखती वे एक दूसरे को देख कर कैसी प्रतिक्रिया कर रहे हैं। मुझे आभास होता कि अभी भी दोनों के बीच में सब कुछ खत्म नहीं हुआ है। मगर अपनी-अपनी वफादारियों और जिम्मेदारियों से बंधे हैं।

बहरहाल कुंजम्मा के मन में अप्पा और उनके पूरे खानदान के प्रति आक्रोश भरा रहता था, और जबतब उनका यह आक्रोश किसी न किसी रूप में उफन पड़ता था। वे चाहती थी कि हम उनसे ही जुड़े रहें और अपने पापुन के परिवार से दूरी रखें। यह भला कैसे हो सकता था। पापुन मेरे पिता के सगे भाई थे, हमारे पड़ोस में ही रहते थे। उनकी बेटी विल्सी मेरी हमउम्र, मेरी बहन व सहेली थी।

खैर, कुंजम्मा के न चाहते हुए भी चर्च व मिशनरी हमारी दिनचर्या में शामिल हो गये। यहाँ तक कि जब मैं बड़ी हुई तो तिरुर शहर के एक युवा—अब्राहम कोक्कन से, जो थियोलोजी का विद्यार्थी था, मेरी शादी तय कर दी गई। अब्राहम कोक्कन के हमारे चर्च से अच्छे ताल्लुकात थे और वह हमारे चर्च में आता रहता था। कुंजम्मा ने फिर अड़ंगा लगाया। अप्पा से भिड़ी—''क्यों नैन्सी को एक पादरी से बाँध रहे हो?''

अप्पा बोले, ''नैन्सी की मर्जी से ही शादी तय हुई है। नैन्सी उसे पसंद करती

है। यह लव मैरिज है। और एक अच्छी बात, मुझे दहेज का भी जुगाड़ नहीं करना। उनकी तरफ से कोई माँग नहीं है।''

केरल में शादियों में बहुत अधिक दहेज का प्रचलन है। अप्पा को राहत थी उन्हें कि लड़के वालों की तरफ से दहेज की कोई मांग नहीं है।

''दहेज वगैरह की बात तो बाद की है। पर नैन्सी की यह अपनी पसंद है?'' कुंजम्मा ने हुंकार भरी।

''हाँ,'' उसी से पूछ लो।

मैं दूसरे कमरे में बैठे कुंजम्मा और अप्पा की तकरार सुन रही थी। कुंजम्मा ने मुझे आवाज लगाई—नैन्सी!

मैं बैठक में आई। अप्पा व कुंजम्मा, दोनों एक पल के लिए थम गये, फिर कुंजम्मा ने पूछा, ''तू उसे पसंद करती है—उस कोंकन लड़के को?''

अब्राहम की छवि मेरे सम्मुख उभर आई। सुंदर सांवला रंग, ऊँचा कद, हृष्टपुष्ट देहयष्टि। दमदार आवाज। चर्च में जब सरमन देता, सभी का दिल जीत लेता। मेरा लड़कपन पीछे छूट रहा था, मैं बी.एससी. में आ गयी थी। मैं विवाह की गंभीरता नहीं समझती थी, ऐसा तो नहीं कहा जा सकता था। मुझे एक हमसफर चाहिए था। पहले दिन से ही मैं अब्राहम की तरफ आकृष्ट हो गयी थी। मुझे वह अपना सोलमेट लगा। मैंने उससे कहा, ''मैं एक सिंगल पेरेंट होम से आती हूँ। घर में सिर्फ अप्पा है, अम्मा नहीं। मगर मेरा घर एक प्रेमपूर्ण, पारंपरिक घर है। मेरे अप्पा सिर्फ वही चाहते हैं जो हमारे लिए सर्वश्रेष्ठ है।'' उसने मुझे बताया कि किन बातों ने उसे पादरी बनने के लिए प्रेरित किया। ''सेमीनेरी के दरवाजे तक पहुंचना ही मेरे लिए अत्यंत संघर्षमय था। लेकिन मुझे विश्वास है कि मैं चर्च के काम के लिए अपना जीवन समर्पित करने के लिए भगवान के आह्वान का जवाब दे रहा हूँ।''

अब्राहम और मैं—दोनों ईसाई मूल्यों को समझते थे—बलिदान, प्रेम, विनम्रता, सामाजिक न्याय, गरीबों और जरूरतमंदों की देखभाल। अपने परिवार को अहमियत देते थे। हमारी आस्था, दर्शन और नैतिकता के विभिन्न पहलुओं पर अच्छी चर्चा छिड़ जाती। जब वह बोलता मैं उसे एकटक निहारती रहती। वह कहता, आध्यात्मिक अभ्यास व्यक्ति के भीतर नम्रता और सेवाभाव लाता है।

अप्पा ने कई बार हमें एक साथ देखा था। शुरू-शुरू में उन्होंने इसे अनदेखा किया, मगर बाद-बाद में वे कुछ सूंघने लगे। हमें ताड़ती नजरों से निहारते, कुछ मनन करते। फिर एक दिन मुझसे बोले, ''प्रेम करो, मगर हद से गुजर जाने का नहीं।''

मैं शरमा गई। इतना ही बोली, ''अप्पा आप बेफिक्र रहिए। हम आपकी बेटियाँ हैं।''

फिर एक दिन उन्होंने मुझसे पूछा, "अब्राहम कितना पसंद है... ?"

अब्राहम मुझे प्रपोज कर चुका था। मैंने ही उससे कहा था, "अप्पा से बात कर लो।"

अब्राहम अप्पा से बात कर चुका था। उनसे मेरा हाथ मांग चुका था।

"प्रेम आलौकिक होता है," अप्पा बोले। "मगर जब लोक में आता है तो जिम्मेदारियों से घिर जाता है। वैवाहिक जीवन के कुछ नियम होते हैं। अब्राहम एक पादरी है। उसकी पत्नी होने का मतलब तुम्हें मालूम है?"

"हाँ, अप्पा जानती हूँ।"

"तेरी बहुत तारीफ कर रहा था, अब्राहम...। कह रहा था, तू उसके लिए बिलकुल सटीक पत्नी होगी। तू चर्च के सभी कार्यकलापों व गतिविधियों को जानती है।"

"हाँ, मुझे अब्राहम पसंद है, कुंजम्मा," मैं बोली। "आई लव हिम।"

कुंजम्मा ने मुझे ऐसे घूरा जैसे मैं पूरी पागल हो गई हूँ, फिर अपनी आँखें घुमाते हुए अफसोस भरी आह भरी। "सत्यनाश हो छोकरी!" अप्पा पर क्रोध भरा कटाक्ष मारा, "जब अपने बच्चों को चर्च में लगाए रखोगे—संडे स्कूल...जीजस पाठ...ईस्टर आराधना...लेंटेन प्रार्थना...बच्चों की रुचियाँ और कहाँ पनपेगी? बच्चे अपनी जोड़ियाँ चर्च में ही बना रहे हैं, स्कूल-कालेज की बजाए।"

"कुंजम्मा, अब्राहम पढ़ा-लिखा, अच्छा लड़का है, पादरी हुआ तो क्या हुआ? पादरी भी एक पेशा है।"

"हाय रे यह लव-मन्त्र...! दिल आया पोंगापंथी पर तो प्रिंस का क्या करें!" कुंजम्मा ने दूसरा जुमला उछाला। "किसी ने सही ही कहा है—प्यार अंधा होता है...। देखना बाप-बेटी, दोनों बहुत पछताएंगे बाद में...। धर्मगुरु, धर्माध्यक्ष... दो कौड़ी के नहीं होते। ढोंगी होते हैं। हूँ...!"

"कुंजम्मा!" मैं क्रोध से चिल्लाई।

"सूजन!" अप्पा भी उन पर बिगड़े। "जुबान को लगाम दो।"

"मैं सच को नंगा उगल देती हूँ। मुझे इन धर्मगुरुओं की छवि अच्छी नहीं लगती। ये अक्सर विवादों में आ जाते हैं। उनके प्रभाव से दूर ही रहना चाहिए," कहते हुए कुंजम्मा मेरे और अप्पा के बीच से हट कर पाँव पटकते हुए अपने घर चली गयी।

"क्या सच में प्यार अंधा होता है?" पॉल मुझसे पूछ रहा है।

सोच में पड़ गई हूँ। एक के बाद एक मैंने तीन प्रेम-विवाह किये, किसी से भी नहीं पटी। सबने मुझे धोखा ही दिया—एक ने छल किया, दूसरे ने मारा-पीटा और तीसरे ने एक-एक पैसे के लिए तरसा दिया।

''हाँ पॉल, इस उक्ति में थोड़ी सच्चाई निहित है। प्रेम करने वाले अक्सर उन गूढ़ तथ्यों को नजरअंदाज कर देते हैं, जो अन्य लोग देखते हैं। प्रेम करने वालों की आँखें सब कुछ नहीं देख पाती।''

''तुम्हारी संस्कृति में अभी भी कई शादियाँ माता-पिता द्वारा तय की जाती हैं। क्या उनकी आँखें सब कुछ देख लेती हैं?''

''शायद नहीं, क्योंकि मेरी कई ऐसी सखियाँ हैं, जिनकी शादियाँ उनके घर वालों ने तय की थी, और शादियाँ फ्लॉप हो गई। दरअसल अरेंज्ड मैरिज और लव मैरिज, दोनों के अच्छे-बुरे पहलू हैं। प्रेम विवाह में युगलों को एक दूसरे को जानने-समझने के पर्याप्त अवसर मिलते हैं, मगर एक दूसरे के प्रेम में इतना डूबे रहते हैं कि कई बातों को अनदेखा कर देते हैं। उनका एक वस्तुनिष्ठ दृष्टिकोण नहीं होता। अरेंज्ड मैरिज में माता-पिता अपनी संस्कृति, पारिवारिक स्तर, परिवेश और सामाजिक प्रथाओं को इतनी तूल देते हैं कि लड़के-लड़की की परस्पर संगति और मेल को नजरअंदाज कर देते हैं। तुम क्या कहते हो, पॉल?''

''जहाँ तक मैं समझ पाया हूँ...शादी की सफलता दो व्यक्तियों पर निर्भर करती है, मगर पारिवारिक मूल्यों, सामाजिक मानदंडों और कानूनी नियमों वगैरह का भी खासा प्रभाव पड़ता है।''

''सही कह रहो हो...ये बातें इंसान की फितरत बनाती हैं, हमारे संस्कारों और धारणाओं को पोषित करती हैं, विवाह के प्रति हमारी प्रतिबद्धता निर्धारित करती हैं। व्यक्ति के पास विकल्प क्या हैं, यह भी एक महत्वपूर्ण पहलू है। कई जोड़ें ऐसे हैं जिनको अपने साथी के साथ जबरन इसलिए रहना पड़ता हैं क्योंकि उनके पास विकल्प नहीं होता। समाज भी तलाक को लेकर सहज नहीं है। जियो या मरो, बस साथ रहो—जैसी स्थिति उत्पन्न हो जाती है। वे साथ बने रहने का ढोंग करते हैं, मगर उनके भीतर बहुत कुछ सुलगता रहता है।''

''तलाक की क्या दर है भारत में?''

''अपने देश में विवाह केवल सामाजिक या वैधानिक प्रक्रिया नहीं समझी जाती, यह स्त्री-पुरुष के बीच संबंध के आजीवन निर्वहन का संकल्प माना जाता है। भारत दुनिया के उन देशों में से हैं, जहाँ तलाक की दर बहुत कम है। हालांकि समय के साथ तलाक बढ़ रहे हैं, मगर अभी शायद दो प्रतिशत भी नहीं है।''

''सिर्फ दो प्रतिशत, यानी अट्ठानबे प्रतिशत विवाह सफल...।''

''हाँ, पश्चिमी मानकों की तुलना में यह बहुत कम है। लेकिन सच्चाई यह है कि अगर पाश्चात्य देशों की तरह हमारे समाज में भी तलाक से जुड़ी सामाजिक अवधारणा बदल जाए, स्वीकृति हो जाए और तलाक के कानूनी नियम सरल हो जाए तो वहाँ भी शायद पचास प्रतिशत जोड़े अलग हो जायेंगे।''

पॉल हँसने लगा है।

खैर आप कैसा विवाह करते हैं, यह मायने नहीं रखता, आपकी शादी-शुदा जिन्दगी कैसी चल रही है, यह महत्वपूर्ण है। अब्राहम मेरा प्रथम प्रेम था। हमारे होली ट्रिनिटी चर्च में हमारी धूम-धाम से शादी हुई। आम तौर पर, गोरे लोगो में, दुल्हन की पोशाक सफेद गाउन होती है—खास डिजाइन का। बड़ी भव्य लगती है, लेकिन मलयाली ईसाई दुल्हन अक्सर सफेद साड़ी पहनती है। सो मैंने सुनहरे गोटे की बोर्डर वाली सफेद साड़ी पहनी। ढेर सारे सोने के आभूषण, जो अप्पा ने मुझे दहेज के रूप में दिए, अपने तन में डाले। तेल चुपड़े बालों में फूलों का गजरा लगाया, सिर पर झीना घूँघट...।

पॉल अपनी आँखें खोल कर मुझे निहारने लगा।

आज मैं स्कर्ट, मिडी, जींस पहनती हूँ, मगर तब मेरा रूप और पहनावा अलग होता था।

धीरे-धीरे कुंजम्मा भी अपनी नाराजगी से बाहर निकल आई थी। जहाँ-जहाँ अम्मा को खड़े होना था, कुंजम्मा खड़ी हुई। वे हँसी, खिलखिलाई, नाची और रोई भी। पापुन की लड़की, विल्सी मेरी फ्लावर गर्ल बनी। चर्च में शादी व जलपान के बाद डिनर का आयोजन। और, मैं मिसेज कोक्कन बन कर मलप्पुरम से तिरुर आ गयी। मेरी खुशी का कोई ठिकाना नहीं था।

***

प्रिय सखा, वह 1985 का दौर था...। मैं बीस वर्षीया नई-नवेली, शर्मीली दुल्हन थी। मेरे पति—अब्राहम कोक्कन इंडिया बाइबिल कॉलेज एंड सेमिनरी, तिरुवल्ला में छात्र थे और अपनी मिशनरी की पढ़ाई के अंतिम दौर में थे। उनकी इंटर्नशिप चल रही थी। शादी के तीन रोज बाद ही वे अपनी इंटर्नशिप पूरी करने के लिए तिरुर से तिरुवल्ला चले गये थे। मैंने बस अपना कौमार्य ही सौंपा था, पति के साथ अपनी पूरी जिन्दगी व्यतीत करने के सुंदर सपनों में मगन मैं उनके आने का इंतजार कर रही थी।

अब्राहम के दो शादीशुदा बड़े भाई अन्य नगरों में रहते थे। मैं सास-ससुर के साथ तिरुर में थी। ससुराल का घर अच्छा लगा। घर में आम के बगीचे थे। गर्मियों के दिन थे...। मैं भरी दुपहरी में कच्ची अमियाँ तोड़ कर खाती। सास के साथ मिलकर कच्चे आमों का अचार डालती और जूस बनाती। मिल्स एंड बून्स के रोमांटिक अंग्रेजी उपन्यास पढ़ती। कभी-कभी मलप्पुरम भी चली जाती, अप्पा और नील के पास।

समय बीतता रहा। अप्पा के घर अपना बचपन छोड़ जॉर्ज और रेचल, दोनों

खाड़ी देशों की तरफ निकल गये, और फिर वहीं बस गये—जॉर्ज कतर और रेचल बहरीन। रेचल के पति—जोजफ अंटोनी बहरीन की राजधानी मनामा में नौकरी करते थे। शादी के बाद रेचल भी मनामा चली गयी। उसने केरल से नर्सिंग का प्रशिक्षण लिया था। यह ट्रेनिंग रेचल के बड़े काम आई। वह मनामा के एक अस्पताल में बतौर नर्स नियुक्त हो गयी। केरल की नर्सों को अरब देशों में बहुत पसंद किया जाता है।

जॉर्ज ने कतर की राजधानी दोहा में एक तेल शोधन कम्पनी में नौकरी पकड़ ली थी। नील मलप्पुरम, केरल में ही रह कर नौकरी जुटाने के लिए हाथ-पाँव मार रहा था। रेचल की शादी को पाँच वर्ष हो गये थे, दो बच्चों की अम्मा बन चुकी थी। जॉर्ज और नील अभी छड़े थे। मैं भी शादी-शुदा हो गयी थी। यह था हमारे परिवार का विन्यास 1985 में।

तीन महीने मैंने ससुराल में काटे। फिर पति आये और मैं उनके साथ उनकी पोस्टिंग वाली जगह-कोल्लम चली आयी।

''मलप्पुरम, तिरुर, कोल्लम...अजीब नाम लगते हैं,'' पॉल बोला।

उन्हें जो इनसे परिचित नहीं है। मेरा आरम्भिक जीवन इन्हीं शहरों में बीता। इन शहरों ने मेरे जीवन को एक आकार दिया। सब केरल राज्य के नगर है। कोल्लम अरब सागर के तट पर, अष्टमुडी झील के निकट बसा एक बन्दरगाह नगर है। समुद्र, झील, मैदान, पहाड़, नदियाँ, बैक वाटर, घने जंगल...हर परिदृश्य यहाँ मौजूद। अच्छी जलवायु और रमणीक जगह।

मेरे पति की कोल्लम में एक प्रोटेस्टेंट चर्च, जो सेंट थॉमस चर्च के नाम से जाना जाता था, में पादरी के पद पर नियुक्ति हुई। मैं बहुत खुश थी; मेरी आँखें सपनों से भरी थीं। हमारा घर पार्सनॉज के रूप में जाना जाता था। यह समुद्र के किनारे, चर्च परिसर के अंदर स्थित था। चर्च और स्थानीय पैरिश हमारे दैनिक जीवन के महत्वपूर्ण अंग बन गए। हमारे सभी उत्सव—जन्मदिन, शादी की वर्षगांठ, बपतिस्मा, ईस्टर, क्रिसमस, आदि—चर्च में मनाए जाते थे।

अपने घर के आँगन में मैंने एलोविरा पौधा लगाया था। इस रसीले, गूदेदार पौधे के प्रति मेरा अनुराग पुराना है।

''वह मैं देख रहा हूँ...तुम्हारे पार्लर में ज़गह-जगह एलोविरा सजे हैं। वह भी पेड़-पौधों से बहुत प्यार किया करती थी...'' पॉल सहसा बोला।

''कौन?''

''नीना।''

''कौन है यह नीना? आप बार-बार इसका जिक्र कर रहे हैं...।''

''वह पूजा थी और मैं पुजारी...।''

''कहाँ है वह?''

''इस दुनिया में नहीं है...।''

''ओह...सो सॉरी!''

''उसी की प्रथम पुण्यतिथि पर मन्दिर की तीर्थयात्रा की है।''

''बहुत प्रेम करते थे उससे?''

''हूँ...'' पॉल हँस उठा। ''प्रेमी हूँ, मगर अभी तक प्रेम की परिभाषा पूरी तरह समझ नहीं पाया हूँ।''

प्रेम की बहुत सारी परिभाषाएं होती हैं। कैसे समझ पाओगे?

हमारे बीच चुप्पी छा गयी। बस मेरे मालिश करते हाथों का ही स्पंदन...। ''अपने एलोवेरा प्लांट की कहानी सुनाओ...'' उसने मुझे उकसाया।

मैं करीब नौ साल की रही होऊंगी... एक दिन मेरा हाथ जल गया। अम्मू तब जिन्दा थी। मैं दर्द से बिलबिला गई। मेरे घर में एलोवेरा पौधों की कतार उगा करती थी। अम्मू तुरन्त बगीचे में गई। एलोवेरा के मोटे व मांसल पत्ते तोड़े। कांटेदार पत्तियों को छीलकर इसके रस को मेरे घाव पर सीधे निचोड़ा। ठंडी सनसनी घाव पर महसूस हुई। तुरन्त राहत मिल गई।

अम्मू रोज मेरे घाव में एलोवेरा पत्तियों का ताजा रस निचोड़ती। जेल के समान रस को मैं अपनी जली त्वचा पर टपकते हुए देखती। रस निचोड़ते वक्त अम्मू इसकी अहमियत भी बताती जाती—इसमें दो सौ से भी ज्यादा तत्व पाये जाते हैं जो मिनरल्स, विटामिन्स, एंजाइम्स, फैटी एसिड और कई तत्वों से भरपूर होते हैं। ये सभी तत्व एलोवेरा को एक ऐसा पौधा बनाते हैं जो कई समस्याओं का समाधान और अनेक रोगों का उपचार है। त्वचा को पोषण करता है और चमकदार बनाता है।

''वह जिस पेड़ से बेमिसाल प्रेम करती थी, उसका नाम कस्तूरा था। जापान का मूलनिवासी है वह...'' पॉल बोला।

इंसान ही नहीं पेड़-पौधे भी विस्थापित होते हैं, पॉल।

''कस्तूरा और उसके बीच एक अनोखा रिश्ता था। उसका प्रेमी उसी पेड़ से झूला था...'' पॉल अपनी ही धुन में बोला। मैं डर-सी गई। मालिश करते मेरे हाथ थम गये। मुझे लगा मेरा यह ग्राहक—तीर्थयात्री बड़ा रहस्यमय है। मैं केबिन से बाहर निकलने लगी कि मैंने खुद को सम्भाला—नैन्सी तेरे पार्लर में कई तरह के ग्राहक आयेंगे, ऐसे विचलित मत हो।

लम्बी सांस भरते हुए मैंने उससे पूछा, ''क्या खुदकशी की?''

''पेड़ों का इस्तेमाल हत्या और आत्महत्या करने के लिए भी होता है...।''

''ओह...क्यों?''

''वह डॉन एनर्जी का डायरेक्टर था...तनाव के कारण उसने आत्महत्या कर

ली। जीवन में पद, पैसा, प्रतिष्ठा ही सब कुछ नहीं हैं। यह खबर सभी अखबारों में थी—''डॉन के डायरेक्टर ने अपनी गर्लफ्रेंड के लॉन में पेड़ से लटक कर दी अपनी जान! पढ़ती नहीं हो कुछ?''

''ऐसी खबरें न ही पढ़ूँ तो अच्छा है,'' मैं तपाक से बोली।

''तुम्हारा घाव भरा कि नहीं?'' पॉल ने मुझे अपनी कहानी जारी रखने के लिए उकसाया।

मेरा वह घाव दो-तीन दिन में ही भर गया था। लेकिन कुछ घाव हैं जो अभी तक नहीं भरे। बचपन में अम्मा के एलोवेरा से किए उपचार ने इसके प्रति मेरे मन में गहरी आस्था उत्पन्न कर दी। जहाँ भी जाती हूँ, अपने घर में एलोवेरा जरूर लगाती हूँ। मुझे यह पौधा अपनी माँ की याद दिलाता है।

हूँ...आँगन में एलोवेरा, कमरों में जीजस की प्रतिमाएं, सामने खड़ा गिरजाघर और पीछे लहराता सागर...।

''वाह!''

जिन्दगी देखने में कितनी सरल लगती है न... पॉल! अपने घर का कपाट खोलते ही सदाबहार वृक्षों से घिरा विशाल चर्च का गोल गुम्बद नजर आता था। मैं उसे निहारती रहती। चारों ओर इतनी हरियाली बिखरी थी कि चर्च का एक स्पष्ट आकार देखने के लिए उसके एकदम निकट जाना पड़ता था। वनस्पति विज्ञान के विद्यार्थी अपने अनुसन्धान के लिए वहाँ आते रहते थे।

हमारी शादी को कुछ ही महीने हुए थे...। मुझ पर दूसरा वज्रपात हुआ।

पॉल आँखें खोल कर मुझे ताकने लगा। मैंने अपनी गर्दन मोड़ ली, ताकि वह मेरी आँखों में आंसू न देख पाए।

''क्या हुआ? तुम्हारा पति मर गया...।''

''नहीं पॉल... वह शायद इतना तकलीफदेय नहीं होता...।''

अपने को संयत करते हुए मैंने अपनी कहानी जारी की।

वह दिन मुझे भूले नहीं भूलता... सुबह के दस-ग्यारह बज रहे थे। अब्राहम चर्च जा चुके थे। मुझे उस दिन घर साफ करने का जुनून चढ़ा हुआ था। सभी कमरे झाड़-पोंछ रही थी। अंत में अब्राहम के स्टडी रूम में घुसी, जहाँ मैं विरले ही कदम रखती थी। उसके बुकरैक को साफ करने लगी कि कुछ रंगबिरंगी किताबें फिसली। मैं सन्न रह गयी। हलेलुइया...मेरे सुंदर और पवित्र घर में पोर्नोग्राफी किताबें क्या कर रही हैं! प्रत्येक पुस्तक पर एक सेक्सी शीर्षक था, जिनका मैं नाम नही लेना चाहूंगी। किताबें अत्यधिक अश्लील थी, कुछ हिस्सों को उजागर किया हुआ था, कुछ सेक्स दृश्यों को रेखांकित किया गया था, इतने सारे सेक्स-शब्दों से भरी थी कि मुझसे दो-चार वाक्यों से अधिक नहीं पढ़ा गया। मैंने सोचा कि अब्राहम पादरी

है। कोई पथभ्रष्ट व्यक्ति परामर्श के लिए उनके पास आता होगा, अब्राहम ने उससे ये पुस्तकें जब्त कर अपनी स्टडी में रख ली। मुझे मालूम था कि भले ही घरों में इस विषय पर चर्चा करना एक तरह से वर्जित है, लेकिन बहुत से भक्त तरह-तरह की चर्चायें अब्राहम से करते हैं। धर्माध्यक्ष अक्सर भक्त लोगों की समस्याएं सुनते हैं। इतना ही नहीं, लोग सेक्स के मामलों में भी उनकी सलाह लेते हैं।

अब्राहम जब चर्च से लौटे तो मैंने पुस्तकों के विषय में पूछा। मुझे घोर आश्चर्य हुआ जब उन्होंने कहा कि इन पुस्तकों का आस्वादन वे स्वयं करते हैं।

''पुस्तकें पढ़ने में कोई बुराई नहीं है,'' वे बोले।

''कौन कैसी पुस्तकें पढ़ता है, यह पढ़ने वाले की मानसिकता और व्यक्तित्व को दर्शाता है।'' मैं सिसक पड़ी। मेरे पति, एक चर्च के पुजारी, धर्म उपदेशक अश्लील साहित्य पढ़ते हैं! वह दोहरा जीवन जीते हैं! और...फिर कुछ दिनों बाद मुझे औरतों के नग्न चित्र दिखे। धीरे-धीरे मुझे सब पता चल गया... मेरा पति पक्का वुमनाइजर है। उसे सेक्स की लत है। यह सब मुझे बेहद चौंकाने वाला, भयानक और विनाशकारी लगा। मुझे गहरा आघात लगा। अप्पा का कथन याद आ गया... वैवाहिक जीवन के कुछ नियम होते हैं। पति-पत्नी के पवित्र रिश्ते को अब्राहम तार-तार कर रहा था। हमारे रिश्ते को लील रहा था।

हालांकि हम सभी (मनुष्य) जीवधारियों का जिस्म एक समान अंगों से संगठित है, किन्तु उन सभी औरतों की दैहिक संरचना में इतनी अधिक भिन्नता थी कि एक दूसरे से बिलकुल अलग-थलग दिख रही थी—कोई मोटी, कोई पतली, कोई मांसल, कोई छुईमुई सी, कोई थुलथुली। बाल, आंख, कपोल, होंठ, कमर, स्तन, नितम्ब...प्रत्येक अंग विविध आकारों के, अलग-अलग रंगों के, अपनी विशिष्टता लिए हुए। उन तस्वीरों पर अपनी आँखें टिकाए रखना भी बड़ा मुश्किल था, फिर भी, एक कड़वे अहसास के साथ एक बाद दूसरी तस्वीर देखती चली गई। सूखे कंठ से अब्राहम से पूछा, ''कहाँ मिल जाती है तुम्हें ये औरतें?''

''वे ही मेरे पास इश्कबाजी के लिए चली आती हैं, मुझे लुभाती हैं। कहती हैं, वे मुझसे प्रेम करती हैं,'' अब्राहम गर्व से बोला।

''क्या तुम भी इनसे प्रेम करते हो?'' कांपती आवाज में मैंने पूछा।

उसकी वह वीभत्स हंसी मुझे बहुत ही भद्दी लगी।

''सेक्स किसी पोर्न शॉप ने नहीं, ईश्वर ने बनाया है। ईश्वर चाहता है कि हम अच्छी तरह से सेक्स करें,'' अब्राहम बोला। ''सेक्स और प्यार के बीच एक स्पष्ट अंतर है। सेक्स एक शारीरिक गतिविधि है। प्रेम में भावनाएं, अंतरंगता शामिल रहती है। मैं प्रेम सिर्फ तुमसे करता हूँ।''

''मैं उनके साथ सेक्स करता हूँ, लेकिन प्यार सिर्फ तुमसे करता हूँ! इसका

क्या मतलब है? आपको अपने शारीरिक संबंध सिर्फ मुझसे रखने चाहिए,'' मैं चिल्लाई।

''कौन कहता है ?

''हर कोई। हमारे शास्त्रों में भी लिखा है—विवाह पश्चात् घर लाई अपनी पत्नी के अलावा किसी अन्य महिला को वासना की नजर से देखना और किसी प्रकार का संबंध बनाना पाप की श्रेणी में आता है।''

''बुलशिट! मैं इसमें विश्वास नहीं करता। हमारे समाज में कई चीजें जो मजेदार या सुखद मानी जाती हैं उन्हें पाप की संज्ञा दी गई है।''

सच, स्त्री पुरुष का संबंध बड़ा रहस्यमय होता है। इसमें क्यों, क्या, कब का उत्तर मिलना इतना आसान नही है।

''कहाँ मिलते हो इन औरतों से...?'' मैंने पूछा।

अब्राहम फिर हँसा, और जोर से। ''तुम बहुत भोली हो...।''

अब्राहम ने बताया तो नहीं किन्तु मेरा मस्तिष्क खुद ही कल्पना करने लगा... कहाँ लेते होंगे अब्राहम उन महिलाओं के साथ निजी क्षणों का आनंद? होटलों में या उन औरतों के घरों में या बाग-बगीचों में...। मैंने सुना था कि कार में भी सेक्स होता है, या फिर चर्च में...। चर्च में सेक्स का खेल...। हलेलुइया...! मेरा सिर घूमने लगा।

अब उस दुःख को मैं अपनी जिन्दगी के एक छोटे से पड़ाव के रूप में देखती हूँ किन्तु उस वक्त मुझ पर आकाश टूट पड़ा था। गश खा गई थी। रिश्ते में झूठ, फरेब, बेहयाई, छल और जाने किस-किस की चोट से काँप रही थी मैं। एक बहुत बड़ा सवाल मेरे सम्मुख खड़ा हो गया। क्या करूं? क्या इस आदमी के साथ मुझे अपनी सारी जिन्दगी जीनी पड़ेगी? और अगर छोड़ दूँ तो कहां जाऊं? एक बात अच्छी तरह समझ में आ गयी थी—मेरा पादरी पति चरित्रहीन है, औरतबाज है। उसे एक नहीं, कई औरतें चाहिए। अपने सेक्सुअल बिहेवियर को कंट्रोल नहीं कर पा रहा, बल्कि कई औरतों से यौन संबंध बनाने को अपनी मर्दानगी समझता है। पूर्ण विश्वास से मैंने उससे शादी की थी, एक निर्मलता से स्वयं को समर्पित किया था। बचपन से सीखा था, पति पत्नी का एक-दूसरे के प्रति निष्ठावान रहना अनिवार्य है। पुरुष केवल अपनी पत्नी में प्रीति रखे और स्त्री सिर्फ अपने पति में। कितना बड़ा छल हुआ मेरे साथ! किसी और को धिक्कारने से पहले मैं स्वयं को धिक्कारती—क्यों नहीं मैं इसे पहले समझ सकी! कितनी बेवकूफ रही मैं!

''नैन्सी, मैं तुम्हें पसंद करता हूँ। तुम्हारी इज्जत करता हूँ। प्रेम सिर्फ तुमसे करता हूँ,'' अब्राहम कई बार मुझसे कहता।

मैं उस पर बरसती—''व्यभिचारी, पापी, संस्कारहीन आदमी! यह कैसा प्यार

है? तू मेरी नजरों में कितना गिर चुका है?''

इन प्रश्नों पर उसकी बोलती बंद हो जाती। बुदबुदाता—''तुम्हें कमी क्या है?''

वाकई मुझे कमी क्या थी? मेरी अच्छी-खासी देखभाल हो रही थी। मेरी सभी आवश्यकताओं व शौकों की पूर्ति हो रही थी। मैं और अब्राहम एक साथ घूमने जाते, फिल्म देखते। वह मुझे अपनी गृहस्वामिनी कहता, सामाजिक सामारोह में अपनी पत्नी कह कर मेरा परिचय देता। मेरे कपड़े और श्रृंगार देख कर हर कोई यह समझता था कि मैं बहुत सुखी हूँ, मेरा पति मुझे बहुत प्रेम करता है। दिन भर वह जहाँ कहीं भी जाता हो, रात में वह मेरे संग ही होता है। मेरे साथ सोता है।

उसका मजबूत धावक सा शरीर, काले बाल, भूरी आँखें, बोलता चेहरा किसी को भी बाँध लेता था। मिशनरी में अब्राहम को सब बहुत पसंद करते थे। उसका आदर-सम्मान होता था। उसे एक ईमानदार व कर्तव्यनिष्ठ पादरी समझा जाता था। चर्च उसकी छत्रछाया में काफी फलने-फूलने लगा था। उसने मलयालम के अलावा हिंदी में भी प्रार्थना शुरू करवाई थी। यह मुख्य रूप से कोल्लम में और उसके आसपास रहने वाले कई हिंदी भाषी प्रवासियों के लिए था। इसे उसका एक अत्यंत सराहनीय कदम माना जाता था। मंत्री तक उससे मिलने आते थे। कभी-कभी वह कहता, उस पर काम का बहुत तनाव रहता है, सेक्स में लिप्त होने से उसका तनाव कम हो जाता है, और वे महिलाएं जो उसे यौन सुख देती हैं, वास्तव में भगवान की सेवा कर रही हैं।

उसकी बकवास पर मैं अपनी आँखें मूँद लेती, बाल नोच लेती।

''मिस्टर अब्राहम एक छोटे से शहर में पादरी के रूप में व्यभिचारी जीवन जी रहे थे, फिर भी समाज और चर्च दोनों जगह मान्यता मिल रही है, थोड़ा अवास्तविक सा लगता है,'' पॉल बोलने से खुद को रोक नही पाया।

''वह औरतों के साथ गुप्त संबंध बनाता था। केवल मैं यह रहस्य जानती या वे औरतें, और हम सब खामोश थे। वह अपने निजी जीवन के पन्नों को छिपाने में बहुत माहिर था।''

''मिस्टर अब्राहम मुझे रॉबर्ट लुई स्टीवेन्सन के उपन्यास के पात्र—डॉ जेकेल और मिस्टर हाइड के जैसे लगते हैं। आमतौर पर बहुत अच्छे, और साथ ही चौंकाने वाली बुराई। दोहरा चरित्र।''

हाँ, पॉल, मैं उसे बर्दाश्त करने, उसे थोड़ा सा पसंद करने, और फिर घृणा करने के चक्र से बार-बार गुजरी हूँ।

एक पत्नी होने के नाते मैं धार्मिक आयोजनों में अपनी पूर्ण भागीदारी देती। अब्राहम के साथ लग कर मैं, एक दल की तरह चर्च में प्रार्थना सभा व अन्य धार्मिक

अनुष्ठानों में अपना सहयोग देती। बच्चों का बपतिस्मा संस्कार हो, प्रभु भोज की विधि हो, क्रिसमस या ईस्टर आराधना हो, रैली हो, मैं पूरी तन्मयता से लगी रहती। चर्च के क्वायर ग्रुप के साथ मिलकर गीतों की प्रस्तुति देती। सामाजिक गतिविधियों के आयोजन में सक्रिय भूमिका निभाती। अब्राहम के साथ मैं भी आध्यात्मिक सभाओं में बाइबल पढ़ने और ईसाईयत के प्रचार के लिये जाया करती थी। अब्राहम कई तरह की सामाजिक कल्याण की योजनाओं में सलंग्न था। जीजस कॉल सेवा उसने शुरू की थी, जिसके तहत गरीबों की मदद की जाती थी। कोल्लम में एक अनाथालय को चलाने में मदद किया करता था, वह उनकी सलाहकार कमेटी में था। अनाथालय के बच्चों को देश-विदेश से स्पोंसरशिप दिलवाने में उसकी भूमिका बड़ी अहम रहती थी। मैं भी उसके साथ अनाथालय जाया करती थी—ग्रेस होम। वहाँ सभी उसे 'फादर अब्राहम' पुकारते थे। उसे देवता की तरह पूजते थे। उसके भीतर बैठी अच्छाइयों को मैंने भी हमेशा नमन किया।

"तुम एक बहुत अच्छे पादरी तो हो, मगर एक अच्छे पति बिलकुल नहीं।" मैंने उसे शान्ति से समझाया, "तुम में बहुत सारी खूबियाँ हैं। तुम एक बहुत अच्छे पति बन सकते हो बस ये औरतें छोड़ दो। मैं जिन्दगी भर पति-परमेश्वर समझ कर तुम्हारी पूजा करूंगी।"

वह मूक गर्दन हिलाता, मगर अपनी हरकतों से बाज नहीं आता। मैं उसे दुत्कारती, गालियाँ बका करती। बकते-बकते मेरा गला खराब हो जाता। अब्राहम पर गुस्सा तो मुझे आता ही, साथ ही उन औरतों पर भी जो दूसरी औरतों के मर्दों पर नजर रखती हैं, उनका घर फोड़ती हैं। रंडियाँ हैं वे! मैं अपने भीतर के गहरे स्व के साथ संघर्ष कर रही थी, और एक दिन गुस्से से फट पड़ी। पैर से अपनी जूती निकाली। इरादा तो उस पर जूती बरसाने का था, किन्तु उसके बजाए मैं अपने पर दनादन जूतियाँ बरसाने लगी, साथ ही स्वयं को कोसने लगी, "नैन्सी, तू कितनी गयी-गुजरी है...तेरा पति तेरे आँखों के सामने तुझे छल रहा है और तू कुछ भी नहीं कर पा रही है...लानत है तुझ पर...छि है तू...।"

अब्राहम डर गया। मेरे हाथों से जूती छीनी, और रोने लगा। मुझसे माफी मांगी। वह कभी औरतों से पास नहीं जाएगा, मुझसे वादा किया। सामने वाला अगर अपनी गलती की माफी मांगे तो दो ही विकल्प होते है—सजा या माफी। मैंने उसकी वेश्यावृति, उसके पापों को क्षमा कर दिया। सोचा, मुझे उसे एक मौका देना चाहिए।

जाती भी कहाँ मैं? मुझे बी.एससी. तक पढ़ा, मेरी शादी रचा अप्पा मेरे प्रति अपना फर्ज अदा कर चुके थे। मैं उनके गले नहीं पड़ना चाहती थी। भाई-बहन अपने ही वजूद के लिए संघर्ष कर रहे थे। उनसे क्या उम्मीद करती?

अपना ध्यान कहीं ओर बँटाने की कोशिश करने लगी। प्रभु यीशु मेरी मदद करो...बुदबुदाती रहती।

***

नॉस्टैल्जिया में ही रहने की आदत नहीं है मुझे। भविष्य की भी सोचती हूँ। जो दिन गुजर गए, बीत गए, उनका क्या सोचना। किन्तु यादों की गठरी खोलो तो कुछ स्थान और लोग बहुत याद आते हैं। मेरी खुशियों को ग्रहण लग गया था, फिर भी कोल्लम में बहुत कुछ था जो मेरा ध्यान बँटाता था। कोल्लम की नैसर्गिक सुंदरता का आनंद लेने के लिए काफी सैलानी आते थे। बहुत सारे जलाशय थे और सागर तो मेरे घर के इतने निकट था...। बैकवाटर—नदियों, झीलों, नहरों और सागरीय जल से बने एक अनूठे जलतंत्र में मैंने नाव से भरपूर यात्रा की। इस यात्रा ने अद्भुत अहसास दिया। पानी के प्रति मेरे प्रेम को बढ़ाया, और मैं तैरने लगी।

"तैरने लगी...?"

हाँ, नदी में तैरना तो मैं पहले से ही जानती थी, मैंने यहाँ समुद्री तैराकी सीखी। शुरू-शुरू में अब्राहम ने मेरे लिए एक प्रशिक्षक नियुक्त किया। रोज शाम चार बजे मेरे प्रशिक्षक समुद्र के किनारे आ जाते। मेरी ट्रेनिंग शुरू हो जाती। समुद्र की तेज लहरों और अथाह गहराई में मेरे कोच वेद विलास ने मुझे बड़ी हुनरमंदी के साथ स्वीमिंग सिखाई। बारीक प्रशिक्षण दिया। एक्सपर्ट तैराकी का गुर मुझमें भर दिया।

कई तरह की तैराकी विधाएं मैंने सीखी—फ्री स्टाइल, ब्रेस्ट स्ट्रोक, बैक स्ट्रोक, बटरफ्लाई, साइकलिंग और स्वीमिंग योगा। धड़, बाजू, पैर, हाथ, पाँव और सिर की लयबद्धता गति और, साँसों का तालमेल स्ट्रोक्स के साथ कैसे होना चाहिए, इसकी भी मैंने ट्रेनिंग ली। लाइफ सेविंग स्ट्रोक भी सीखा जिससे कभी किसी डूबते को बचा सकूं। उन्होंने मुझे मौसम और महासागरीय चार्ट पढ़ना भी सिखाया। तीस दिनों के प्रशिक्षण उपरान्त मेरे प्रशिक्षक रोज की बजाए सप्ताह में दो दिन आने लगे, और धीरे-धीरे मुझे उनकी आवश्यकता नहीं रही ।

जब भी तनाव में होती समुद्र की वेगवान लहरों में छलांग मार लेती। गहरे नीले सागर में द्रूत गति से तैरने लगती। कहीं-कहीं पानी का दबाव बहुत अधिक रहता, इतना अधिक कि मुझे नीचे की ओर खिंचाव महसूस होता था। समुद्र की लहरें और हवा मुझे डिगाने का प्रयास करती मगर मैं पूरी लगन के साथ तैरने का अभ्यास करती। जलचरों से टकरा जाती। आस-पास तैरती मछलियां मुझे छू कर दौड़ जातीं मानों मेरे साथ कबड्डी खेल रही हों।

मुझे जीवों से बहुत लगाव था। बी.एससी. में जन्तुविज्ञान मेरा एक विषय था, मत्स्यिकी में विशेषज्ञता। खारे पानी में रहने वाली मछलियाँ, मीठे पानी के स्रोतों में पाये जाने वाली मछलियाँ...। कई मछलियाँ तो दैत्याकार होती, मगर मैं उनसे डरती नहीं, उनके शल्कों पर अपना हाथ फिराती, उनके सम्मुख भोजन डालती। मैं हर तरह का मांस खाती हूँ, मगर मछली नहीं खाती। वे मेरी सखियाँ हैं। न वे मुझे खाती हैं और न मैं उन्हें। मेरे आसपास के लोग मुझे मछली पुकारने लगे थे। मुझे देख कर कहते—लहरों की बेटी—मीन...मीन...।

मैं हँसती, जिरह करती, कहाँ से मछली दिखती हूँ? न गिल हैं, न फिन, और न ही शल्क...। न ही मेरे भीतर मछलियों की तरह वायु थैली है, न ही मेरा नाड़ी तन्त्र उनकी तरह है...।''

''मगर तैरती तो उनकी तरह हो...।''

हाँ, मैं तैरती उनकी तरह हूँ। लहरों की बेटी हूँ। आहा, विस्मयकारी, ऊपर नीला आसमान, नीचे विशाल समंदर के बीचोंबीच तैरती मैं...। अद्‌भुत, कुछ क्षणों के लिए मैं सब कुछ भूल जाती—अपना गम, अपनी चिंता, यहाँ तक कि अपना वजूद भी। खारे पानी में गोते लगाती। मछली की तरह मैं भी थिरक जाती। कभी-कभी अंडरवाटर करती। ऑक्सीजन मास्क लगा, पीठ पर सिलैंडर बांध, पैरों पर फ्लिपर्स पहन मैं धीरे-धीरे समंदर के गहरे पानी में उतरती, घंटों तैरती रहती। मेरे बदन और मन की तपिश कम होती। कभी-कभी मेरी सांस उखड़ने भी लगती, कानों में भयंकर पीड़ा उठने लगती। मगर मैं हर जोखिम उठाने को तैयार थी, मौत का कोई भय नहीं रह गया था।

लोग मुझसे आश्चर्य से पूछते, ''समुद्र के अंदर डर नहीं लगता?

सच कहूँ जीवन से इतनी निराशा हो गई थी कि मन करता समुद्र के वक्ष में समा जाऊँ। जल समाधि ले लूं। मगर मेरे शरीर का रिफ्लेक्स एक्शन स्वत: ही काम करता रहता। मेरे चाहने के बावजूद मेरे हाथ-पैर रुकते नहीं। मांसपेशियां चलती रहती और मुझे डूबने नहीं देती। हर दिन डेढ़-दो घंटे का वक्त दरिया में गुजार देती। धीरे धीरे मैंने तैराकी में महारथ हासिल कर ली। मैंने स्थानीय स्विमिंग कॉम्पीटिशन में भाग भी लिया। कप और ट्रॉफी जीती। स्विमिंग मेरा गहरा शौक, मेरी आराधना बन चुका था। दरअसल मेरे लिए वह केवल तैरना नही था, बल्कि अपने वजूद के लिए हाथ-पैर मारना भी था।

तब भारत में कम्प्यूटर कोर्स नये-नये शुरू हुए थे। मैंने एनआईआईटी—नेशनल इंस्टिट्यूट ऑफ इन्फॉर्मेशन टेक्नोलॉजी में दो वर्ष का एक कम्प्यूटर कोर्स ज्वाइन कर लिया। प्रोग्रामिंग सीखने लगी। तैराकी और कम्प्यूटर कोर्स ने मुझ में एक नई ऊर्जा का संचार कर दिया। मेरा ध्यान भी बंट गया, और फिर एक दिन पता

चला मैं माँ बनने वाली हूँ। मैं एक नये अहसास से भर गयी।

मेरा भाई नील, जिससे मैं अपना सभी दु:ख-दर्द बाँटा करती थी, मुझे सलाह देता कि मैं अब्राहम को तुरन्त छोड़ दूँ।

''कैसे छोड़ दूँ? आर्थिक तौर पर उस पर पूर्णतया निर्भर हूँ। मुझे खिलाने-पिलाने-घुमाने के अलावा मेरे सभी शौक वह ही पूरा कर रहा है। तैराकी, कम्प्यूटर कोर्स का खर्चा वह ही उठा रहा है। वह मेरा भरतार है। मैं उसकी मोहताज हूँ।''

नील मुझसे पूछा करता—क्या मुझ में कोई आत्मसम्मान नहीं है?

वाकई आत्मसम्मान को दाँव पर लगा कर बचाई गयी शादी का कोई अर्थ नहीं है। मगर एक सम्पूर्ण जीवन की तुलना क्या चंद पलों के आत्मसम्मान से की जा सकती है? क्या करूँगी मैं अकेले? कैसे जीऊंगी? पतिविहीन, कोई नौकरी नहीं, रहने के लिए कोई घर नहीं इस जहाँ में। आत्मसम्मान तो बहुत बाद में आता है। पहले तो जीवन के लिए बुनियादी आवश्यकताओं की वस्तुओं की सुलभता चाहिए। समय बीतता गया, समय की धारा में जो बातें होनी थी, होती गई। हर औरत की तरह मैं भी गर्भाधान, गर्भावस्था, प्रसव, मातृत्व के चरण से गुजरी। मैंने एक पुत्र को जन्म दिया। साथ ही मेरा कम्प्यूटर कोर्स भी निपटा। सुंदर बेटा गोद में आ गया, चमकदार कम्प्यूटर डिग्री हाथों में आ गई, और समुद्री तैराकी में मैंने सिद्धता हासिल कर ली। जिन्दगी आखिरकार बहुत खराब तो नहीं थी।

बेटे को पाकर मैं अभिभूत थी। अब्राहम भी बेटे के जन्म पर बहुत खुश हुआ। उसने चर्च में एक भव्य बपतिस्मा समारोह का आयोजन किया, जिसके बाद एक शानदार पार्टी हुई। तत्पश्चात मिठाई भी बांटी गई। परमेश्वर के पुत्र ईसा मसीह और पवित्र आत्मा के नाम पर, हमने अपने बच्चे का नाम जोशुआ रखा। मुझे तो जैसे जीने का आधार मिल गया। मेरी जिंदगी उसी के इर्द-गिर्द सिमट कर रह गई। समुद्र की गहराई में समा कर जीवन का अंत करने का इरादा खत्म हो गया। बल्कि जीवन के प्रति मेरा मोह बढ़ गया। तैरने के लिए लिए अभी भी जाया करती थी, किन्तु आधे-एक घंटे में ही बाहर निकल जाती। मेरा जोशुआ नींद से जग गया होगा, भूखा होगा।

एक आया जोशुआ के लिए नियुक्त की हुई थी—सुबह नौ से शाम पांच बजे तक। जब मुझे अपने व्यक्तिगत काम करने हो, कहीं आना-जाना हो, तैरना हो तो वह उसकी देखभाल करती थी। जब मैं तैरने जाती, आया जोश को लेकर समुद्र किनारे आ जाया करती।

मैं तैर कर बाहर निकलती, उसके हाथों से जोश को लेकर अपने सीने से लगा लेती। जोश भी मेरे स्पर्श को पहचान जाता। किलकारी मारने लगता। मेरे वक्ष पर दूध टटोलने लगता। मैं पुलकित हो जाती। मुझे अहसास होता कि मैं अपने बेटे के

लिए कितनी अधिक महत्वपूर्ण हूँ। जिन्दगी में एक सार्थकता महसूस होने लगी थी। सोचती, जोश को इतना प्यार करूंगी, इतना प्यार करूंगी कि वह जग जीतेगा। उसे उस दर्जे की समुद्री तैराकी सिखाऊँगी कि वह ओलम्पिक में भाग लेगा। मैं उसे पुचकारती, ''जोश, तू जल्दी से बड़ा हो, तू और मैं एक साथ तैरा करेंगे। तू एक अन्तर्राष्ट्रीय तैराक बनेगा।''

***

सखा पॉल, कभी कुछ स्थिर नहीं रहता। मनुष्य के जीवन में पल-पल परिस्थितियाँ बदलती रहती है। जिन्दगी हँसाती भी है, रुलाती भी है, हम हर हाल में आगे बढ़ने की चाह रखते हैं। अब्राहम के मामा पूर्वी अफ्रीकी देश, केन्या में बसे थे। अब्राहम अपना वतन छोड़ कर केन्या जाने की जी-तोड़ कोशिश कर रहा था। वह एक मसीही था, विदेश में रहकर परमेश्वर की सेवा करना चाहता था। अपने मामा के जरिये अब्राहम को केन्या के एक चर्च में पादरी की नौकरी मिल गई।

विश्व का नक्शा दिखाते हुए अब्राहम मुझसे बोला—हम मोम्बासा जा रहे हैं...। मोम्बासा भूमध्य रेखा पर हिन्द महासागर के किनारे बसा केन्या का एक तटीय शहर है। राजधानी नैरोबी के बाद यह देश का दूसरा सबसे बड़ा शहर है। कितने ही जजबात, संवेदनाएं मेरे मन में मचल पड़ी। अचंभित हो गई मैं—क्या है जिन्दगी? कितनी जल्दी बदल जाती है! हमारा अन्तर्देशीय प्रवासन तो कभी का हो गया था, अब अन्तर्राष्ट्रीय प्रवासन शुरू हो रहा था। मैंने सोचा कि चलो नये देश में जिन्दगी दूसरी होगी। अब्राहम बदल जाएगा। इन औरतों और रंडियों से पिंड छूटेगा। बड़े उत्साह से मैं अपनी पैंकिंग करने लगी। अब्राहम तो चर्च के कामों को ही निपटाने में लगा रहा। नील ने मलप्पुरम से आकर पैंकिंग में मेरी मदद की।

अपना घर-बार, शहर, देश छोड़ते हुए मुझे दुःख भी हो रहा था। जिन्दगी में बदलाव और आगे बढ़ना कई मायनों में अगर अच्छा लगता है तो मन यह भी चाहता है कि हमारा जीवन जैसा है, वैसा ही थमा रहे। नई, अनजान राहों को तलाशने में डर लगता है। रोमांच के साथ साथ भय से भी भर गयी थी मैं। कोल्लम की कुछ यादों को भूलना चाहती थी तो कुछों को सीने में हमेशा के लिए कैद कर लेना चाहती थी।

अत्यधिक व्यस्तता होने के बावजूद समय निकाल कर मैंने भाई नील के साथ अष्टमुडी झील में बोटिंग की, आसपास के मनभावन नजारे लिए। बैकवॉटर्स और हाउसबोट का अनुभव फिर से लिया। उन सभी से मिली जो कोल्लम में उस अवधि में मेरे मित्र बन गये थे।

''कीनिया जा रही हो?'' लोग आश्चर्य व्यक्त करते।

“हाँ, केरल से केन्या जा रही हूँ,” मैं खुश होकर जवाब देती।

कुछ लोग जिनका भौगोलिक ज्ञान अच्छा था, मुझसे कहते, “कीनिया अफ्रीका का एक रोचक देश है।”

मैं फूली नहीं समाती, किन्तु विन्रमता से कहती, “अपना कोल्लम भी कुछ कम नहीं है।”

केरल व केन्या के तट आमने-सामने हैं, मगर बीच में पसरा विशाल अरब सागर हमें पार करना था। कोच्चि से मोम्बासा की सीधी फ्लाईट थी। कोच्चि कोल्लम से 150 किलोमीटर दूर था। सामान हमारा पानी के जहाज से रवाना हुआ। टैक्सी लेकर हम कोल्लम से कोच्चि आये। नील हमारे साथ कोच्चि तक आया।

कोच्चि एयरपोर्ट पर सहसा मेरा मन बहुत द्रवित हो गया। नील से मैं लिपट गई। हम दोनों का साथ माँ के गर्भ से था। उससे बिछुड़ कर इतनी दूर जाने का मन नहीं कर रहा था। उसकी अश्रुपूरित आँखों में भी मुझसे बिछुड़ने का दर्द झलक रहा था। रुँधे कंठ से बोला, “कम बैक!”

“आई विल...” मैं बोली।

कोच्चि से फ्लाईट पकड़, अपने देश की राष्ट्रीय सीमाओं से बाहर निकल, अरब सागर को पार कर हम तेरह घंटों में केरल से केन्या पहुँच गये।

दो

केन्या (अफ्रीका)

जीवाश्म रिकॉर्ड और डीएनए सबूत कहते हैं कि मानव जाति का प्रादुर्भाव अफ्रीकी महाद्वीप में हुआ था और धीरे-धीरे मानव इस महाद्वीप को पार कर विभिन्न महाद्वीपों में फैला था। अफ्रीका में खाने-पीने की चीजों के अभाव के कारण उन्हें अन्यत्र जाना पड़ा। देखा जाए प्रवास की प्रक्रिया कोई नई नहीं है। कालक्रम में इसमें नित नये-नये आयाम जुड़ते गये किन्तु स्थान-परिवर्तन, प्रवास या भूमंडलीकरण दुनिया में हमेशा से मौजूद था।

"आज के ग्लोबलाइजेशन का हम जिस सन्दर्भ में उपयोग करते हैं वह अलग है," पॉल कह रहा है। "पहले जब लोग एक जगह से दूसरी जगह जाते थे तो अपनी संस्कृति, धर्म और कौशल ले जाते थे। आज का ग्लोबलाइजेशन आईटी, ट्रेड, इंटरनेट और मीडिया से जुड़ा है।"

"बिलकुल सही फरमाया पॉल। आगे बढ़ूँ?"

"यस प्लीज।"

बात ऐसी थी कि मैं पति व पुत्र के साथ विदेश में थी, फिर भी अकेलापन बड़ा तीखा लगा—आक्रांत, मित्र विहीन। मगर एक नई उम्मीद के साथ, एक नये सिरे से एक नये परिवेश में मैंने जिन्दगी को ढालने की शुरूआत की। यहाँ काले अफ्रीकनों की भीड़ थी तो गोरे यूरोपियन वंशजों की जमात भी कम न थी, जो व्हाइट केन्यन कहे जाते हैं। एक विशाल भारतीय समुदाय भी था, और इसलिए कई भारतीय संस्थाएं और समितियां थीं। कई बातें मुझे भारत से मिलती-जुलती लगती थी—सामाजिक-आर्थिक चुनौतियाँ, लोगों की मेहमाननवाजी, मित्रता और विविधता।

भाषाई, सांस्कृतिक और ऐतिहासिक संदर्भ में यहाँ की जनसंख्या को दो भागों में विभक्त किया जा सकता है—स्वाहिली बोलने वाले और अंग्रेजी बोलने वाले। दोनों भाषा ही राजकीय भाषा थीं। अंग्रेजी मैं पहले से ही बोलती थी। यहाँ आकर मैंने स्वाहिली भाषा में गोता लगाया। स्वाहिली बड़ी सरल-तरल भाषा है, जिसे सीखना मुश्किल नहीं था।

"स्वाहिली में कुछ सुनाओ," पॉल मुझसे कह रहा है।

"क्या सुनना चाहते हो?"

"हूँ... बोलो—हैलो!"

"जंबो!"

"थैंक यू!"

"असांते!"

"आई लव यू।"

मैं तनिक हँसी। "नाकुपेंदा साना—आई लव यू वैरी मच!"

पॉल भी हँसने लगा है।

अब्राहम ने मोम्बासा में एक इंटरनेशनल प्रोटेस्टेंट चर्च में पास्टर का कार्यभार सँभाला। यहाँ हमारा जीवन स्तर भारत से बेहतर था। अब्राहम को चर्च द्वारा घर, कार और एक ड्राइवर मुहैया कराया गया। एक मसीही का सम्पर्क कई लोगों से हो जाता है। उसी के ही सम्पर्क से मुझे मोम्बासा में चल रहे एक इन्डियन इंटरनेशनल स्कूल, जो सीबीएसई पाठ्यक्रम का अनुसरण करता था, में कम्प्यूटर टीचर की नौकरी मिल गयी। नियुक्ति तो मेरी बतौर कम्प्यूटर टीचर हुई थी, मगर मैं अन्य विषय भी पढ़ाने लगी। सभी छात्रों ने मेरे अध्यापन को पसंद किया। मैं उनकी चहेती टीचर बन गई। सभी कहते—नैन्सी टीचर चाहिए...नैन्सी टीचर चाहिए...। इसने मेरे अंदर एक आत्मविश्वास, और सच कहूँ तो एक अहंकार भी पैदा किया। सो एक निजी जिंदगी के साथ मेरी एक पेशेवर जिंदगी भी शुरू हुई। मैं भी दुनिया के कामकाजी लोगों की श्रेणी में आ गई।

"आत्मनिर्भरता महत्वपूर्ण है। जिन्दगी में कब क्या हो जाए, कुछ पता नहीं।"

"सही फरमा रहे हो पॉल...जिंदगी में आत्मनिर्भरता अत्यंत आवश्यक है। मनुष्य को दूसरों पर भरोसा न कर आत्मनिर्भर, आत्मविश्वासी होना चाहिए। आत्म सहायता ही जीवन का मूल सिद्धांत होना चाहिए। लेकिन फिर भी जिंदगी में ऐसे सोपान आते हैं, जब हम दूसरों पर आर्थिक रूप से निर्भर हो जाते हैं। खैर इसकी चर्चा बाद में करूंगी। अभी अफ्रीका की बात करती हूँ।"

"ठीक।"

नये-नये किरदारों से हम मिलते गये। नये-नये तजुर्बे होते गये। नये मामलों से साबका पड़ा। अनजान, अपरिचित लोगों से हमारा सम्पर्क बढ़ता गया। अफ्रीका के अजीबोगरीब रीति-रिवाज, तरह-तरह की वस्तुएँ, किस्म-किस्म के लोग, नई जिंदगी..। काले-गोरों के बीच में फँसे हम शुरू-शुरू में भौंचक्के हुए, विस्मित हुए मगर बहुत जल्दी ही हम यहाँ के परिवेश में घुलने-मिलने लगे। अफ्रीकी चरित्र,

अफ्रीकी सौंदर्य, कुरूपता और फूहड़ता से रूबरू होने लगे। बहुसांस्कृतिक शहर मोम्बासा की संस्कृति में विभिन्न संस्कृतियाँ पिघली हुई थी। ब्रिटिश, एशियाई, अरबी, ओमानिस, भारतीय और चीनी आप्रवासियों ने इस शहर की वास्तुकला और व्यंजनों को समृद्ध किया हुआ था।

स्थानीय बाजारों के हम चक्कर लगाते। टाउन हॉल में चाइनीज खाना खाते, न्याली सिनेमैक्स में हॉलीवुड और बॉलीवुड फ़िल्में देखते। न्याली ब्रिज पार करते हुए फोटो लेना न भूलते...। ओल्ड टाउन में सुगन्धित मसालों की महक हमारे नथुनों में भर जाती, और हम न चाहते हुए भी वहाँ लगी कतार में लग जाते।

"अरे मसाले तो अभी घर में पड़े हैं...पिछली बार जो पैकेट्स खरीदे थे, वे अभी खुले भी नहीं," अब्राहम झुंझलाता। मगर मैं कतार में लगे रहने का मोह छोड़ नहीं पाती, मसालों के और पैकेट खरीद लेती।

कभी-कभार व्यस्त बन्दरगाहों में हम पिकनिक करते। शहर से परे, वन्यजीव पार्क में सफारी पर्यटन के लिए जाते। गाँवों, खंडहरों में हम प्राचीन मानव बस्तियों को टटोलते। प्रकृति की विविधता, परिवर्तनशीलता और प्रचंड शक्ति से हम अचम्भित होते।

अफ्रीकन व्यंजन—उगाली, पुलाव, वाली...हमारी रोजमर्रा की जिन्दगी का हिस्सा बन गये थे।

यहाँ आकर जिन लोगों के साथ हमारा सामाजिक नेटवर्क कायम हुआ उन्हें मैं तीन भागों में विभक्त कर सकती हूँ। कुछेक स्थानीय भारतीयों के साथ हम उठते-बैठते थे, जिनमें अधिकतर मल्लू थे। अब्राहम के मामा-मामी तो यहाँ थे ही। शुरू-शुरू में हम उनके घर बहुत जाया करते थे, तब कोई हमारा यहाँ मित्र नहीं बना था, सो वे ही हमारे अपने थे। मगर आहिस्ता-आहिस्ता जब हम यहाँ जमने लगे, लोगों से हमारी दोस्ती पनपने लगी तो हमारा उनके घर जाना कम होता गया, और बाद-बाद में तो लगभग छूट ही गया।

हमारे मित्रों का दूसरा समूह मेरे स्कूल के अध्यापक थे। और तीसरा-चर्च से संबंधित लोग। फादर डिसूजा, उनकी अफ्रीकन पत्नी ग्लोरिया हमारे आदर्श थे। चर्च में आने वाली लड़कियाँ—रोज, मर्सी, बेलिंडा, मार्या...मेरी सखियाँ बन गयी। एक युवा पादरी से हमारा परिचय हुआ—रवि मोम्बासा में एक दूसरे चर्च में पादरी थे। उनकी पत्नी सैनली मूलतः चीनी थी। रवि के दादाजी तमिलनाडु से जाकर सिंगापुर बसे थे, और वहाँ क्रिश्चियनिटी में कन्वर्ट हो गये थे। रवि और सैनली, दोनों सिंगापुरी थे, एक आदर्श मिश्रित युगल। उन दोनों का हमारे जोशुआ की उम्र का एक बेटा था। रवि और सैनली हमारे अभिन्न मित्र बन गये।

मैं टीचर, मेरे पति मिशनरी, एक सुंदर बेटा, अच्छे-खासे दोस्त...। इससे

अधिक इंसान को और क्या चाहिए! और हाँ, यहाँ भी मैंने अपने घर में एलोवेरा पौधे लगाये। यहाँ इसकी भिन्न-भिन्न प्रजातियाँ मौजूद थी। इसकी उत्पत्ति शायद अफ्रीका में ही हुई थी। हरे, स्लेटी, हरे-स्लेटी...कई प्रजातियों की पौध मैंने अपने घर के गार्डन में रोपी।

यहाँ भी हमारा घर समुद्रतट से सटा चर्च के परिसर में था। सफेद रेत और नीला पानी जीवंत लगता था। चर्च के विशाल कक्ष में काष्ठ कला इतनी बारीक व सुंदर थी कि विचलित मन को शान्ति प्रदान करती थी। यहाँ भी मैंने अपनी समुद्री तैराकी जारी रखी। समुद्र का पानी यहाँ केरल जैसा ही लगा—खारा और गुनगुना।

और मेरे दुखद आश्चर्य के लिए, मेरी घोर बदनसीबी से यहाँ भी अब्राहम औरतों के पीछे जाने लगा। यहाँ आकर एक इंटरनेशनल चर्च में पादरी बन कर उसमें और भी ठसक आ गयी थी। एक दोपहर अपने घर में औरतों के नग्न चित्रों को पाकर मेरा दिल फिर टूट गया—चकनाचूर हो गया। मन गहरे विषाद से भर गया, आँखें डबडबा आयी। उसने यह सब यहाँ भी शुरू कर दिया...। नफरत से भर गई थी मैं, क्रोध से फट पड़ी थी। अंतर, पहले वह गेंहुई इंडियन औरतों के पास जाता था, अब काली अफ्रीकन, गोरी, भूरी सभी यहाँ उसे उपलब्ध थी।

अब्राहम के नई-नई औरतों से संबंध बनते गये। उसकी यौन लत बढ़ती गयी। यहाँ तक कि चर्च की एक नन से भी सेक्स करते थे।

''हालेलुइया! पर तुम्हें कैसे मालूम?''

''वह मुझसे बचती थी। मेरे सामने पड़ते ही घबड़ा जाती थी।''

''यह तो संदेह करने के पर्याप्त कारण नहीं हैं।''

''पॉल, कुछ बातें होती हैं जिन्हें हम बयान नहीं कर पाते, मगर समझते हैं, महसूस करते हैं। उसके हावभाव से मुझे पक्का यकीन था कि अब्राहम और उसके...।''

धर्म के आडंबर की आड़ में ये दुराचार...। हे ईश्वर! यह नरकवास! मुझे समझ नहीं आता था कि मैं कहां जाऊं, क्या करूं। बस रोती रहती। ''छि! क्या हो तुम? धर्म की बात करते हो, तुम्हारे जैसा अधर्मी इंसान तो कोई भी नहीं होगा। इंसानी खाल में छिपा भेड़िया!'' मैं अब्राहम को खूब धिक्कारती। कभी रुंधे स्वर में कहती, ''तुम भले ही मुझे मौत के घाट उतार दो किन्तु मेरा यह अपमान न करो। मैं इसे सहन नहीं कर सकती। मैं ही क्या दुनिया की कोई भी पत्नी यह स्वीकार नहीं कर सकती।'' मैं बहुत रोती तो मेरे संग वह भी रोने लगता। एक हास्यपूर्ण दृश्य बन जाता।

और यह एक सिलसिला सा बन गया... उसका रोना, गिड़गिड़ाना, क्षमायाचना, वादा करना कि वह दूसरी औरतों की तरफ देखेगा भी नहीं। अपने खराब व्यवहार की भरपाई करने के लिए वह मेरे प्रति अतिरिक्त स्नेह दिखाता। मेरे लिए उपहार

खरीदता। मैं उसे फिर माफ करने की कोशिश करती।

वूमेनाइजर आदमी झूठे, मक्कार, चालाकी से अपनी बात मनवाने वाले होते हैं। अपने व्यक्तित्व के आकर्षण से वे अपने प्रशंसक जुटा लेते हैं। अपनी हरकतों से वे बाज नहीं आते। सो, कुछ भी नहीं बदलता—कुछ भी नहीं। सिर्फ हंगामा खड़ा होता, रोना-पीटना मचता। और एक दिन उसने मुझसे स्पष्ट कहा कि उसका एक अलग निजी जीवन है जिसमें मैं हस्तक्षेप नहीं कर सकती। उसने तर्क दिया—"लोग अलग होते हैं। मैं अलग हूँ। कई लड़के लड़कों से प्यार करते हैं। कई लड़कियाँ-लड़कियों से प्यार करती हैं। समाज उनके रिश्तों को स्वीकार नहीं करता। लेकिन वे समाज में मौजूद हैं। तुम मुझे एक लंपट या गंदा आदमी कह दो। इंसानी खाल में छिपा भेड़िया कह दो। मगर मैं हूँ जो मैं हूँ।"

उसने मुझे यह भी कहा कि मैं उसके लिए पर्याप्त नहीं हूँ। मुझसे उसे बहुत कुछ मिलता है और वह मुझसे अपना दाम्पत्य बनाये रखना चाहता हैं। किन्तु कामतुष्टि नहीं मिलती। जब आदमी को पांच, दस, पन्द्रह या बीस से अधिक महिलाएं यौन सुख दे रही हैं, तो वह सिर्फ एक औरत के साथ बंध कर रहे, यह उसके लिए बहुत कठिन है।

मैंने उसे खामोश निहारा। मेरा पति—जिसने मुझसे ताउम्र प्यार करने का वादा किया था, विवाह नियमों की सौगंध खायी थी, जिसने मुझे हमारे पुत्र को जन्म देते हुए देखा। मेरा पति, अनंत और असीम विश्वास का आदमी, चर्च का पादरी, धर्मगुरु दूसरी औरतों का भोग किया करता है।

"तुम्हें कामतृप्ति किसी भी औरत से नहीं मिलेगी। एक के बाद दूसरी, दूसरी के बाद तीसरी...जिन्दगी भर भटकते रहोगे और अंत में रह जाओगे बिलकुल अकेले...तब न साथ होगी बीवी और न ही वे रंडियां...।"

"हें हा..." उसने मुझे दुत्कारा और पाँव पटकते हुए चला गया। अब्राहम ने मुझे अच्छी तरह जता दिया था कि इस संदर्भ में मेरी एक न चलने वाली। मुझे इस सत्य को स्वीकार करना ही पड़ेगा कि उसकी एक नहीं अनेक रसप्रिया हैं और रहेंगी। वह जैसा है मैं उसे वैसा ही स्वीकारूँ, नहीं तो जाऊँ जहन्नुम में।

मैं भारी दुख, उदासी, क्रोध, भय और सदमे से भर गयी। किस चंगुल में फँस गयी हूँ मैं? अपना दु:ख लिए कैसे जियूं? कितनी विवश हूँ? अब्राहम को तो कोई सजा नहीं दे पाती, खुद को ही सजा देने लगती। खाना नहीं खाती, भूखे पेट सो जाती। बिलकुल खामोश हो जाती। खुद को कमरे में कैद कर लेती। अपने बाल नोंचने लगती। हिन्द महासागर के तट पर खड़ी चट्टानों के बीच जाकर रोती। प्रभु पुत्र यीशु की सेवा करते-करते मैं उनसे प्रार्थना करती—इस अंधेरी और घृणित दुनिया से मुझे व मेरे बच्चे को बचाना। 2800 मील की दूरी पर परिवार से दूर, यहाँ

परदेश में हूँ, सब कुछ टूटा हुआ है और टुकड़ों को बीनने की अपनी पूरी कोशिश कर रही हूँ। एकाएक मुझे अपने घर की याद आने लगती—मलप्पुरम, मेरा मायका—मेरे अप्पा और मेरा भाई नील।

मैं एक माँ थी, एक शिक्षिका थी। मैं जतन करती कि मैं अपने बच्चे और छात्रों के प्रति अपने कर्तव्यों का निर्वाह अच्छे से कर सकूं। अपने पेशे के प्रति प्रतिबद्धता रख सकूं। किसी के साथ कोई नाइंसाफी न होए। वे भी मेरा ध्यान बंटाने में मददगार साबित होते। मुझे जीने का एक मकसद, हौसला देते।

***

अप्पा कहते थे कि कब, कहाँ किसके साथ कितना समय बिताना है सब नसीब में बंधा है। मौरीन टॉड से मेरी अंतरंगता को मैं अपना अहोभाग्य समझती हूँ। हमारे चर्च में वे आती थी। मौरीन के पति गुजर चुके थे। उनके दोनों बेटे अमेरिका बस गये थे।

चर्च मौरीन के लिए समय बिताने और लोगों से मिलने-जुलने का एक अड्डा था। मैं यहाँ के पास्टर की पत्नी थी, सो सभी की मुझ में जिज्ञासा होती, मुझे इज्जत देते थे। चर्च में मसीही गीतों की आराधना के वक्त मौरीन खड़ी होकर, दोनों हाथ ऊपर तान कर, मस्त हो नाचने लगती थी। मुझे उनका यह रूप बहुत भाता था।

मौरीन से मेरी दोस्ती पनप गयी। हम न्याली में रहते थे और वो हमारे घर से करीब पाँच किमी. की दूरी पर बम्बुरी में, हल्लेर पार्क के समीप एक कुटिया में रहती थी। उनके नाविक पति हल्लेर पार्क में साँपों और मगरमच्छों की देखभाल का काम किया करते थे।

मौरीन मेरी परामर्शदाता बन गयी। वो हमेशा कहतीं—थिंक बिग। बड़ा सोचो, बड़ा बनो। सकारात्मक पक्ष पर ध्यान केंद्रित करना कठिन है लेकिन असंभव नहीं है। वो मुझे अपनी कुंजम्मा की याद दिलाती थी। मैं उन्हें मौरीन शंगजी पुकारती थी। 'शंगजी' स्वाहिली में एक सामान्य शब्द है जो मौसी या चाची के लिए उपयोग होता है, जब सही संबंध नहीं जाना जाता है। मौरीन को देख कर मैं सोचती ये जवानी में कैसी लगती होंगी! अभी भी सुंदरता बरकरार थी। थोड़ी झुक जरूर गई थी, बदन गठीला था। प्यारा-भोला चेहरा और मीठी आवाज। मैं सोचा करती थी कि वे ज्यादा से ज्यादा साठ-बासठ की होंगी, मगर जब मैंने उनसे उनकी उम्र पूछी तो बोली, ''सत्तर की हो चुकी हूँ।''

समुद्र किनारे उनका घर था। कच्ची ईंटों, पत्थरों और खपरैल से बना, गेरू से लिपा कच्चा-पक्का घर किसी डिजाइनर घर से कम नहीं लगता था। उन्होंने बताया कि उनके पति व उन्होंने मिलकर यह घर खुद बनाया था। उनके दोनों बेटे तब बहुत

छोटे थे। अपने पिता के साथ समुद्र में मछली पकड़ने जाते थे। समंदर की लहरों में खेलते-खेलते लड़के कब बड़े होकर घर से चले गये पता ही नहीं चला...। मोम्बासा में रोजगार के अवसर बहुत अधिक न होने की वजह से वे नैरोबी चले गये, फिर नैरोबी से अमेरिका में जाकर खो गये। मौरीन और उनके पति समरायन घर में अकेले रह गये, फिर पति भी यह दुनिया छोड़ कर छूमंतर हो गये और वे एकदम अकेली रह गयी। उनका घर कुछ गिरी हुई अवस्था में था मगर वह कहती कि उनका अपने घर को रिनोवोट करवा कर पक्का व आधुनिक बनाने का कोई विचार नहीं है।

शहर में मौरीन के दो फ्लैट किराए पर चढ़े थे। बेटे भी पढ़े-लिखे, अच्छी नौकरियों पर थे। वे कहती कि उनके पति और वह अपने सीमित साधनों से इतना कुछ इसलिए जोड़ पाए कि उन्होंने हमेशा 'बड़ा' सोचा।

मौरीन दुनिया काफी घूम चुकी थी। अपने पति का अक्सर जिक्र करती, कहती जब उनके पति समरायन जीवित थे तो दोनों ने मिलकर काफी यात्राएं की थी। पुत्रों की वजह से अमेरिका तो आना-जाना बना ही रहता था। एशिया के कुछ देश भी घूमे थे। भारत यात्रा पति के साथ अंतिम यात्रा थी।

अपनी भारत यात्रा के कई अनुभव मुझे सुनाया करती। उन्हीं ने मुझे बताया—भारत ऐसा देश है, जिसे लोग या तो बेहद पसंद करते हैं या बहुत नापसंद करते हैं। भोजन की विविधता के बारे में हर्ष मिश्रित आश्चर्य से कहतीं, ''मैंने वहाँ कई तरह के भरे परांठे खाए, दही, अचार, चटनी के साथ।''

ताजमहल से वे विशेष रूप से प्रभावित थी। ''मैंने चाँद की रोशनी में ताज देखा। वह महल है या मकबरा...पता नहीं, मगर सफेद संगमरमर की वह इमारत कितनी गजब की है! झरोखों की बारीक कारीगरी, नक्काशीदार छतें और दीवारें अद्भुत लगती हैं। बादशाह और रानी की कब्रें देखने हम नीचे उतरे थे...घुप्प अँधेरे में...। मोमबत्ती जलाई कब्रें देखने के लिए।''

''मैंने ताजमहल नहीं देखा,'' मैं सहसा बोली।

''ताजमहल नहीं देखा?'' वे चौंकी।

''ताजमहल नहीं देखा?'' पॉल भी पूछ रहा है।

''इसमें इतना अजूबा क्या है? मैं दक्षिण भारत की हूँ... ताजमहल उत्तर में—केरल से बहुत दूर है,'' मैं बोली।

''ताजमहल तो मैं भी देख चुका हूँ...अलौकिक सुंदरता की तस्वीर... मोहब्बत का मंदिर...'' पॉल बुदबुदाया।

''अरे लड़की, अगर तूने ताजमहल नहीं देखा तो कुछ नहीं देखा,'' मौरीन बोली थी।

''सही बोली थी...'' पॉल बुदबुदाया।

यादों के भँवर में डूबते हुए मौरीन बोली, ''ताजमहल देखकर जब हम दोनों बाहर निकले तो एक ठेले वाले से समरायन ने मुझे हाथीदाँत का एक छोटा सा ताजमहल खरीद कर भेंट किया—''मैं इतना बड़ा ताजमहल बना तो नहीं सकता किन्तु यह छोटा सा खिलौना तो गिफ्ट कर सकता हूँ। आई लव यू, माय लव...।''

वह ताजमहल मौरीन के ड्राइंगरूम के कैबिनेट में सजा था। मैंने निश्चय किया कि अगली भारत यात्रा में ताजमहल देखने आगरा जरुर जाऊँगी। मगर क्या समरायन की तरह अब्राहम मुझे प्रेम की निशानी के तौर पर ताजमहल भेंट करेगा! अगर करेगा भी तो उसका क्या अर्थ होगा मेरे लिए? औरतबाज आदमी!

मौरीन बहुत अच्छी मालिश करना जानती थी। यह उनका पेशा भी था। मौरीन के घर में मुझे ग्रामीण आवास के सुखमय व प्रेममय वातावरण का आभास होता था। आंगन के सामने पसरा सागर इतना निकट था कि लगता था सागर की लहरों पर घर खड़ा है। मैं अक्सर उनके घर चली जाती। पहले दरिया में छलांग मारती। एक-डेढ़ घंटे तैरती, फिर उनसे मालिश करवाती। जो कुछ फीस मैं उन्हें थमाती, वे बिना किसी प्रतिवाद के चुपचाप पकड़ लेती। मुझे हर बार लगता मैं उन्हें कम पैसे पकड़ा रही हूँ।

वे अपने नरम काले हाथों से मेरे चेहरे, सिर, गर्दन व कंधों की मालिश किया करती। थैलियों में औषधीय पत्तियां व पाउडर बाँध कर उन थैलियों को गर्म तेल में भिगोकर मेरे पूरे बदन पर रगड़ा करती। मालिश करते हुए मुझे कोमलता से कहती जाती—बेटी, शरीर ढीला छोड़ दो। बेटी, सब कुछ सर्वशक्तिवान ईश्वर पर छोड़ दो। मुझे बहुत सुकून मिलता। शरीर की अकड़न खत्म हो जाती। मैं उनकी शैय्या पर सो जाती। फिर उनसे प्रेरित होकर मैंने उससे मालिश करने की ट्रेनिंग ली।

मौरीन भरोसेमंद थी। मैं उनसे अपनी सारी बातें करती, अपना दुःख, अपनी कुंठा व्यक्त करती। हर बार उनसे मिलने पर कहती, ''मैं अब्राहम को छोड़ दूंगी। इस नीच, औरतबाज आदमी के साथ नहीं रहूंगी।''

वे तनिक हँस पड़ती। ''यह तो तुम अपने परिवार को खत्म करने की बात कर रही हो।''

''तो क्या करूं?''

''खेल से नफरत करो, खिलाड़ी से नहीं। वह रोमियो कम से कम झूठा या दगाबाज नहीं है। उसने ईमानदारी से बताया कि वह एक औरत से संतुष्ट नहीं हो सकता, उसे ज्यादा औरतें चाहिए। शायद वह इन यौन पापों के खिलाफ खुद को शक्तिहीन पाता हो, और बह जाता हो।''

''वह झूठा, धोखेबाज नहीं है। ईमानदारी से बता रहा है कि उसके दूसरी

औरतों से नाजायज संबंध हैं तो मैं उसके साथ खड़ी रहूँ और उसे करने दूँ जो वह कर रहा है?''

''नहीं, पति को पराई स्त्री के चंगुल से छुड़ाओ।''

''किस-किस से छुड़ाऊं...।''

''देखो, क्यों एक इंसान बेवफा हो जाता है, इसका एक सीधा जवाब नहीं है। जितना मैं जानती हूँ...आदमी बाहर तब जाता है जब उसे घर में वह चीज नहीं मिलती।''

मैंने मौरीन को घूरा। ''आप कहना क्या चाहती हैं?'' मेरी आँखों में आँसू आ गये।

मौरीन ने मुझे अपनी बाँहों में भर लिया। ''नहीं बेटी, मेरा मतलब तेरा अपमान करने का नहीं था। तुझ में कोई कमी नहीं है। तू जवाँ है, सुंदर है, कर्मशील है। थिंक बिग।''

''थिंक बिग!''

''हाँ, प्रैक्टिकल बनो। मैरिटल थेरपी लो। अपना भविष्य सुरक्षित करो, पैसा बचाओ। अपने बच्चे को इससे दूर रखो। अपने पति और अपना नियमित एसटीडी टेस्ट करवाओ।''

मैंने अपना सिर पकड़ लिया। मौरीन की क्या खता? वे जो कहती अपने नजरिये से कहती। मैं ही उनके पास जाकर अपना दुखड़ा रोती थी। उन्हें कुछ न कुछ सलाह तो मुझे देनी थी।

''कल जब रोमियो घर लौटे तो लेडीज सेंट की खुशबू आ रही थी...।''

मैं स्कूल से घर न जाकर सीधे मौरीन के पास चली गयी थी। दोपहर का वक्त था। फोन पर मौरीन को अपने आने की पूर्वसूचना दे चुकी थी। यह भी कह चुकी थी कि रात भर सोयी नहीं, सिर दर्द से फटा जा रहा है। किसी तरह स्कूल में खड़े होकर बच्चों को पढ़ा पायी हूँ। मुझे उनसे अपना सिर दबवाना है।

मौरीन ने हर्बल पैक, औषधी पोटली व गर्म तेल पहले से ही सब कुछ तैयार कर रखा था।

मैं समुद्र के किनारे, उनके आंगन में एक आराम कुर्सी पर निढाल पसरी हुई थी।

वो मेरे सिर, गर्दन व कंधों की मालिश कर रही थी। मैं आँखे बंद किये अपनी बक-बक किये जा रही थी।

''मजनूं के नए स्टाइल के कपड़े बन कर आए हैं। कहीं जाने से पहले शीशे के सामने घंटों खड़े तैयार होते रहते हैं। खूब बन-ठन कर, सज-सँवर कर घर से निकलते हैं। जूते पॉलिश कर रोज चमकाए जाते हैं। दाढ़ी बड़े ध्यान से बनती है।

सेंट की नई-नई बोतले खरीदी जा रही है। घर से महकते हुए निकलते हैं, जनाब। वापसी में नये रोमांस की उत्तेजना और मुझे छलने का अपराधबोध जो उनके चेहरे पर मंडराता है, मैं वह पढ़ लेती हूँ।''

''तुम्हारा पति मनोरोगी है। कामवासना का रोगी। उसकी कामवासना अनियंत्रित है—यौन कुंठा। परस्त्रीगमन करने वाला इंसान नासमझ होता है, वह ऐसा करने पर अपना ही सबसे ज्यादा सर्वनाश करता है। उसके शरीर में मौजूद शैतान को भगाओ। उसका इलाज कराओ।''

''कहाँ कराऊँ उसका इलाज? वह अपने को रोगी माने तब तो?'' मैं मौरीन से हताशा से बोली।

''देखो, हमारे समाज में हर जगह बेशर्मी पायी जाती है। दुख की बात... चर्च और मन्दिरों में भी पायी जाती है। कुछ पुरुष तंग-फिट, भड़काऊ पौशाकों में घूमती औरतों को नजरअंदाज नहीं कर पाते! तुम्हें अपने पति को अपने वश में करना पड़ेगा। पति वशीकरण विद्या सीखो।''

''पति को वश में करने के टोटके मुझे नहीं करने,'' मैं वितृष्णा से कहती।

''तो जैसा चल रहा है, चलने दो... सब भगवान पर छोड़ दो...।''

चारा भी क्या था, इसके अलावा? अचम्भित होती हूँ मैं...। कैसे लोग दोहरी जिन्दगी जीते हैं? अब्राहम की इश्कबाजी से मैं तंग आ गयी थी। मेरा दिल, शरीर, आत्मा अधिक सहन नहीं कर सकता था। मैं कहाँ जाऊं? क्या करूं? बस एक नील ही था, जिससे मैं अपने मन की व्यथा कहती। वह बार-बार मुझसे कहता, खीज के साथ—क्यों मैं ऐसे आदमी के साथ रहती हूँ? क्यों नहीं छोड़ देती मैं उसे?

''इतना आसान नहीं है पति को छोड़ना,'' मैं उसे कहती। ''वह मुझे बहुत प्यार भी करता है। मेरी हर इच्छा पूरी करता है।''

''हूँ, हर इच्छा पूरी करता है!'' नील भड़का। ''तुम्हारी यह इच्छा कि वह औरतों के पास न जाए, क्या उसने पूरी की?''

''वह मानसिक रोगी है। कई तरह की लतें होती हैं दुनिया में—शराब की लत, सिगरेट की लत, यौन लत...।''

''तो जनाब को सेक्स एडिक्शन है!'' नील ने तल्खी से कहा। ''इसका इलाज क्या है?''

''साइकॉलजिस्ट काउंसिलिंग और बिहेवियर मॉडिफिकेशन के आधार पर सेक्स एडिक्शन का इलाज करते हैं और रोगी के विचारों में बदलाव लाने की कोशिश करते हैं।''

मैंने अब्राहम को कई बार साइकॉलजिस्ट के पास जाने की भी सलाह दी, मगर वह मेरी बात टालता गया, जिरह करता, ''सेक्स की इच्छा रखने वाला सेक्स

एडिक्ट नहीं कहलाता।''

''कम से कम अपना एसटीडी टेस्ट तो करवा लो,'' मैं बोली। वह गुस्से से भर गया—''मुझे कोई मर्ज नहीं है, मैं ठीक हूँ। मैं रेपिस्ट नहीं हूँ। मुझे किसी डाक्टर की जरूरत नहीं।''

मैं उसे निहारती—लम्बा, गठीला, हृष्टपुष्ट, आकर्षक आदमी... वास्तव में वह एक मरीज कहीं से नहीं लगता था। पति की सुंदर छवि भी औरतों के लिए एक समस्या बन जाती है। मैंने खुद ही कितनी ही औरतों को अब्राहम की तरफ मंत्रमुग्ध निहारते हुए पाया था। कितनी औरतें मुझे कहती थी—तुम्हारा पति बहुत सुंदर है, बहुत निराला है।

लोग देह से ही मरीज नहीं होते, मस्तिष्क, आत्मा, सोच व व्यवहार से भी मरीज होते हैं। कौन अब्राहम को समझाए? मैं अपने को इतना अधिक लाचार, बेबस, शक्तिहीन व डरा हुआ महसूस करती कि अक्सर मेरी देह में झुरझुरी पैदा हो जाती। खौफ से मेरा दिल धड़क जाया करता। वह बलात्कारी नहीं है मगर कई औरतों से उसके यौन सम्बन्ध हैं। ऐसे इंसान को क्या कहा जाए? अपने कुछ सवालों के जवाब मुझे कभी नहीं मिल पाए।

***

अब्राहम और मेरी शादी ऐसी उम्र में हुई थी, जब हम एक दूसरे की आवश्यकताएं व जज्बात समझने की समझ नहीं रखते थे। फिर भी मैं जब उससे पहली बार मिली थी तो जोश उमंग और जज्बे से भर गयी थी। उसमें खो गयी थी। सोचा था, हमारा प्यार हमें बेहतर बनाएगा, हमें बुलंदियों तक ले जाएगा। किन्तु आज सोचती हूँ कि मैं उससे क्यों मिली, क्यों उसकी पत्नी बनी। कितनी नासमझ थी मैं!

एक साथ रहते हुए भी हम जिन्दगी के दो अलग दायरों में चक्कर लगा रहे थे। एक अजीब सा रिश्ता हमारे बीच बन गया था, जिसमें टिके रहना भी मुश्किल था और बाहर निकलना भी आसान नहीं था। मौरीन ने एक बात मेरे मन में और डाल दी थी—एसटीडी—यौन संचारित विकार। मैं एक वफादार इंसान थी। अब्राहम के अलावा मैं कभी किसी पुरुष से नहीं मिली, कभी किसी के साथ बाहर नहीं गयी। मगर मुझे यह टेस्ट इसलिए करवाना पड़ा क्योंकि मेरा पति ठीक आचरण का नहीं है। अब मेरी आँखों में उसके लिए दिलचस्पी और प्यार की जगह, बेगानगी और नफरत थी। उसके मरते वक्त तक मुझे उससे नफरत ही होगी। यह भी दावा कर सकती हूँ कि उसे भी मुझसे कभी मोहब्बत नहीं हुई। उसे जग को दिखाने के लिए एक पत्नी चाहिए थी। एक आड़ चाहिए थी जिसमें छुप कर वह अपने गुनाह कर

सके।

जिन्दगी की गहमागहमी, ऊहापोह में फँसी थी कि इस बीच जो हादसा हुआ, उसका इल्जाम मैं किसी पर मढ़ नहीं सकती। उसे मैं या तो फूटी किस्मत कह सकती हूँ या ऐसे हालात जिन पर किसी का कोई काबू न था ।

"क्या हुआ?" पॉल पूछ रहा है।

मुझ पर तीसरा वज्रपात हुआ था।

"हालेलुइया ओह, नो...।"

मैं करीब अट्ठाईस साल की थी। मोम्बासा आये पाँच वर्ष हो गये थे। दुराचारी पति के आचरण से उदास-मायूस थी कि एक दिन दुखद संदेश मिला—मेरा चहेता भाई नील बहुत बीमार है। तकलीफ तो उसे मामूली गैस्ट्रो इन्फेक्शन की हुई थी। जैसा मैंने पहले भी जिक्र किया है कि नील और मैं समय से पहले, आठवें मास में पैदा हुए थे। मुझे तो स्वास्थ्य का कोई विकार नहीं हुआ, किन्तु नील को जन्म के पन्द्रह दिन बाद ही श्वसन संबंधी समस्याएं प्रारंभ हो गई थी। छोटे में उसे बार-बार दमे का प्रकोप होता रहा, वैसे बाकी वह बहुत सक्रिय था। उसके दमे का कोई भी निश्चित कारक हमें ज्ञात नहीं हो पाया था।

तम्बाकू का धुँआ, इत्र, पराग, मिट्टी, धूल के कण, लकड़ी का धुँआ, सुगंधित मोमबत्ती, वायु प्रदूषण, तेज गंध, और विषाणु संक्रमण... कोई भी उत्प्रेरक वातावरण में हो, उसे घरघराहट, खांसी, सीने में जकड़न और साँस लेने में कठिनाई हो जाती थी।

और जब नील को गैस्ट्रो इन्फेक्शन हुआ, उसे इलाज के लिए अस्पताल में भरती होना पड़ा। अस्थमा की स्थिति और बिगड़ गई। बैक्टीरिया जनित संक्रमण इस रोग को और गंभीर कर देते हैं, फिर उसका इलाज कर रहा डाक्टर भी नौसिखिया था। एक के बाद एक जटिलता उत्पन्न होती गयी। उसे वेंटिलेटर पर रखना पड़ा, और अंत में वेंटीलेटर से उत्पन्न हुआ इन्फेक्शन—न्युमोनिया जानलेवा हो गया।

उसकी बीमारी की खबर सुन कर मैं उसे देखने मोम्बासा से मलप्पुरम गयी। जॉर्ज और रेचल मलप्पुरम मुझसे पहले पहुँच चुके थे। जब मैं पहुँची तो नील वेंटीलेटर पर था—मुंह से साँस नली में ट्यूब घुसेड़ी हुई थी। वह कुछ बोल नहीं सकता था। अपनी बात लिख-लिख कर देता था। मौत का डर उस पर हावी था। एक बार मुझे लिख कर दिया—"जिन्दगी बहुत छोटी है। कल पर कुछ भी न टालो मत। जो कुछ करना है, तुरन्त कर लो।"

उसकी छटपटाहट, तड़प, उसका दर्द से चीखना-चिल्लाना, बेचैनी और तकलीफ का आलम हमसे देखा नहीं जाता था। दर्द के आवेग से उसका जिस्म

तड़पता और उसे किसी पहलू चैन न मिलता। हमसे कहता कि उसे घर जाना है। वह अस्पताल में नहीं रहना चाहता। हम डाक्टरों से बात करते, उनके पास कोई ठोस जवाब न होता। न ही उसे अस्पताल से रिहाई दे रहे थे और न ही उसे ठीक कर पा रहे थे। वे पन्द्रह दिन बेहद तनावपूर्ण थे। इतना असहाय हमने स्वयं को कभी नहीं पाया। सबसे बड़ा पश्चाताप—नील को मौत से बचाने के लिए हमने कोई ठोस कदम नहीं उठाया।

बाद-बाद में तो उसने लिखना भी छोड़ दिया। मैं उसके करीब बेड पर जा कर बैठ जाती। वह खामोश लेटा रहता। मेरी तरफ नजरें उठा कर भी नहीं देखता। मैं थोड़ी देर तक उसकी साँस के साथ उसके सीने का चढ़ाव-उतार देखती। उसकी घरघराहट सुनती। उसका कमजोर हाथ अपने हाथों में लेती। और कुछ देर तक यूँ ही खामोश बैठी रहती।

और हमारे देखते-देखते नील अचेत हो गया, उसी अवस्था में उसने दम तोड़ दिया। पन्द्रह जुलाई वह भरती हुआ था और तीस जुलाई उसने इस दुनिया को अलविदा कह दिया।

उसकी आखिरी साँस तक मैं यह उम्मीद करती रही कि वह बच जाएगा, ठीक हो जाएगा। मेरे दिलोजान अजीज भाई की भरी जवानी में अकाल मौत! मैं और टूट गयी, लुट गई। नील का असमय इस दुनिया से, हमारी जिंदगी से चले जाना अत्यंत, अत्यंत दुःखदायी था, भीषण वज्रपात। वह हमारे परिवार की रीढ़ था। उसकी मौत ने हमारे परिवार की अकड़ और शान को खाक में मिला दिया। मेरे पास उस दुःख, उस क्षति को बयाँ करने के लिए शब्द नहीं हैं।

अपने पार्लर में ग्राहक के सम्मुख अपने दुखों को याद कर के रोना-धोना प्रोफेशनलिज्म नहीं समझा जाता, मगर स्वयं पर कठोर नियन्त्रण बनाये रखने के बावजूद मैं रोने लगी फूट-फूट कर। मेरे तेल से चुपड़े, मालिश करते हाथ ठहर कर मेरी आँखों पर जा लगे। मेरी कहानी सुनता पॉल अचकचा कर उठ खड़ा हो गया। शब्द शून्य, मेरा कंधा थाम रहा है।

"अरे नैन्सी...स्वयं को सम्भालो।"

पॉल...मेरे कानों में अभी तक उसका दर्दनाक कराहना गूँजता है। वह मात्र मेरा जुड़वाँ भाई ही नहीं, मेरा दोस्त, गाइड, मेरा गर्व था। उसका चला जाना...। मुझे यह भी अहसास हुआ कि बीमारी और मौत की कोई उम्र नहीं होती। जब एक व्यक्ति मरता है तो सिर्फ एक जिंदगी नहीं जाती, कई जिंदगियाँ खत्म हो जाती हैं। एक बहुत बड़ा पाठ नील मुझे सीखा गया था।

सभी ने अप्पा से कहा कि वे अस्पताल व डाक्टरों की शिकायत करें, उन पर मुकदमा दायर करें। नील उनकी लापरवाही से मरा है। लेकिन अप्पा इतने शोकविह्वल

थे कि उनमें कोर्ट कार्रवाही करने की ताकत ही नहीं थी। पुत्रशोक, फिर कुछ न करने की असमर्थता दोनों ही बातें उनके मन को सांसारिक बातों से वीतरागी बना चुके थे। खुद को चर्च के हवाले और अधिक कर दिया ।

***

नील के अंतिम संस्कार के बाद मैं भारी मन से मोम्बासा लौटी। उसकी मौत दिन-रात हृदय को उद्धेलित करती रही। किसी भी काम में मन नहीं लग रहा था। नील को खो देना बेहद पीड़ादायक था। अपार क्षति, जिसकी भरपाई कभी नहीं हो सकती। जोशुआ अपने नन्हें हाथों से मेरे आंसू पोंछता। मैं उससे चिपक कर रोने लगती। मेरी सखियाँ—रोज, मार्या और बेलिंडा भी मुझे सांत्वना देती। मौरीन एक साये की तरह मेरे साथ रहती। मेरा सिर दबाती, बदन को सहलाती। मेरे लिए खाना पका कर ले आती। मुझे जबरदस्ती खिलाते हुए कहती, ''लड़की खुदगर्ज बन... अपने जोशुआ की खातिर...। तेरा भाई भी स्वर्ग से तुझे रोता देख रोयेगा।''

मैं और जोरों से रोने लगती। ''नहीं भुला सकती मैं नील को...कभी भी नहीं भुला पाऊँगी उसे।''

मेरी बैचेनी को अब्राहम ने भी समझा। न जाने क्या सोच कर उसने अपने चर्च में नील के लिए एक शोकसभा का आयोजन किया। बहुत लोग एकत्र हुए। नील की एक बड़ी तस्वीर चर्च के बीचोंबीच रखी गई। फूलों की सजावट ऐसी सुरुचिपूर्ण थी कि मुझ शोकाकुल मन-प्राण का ध्यान भी उधर गया। कॉयर दल द्वारा मधुर भजनों की प्रस्तुति की गई तथा मृत की आत्मा की शांति के लिए सामूहिक प्रार्थना की गई। मोमबत्ती जलाकर सभी ने नील को श्रद्धांजलि अर्पित की।

अब्राहम ने अपनी स्पीच में कहा, ''जाना तो शाश्वत सत्य है। मनुष्य के अच्छे कर्म उन्हें हमेशा जिंदा रखते हैं। मेरी पत्नी का जुड़वा भाई, मेरे श्वसुर पक्ष का सर्वाधिक प्रिय व्यक्ति, मेरा परम मित्र, मेरा भरोसेमंद व्यक्ति...नील कोशी मैथ्यू नहीं रहे। मगर वे अपने अच्छे कर्मों के लिए हमेशा स्मरणीय रहेंगे। नील कोशी मैथ्यू एक बहुत ही नेक इंसान थे। उनका असमय, अकस्मात इस दुनिया से जाना मेरी व मेरे परिवार की एक भारी क्षति है। एक मजबूत स्तम्भ गिर गया। मुझे विशेष दु:ख अपने पुत्र जोशुआ के लिए है, जिसे अपना प्यारा-न्यारा मामा कभी नहीं मिलेगा...'' भाषण देते-देते अब्राहम का कंठ रुक गया। वह रोने लगा। ऊँ...लोगों ने आह भरी। कुछ सुबक पड़े।

अब्राहम मेरे या मेरे पारिवारिक सदस्यों के लिए चाहे कुछ भी कर ले, पर यह बात उसके व्यभिचार को क्षमा नही कर सकती। सच कहूँ, मेरा मन उससे बुरी तरह खट्टा हो चुका था। नफरत से मेरा दिल बजबजा रहा था। जब वह चर्च में पादरी बन

खड़ा होता, सरमन देता, लोग उसे फादर पुकारते, मेरे मन में अग्नि धधक जाती। मेरा मन करता, मैं चिल्ला-चिल्ला कर इसका पर्दाफाश करूं, सभी को बताऊं कि उसका असली रूप क्या है। पर हाय मजबूरी, मैं खामोश रहती। अपने बेटे जोशुआ का ध्यान आ जाता। वह मेरे बेटे का पिता था। मैं उसके पिता को ऐसे सरे आम बेइज्जत नहीं करना चाहती थी। पर मैं मन ही मन एक फैसला कर चुकी थी।

"अब्राहम को छोड़ना?"

हाँ, ठीक समझे, पॉल। नील मुझसे हमेशा कहा करता था कि मैं अब्राहम को छोड़ दूँ। यह बात मैंने दु:ख के पलों में मौरीन से भी कही। नील का लिखा नोट, जो मेरी अमूल्य निधि बन चुका था, उसे दिखाया—"जिन्दगी बहुत छोटी है। कल पर कुछ भी न टालो। जो कुछ करना है तुरन्त कर लो।" मौरीन, जोकि हमेशा मुझे अपनी शादी बचाने की सलाह देती थी, वे भी बोल पड़ी कि मैं ऐसे धूर्त पति को छोड़ दूँ। मैं अभी जवान हूँ। नई डगर तलाशूँ।

सो लगभग आठ वर्ष बाद मैंने फैसला लिया—बस अब बहुत हो गया। ऐसे अधर्मी पति को अपने वश में करने के बजाए अपनी ऊर्जा, शक्ति व समय कहीं ओर लगाऊँ। मैं दूसरे विकल्प तलाशने लगी। मैंने अपना सामाजिक दायरा और विस्तृत किया। मोम्बासा के व्हाईट इंटरनेशनल कम्युनिटी के लोगों से दोस्ती बढ़ाने लगी। इंडियन चाहे कहीं भी रहने चले जाए, संकरी सोच के होते हैं। गोरे लोग जरा खुले मन-मस्तिष्क के हैं। नई राह मुझे उन्हीं के बीच मिलेगी...। मैं अपने पहनावे में विशेष ध्यान देने लगी, अपने लम्बे बालों को कटवा कर छोटा कर, नया अंदाज दिया। स्कर्ट व आधुनिक ड्रेस पहनने लगी। मुझमें आये इस बदलाव को अब्राहम ने भी महसूस किया। मुझ पर पैनी निगाह डाल कर फिकरा कसा—"क्या बात अपने भाई को दफनाने के बाद तो तुम हवा से बातें करने लगी हो, और भी उन्मुक्त हो रही हो।"

मैं उससे बोली—जिन्दगी बहुत छोटी है... नील ने ही मुझे लिख कर दिया था। मैंने नील का लिखा नोट अब्राहम को भी दिखाया। अब्राहम खामोश हो गया।

बहरहाल मैं अपना अस्तित्व पहचानने और नई राह तलाशने के लिए अपने कदम बढ़ाती गई। गोरों के साथ उठने-बैठने लगी थी। उनकी महफिलों में जाने लगी थी। बहुत सारे दोस्त बने, कइयों से लगाव भी हुआ। और फिर एक महफिल में मुझे वह मिल ही गया...।

"कौन?"

"लार्स हैनसन, एक डेनिश आदमी। उसने मेरे दिल में दस्तक दी, मुझ में दिलचस्पी प्रकट की और मैं उसकी तरफ लपक गयी। उसने जब हाथ मिलाया तो मेरा हाथ दबा दिया। मैं समझ गई वह मेरी तरफ आकृष्ट है। वैसे स्कॅन्डिनेवियन देशों

के लोग लम्बे-ऊँचे होते हैं, किन्तु लार्स छोटे कद व छरहरे बदन का आदमी था—पाँच फुट साढ़े चार इंच। चेहरे पर सुनहरे रंग की हल्की-हल्की मूँछे पाल रखी थी। वह और मैं लगभग बराबर लम्बाई के थे। मुझे दौलतमंद या बहुत सुंदर-सलोना आदमी नहीं चाहिए था, मुझे ऐसा व्यक्ति चाहिए था, जो वफादार हो और मेरे चेहरे पर मुस्कान ला सके, जो मुझे एक सुकून दे सके।

शुरू में तो उससे हाय-हैलो, हल्की-फुल्की बातचीत हुई, फिर पैमाना बढ़ता गया। मैंने उसे अपने बारे में बताया—मूलतः भारत—केरल से हूँ। मोम्बासा आये छह वर्ष हो गये। पति यहाँ एक इंटरनेशनल चर्च में पास्टर है। मैं भी यहाँ एक इंटरनेशनल स्कूल में पढ़ाती हूँ। सात साल का एक बेटा है। कुकिंग, डांसिंग, स्वीमिंग मेरे शौक है। इस महीने सत्रह तारीख को उनतीस की हो रही हूँ।

उसने मुझे बताया—वह मूलतः इंजीनियर है। दो लोगों के साथ मिलकर आईटी का बिजनेस करता है—स्टार्टअप कम्पनी है। धूप सेंकने के लिए वह केन्या आया हुआ है।

''धूप सेंकने के लिए!''

''हाँ, अफ्रीकन देशों में सूरज मेहरबान रहता है। यूरोप में तो वह, खासकर जाड़ों में, दो-तीन महीनों के लिए लापता हो जाता है। सूरज के दर्शन के लिए हम एशिया या अफ्रीका आते हैं।''

मुझे उसका परिहास पसंद आया। उसने यह भी बताया कि वह पैंतीस साल का है। दो औरतों के साथ रिलेशनशिप में रह चुका है मगर कभी शादी नहीं की। कोई औलाद भी नहीं है। फोटोग्राफी व ड्राइविंग उसके शौक हैं।

मैं उसे पसंद करने लगी थी, पर अभी स्वयं को संयत रखा, अपनी भावनाएँ व्यक्त नहीं की। फिर एक दिन मैंने अपने घर में एक पार्टी का आयोजन किया। उसे भी आमंत्रित किया। अब्राहम से मिलवाया।

उसके बाद उसके मैसेज आने शुरू हो गये। मुझे अच्छा लगता जब उसके मैसेज और फोन कॉल आते। हम बहुत अच्छे दोस्त बन गये। वह मुझसे हरेक बात शेयर करता। अधिकतर अपने केन्या प्रवास की मजेदार बातें। परेशानियों का भी जिक्र करता। मैं उसकी मदद करती, क्योंकि मुझे केन्या आये एक अरसा हो गया था, मैं इस देश की कई बातों से वाकिफ थी। यहाँ तक कि मैं स्वयं को कैन्यन कहने लगी थी।

लार्स से और नजदीकी होने पर मैंने उसे बताया कि मैं अपने पति के साथ खुश नहीं हूँ। उसके साथ रहते हुए भी एक प्रकार से परित्यक्त जीवन जी रही हूँ। उससे अलग होना चाहती हूँ। मेरे यह बताने के बाद वह मुझसे और खुल गया, और हमारी जम कर डेटिंग शुरू हो गयी। कितनी ही बार हम घर में ही मिले, अब्राहम

की अनुपस्थिति में। मैं जानती थी कि मैं अब्राहम को धोखा दे रही हूँ, उससे छल कर रही हूँ। पर मैं क्या करती? ऐसे पथभ्रष्ट पति से छुटकारा पाने के लिए मुझे कोई किनारा चाहिए था, और लार्स मुझे पतवार लगा। मिश्रित भाव मन में जग रहे थे। आत्मग्लानि होती कि मैं यह क्या कर रही हूँ। पर पुरुष से रंगरलियाँ मना रही हूँ। खुद को धिक्कारती—नैन्सी, तू एक इतने नेक इंसान, सम्माननीय कोशी मैथ्यू की बेटी होकर इतना पतित कार्य कर रही है। साथ ही साथ मन में एक गहरी तसल्ली होती कि मैं अपने साथ होते अन्याय के खिलाफ कुछ तो कदम उठा रही हूँ।

एक दिन मैंने लार्स को अपने घर बुलाया हुआ था—सिर्फ हम दोनों ही घर में थे। अब्राहम किसी काम से नैरोबी गया हुआ था, जोशुआ अपने फुटबॉल लेशन में था। लार्स मुझे अपनी बाहों में भरते हुए बोला—"नैन्सी, मैं तुमसे प्यार करने लगा हूँ। मैं तुम्हारे बिना नहीं रह सकता। मेरे साथ डेनमार्क चलोगी?"

मेरी आँखों में आंसू आ गए...खुशी के...। कितनी मनमोहक थी लार्स की बात—'मेरे साथ डेनमार्क चलोगी...।' मेरे दिल को इतना अधिक गुदगुदा गया उसका यह कथन। मैं वास्तव में केन्या से दूर, अब्राहम से बहुत दूर चले जाना चाहती थी।

मैंने भी लार्स से अपने दिल की बात कही। उससे लिपटते हुए बोली—आई लव यू—नाकुपेंदा पिया! उस दिन हमने सभी हदें पार कर ली। फिर जब भी हमें मौका मिलता, यही परिणति होती...।

मोम्बासा में अपना समय बिता कर लार्स डेनमार्क वापस लौट गया। मेरी और उसकी रिमोट डेटिंग चलती रही। कुछ माह उपरान्त हमने अपने रिश्ते को अगले चरण में ले जाने का फैसला लिया।

उस समय मेरा बेटा जोशुआ सात साल का था। मुझे अपने बेटे को भी सब कुछ बताना था। यह मेरी सबसे कमजोर नब्ज थी, आसान नही था, असहजता हो रही थी, लेकिन मुझे लगा कि यही समय है कि जोशुआ को सच्चाई दिखाई जानी चाहिए। कुछ भावनाएं ऐसी होती हैं जिन्हें आप झुठला नहीं सकते। मैंने उसे सारी सच्चाई बता दी कि उसकी माँ उसके पिता के साथ खुश नहीं है। मैंने उन्हें छोड़ देने का निर्णय बहुत पहले ही ले लिया था, लार्स ने बस मुहर लगाई। अब मैं कानूनी रूप से उसके पिता से अलग होना चाहती हूँ। जब पाप का घड़ा भर जाता है तो इंसानियत चीख उठती है, विद्रोह उठ खड़ा होता है।

जोशुआ उम्र से अधिक परिपक्व था, उसकी सब समझ में आ गया। उसे पता था कि उसकी मम्मा उसके पापा के साथ खुश नहीं थी। उसे दिख रहा था कि सब कुछ सही नहीं है।

मैं अपनी परामर्शदाता मौरीन टॉड के पास गयी। उनसे बोली, "मौरीन

शंगजी, आपने एक बार कहा था कि आदमी बाहर तब जाता है जब उसे घर में वह चीज नहीं मिलती...। सो मुझे जो चीज घर में नहीं मिली, मैंने बाहर तलाश ली।''

मौरीन ने पल भर मुझे हैरत से निहारा, फिर बोली, ''कोई मिल गया...?''

मैंने मौरीन को लार्स के बारे में सब कुछ बताया। उसकी तस्वीरें भी दिखाई। मौरीन आश्चर्य से भर गयी। अचरज से बोली, ''तू यहाँ से चली जायेगी? मुझे एयरपोर्ट कौन छोड़ने-लेने जाएगा?''

मौरीन को जब भी अपने बेटों के पास या कहीं और जाना होता था, मैं हमेशा उन्हें एयरपोर्ट छोड़ने-लेने जाती थी।

''आपको तो एयरपोर्ट छोड़ने-लेने के लिए यहाँ बहुत लोग हैं। मेरा वहाँ क्या होगा आपके बिना?''

मौरीन दार्शनिक अंदाज में बोली, ''तुझे भी वहाँ नये लोग मिल जायेंगे...। नया क्षितिज मिल जाएगा। नया समुद्र मिल जाएगा...। तू मुझे भूल जायेगी।''

''आपको, मौरीन शंगजी मैं कभी नहीं भूल सकती...।''

मौरीन ने मुझे अपने वक्ष से लगा लिया। मुझे अपनी शुभकामनाएं दी, आशीर्वाद दिया, पूछा कि मैंने अब्राहम को सब कुछ बताया कि नहीं।

''मैंने अपनी तरफ से तो कुछ नहीं बताया, मगर लगता है उसे कुछ-कुछ शक हो रहा है।''

''जिन्दगी शक, रहस्य, साजिशों पर नहीं चलनी चाहिए। उसे तुरंत सब कुछ बता। उससे तलाक लिए बगैर तू लार्स से शादी नहीं कर सकती,'' मौरीन ने मुझे सुझाया।

घर आकर, उसी शाम मैं अब्राहम से बोली, ''चलो समुद्रतट पर तनिक सैर कर आते हैं।''

''सैर?''

''हाँ, खुली हवा में सैर करने से दिमाग खुलता है,'' मैं बोली।

अब्राहम सैर के लिए बहुत इच्छुक नहीं था पर मान गया। हम दोनों घर से निकल कर चर्च के पूर्वी छोर पर समुद्र किनारे चलने लगे। सिर्फ वह और मैं...और लहराता हिन्द महासागर, लहरों से टकराती, सरसराती हवाएँ...। मैं उससे अपनी बात कहने के लिए हिम्मत जुटा रही थी। मन घबरा रहा था। हृदय तेजी से धड़कने लगा, अजीब सी बेचैनी बदन में भरने लगी। एक पल यह भी सोचा कि छोड़ो सब कुछ...जैसा चल रहा है, चलने दो।

नहीं, भीतर से आवाज कौंधी—नैन्सी, तुझे हर हाल में आज सब कुछ कहना है।

हम यूँ ही चलते जा रहे थे। सुदूर सूर्य अस्त हो रहा था, जिसकी लालिमा

पानी में चमचमा रही थी। अब्राहम मुझे अपने चर्च के प्रोग्राम के बारे में कुछ बातें बता रहा था, जो मैं सुनते हुए भी नहीं सुन रही थी। मेरा ध्यान कहीं और ही था। मन में झंझावात मचा हुआ था।

"बहुत चल लिए, अब घर चलते हैं। शाम गहराने लगी है। जोशुआ भी हमारी राह ताक रहा होगा..." वह बोला, और कदम घर की तरफ मोड़ लिए।

जोशुआ! हमारा बेटा! क्या उसकी खातिर सब कुछ सहन कर लूँ? नहीं!

"ठहरो, मुझे तुमसे कुछ कहना है।"

वह ठहर गया। प्रश्नात्मक निगाहों से मेरी तरफ देखा।

मैंने थूक निगला और नपे-तुले शब्दों में कहना शुरू किया। खुद की आवाज कांपती हुई, अनजान सी लगी। "देखो, अब्राहम तुम्हारे पास बहुधा कई लोग अपनी समस्याओं को लेकर आते हैं, तुमसे सलाह-मशवरा करते हैं। है न...?"

"तो?"

"आज मुझे भी अपने चर्च का एक भगत समझ लो। मुझे भी तुमसे कुछ पूछना है...।"

"पूछो, मेरी भगत नैन्सी कोशी..." वह मुस्कुराते हुए बोला।

"पति हो या पत्नी, दोनों ही यदि शादी के बाहर नाजायज रिश्ता बनाएं, तो शादी में गहरी दरारें पड़ जाती हैं। है न? एक ऐसा पति जो अपनी पत्नी का दखल बर्दाश्त ना करे, जो यह कहे कि उसका एक अलग निजी जीवन है जिसमें पत्नी हस्तक्षेप नहीं कर सकती, तो ऐसी परिस्थिति में क्या शादी अधिक दिनों तक टिकी रह सकती है? पत्नी को अपने निजी मसलों से दूर रखना, उससे बातें शेयर न करना, उसकी अवहेलना करना, ये सब बातें क्या धीरे-धीरे शादी के टूटने का कारण नहीं बनतीं?"

वह मुझे खामोश सुन रहा था, एक खौफ के भाव उसके चेहरे पर उभर आए थे। खीज भरे स्वर में बोला, "तुम कहना क्या चाहती हो?"

मैं तू-तड़ाक पर आ गयी। सीधे-सीधे उससे बोली, "देख अब्राहम मैंने तुझे बहुत झेल लिया। बहुत ही अधिक जलील, अपमानित हो चुकी हूँ तेरे साथ...। क्या कमी थी मुझमें, जो तू हमारी शादीशुदा जिन्दगी को ताक पर रख कर पराई औरतों के पास जाता रहा। तूने अवैध यौन सम्बन्ध बनाये, वह भी कई औरतों से। मेरे रोकने पर भी नहीं रुका। महज पार्टीबाजी करना, औरतों को भोगना...। तेरी जिन्दगी औरतों में डूबी हुई है। तेरी क्षुद्र वासना में मेरे लिए कोई जगह नहीं है। मैं तुझे छोड़ रही हूँ। यीशु भी ऐसी अनैतिकता में तलाक की अनुमति देता है।"

"तुम मुझे छोड़ कर जा रही हो?"

"मुझे बहुत पहले ही तुझे छोड़ देना चाहिए था।"

"कहाँ?" हकलाते हुए उसने पूछा।

"मैं डेनमार्क जा रही हूँ...।"

चुप्पी! कुछ पल गुजर गये।

"लार्स के पास...?"

मैंने सहमति में गर्दन हिलाई।

"यू बिच! मुझे पहले दिन ही शक हो गया था। वह लाल लंगूर कुछ करामात कर रहा है...। "नैन्सी, तू बहुत चालाक औरत है। खुदगर्ज, हरामखोर... तूने मेरी पीठ पर छुरा भोंका है," अब्राहम गुस्से से काँप रहा था। उसकी साँस बड़े वेग से चलने लगी।

"अच्छा, औरतबाज, रंडीबाज...तू जो इतने सालों से मेरी नजरों के सामने मेरी छाती पर आरी चला रहा है...। बेहतर है कि हम आपसी सलाह से तलाक ले ले। अदालत में मैं तुझ पर कोई कीचड़ नहीं उछालना चाहती, तेरी कोई छीछालेदर नहीं करना चाहती, इसलिए कि तू मेरे जोशुआ का बाप है।"

वह सयंत हो गया। "जोशुआ का क्या होगा?" मुझसे सवाल किया।

"उसे मैं अपने साथ डेनमार्क ले जा रही हूँ। कस्टडी मेरे पास रहेगी और तुम्हें विजिटिंग राइट्स।"

"अच्छा सब कुछ पहले ही सोच लिया, अपने आप ही तय कर लिया। मैं अपने बेटे को कहीं नहीं जाने दूँगा," वह तमतमाते हुए बोला। "उसे वहाँ रहने के लिए रेजिडेंट परमिट भी नहीं मिलेगा।"

"लार्स से मेरी सारी बातें हो चुकी है। वह उसका भी वीजा स्पोंसर करने को तैयार है। फिर मैं भी वहाँ कुछ न कुछ करूँगी। घर में खाली नहीं बैठूंगी।"

"बहुत विश्वास है अपने पर!" अब्राहम ने विकृत चेहरा बनाते हुए ताना मारा। हाथ नचा कर कहने लगा, "यूरोप अफ्रीका नहीं है। वहाँ एशियन इमिग्रेंट्स की कोई इज्जत नहीं। वहाँ नौकरी हासिल करना इतना आसान नहीं। और यह न भूलो, यहाँ जो तुम्हें स्कूल की नौकरी मिली, वह मेरी सिफारिश पर मिली थी।"

"मैं नौकरी के लिए अयोग्य नहीं हूँ। भले ही यह नौकरी तुम्हारी सिफारिश के आधार पर मिली मगर जो मैं यहाँ टिकी और मैंने अपना सिक्का जमाया, वह सब अपनी योग्यता के दम पर," मैंने जिरह की।

"बहुत भरोसा है अपने पर! विकसित देशों में, छोटे दर्जे वाली, टुच्ची नौकरियां तो मिल जाती है, मगर हाई प्रोफाइल नौकरियां मिलना आसान नहीं है।"

"तू उसकी चिंता न कर," मैं बोली।

"मेरा बेटा कहीं नहीं जायेगा," वह दहाड़ा।

मैंने उसे शांति से समझाया, "देख, अब्राहम... यह कदम मैं बहुत सोच-

समझ कर, हम सभी की भलाई के लिए उठा रही हूँ। मैं तुझे वह संतुष्टि नहीं दे पायी, जो तेरी आवश्यकता है, और तेरी आवश्यकता बहुत विकराल है। जोशुआ का बिन माँ के एक औरतबाज पिता के साथ रहना ठीक नहीं।''

अब्राहम सोच में पड़ गया—समर्पण के भाव में। उसने आगे जो सुझाव दिया, मुझे विश्वास नहीं हुआ, ''हम दोनों अपनी-अपनी पसंद और व्यवस्था के साथ रह सकते हैं और शादी पर टिके रह सकते हैं।''

मैंने भी एक पल के लिए उसके सुझाव पर विचार किया, फिर मेरे मुंह से निकला—''नहीं। हमारे बीच सब कुछ खत्म हो चुका है।''

मैं अब्राहम के लिए एक पर्दा थी। वह उस पर्दे को उठाना नहीं चाहता था। मैंने उसे धमकी दी कि अगर वह सीधे-साधे तलाक के लिए नहीं माना तो मैं उसका भंडाभोड़ कर दूंगी। अदालत में सब कुछ उगल दूंगी तो उसके लिए बहुत मुश्किल हो जायेगा, अति घृणास्पद हो जाएगा। उसकी बहुत बदनामी होगी। भले ही तलाक एक दुखदायी घटना है, बच्चा हो तो इसकी कीमत बहुत बड़ी हो जाती है। लेकिन, जब विवाह में एक पापी मनुष्य शामिल होता है, तो तलाक ही एकमात्र सम्भावना रह जाती है। अब्राहम ने मेरे साथ पाप किया था। वह मुझे विवाह को बनाये रखने के लिये मजबूर नहीं कर सकता था। उसे तलाक के लिए राजी होना पड़ा। जोशुआ को मुझे अपने संग डेनमार्क ले जाने के लिए भी वह मान गया। वैसे भी हम नाममात्र के लिए ही साथ रह रहे थे। उसके—मेरे सम्बन्ध कभी के खत्म हो चुके थे। कभी-कभी चर्च के विशेष कार्यक्रमों में ही पार्श्व में खड़ी उसकी अर्धांगिनी बनती, मगर जैसे ही आयोजन खत्म होता मैं उसका हाथ झटक कर दूर खिसक जाती।

जहाँ तक जोशुआ की बात थी—उसे अपने साथ डेनमार्क ले जाकर अब्राहम को सभी जिम्मेदारियों से मुक्त कर रही थी। न तो उसे पत्नी को खाने-पीने का गुजारा-भत्ता देना था और न ही बेटे की परवरिश के लिए खर्चा देना था। सो आपसी सलाह से, बिना किसी हीलहुज्जत के बहुत जल्दी ही हमारा तलाक हो गया।

''मैं भी नीना से आपसी सलाह से, बिना किसी हीलहुज्जत के अलग हो गया था। माना कि विवाह एक जीवनपर्यन्त बने रहने वाला समर्पण है, मगर कई बार ऐसी परिस्थितियाँ उत्पन्न हो जाती है कि तलाक और पुनर्विवाह के लिए परमेश्वर भी अनुमति दे देता है,'' पॉल बोला।

हाँ, पॉल, सही फरमाया। अब मैं तलाकशुदा थी मगर, पूर्णतया स्वतंत्र। मेरा नया प्रेमी लार्स हैनसन डेनमार्क का था। उसके साथ जीने के लिए मुझे मोम्बासा छोड़ना था। किसी स्थान पर सात वर्ष रहने के उपरान्त उसे बिना किसी मलाल के छोड़ना मुमकिन नहीं है। यहाँ मेरे कई अभिन्न मित्र बन गये थे। स्कूल की नौकरी थी। सबसे बड़ी बात मेरी परामर्शदाता, मेरी हितैषी मौरीन यहाँ थी। नई राहें क्या

अंजाम लायेगी मुझे मालूम नहीं। लेकिन फिर भी मैं यहाँ से दूर जाने में खुश थी। अब्राहम के दुराचार ने जिन्दगी को इतना अधिक कड़वाहट से भर दिया था कि उसका त्याग किसी भी कीमत पर स्वीकार्य था।

केन्या से मेरा दाना-पानी उठ चुका था। मेरी यहाँ की कथा खत्म हो चुकी। नौकरी से त्यागपत्र दिया, कुछ सामान बिका, कुछ बँधा। मित्रों व सहकर्मियों से भेंट की, उन्हें अलविदा कहा। केन्या छोड़ते हुए मन भावुक हुआ, आँसू छलके। बेटे को लेकर मैं, लार्स के मुल्क डेनमार्क आ गयी—अफ्रीका से यूरोप पहुँच गई।

तीन

डेनमार्क (यूरोप)

जब मैं बचपन में मलप्पुरम में रहा करती थी, मेरे लिए राजधानी दिल्ली जाना भी बहुत बड़ी बात हुआ करती थी। यूरोप जाना और वहाँ एक गोरे आदमी की धर्मपत्नी बन कर जीवन बसर करना मेरे सपनों तक में नहीं था। इतिहास के कालखंडों में तरह-तरह के प्रवासन जुड़े हैं—अन्वेषण-जानकारी या संसाधनों की खोज के उद्देश्य के लिए प्रवासन, धर्म प्रचार के लिए प्रवासन, सुरक्षा हेतु प्रवासन, व्यावसायिक प्रवासन, शैक्षिक प्रवासन...। 'स्पाउस माइग्रेशन' भी होता है।

"मैं भी पत्नी की वजह से यहाँ आया था," पॉल झट से बोला। "उसकी वजह से अपना, घर, परिवार, नौकरी वतन, विरासत—सब कुछ छोड़ा, फिर भी मैं उसके प्रेम की परिभाषा में पूरी तरह फिट नहीं हो पाया...।"

पॉल की बड़बड़ाहट सुन कर मैं रुक गई हूँ। मनन करने लगी, पॉल के मन में भी बहुत कुछ भरा-ठुंसा हुआ है...। उसकी व्यथा कहीं मुझसे अधिक तो नहीं!

"चुप क्यों हो गयी हो? आगे बढ़ो..." पॉल का बेचैन स्वर सुन कर लौट आई।

हाँ...प्रवासन और विस्थापन की प्रक्रिया में क्या खोया, क्या पाया, क्या महसूस किया, क्या भोगा-सहा...इन सबका बखान करने लग जाऊं तो एक महाकाव्य भी कम पड़ेगा। फिलहाल बात ऐसी थी कि अफ्रीका से यूरोप आकर, दोनों महाद्वीपों में मानव जीवन की तुलना लाजिमी ही थी।

हूँ...केन्या में जन परिवेश भारत जैसा ही था, वहाँ सभी अपने लगते थे। भारत और केन्या, दोनों ही देश एक लम्बे समय तक यूरोप के उपनिवेशवाद से ग्रसित रहे थे। गरीबी, निरक्षरता, बेरोजगारी आदि कई बातों में दोनों के संघर्ष एक जैसे थे। केन्या मेरे लिए भले ही एक अलग देश था लेकिन वहाँ व्याप्त भारतीयता और आत्मीयता से मैं अभिभूत थी। लोगों ने इतना स्नेह दिया कि वह पराया देश नहीं, बल्कि अपना घर लगता था।

यूरोप अलग किस्म का था। सात महाद्वीपों में दुनिया का एक छोटा, मगर

समृद्ध महाद्वीप। डेनमार्क यूरोप के पचास देशों में एक छोटा और रईस देश समझा जाता है। नॉर्वे और स्वीडन के साथ मिलकर यह एक सांस्कृतिक पारितंत्र स्कॅन्डिनेवियन बनाता है। इस महाद्वीप की सबसे अच्छी बात मुझे यह लगी कि यहाँ के लगभग सभी देशों में यहाँ के निवासियों के लिए स्वतंत्र आवागमन है। इन मुल्कों के बीच भी परस्पर युद्ध हुए थे, कटुता हुई थी, किन्तु आज इन्होंने वैमनस्य व घृणा की समस्त भावनाओं से उबर कर परस्पर सौहार्द का वातावरण उत्पन्न किया हुआ है। यूरोपीय संघीय देशों की प्रशासकीय साझेदारी से मैं अत्यधिक प्रभावित हुई—शांतिपूर्ण, एकजुट और समृद्ध यूरोप।

फिलहाल मेरी वैवाहिक जिन्दगी यहाँ कितनी शांतिपूर्ण और समृद्ध रहेगी, अहम सवाल मेरे लिए यह था। मेरी जिन्दगी, परिस्थितियाँ और मेरे प्रयास मेरे सामने नये प्रश्न चिह्न खड़े करते रहे। मेरी जिंदगी एक बार फिर बदल चुकी थी, एक नये सिरे में ढलने लगी थी। अपनी सांस्कृतिक विरासत और स्वच्छंद डेनिश जीवन शैली के बीच बँटकर रहना आसान नहीं था। यूरोप में स्त्री व पुरुष का बगैर शादी किये साथ रहना बहुत ही सामान्य समझा जाता है, मगर मेरे कुछ पारिवारिक संस्कार मुझ में जब तब हावी हो जाते हैं। मैंने लार्स से कहा, मुझे एक छत तले बगैर शादी के रहना पसंद नहीं, मैं अपने संबंधों का एक ठोस आधार चाहती हूँ। लार्स शादी के लिए मान गया। सो कोपनहेगन पहुँचने के एक माह बाद ही हमारी शादी हो गई—एक सादे समारोह में, बस, गिने-चुने लोगों की मौजूदगी में। लार्स की तरफ से उसके माता-पिता, नानी, मामा और दो दोस्त जो उसके बिजनेस पार्टनर भी थे, विवाह में शामिल हुए। मेरी तरफ से सिर्फ मेरा जोशुआ, यानी सात लोगों की उपस्थिति में हमारी शादी हुई। गोरी-चिट्टी चमड़ी, भूरे-सुनहरे बाल व नीले-हरे आँखों वाले इन लोगों के बीच मैं और जोशुआ अलग ही लग रहे थे। इस बार मेरा दुल्हन का अवतार दूसरा था। साड़ी के बजाय मैंने सफेद गाउन पहना। सिर पर सफेद झीना घूँघट और हाथों में सफेद गुलाब।

मैं मिसेज हैनसन बन गयी—नैन्सी हैनसन। सभी कुछ यहाँ नया और अजनबी था—घर, परिवेश व सरनेम। पूर्व पति अब्राहम के साथ हमेशा बड़े, खुले व चहल-पहल वाले घर में रही थी। डेनमार्क आकर अपने नये पति के साथ एक छोटे से तंग फ्लैट में रह रही थी। रसोई, गुसलखाने के अलावा एक बैठक, एक बेडरूम और एक छोटा सा ऑफिस रूम। लार्स अपने बिजनेस का ज्यादातर काम घर से ही करता था—वर्किंग फ्रॉम होम। मैं उसकी दिलेरी से खुश हो गयी जब उसने अपना ऑफिस रूम मेरे जोशुआ के लिए छोड़ दिया। जोशुआ का एक निजी कमरा बन गया। ड्राइंगरूम का एक भाग लार्स का ऑफिस बन गया। किचन में ही डाइनिंग टेबल रख दी। काम चलने लगा।

यहाँ भी एलोवेरा की कई नस्लें उपलब्ध थी। अफ्रीका से भी मैं अपने साथ एलोवेरा की एक पौध लाई थी, जिसके लिए मुझे एयरलाइन से विशेष इजाजत लेनी पड़ी थी। लार्स को पेड़-पौधों में रुचि बिल्कुल नहीं थी। कार रेसिंग, फुटबॉल मैच देखना यही उसके शौक थे। एलोवेरा मेरा जुनून, मेरा परम मित्र है। जहाँ भी जाऊं, एलोवेरा लगाऊं, मेरी प्राथमिकता में शुमार है। मगर एलोवेरा ठंड बर्दास्त नहीं कर सकता। सो मैंने घर के अंदर गमलों में मोम्बासा से लायी एलोवेरा की पौध लगाई। डेनमार्क में मिलने वाली कुछ प्रजातियाँ भी उगाई। अपने छोटे आशियाने में भी मैंने एलोवेरा की बगिया खिला दी। सूरज की कम रोशनी में भी यह प्रकाश संश्लेषण कर लेता है। मैं बगिया की हिफाजत करती। उसे सही उवर्रक और ऊष्मा देती।

यहाँ भी अपना इंडियन डायस्पोरा था, बल्कि कहूँगी बहुत सारे इंडियन डायस्पोरा थे—तेलगु एसोसिएशन, मराठी एसोसिएशन, बंगाली, मलयाली, गुजराती...। इतने नन्हें से देश में भारतीयों के इतने सारे समूह...। अलग-अलग प्रांत की परम्पराओं का डंका बजते देख अच्छा भी लगा और अखरा भी। यह क्या भारत बाहर भी टुकड़ों में बंटा है। कहीं उगादी हो रही है, कहीं पोंगल फेस्टिवल, कहीं गणेश चतुर्थी का आयोजन तो कहीं माँ दुर्गा के नवरात्र मनाये जा रहे हैं। मैं इन भारतीय पर्वों व त्यौहारों में भाग लेना चाहती थी, यहाँ बसे अपने भारतीय समुदाय का हिस्सा बनना चाहती थी। मगर मेरे पति लार्स ने इन्हें जातीय संगठन करार दिया और मेरे संग इनके कार्यक्रमों में चलने से इनकार कर दिया। मैं लार्स से बोली, "इन संस्थाओं के पास इतना कुछ देने को है—स्वादिष्ट भोजन, समृद्ध संस्कृति, संगीत, अध्यात्म, योग। तुम इनसे बहुत कुछ सीखोगे। उसका पहला और अंतिम जवाब 'ना' रहा। नतीजन मेरी डेनमार्क में बसे प्रवासी भारतीयों से मित्रता बढ़ नहीं सकी। अफ्रीका की बात अलग थी, वहाँ मेरा परिवेश भारतीय था, मेरा पति भारतीय था। यहाँ मेरा पति डेनिश था। बस दो-चार भारतीयों से मेरी दोस्ती हो पाई, किन्तु, भारतीय संगठनों से मैं सदैव दूर रही।"

जोश को यहाँ एक इंटरनेशनल स्कूल में भर्ती कर दिया गया। कभी-कभी मुझे लगता—मेरे पास अगर एलोवेरा और जोश हैं तो मुझे किसी की जरूरत ही नहीं। यह भी सोचती कि अच्छा हुआ कि मैं जोश को लेकर यूरोप, एक विकसित व सभ्य मुल्क में आ गयी, जोश की परवरिश यहाँ अच्छी होगी। उसे यहाँ पनपने के अच्छे अवसर मिलेंगे। कुल मिलाकर, मुझे अपनी दूसरी शादी अपने जीवन का एक अच्छा निर्णय लग रहा था। एक नये परिवेश, नये रिश्तेदारों को जानना एक नया अनुभव था। इतना कुछ सीखना और जानना था कि हर दिन मजेदार था। डेन्स सामान्य रूप से अनुशासित और कानूनी नियमों का पालन करने वाले होते हैं। वे अपनी प्राइवेसी को अत्यधिक महत्व देते हैं, लेकिन, उनकी तरफ दोस्ती का हाथ

बढ़ाओ तो अच्छी प्रतिक्रिया भी देते हैं।

लार्स के माता-पिता तलाकशुदा थे। दोनों अलग-अलग, अकेले रहते थे। दोनों में से किसी ने पुनर्विवाह नहीं किया था। लार्स उनकी अकेली सन्तान थी। शुरू-शुरू में मेरे पास काफी खाली वक्त रहता था। जोश के स्कूल जाने व लार्स के अपने ऑफिस के काम में व्यस्त हो जाने के उपरांत मैं बाहर की ताजा हवा में दूर-दूर टहलने के लिए निकल जाती...।

***

जुलाई शुरू हो गया था। ठंड पूरी गायब और मौसम में नरम गर्म हवाएं चलने लगी थी। सूर्य की रोशनी अपने चरम पर थी। सूर्योदय से सूर्यास्त के मध्य का समय बहुत लम्बा हो गया था। एक सुबह मैं घर से निकली। ताजी हवा बहुत प्रिय लग रही थी। मैंने सुना था लार्स की माँ हमारे घर से दस मिनट की पैदल की दूरी पर, रोविन्सोगेड नामक सड़क पर रहती थी। मेरी शादी को डेढ़ महीने हो गये थे। शादी के रिसेप्सन पर ही ससुराल वालों से भेंट हुई थी, उसके बाद से किसी से कोई मुलाकात नहीं, कोई बातचीत नहीं। लगता ही नहीं था कि मेरे ससुराल का कुनबा यहाँ रहता है। लार्स से पूछा, ''भई, कहाँ हैं तुम्हारे घर वाले? वे तो नजर ही नहीं आते।''

वह कहने लगा, ''कमिला बीमार है न...। सभी का ध्यान उसी तरफ है।''

सहसा मैं उत्सुक हो गयी। कमिला के बारे में कुछ भी नहीं जानती थी, बस इतना कि वह लार्स की मामी है और बहुत बीमार है। हमारी शादी के रिसेप्सन में मामा फिलिप अकेले आये थे। उनकी पत्नी, कमिला अस्पताल में भर्ती थी। मैंने सोचा लार्स की माँ से थोड़ा मिल लेती हूँ। उनसे उनकी भाभी के हालचाल भी पूछ लूंगी। उनके घर का पता मैंने लार्स से ले लिया था।

मैंने दो-चार राहगीरों से पूछा—रोविन्सोगेड, नम्बर 42 कहाँ होगा?

आसानी से उनके घर का पता चल गया। बाहर बिल्डिंग पर लगी नेमप्लेट पर मुझे लार्स की माँ का नाम भी दिख गया—लॉरा हैनसन। तीसरी मंजिल पर बाएं तरफ के फ्लैट में वह रहती थी।

मैंने नीचे से घंटी बजाई।

इंटरकॉम में उनकी आवाज गूंजी! कौन?

''मैं नैन्सी...।''

खामोशी...। मुझसे मिलने के लिए वे अनिच्छुक लगीं। मगर कुछ क्षण बाद बिल्डिंग का मुख्य द्वार खुल गया।

एलीवेटर नहीं था, सो मैंने सीढ़ियां चढ़ी। तीसरी मंजिल पर पहुंच कर उनके

फ्लैट की घंटी बजाई।

उन्होंने दरवाजा खोला। काली लेगिंग के ऊपर सफेद कुरता। बाल कंधे तक कटे हुए। कलाई में खूबसूरत डिजाइन वाला टैटू गुदवाया हुआ। साठ साल की उम्र में भी हॉट लग रही थी। पच्चीस की रही होगी जब लार्स पैदा हुआ था। तब तो इनका रूप और भी गजब का रहा होगा, मैं मन ही मन बोली।

''गुडमोर्निंग!''

कोई जवाब नहीं मेरे अभिवादन का, बल्कि वे मुझे प्रश्न भरी निगाहों से ताकने लगी। जवाबतलब करने लगी, ''क्या बात है?''

मैं अचकचा गयी।

''आपसे मिलने आई हूँ...।''

''क्यों?''

''ऐसे ही...। घर में अकेले थी, सोचा कि आपसे थोड़ा मिल लेती हूँ। कैसी हैं आप?''

सपाट जवाब—''ठीक हूँ।''

वे चौखट से हट ही नहीं रही थी। मुझे अंदर आने तक को नहीं कह रही थी।

मैंने ही पूछा, ''अंदर आ सकती हूँ?''

''अंदर आना चाहती हो?''

''हाँ, तभी तो आई हूँ। इजाजत है?'' मैंने विन्रमतापूर्वक पूछा। ''सॉरी, बगैर किसी पूर्वसूचना के धमक गयी। मुझे आपको फोन करके आना चाहिए था...'' कह कर मैंने माहौल सम्भाला।

वे चौखट से हटी, और मुझे घर में घुसने की अनुमति मिली। मैं झिझकते हुए उनके पीछे पीछे हो ली।

लार्स जितना ही बड़ा घर था उनका—एक लिविंगरूम, एक बेडरूम और एक ऑफिसरूम, कुल मिलाकर तीन कमरों का घर। घर बहुत बड़ा नहीं, मगर बहुत सुव्यवस्थित व सुरुचिपूर्ण। नन्ही सी बालकनी में इतनी अधिक मात्रा में फूल-पौधे खिले थे कि एक फुलवारी सी लग रही थी। घर में प्रकृति का एहसास हो रहा था। साज-सज्जा में आंखों को सुकून देने वाले आसमानी, समुद्री और हरे रंगों का प्रयोग अधिक था। घास की चटाइयां, खूबसूरत पेंटिंग्स, रंग-बिरंगे कुशंस, तकिए, टेराकोटा के गमले लगे थे। लकड़ी का सोफा, टेबल, कैंडल होल्डर और अन्य कलात्मक चीजें घर को विशेष आकर्षक बना रही थी।

''आपका घर बहुत सुंदर है। लगता है आपको ग्रीनरी पसंद है,'' मैं घर को निहारते हुए बोली।

''थैंक-यू!''

''क्या यह आपका अपना घर है?''

''नहीं!, किराये का है। मगर मैं यहाँ पिछले बीस सालों से रह रही हूँ, अपना ही लगता है।''

''बहुत सुंदर ढंग से आपने घर को सजाया है—एलीगेंट लुक,'' मैं फिर बोली।

''गर्मियों में मैं मेडिटरेनियन थीम के आधार पर अपना घर सजाती हूँ। नवम्बर आने पर क्रिसमस थीम पर मेरा घर सजता है,'' वे फख्र से बोली। ''हर बार कोई नया प्रयास करती हूँ। सीमित साधनों से ही घर सजाती हूँ।''

''अरे वाह! क्रिसमस में कैसे सजाती हैं आप घर?'' मैंने पूछा।

''जब क्रिसमस आएगा तब देखना...'' वे मुस्कुराते हुए बोली।

उनके नाखूनों में करीने से नेल-पोलिश लगी थी, हाथ-पैर इतने सुंदर लग रहे थे जैसे किसी ब्यूटी पार्लर से अपना प्रसाधन करवा कर आई हो। वे एक शौकीन महिला थी। उनकी हर चीज में उनका सौन्दर्य बोध झलक रहा था। एक कुत्ता भी पाला हुआ था, जो मुझे देख कर भोंकने लगा था। ''अब्बी, नाय, नाय...'' वे कुत्ते को भोंकने से मना करने लगी। कुत्ता शांत हो गया।

''इसका नाम अब्बी है?'' मैंने पूछा।

''हाँ।''

''कितने साल का है यह?''

''सात महीने का है। जब दो महीने का था, तब मेरे पास आ गया था,'' वे उसे प्यार करते हुए बोली।

लॉरा बहुत अच्छी तो नहीं मगर कामचलाऊ अंग्रेजी बोल लेती थी। लार्स उन्हें मुआ पुकारता था। जब मैंने उन्हें मुआ पुकारा तो बोलीं, मैं उन्हें उनके प्रथम नाम लॉरा से पुकारूँ। वह मेरी माँ नहीं है। ''आप मेरी सास हैं। सास माँ समान होती है,'' मैं उनसे बोली।

''हम ऐसा नहीं मानते। मुझे तुम लॉरा ही बुलाओ,'' वे अपनी बात पर जोर डालते हुए बोली। ''ठीक है, जो आपको पसंद, लॉरा...'' मैं बोली। वे मुस्कुराने लगी।

''आपके भाई की पत्नी कैसी है?''

''कमिला?''

''हाँ।''

''ठीक नहीं है। कल वह अस्पताल से घर भी आ गयी है।''

''यह तो अच्छी बात है...।''

''नहीं,'' लॉरा दुखी स्वर में बोली। ''डाक्टरों ने जवाब दे दिया है। कहा कि

अगर चाहो तो उसे 'होम' में रख सकते हैं। फिलिप ने मना कर दिया, बोला कि वह उसे घर ले जाएगा, 'होम' में नहीं रखेगा। बहुत अच्छा पति है वह...। काश सभी औरतों को फिलिप जैसा पति मिलता...। फिलिप ने मुझे फोन करके सब कुछ बताया। मैं भी अस्पताल पहुँची। उसे लेकर घर आए। बेचारी...।'' अपने कुरते की जेब से लॉरा एक कार्ड निकालते हुए बोली, ''देखो कब इसकी जरूरत पड़ती है?''

मैंने कार्ड पर नजर डाली—एस.एस. फ्यूनरल सर्विस...।

''ऐसा मत कहिये...'' मैंने उन्हें टोका।

''जीवन का परम सत्य यही है...। इंसान को अंत में इसी सेवा की जरूरत पड़ती है,'' वे दार्शनिक अंदाज में बोली, और मुझे अस्पताल से घर आने का किस्सा सुनाने लगी—''हमें अस्पताल की एंबुलेस नहीं मिल पायी। सभी एंबुलेस बाहर गयी हुई थी। नर्स ने कहा भी कि हम इंतजारी करें, एंबुलेस आती ही होगी। मगर फिलिप नहीं माना। उसका मन हॉस्पिटल वालों से खट्टा हो गया था। उसने एक टैक्सी बुलाई, और हम कमिला को लेकर घर आये। घर के सामने कमिला को थामे जब हम टैक्सी से उतरने लगे तो टैक्सी वाला अपना यह कार्ड हमारी तरफ बढ़ाते हुए बोला कि वह फ्यूनरल होम भी चलाता है, और प्री-बुकिंग भी कर लेता है...।''

''वह टैक्सी ड्राइवर बहुत ही प्रैक्टिकल बन्दा था,'' मैं बोली।

''हाँ, उसका बस चलता तो वह मौत से पहले ही कमिला का अंतिम संस्कार कर लेता,'' लॉरा बोली।

मेरी हँसी छूट गयी। हँसी रोकने का प्रयास करते हुए मैं बोली, ''सॉरी!''

लॉरा के उदास चेहरे पर भी हँसी बिखर गई। ''क्या करें, कुछ बातें हँसने और रोने दोनों के लिए मजबूर कर देती हैं। फिलिप उस टैक्सी वाले को गाली देते हुए बडबड़ाता रहा। कार्ड कूड़ेदान में फेंक दिया। मगर फिलिप से बचा कर मैंने कूड़ेदान से वह कार्ड उठा कर अपनी जेब में रख दिया। रात जब कमिला सो गई तो फिलिप बहुत रोया।''

''ऊं...'' मैंने आवाज की। ''क्या आप रात भर वही रही?''

''हाँ, सुबह छह बजे ही यहाँ आयी हूँ।''

''ओह तो आप थकी होंगी। मुझे वास्तव में आपको फोन करके आना चाहिए था।''

''कोई बात नहीं। तुमसे बात करना अच्छा लग रहा है। मन बहल रहा है।''

''मैं उन्हें देखने जा सकती हूँ?'' मैंने अक्स्मात पूछा।

वे सोच में पड़ गयी। ''यह तो मुझे फिलिप से पूछना पड़ेगा...। वह पता नहीं पसंद करेगा कि नहीं कि कोई उसकी बीमार पत्नी को देखने आये...।''

मुझे समझ में नहीं आया कि क्या कहूँ, सिर्फ बोली, "अच्छा।"

लॉरा खोये स्वर में बोली, "बहुत अजीब सी हो गयी है कमिला। हड्डियों का ढांचा बन गयी है। चेहरा टेढ़ा-मेढ़ा हो गया है। डर लगता है उसे देख कर... ।"

"उसे भी देख कर डर लगने लगा था..." पॉल बुदबुदाया।

"किसे देख कर?"

"नीना को...जब उसका कैंसर बहुत बढ़ गया था और वह मरने वाली थी...बहुत भद्दी हो गई थी। कभी वह बहुत सुंदर होती थी।"

लॉरा भी ऐसा ही बोली, "कमिला कभी बहुत सुंदर होती थी। बहुत भली औरत है। मेरी हमउम्र है। उसका कोई बच्चा नहीं हो पाया, फिर भी फिलिप और कमिला आपस में खुश थे। वे एक दूसरे के लिए पर्याप्त थे। मेरी वह सखी जैसी थी... ।"

"क्या बीमारी है उन्हें?"

"नर्वस सिस्टम की बीमारी है। उसके हाथ काँपने लगते थे, फिर पैर और धीरे-धीरे पूरा शरीर। उसकी चाल, आवाज, सब अनियंत्रित हो गयी है। चलते-चलते गिर जाती है। अपनी याद्दाश्त खो बैठती है। यह एक तरह की आनुवंशिक बीमारी है।"

"बड़ी अजीब सी बीमारी है। क्या कहते है इस बीमारी को?" मैंने पूछा।

"सेरिब्रल डिजनरेशन। बहुत इलाज हुआ, मगर वह ठीक न हो सकी," लॉरा उच्छ्वास छोड़ते हुए बोली।

लॉरा ने मुझे अपनी एक फेमिली एल्बम दिखाई, जिसमें कमिला की भी तमाम तस्वीरे थी। एक जवान, स्वस्थ, आकर्षक स्त्री कैसे बीमारी के लग जाने से कमजोर और बदसूरत हो गयी... ।

"ओह क्या है जिन्दगी... ?" मेरे मुख से छूटा।

"हाँ, यही है जिन्दगी... पीले पड़ गये पत्तों को पेड़ भी अपनी शाख से गिरा देता है," कहते हुए लॉरा की आँखे भर आयी।

मुझे अपनी सास, लॉरा से सहानुभूति हो गई। बेचारी अकेली रहा करती हैं, एक कुत्ते के साथ। गिने चुने रिश्तेदार हैं, उनमें भी भाभी अवस्थ चल रही है, चलाचली की बेला है। उनकी उदासीनता के बावजूद मैं उनका हाल-चाल पूछने, उनके साथ कुछ समय बिताने के लिए उनके पास जाने लगी। तीसरी मुलाकात में उन्होंने स्पष्ट कह दिया कि मैं उनके पास इतनी जल्दी-जल्दी न आया करूं। मैं जवान हूँ। अपना समय और ध्यान कहीं ओर लगाऊँ। इस मुल्क की भाषा सीखूं, नौकरी के लिए कोशिश करूं। कमाऊँ और खाऊँ। हालांकि वे यह सब मेरी भलाई के लिए ही कह रही थीं, मगर मुझे बड़ा अजीब-सा लगा। अपमानजनक भी। भारत

और अफ्रीका में तो बड़े-बूढ़े परिवार के केंद्र में रहना चाहते हैं, और चाहते हैं कि उनके बच्चे व जवान लोग उनसे मिलने आया करें, उनके साथ समय बिताया करें। मोम्बासा में जब हम अब्राहम के मामा-मामी के पास नहीं जा पाते थे तो वे नाराज हो जाते थे कि हम उन्हें भूल गये। यहाँ तक कि मौरीन भी शिकायत करने लगती थी, अगर मैं बहुत दिनों तक उनकी कोई खोज-खबर नहीं लेती। और, यहाँ सभी को अपनी प्राइवेसी चाहिए। कितना भिन्न समाज है यहाँ... कितनी भिन्न संस्कृति! ठंडी जलवायु की तरह ठंडे लोग...। कहीं कोई गर्माहट, गर्मजोशी ही नहीं दिखती।

खैर, एक दिन लॉरा मुझे फोन करके बोली, ''फिलिप से मैंने पूछ लिया है... तुम कमिला से मिलने उसके घर जा सकती हो। उसे आपत्ति नहीं है।''

मैं कहना चाह रही थी—इसमें आपत्ति की बात ही क्या है? बीमारों का हालचाल पूछना घर वालों का कर्तव्य होता है। मगर मैं चुप रही।

फिलिप लॉरा से दो साल बड़े थे और कोपनहेगन के एक उपनगर में रहते थे। लॉरा के साथ ही मैं उनके घर गयी। कमिला मुरझाई सी अवस्था में बिस्तर पर पड़ी थी। छोटा-सा फ्लैट। घर अस्त-व्यस्त। लिविंगरूम में ही कमिला का बिस्तर लगा था, बिस्तर के पास लगी एक मेज पर बिखरी दवाइयाँ, पानी का जग, गिलास वगैरह माहौल को क्षीण बना रहे थे। फिलिप पत्नी के बिस्तर के बगल में लगे सोफे पर सोया करते थे। जिस निष्ठा से फिलिप अपनी रुग्ण पत्नी की सेवा कर रहे थे, वह मेरे दिल को छू गया। उन्होंने मुझे पत्नी को देखने आने के लिए धन्यवाद कहा। मेरा परिचय अपनी पत्नी को देते हुए बोले, ''यह नैन्सी है, लार्स की बीवी...।''

कितना कमिला समझी, मालूम नहीं। बहरहाल मैं उनके लिए मिक्स वेजिटेबल सूप बना कर ले गयी थी, जिसके लिए फिलिप ने मेरा विशेष आभार व्यक्त किया। उन्होंने मेरे सामने ही कमिला को बैठा कर सूप पिलाने की कोशिश की। सूप भरी चम्मच उनके मुँह में घुसेड़ी, मगर उनसे सूप गटका नहीं गया। सारा मुँह से बाहर निकल आया। फिलिप तौलिये से पत्नी का मुँह पोंछने लगे। उनकी हालत देख मेरा दिल अथाह करुणा से भर गया।

मेरी विजिट के दूसरे दिन ही कमिला चल बसी। नियति का फेर... जब वह मरी तो वाकई में उसी फ्यूनरल होम—एस.एस फ्यूनरल सर्विस को फोन किया गया...। उसी ने सब इंतजाम किये—क्रीमेशन का इंतजाम, फूलों का इंतजाम...। उसकी कीमत भी बहुत अधिक नहीं थी।

मैं भी लार्स के साथ कमिला की फ्यूनरल में शामिल हुई। मुझे लगा कि यहाँ विवाह से अधिक महत्व अंतिम संस्कार को दिया जाता है। क्योंकि लार्स और मेरी शादी में इतने लोग नहीं इकठ्ठे हुए थे जितने कमिला के फ्यूनरल में जुट गये थे। लॉरा की माँ यूलैंड से आयी थी। लॉरा-फिलिप के अंकल-आंटी व कजिन्स भी शामिल

हुए। कमिला के घर वाले भी अच्छी संख्या में उपस्थित थे। फिलिप और कमिला के पड़ोसी और मित्र मंडल भी मौजूद था। सभी काले वस्त्र धारण किये हुए थे, जोकि दुखी माहौल को और भी भारी बना रहे थे। मुझे कमिला के चले जाने से अधिक अफसोस इस बात का हुआ कि मुझे अपनी शादी के तुरंत बाद ससुराल की एक शोक सभा में शामिल होना पड़ा।

खैर जाने वाला चला जाता है, बाकी सभी लोग अपनी जिन्दगी जीते हैं। कमिला की मौत के बाद बहुत जल्दी ही परिवार के लोग दु:ख से उबर गये। लॉरा भी एकदम सामान्य हो गयी।

***

लार्स की माँ, लॉरा मेरे जीवन का एक अजीब लेकिन हसीन पहलू थी। उनके प्रति मेरे मन में मिलेजुले भाव उमड़ते थे। वे एक खराब औरत नहीं थी। बस उनका नजरिया समझने की आवश्यकता थी। मुझे यह भी आभास हुआ कि डेनमार्क में कोई किसी के घर यूँ ही मुँह उठा कर नहीं चला जाता, और घरों में जाने का रिवाज भी कम है। लोग एक दूसरे से कैफे, रेस्टोरेंट में मिला करते हैं।

बाद-बाद में तो लॉरा मेरी सखी जैसी बन गयी। हर हफ्ते हम एक रेस्टोरेंट में मिलकर कॉफी पीते, केक खाते। कभी पिक्चर या कोई थियेटर शो देखते। एक बार पेमेंट यदि वे करतीं, तो दूसरे बार मैं—फिफ्टी-फिफ्टी। यह क्या? इतना नाप-तौल कर जीना! मैं ही उदार बनते हुए अपना बटुआ निकालती। जैसे ही कार्ड निकालने को होती, वह मुझे रोकते हुए सख्त शब्दों में कहती,'' नहीं, तुमने पिछली बार पेमेंट किया था, आज मेरी बारी है।''

और अगर मैं अपना पर्स निकालना भूल जाती तो वह मुझे याद दिलाने से नहीं चूकती, ''नैन्सी, पेमेंट कर दो, तुम्हारी बारी है।'' पूरा पक्का हिसाब—ना एक पाई इधर, ना एक पाई उधर।

अपनी इन मुलाकातों में वे अपनी जिन्दगी से जुड़े तमाम किस्से मुझे सुनातीं। मैं उनसे प्रभावित होने लगी थी। वे रॉयल कोपनहेगन में सिरामिक डिजाइन की पेंटिंग करती थी। काम बारीक था, आँखे कमजोर हो जाने की वजह से उन्हें वह काम छोड़ना पड़ा। उन्होंने समय से पहले स्वैच्छिक सेवानिवृत्ति ले ली थी। लॉरा की कलात्मक कुशलता उनके रहन-सहन से दिखती थी। उनके घर की साज-सज्जा, उनका पहनावा, सभी में एक क्लासिक टेस्ट दिखाई देता था।

लॉरा से मुझे उनकी माँ के विषय में भी पता चला। उनकी माँ ग्रेथा पिच्चासी साल की थी और डेनमार्क के एक दूसरे टापू—जटलैंड के एक छोटे से नगर सोंडरबोर्ग में अकेले रहती थी। ''फिलिप को माँ से कोई खास मतलब नहीं रहता।

वह माँ को फोन तक नहीं करता। पहले पत्नी बीमार, फिर पत्नी की मौत... अपनी ही परेशानियों से जूझता रहा वह। अवसाद में भी घिरता रहा। एंटीडिप्रेसेंट दवाइयां खाता है,'' लॉरा बड़बड़ाते हुए मुझसे बोलती। ''मेरा घर तुम्हें जितना व्यवस्थित लगता है, उसका घर उतना ही अव्यवस्थित रहता है। मैं ही उसके घर जाकर उसका घर ठीक-ठाक करती हूँ !'' माँ भी लॉरा की जिम्मेदारी थी। लॉरा वाकई अपनी माँ और भाई के हाथों की छड़ी थी।

लॉरा ने मुझे अपनी व्यक्तिगत जिन्दगी की भी बातें बताई। एक-एक करके तीन आदमी उनकी जिन्दगी में आये। किसी से भी उनकी बहुत अधिक दिनों तक जमी नहीं। शादी उनकी लार्स के पिता से ही हुई, और सन्तान भी उन्हीं से हुई।

''बहुत मुश्किल होता है किसी से निभाना। सबसे ज्यादा मैं लार्स के पिता के साथ ही रही—पूरे बीस साल...।''

''बीस साल तो बहुत लंबे होते हैं...।''

''हाँ, वह बोली। लार्स जब पन्द्रह का था, तब हम अलग हो गये थे। अब तो काफी लंबा अरसा हो गये हमें अलग-अलग रहते हुए।''

''आप अभी भी जवाँ हो। दूसरा हमसफर खोज लो,'' मैंने चुटकी ली।

''मन नहीं है,'' वह मुँह बिचकाते हुए बोली। ''नो मेन इन माय होम नाऊ। मेरे साथ अब्बी काफी है।''

लार्स के परिवार में हर कोई अकेला रहता था, वह भी किराए के मकान में, सिर्फ नानी का अपना घर था। मैं लार्स के परिवार में जिससे भी मिली—माँ, पिता, मामा, नानी...सभी मुझे बहुत भले इंसान लगे, मगर फिर भी वे अकेले, तन्हा थे। उन्हें रिश्तेदारों की जरूरत भी नहीं थी। मगर एक बात थी...सभी खाने के बेहद शौकीन थे। बस खाना बना दो, बड़े चाव से खाते थे। चटखारा ले ले कर कहते थे—बहुत स्वादिष्ट है। आपसे रेसिपी मांगेगे, बनाने की विधि पूछेंगे।

मुझे डेनमार्क में स्वयं को बसाना था। लार्स के परिवार वालों को समझना-बूझना ही मेरा एकमात्र मकसद नहीं था। तुमने खुद ही कहा है पॉल कि इंसान कहीं भी रहने चला जाए, आत्मनिर्भरता महत्वपूर्ण है। जिन्दगी में कब क्या हो जाए, कुछ पता नहीं। सो इस देश को देखते-परखते, यहाँ बने नये नाते-रिश्तों को समझते-बूझते हुए मैं नौकरी पाने के लिए निरन्तर प्रयास कर रही थी। अध्यापन का अच्छा-खासा अनुभव था मुझे, और सौभाग्य से डेनमार्क आने के पाँच माह बाद, जिस स्कूल में जोश जाता था, मुझे वहाँ कम्प्यूटर और साइंस टीचर की नौकरी मिल गयी। दिसम्बर में क्रिसमस की छुट्टियों के बाद, नये वर्ष जनवरी से मुझे वह स्कूल ज्वाइन करना था।

जिस दिन मुझे नौकरी का ऑफर मिला मैं खुशी से झूम गयी। बेकरी से केक

खरीद कर सबसे पहले लॉरा के पास पहुंची। कुछ बातें मैंने उनकी संस्कृति की सीखी थी तो कुछ अपनी भी उन्हें सिखाई। मैंने अपनी सास को जतला दिया कि हमें अपनों के घर जाने के लिए किसी की इजाजत की जरूरत नहीं पड़ती। हम इस पर विश्वास करते हैं—माना कि यह घर तुम्हारा है, हम भी हकदार हैं, जब दिल चाहा, मुँह उठाकर आया करेंगे।

लॉरा अब मुस्कुरा कर मेरा स्वागत किया करती थी। मुझे देख कर चौंकती नहीं थी, न ही अपनी भृकुटि तानती थी। उस दिन वे मेरे हाथ पर केक देख कर अचरज से भर गयी।'' क्या खुशखबरी है?''

मैं चहकते हुए बोली, ''लॉरा, मुझे नौकरी मिल गई...।''

''सुपर!'' वे बोली, और मुझे गले लगाकर बधाई थी—''टिल्ललुयका!''

''थक!'' मैंने धन्यवाद कहा।

''केक के साथ तो स्ट्रोंग कॉफी चलेगी,'' वे चुटकी बजाते हुए बोली। उन्होंने कॉफी मशीन में तुरन्त कॉफी बनाई, और एक आकर्षक बोन चाइना कप सेट में परोस कर ले आई। ''बहुत सुंदर डिजाइन है, रंग भी बेहद शोख है,'' मैं बोली।

''यहाँ मैगजीन सुपरमार्केट में सेल लगी थी, तब मैंने खरीदा था। नहीं तो ये बड़े महंगे मिलते हैं,'' वे बोली।

मैंने हाँ में हाँ मिलाई ।

मेरे पास समय ही समय है—रिटायर हूँ। इधर-उधर घूमती रहती हूँ, नजर रखती हूँ कहाँ क्या सेल लगी है। मैं अपने घर का सभी सागान सेल में ही खरीदती हूँ।

मैंने उनके घर के चारों तरफ नजर दौड़ाई। दिसम्बर माह शुरू हो गया था। लॉरा के घर का इंटीरियर क्रिसमस थीम के अनुसार सज गया था। घर की पूरी सजावट में शोख रंगों का इस्तेमाल था, जिसमें मुख्यत: लाल, सुनहरा और हरे रंग की प्रमुखता थी। क्रिसमसी सजावटी वस्तुओं से पूरा घर अलंकृत था। घर का कोना कोना क्रिसमस की भावना से भरा हुआ लग रहा था।

लॉरा से प्रेरित होकर मैंने भी अपने आशियाने को एक थीम देकर सजाया था। कई बार घर को पुराने अंदाज में सजाना भी अच्छा लगता है। इसके लिए मुझे ज्यादा खर्च करने की भी जरूरत नहीं पड़ी। पुरानी चौकी, जो लॉरा ने ही मुझे दी थी, दीवार से लगाकर उस पर गद्दा रख दिया। एक कढ़ी हुई सुंदर चादर बिछा कर उस पर बड़े आकार के मसनद रखे। लॉरा जब भी मेरे घर आती, उसी पर बैठती।

सोफा कवर, कुशंस और पर्दों में मैंने चमकीले रंगों का इस्तेमाल किया—नारंगी, गहरा नीला और सिल्वर शेड्स। डेकोरेटिव पीसेज में माता मरियम की मूर्ति, पिंजरा, लालटेन, मिट्टी की बनी घंटिया आदि सजाई। शीशे के जार में सजी

बेहतरीन सुगंध बिखेरती एरोमा कैंडल। एक पुरानी टोकरी को लेस और गोटे से सजा कर दीवार से टांग दिया। पीतल के बने वासेज और मिट्टी के डिजाइनर गमलों में फूल-पौधे सजाकर रख दिए। सभी ने मेरी रचनात्मकता की भूरि-भूरि प्रंशसा की।

यह कौन सी थीम है?'' लॉरा ने पूछा।

मुझे समझ में नहीं आया, मैं बोल पड़ी, ''ग्लोबल देशी थीम।''

''यह कौन सी थीम होती है?''

''इंडियन, पाकिस्तानी, बंगलादेशी और नेपाली स्टाइल—एक जैसी भाषा, एक जैसे विचार, संस्कृति मनोधारणा के लोग...।

''हूँ... इंटरेस्टिंग...'' लॉरा बोली।

घर सजाने में लॉरा मुझे मशविरा देती और मैं उसे। लार्स के पिता, डेनियल एक बार मजाक में बोले भी—सास-बहू में अपना-अपना घर सजाने की होड़ लगी है।

खैर, मैंने और लॉरा ने साथ बैठ कर कॉफी पी, केक खाया। बहुत सारी बातें हुई। बातचीत में उन्होंने बताया कि वे क्रिसमस के बाद यूलैंड (जटलैंड को यूलैंड भी कहा जाता है) जा रही हैं।

''माँ बहुत बीमार है...'' वे बोलीं।

''कितने दिन के लिए?'' मैंने पूछा।

''मैं वहाँ शिफ्ट हो रही हूँ—छह महीने, साल, दो साल...जितने दिन माँ जिन्दा रहती है...।''

''ओह... आप तो लम्बे समय के लिए जा रही हैं।''

''नहीं, मैं नहीं समझती कि माँ अब लम्बा जीयेगी।''

''आपके इस घर का क्या होगा? क्या बंद करके जायेंगी?'' मैंने पूछा।

''सबलेट कर रही हूँ एक साल के लिए, जरूरत पड़े तो दो साल के लिए भी कर सकती हूँ।''

''आपके फर्नीचर और सामान का क्या होगा?''

''फर्नीचर के साथ सबलेट कर रही हूँ!''

''ओह... आप तो घर इतने अच्छे से रखती हैं। पता नहीं नया किरायेदार इसकी ढंग से देखभाल करेगा कि नहीं। कहीं आपका घर वह खराब न कर दे, मैंने आशंका जाहिर की।''

''हॉप फॉर द बेस्ट! कोई विकल्प नहीं है। माँ के पास जाना जरूरी है।''

''और अब्बी क्या होगा?'' मैंने पूछा।

''अब्बी को साथ ले जा रही हूँ।''

''अगर चाहो तो अब्बी को मैं रख सकती हूँ,'' मैं बोली।

''मैं समझती हूँ, तुम डॉग लवर हो, मगर मैं अब्बी को साथ ले जा रही हूँ। इसके बिना मैं नहीं रह सकती।''

मैं जानती थी कि लॉरा अब्बी से बेहद प्यार करती है, उसी के साथ सोती भी है। यहाँ तक कि जब वह नहाती है तो अब्बी गुसलखाने के बाहर पहरा देता है। कुत्तों के ट्रेनिंग सेंटर भी उसे ले जाती है, ट्रेन करने के लिए।

कोपहेगन की कड़ाके की ठिठुरन में हम लॉरा के गर्म घर में एकत्र हुए क्रिसमस की पूर्व संध्या पर। लॉरा का सामान बँध चुका था। दो दिन बाद वे सोंडरबोर्ग जा रही थी, मगर उन्होंने क्रिसमस का यह पारम्परिक आयोजन अपने घर पर किया। इस पर्व का मुझे बेसब्री से इंतजार था। यह मेरा डेनमार्क में पहला क्रिसमस था। मेरे, लार्स और जोशुआ के अलावा लार्स के मामा—फिलिप और लार्स के पिता—डेनियल भी आयोजन में शामिल थे। लॉरा की माँ ग्रेथा सोंडरबोर्ग से नहीं आ पायी।

विद्युत झालरों, चमकीली पन्नियों और गुब्बारों से सजा-सँवारा कमरा, बीच में खूबसूरती से सजाया गया, बहुत ही आकर्षक क्रिसमस ट्री, चारों तरफ तोहफे...। क्रिसमस कैरल्स (मंगलगीत) की धुन घर में गूँज रही थी। लॉरा ने सभी को गर्म डेनिश शराब ग्लोग्ग परसी, साथ में मेवे, फल और केक।

मैं भी अपनी तरफ से कुछ व्यंजन बना कर ले गयी थी। मेरे जायके का मेन्यू बहुत बड़ा है, जिसमें मलयाली के अलावा पंजाबी, थाई और अफ्रीकन फूड भी हैं। सभी को मेरे बनाये व्यंजन बेहद पसंद आये। लार्स से मजाक करने लगे, ''अरे लार्स, तू बहुत लकी है, पत्नी तरह-तरह के लजीज पकवान बना कर खिलाती है।''

''हल्ट इनी—बिलकुल सहमत,'' लार्स ने फख्र से हामी भरी, और मुझे कोहनी मारी। मैं गद्‌गद्‌ हो गई।

हमने पाकेलाय—पैकेज गेम खेला।

''ओ पाकेलाय...क्रिसमस के समय में खेले जाने वाला डेनिश पारम्परिक खेल मुझे भी बहुत अच्छा लगता है...पॉल का स्वर उभरा। ''उम्र की इस खेल में कोई सीमा नहीं।''

हाँ, बच्चे और वयस्क सभी खेल सकते हैं यह खेल। मेरे लिए पाकेलाय खेलना पहली बार था। लॉरा हम सभी से कह चुकी थी कि खेल के लिए हर कोई एक छोटा सा उपहार पैक करके लायेगा। उपहार पचास-साठ क्रोनर के करीब होना चाहिए और उपयोगी वस्तु होनी चाहिए। उन्होंने अपने ड्राइंगरूम के एक हिस्से में जमीन पर कालीन बिछा कर खेल खेलने का इंतजाम किया हुआ था।

एक द्यूतक्रीड़ा की तरह हम सब खिलाड़ी पालथी मार कर नीचे जमीन पर

बैठ गये। रंगीन कागजों से बँधे उपहार मध्य में रखे गये। लॉरा ने पासा निकाला और खेल शुरू हुआ। पहले राउंड में सभी खिलाड़ी अपनी-अपनी बारी से पासा फेंकते गये, जिसका छह आता गया वह अपने लिए उपहार चुनता गया। जब सभी उपहार चुन लिए गये तो दूसरा राउंड शुरू हुआ।

''दूसरा राउंड दस मिनट का होगा,'' लॉरा ने दूसरे राउंड की अवधि घोषित की।

दूसरे राउंड में खिलाड़ी पासा फेंकते, छह आने पर वे एक-दूसरे से उपहार हथियाने लगते। खेल का असली मजा दूसरे राउंड में ही था। खेल एकदम सरल मगर मजेदार था।

''लोगों को एक-दूसरे के करीब लाता है, यह खेल,'' पॉल बोला।

हाँ, हम हँस-हँस कर लोटपोट हो गये। सबसे ज्यादा मजे लार्स के मामा फिलिप ने लगाये। पासे को अपनी दोनों हथेलियों में घुमाते हुए अपने भांजे लार्स से कहते, ''नेफ्यू लार्स, मेरा दाँव देखना गलत नहीं जाएगा...।''

फिलिप जिस अंदाज से पासा फेंक रहे थे मुझे महाभारत के चरित्र शकुनि का ध्यान आ गया। उनके दाँव गलत नहीं पड़ रहे थे, बार-बार वे ही बाजी जीत रहे थे। लार्स ने उनसे मजाक में पूछा भी, ''मामा फिलिप, आपके पासे का रहस्य क्या है?''

खेल के अंत में मैं उनसे बोली, ''मैंने कुछ साल पहले माइथोलॉजिकल टीवी सीरियल महाभारत देखा था, आप उसके एक कैरेक्टर शकुनि की तरह लग रहे हैं।''

उनके चेहरे पर हल्की-सी मुस्कुराहट आ गई। तुरंत अपना मोबाइल निकाल कर शकुनि चरित्र को गूगल करने लगे। ''हूँ... माइथोलॉजिकल कैरेक्टर शा-कू-नी! क्या स्पेलिंग है?''

''एस एच ए के यू एन आई।''

वे मुँह बिचकाते हुए बोले, ''अरे यह तो कोई बहुत अच्छा इंसान नहीं दिख रहा है...। एक नेगेटिव कैरेक्टर लग रहा है।'' सभी को अपने मोबाइल स्क्रीन दिखाते हुए बोले, ''नैन्सी कह रही है मैं ऐसा लगता हूँ।''

सभी हँसने लगे।

''मैं तुम्हें क्या इतना बुरा दिखता हूँ?'' वे भोलेपन से पूछने लगे।

''नहीं नहीं...फिलिप। मैं तो आपकी तुलना कलाकार गूफी पेंटल से कर रही हूँ जिसने शकुनि का रोल किया था...। वे एक मंजे हुए कलाकार है।''

सबसे ज्यादा उपहार फिलिप ने ही बटोरे थे। मेरे पल्ले सिर्फ एक उपहार आया। जब उपहार खोलने की बारी आयी तो पता चला कि मैंने जो उपहार जीता वह फिलिप का खरीदा हुआ है। एक सस्ती सी चीज, दस-बीस क्रोनर से ज्यादा

की नहीं लग रही थी, जैसे किसी दस क्रोनर की टाइगर शॉप से खरीदी हो। मैं तो अपनी तरफ से सत्तर-अस्सी क्रोनर के तीन गिफ्ट अच्छे से पैक करके खेल के लिए ले गयी थी, और बदले में मिली मुझे इतनी मामूली चीज...। मैंने फिलिप से कह ही दिया, "फिलिप—क्या यह पचास क्रोनर का है?"

वे झेंप गये। अपना एक उपहार मेरी तरफ बढ़ाते हुए कहने लगे, "तुम यह रख लो।"

"नहीं, नहीं, आपका जीता उपहार मैं थोड़े ही रख सकती हूँ।"

फिलिप जब जिद करने लगे तो लॉरा बोली, "खेल को खेल की स्पिरिट में रहने दो, जिसने जो बाजी मार ली, वह मार ली...।"

फिलिप मुझसे बोले, "मुझ पर तुम्हारा उपहार कर्ज रहा।"

"अरे नहीं फिलिप, मैं तो ऐसे ही मजाक कर रही थी।"

कहे-कहे, ठहाके, गूफ्तगू, नोकझोंक के बीच फिलिप और मेरे बीच उस शाम एक अपनापन कायम हो गया। वे हमेशा के लिए मेरे एक अच्छे दोस्त बन गये।

कुल मिलाकर क्रिसमस आयोजन शानदार रहा। फिलिप खुशी से झूमते हुए बार-बार कह रहे थे—ह्युगलिग्त! मैंने भी उनके साथ स्वर मिलाया—ह्यूगे! मुझे डेनिश संस्कृति में प्रयोग होने वाले दो टिपिकल शब्द—ह्युगलिग्त (Hyggeligt) और ह्यूगे (Hygge) बड़े पसंद आते हैं, जिनका अर्थ—आरामदायक, मोहक, आह्लादित क्षण।

लार्स के मातापिता की तरफ से मुझे व्यक्तिगत तोहफे मिले। मैंने भी उन्हें तोहफे भेंट किये। लार्स ने मुझे हीरे के टॉप्स गिफ्ट किये। सभी के सामने मैंने उसे अपनी बांहों में भर चूम लिया। सभी ने तालियाँ बजाई।

जोशुआ ने भी भरपूर मजे लूटे। वह सबसे छोटा था तो उसे लगभग सभी ने अपनी-अपनी तरफ से कुछ न कुछ दिया। एक बैग उसके उपहारों से भर गया। खुशी से मेरी आँखें छलक गयी। मुझे बहुत अच्छा लगा कि मेरे बेटे को लार्स के परिवार में पूर्ण स्वीकृति मिली है। सभी उससे बड़े स्नेह व अपनेपन से पेश आते हैं, उसे प्यार करते हैं। मैं मन ही मन कहती, भगवान खुशियों की सलामती बनी रहे और ऐसे ही सुहाने जश्न हम मनाते रहें।

घर लौटने से पहले सभी ने लॉरा को सोंडरबोर्ग जाने की शुभकामनाएं दी। डेनियल ने लॉरा को एयरपोर्ट छोड़ने की बात की, जिसे लॉरा ने सहर्ष स्वीकार कर लिया। भले ही वे एक साथ नहीं रहते थे, मगर एक दूसरे की यह छोटी-छोटी मदद कर लिया करते थे। लॉरा ने ही मुझे बताया था कि डेनियल उनके लिए थियेटर के टिकट लाकर देते हैं, व उनके लिए खाना बना देती हैं। कभी-कभार मिलते हैं तो अच्छा रहता है, नहीं तो तकरार शुरू हो जाती है। शोर्ट एंड स्वीट... लॉरा बोली थी।

***

अपना फ्लैट सबलेट करके लॉरा अपनी माँ के पास चली गयी, अपने अब्बी को साथ ले गयी। हालांकि हमारा परस्पर फोन और ईमेल से सम्पर्क बना रहता था, मगर मैं उनके साथ अपनी साप्ताहिक भेंट को मिस करने लगी।

फिर मैंने भी जटलैंड, सोंडरबोर्ग जाने की सोची। लॉरा और उनकी माँ ग्रेथा से मिल लूँगी और डेनमार्क का एक दूसरा शहर भी घूम लूंगी। लार्स और जोशुआ को भी अपने साथ चलने को कहा तो वे खुशी-खुशी मेरे साथ हो लिये।

कोपनहेगन से दक्षिण डेनमार्क में, जर्मनी बॉर्डर के निकट स्थित नन्हा व तन्हा शहर सोंडरबोर्ग की ट्रेन यात्रा मुझे बहुत लुभावनी लगी। हरियाली व नैसर्गिक सौन्दर्य से भरपूर, लगभग चार घंटे का सफर था। जैसे ही ट्रेन से उतरे तो सामने समुद्री खाड़ी और बंदरगाह नजर आया। समुद्र में बहुत से जलयान चल रहे थे। लार्स ने मुझे बताया कि जर्मनी के अमीर लोग अपनी समुद्री नौकाओं से सोंडरबोर्ग आते रहते हैं।

रेलवे स्टेशन से घर तक का पन्द्रह मिनट का रास्ता हमने पैदल नापा। सोंडरबोर्ग एक सुंदर तस्वीर जैसा लगा। कण-कण में सुन्दरता! एक कुटिया में नानी ग्रेथा अकेली रहती थी। पति का देहांत बहुत पहले हो चुका था। उनकी दो संताने—फिलिप और लॉरा कोपनहेगन जाकर बस गये थे। घर के कामों के लिए सरकार से मिलती मदद पर्याप्त नहीं थी। सो लॉरा समय-समय पर कोपनहेगन से अपनी माँ के पास आकर उनकी मदद करती थी। उनके सारे बिल जमा करती थी, घर ठीक-ठाक करती थी। उनके लिए खरीददारी कर देती थी। खाना पका कर फ्रीज में स्टोर कर देती थी।

घर देख कर मैं सुखद अहसास से भर गयी। लार्स के सभी घर वाले शहर में छोटे-छोटे घरों में रहते थे, मगर नानी एक बड़े और स्वतंत्र घर में रहा करती थी। बड़ा, खुला लॉन...गेट से एक सुंदर सा रास्ता बरामदे तक जा रहा। गार्डन में लाल और सफेद रंग का झंडा लहरा रहा। कहा जाता है कि वर्तमान में विद्यमान सभी राष्ट्रीय ध्वजों में डेनमार्क का राष्ट्रीय ध्वज दुनिया का सबसे पुराना ध्वज है।

हमें देख कर नानी बहुत खुश हुई। लार्स अपनी नानी को 'मुआमुआ' पुकारता था। मैं उन्हें 'मुआमुआ' पुकारने लगी तो वे मुझसे बोली, ''तुम मुझे ग्रेथा बुला सकती हो।''

मैंने उन्हें निहारा—झुर्रीदार पोपला मुख, सिर पर श्वेत केश, जो झड़कर बहुत हल्के हो चुके थे। झुका शरीर, धँसी आँखें। हाथ से पकड़ी डंडी के सहारे काँपते पग स्वयं को सँभालने की कोशिश करते हुए...।

''नहीं,'' मेरे मुख से निकला, ''मैं आपका नाम नहीं ले सकती। आप मुझसे

बहुत ही बड़ी हैं।''

''जिसमें तुम्हें सहूलियत हो...'' ग्रेथा बोली। इसमें ग्रेथा को कुछ नहीं कह सकते थे। वह तो मुझे एक सहूलियत प्रदान करने के इरादे से बोल रही थी। यहाँ यह ही प्रचलन था, सभी को उनके प्रथम नामों से पुकारना। कई परिवारों में वयस्क बच्चे अपने माता-पिता को भी उनके प्रथम नाम से पुकारने लग जाते हैं। लेकिन जिन संस्कारों को लेकर मैं बड़ी हुई थी उन्हें एकदम से कैसे झटक देती।

मेरे जोशुआ को ग्रेथा प्यार से निहारती। उसके कोमल कपोलों पर अपने झुर्रीदार हाथ फिराती। मुझे अपार प्रसन्नता होती कि मेरे जोशुआ को उनसे निर्मल स्नेह मिल रहा है। मगर जब हम वहाँ से विदा हो रहे थे तो लार्स का हाथ थामकर ग्रेथा मुझसे बोली, ''यह मेरा इकलोता नाती है...। अब चाहती हूँ कि कोई पड़नाती भी पैदा हो। मैं उसका चेहरा देख कर मरूं।''

मैं मुस्कुरा गयी। मैं भी दुबारा माँ बनना चाहती थी। लार्स के बच्चे की माँ...। कैसा होगा वह शिशु...? मेरा जोशुआ तो मुझसे भी गहरे रंग का है। धूप की तपिश में और भी काला-कलूटा लगने लगता है। मगर लार्स से मेरा बच्चा निश्चित ही गोरा होगा, बाल भी उसके निपट काले नहीं होंगे, आँखे शायद नीली हो...। उसका नाम मैं नील रखूंगी। मैंने मुस्कुराते हुए लार्स की तरफ देखा। वह नानी की गिरफ्त से अपना हाथ छुड़ा कर दूर चला गया। उसके चेहरे पर खुशी के कोई भाव नहीं थे।

बहरहाल सोंडरबोर्ग की नैसर्गिक सुन्दरता ने मेरा मन मोह लिया। शहर के कोलाहल से दूर यहाँ के शांत वातावरण में जिन्दगी सुकून भरी थी। नानी का साफ-सुथरा आरामदायक आवास। मेरा मन वहाँ दुबारा जाने को ललकने लगा, मगर लार्स ने संग चलने के लिए मना कर दिया। कहने लगा उसे शहरों की हलचल पसंद है कस्बों की वीरानी नहीं। जोशुआ भी बहुत इच्छुक नहीं लगा। अब कोपनहेगन में उसके कुछ दोस्त बन गये थे। एक सहपाठी ने उसे अपने जन्मदिन पर अपने घर बुलाया हुआ था। वह वहाँ जाना चाहता था। लार्स मुझसे बोला कि मैं जोशुआ को कोपनहेगन में उसके पास छोड़ कर अकेले सोंडरबोर्ग जा सकती हूँ। वह उसे दोस्त की बर्थडे पार्टी में उसके घर छोड़ देगा, और फिर लेने भी चला जाएगा।

मैं खुशी से भर गयी। भावुकता में मेरी आँखें भर गयी। भगवान ने मुझे कितना कुछ दे दिया है, कैसे अपनी झोली में सम्भालूं!

मैं अपनी सहकर्मी रीम के साथ सोंडरबोर्ग जाने का कार्यक्रम बनाने लगी। हमने स्कूल साथ ही ज्वाइन किया था। मूलत: वह इजिप्त की थी, मगर ऑस्ट्रेलिया में पली-बढ़ी थी। जब वह ऑस्ट्रेलिया में रहा करती थी तो उसकी कुछ इंडियन सहेलियाँ थी। उनके साथ वह भारत हो आयी थी। सो रीम के साथ मेरी यारी जम गई थी।

वह भी डेनमार्क के अन्य नगर देखना चाहती थी। मैंने लॉरा को फोन किया कि मैं अपनी सखी के साथ सोंडरबोर्ग आ रही हूँ। वह बोली, उन्हें अपनी माँ से पूछना पड़ेगा कि मैं अपनी सखी के साथ उनके घर टिक सकती हूँ या नहीं। ''क्या मैं बहुत ज्यादा डिमांड कर रही हूँ?'' मुझे थोड़ी हैरत हुई, क्योंकि माँ का पूरा घर लॉरा ही चला रही थी। माँ का घर वह सस्ते दामों में उनसे खरीद भी चुकी थी, इस अनुबंध से कि जब तक माँ जिन्दा रहेगी वह घर माँ का होगा, माँ के मरने के बाद लॉरा का हो जाएगा।

''आपको माँ का घर खरीदने की जरूरत क्यों पड़ी? वह घर तो उनके जाने के बाद स्वत: ही आपका हो जाता।''

''सरकार माता-पिता द्वारा मिली सम्पत्ति में भी जबर्दस्त टैक्स लगा देती है। उससे अच्छा तो उनका घर उनसे खरीद लो, वह ज्यादा सस्ता पड़ता है।''

''आपके भाई को इससे कोई आपत्ति नहीं है...?''

''अरे वह तो हर समय कर्जे में डूबा रहता है... कोई न कोई बैंक लोन उस पर चढ़ा ही रहता है...। अगर कोई मकान या जमीन उसके नाम होगी तो सरकार तुरंत जब्त कर लेगी। उसे भी यह बात मालूम है इसलिए वह कुछ नहीं कहता।''

मुझे यह सभी बातें बड़ी अजीबोगरीब लगी।

खैर, ग्रेथा ने मुझे मंजूरी दे दी कि मैं अपनी सखी के साथ सप्ताहांत के लिए वहाँ आ सकती हूँ। एक सुबह मैंने रीम के साथ कोपनहेगन सेंट्रल स्टेशन से सोंडरबोर्ग के लिए ट्रेन पकड़ी।

रीम मुझसे तीन साल छोटी थी, अविवाहित और सिंगल। उसके साथ जब मैं होती तो मैं भी अपने पुराने दिनों में लौट आती, जब मैं एक अविवाहित नवयुवती हुआ करती थी—उमंग व उत्साह से भरी हुई।

बेफिक्री के आलम में मेरा मन भी उमंग से भर गया। मेरे मन की दबी चंचलता उमड़ पड़ी। जिन्दगी का हर दौर मजेदार है। उम्र की ऐसी तैसी...। रीम के साथ मिलकर मैंने सोंडरबोर्ग के आसपास के नगरों की सैर की—रीब, कोल्डिंग। यहाँ तक कि जर्मनी की परिसीमा में आने वाले शहर केल, ल्युबेक, हेम्बर्ग तक हो आये। खूब मस्ती की। पगडंडियों में साइकिल चलाई, नाचे-गाये। खाया-पिया। टैटू गुदवाये।

लार्स की नानी ने इस बार फिर मुझसे बच्चे की बात की, बोली, वह अपने स्टोर बार्नबार्न—पपौत्र को देखे बगैर दुनिया से विदा नहीं होना चाहती।

लार्स की नानी की यह जिद मुझे अच्छी लगती थी। अपने घर-आंगन में एक नन्हे-मुन्ने की किलकारी सुनने की चाह मेरी भी थी। मैं उनसे बोली, ''हम कोशिश कर रहे हैं। भगवान ने चाहा तो आपकी इच्छा जल्दी ही पूरी होगी। नाम तो अभी से

ही मैंने सोच लिया है।''

''क्या नाम सोचा है?'' लॉरा और ग्रेथा, दोनों मुझसे उत्सुकता से पूछने लगे।

''लड़का होगा तो नील, और अगर लड़की हुई तो नीला...'' मैं मुस्कुराते हुए बोली।

''दोनों ही अच्छे नाम हैं। डेनिशों में भी ये नाम पाये जाते हैं,'' दोनों बोली।

***

मैं यूरोप में बसने लगी थी। स्कॅन्डिनेवियन लाइफस्टाइल में रंगने लगी थी। नौकरी ने मुझे एक सधी दिनचर्या में बाँध दिया था। मैं और जोश एक साथ स्कूल जाते और एक साथ घर आते। स्कूल में वह मुझे कॉरिडोर से गुजरता या प्लेग्राउंड में खेलता दिख जाता। बेटे के इतने निकट रहना मुझे बेहद अच्छा लगता। साथ स्कूल जाना, साथ घर आना, मिलकर स्कूल की ढेर सारी बातें करना। कभी-कभी जोशुआ मुझे स्कूल में देख कर मेरे निकट आ, मुझसे लिपट जाता। मैं उसे अपने से परे हटाते हुए कहती, ''आई लव यू! मगर तू अभी स्कूल में है और मैं अपनी नौकरी पर हूँ। तू यहाँ कक्षा चार का छात्र जोशुआ है और मैं टीचर नैन्सी हूँ।''

हालांकि लार्स के परिवार के सभी सदस्य राज्य चर्च के सदस्य थे, किन्तु वे शादी और अंतिम संस्कार के अलावा अन्य किसी भी अवसर पर चर्च नहीं जाते थे। जबकि चर्च मेरी जिन्दगी का हमेशा एक अहम हिस्सा रहा था।

''चर्च मेरी जिन्दगी का भी अहम हिस्सा रहा है, मगर डेंस धर्म के बारे में ज्यादा बात करना पसंद नहीं करते,'' पॉल बोला।

मैंने लार्स से कई बार अपने संग चर्च चलने को कहा। उसने हर बार सख्ती से इंकार किया। कहता, वह मेरे संग कहीं भी जा सकता है, चर्च नहीं। उसे चर्च जाना आडम्बर लगता है।

चर्च जाना आडंबर, पाखंड, या दिखावा नहीं है। धर्म के प्रति हमारी आस्था को पक्का करने की एक जगह है। खैर मैं उस पर कोई जोर-जबरदस्ती नहीं कर सकती थी। चर्च जाना मेरे जीवन की एक आवश्यकता रही थी, सो मैंने स्वयं को एक चर्च से जोड़ लिया और अपने बेटे जोशुआ के साथ नियमित रूप से चर्च जाने लगी। भाषा अलग थी मगर पूजा के विधि-विधान केरल व अफ्रीका के चर्च जैसे ही थे।

''तुम्हारी स्वीमिंग का यहाँ क्या हुआ?''

ओह, मेरी स्वीमिंग...! केरल और केन्या में मैंने पानी को द्रव के रूप में ही देखा था, किन्तु डेनमार्क में पहली बार पानी को आसमान से ठोस रूप में बरसते हुए

देख रही थी। धरती पर हिमकणों की चादरें बिछ जातीं, पिघल कर ये फिर द्रव बन जाती। रजत सौन्दर्य देख मन आह्लादित हो उठता।

डेनमार्क समुद्र से घिरा है, इसके लघु आकार को देखते हुए इसकी समुद्री सीमा बहुत लम्बी है। मगर इसका पानी भारत व अफ्रीका की तरह गर्म और उथला नहीं था, बल्कि गहरा व सर्द था। पानी का घनत्व, तापमान और लवण, सब अलग लगा। यहाँ मुझे स्वीमिंग का अलग अनुभव हुआ। मैंने ठंडे पानी में तैरने की आदत डाली। मनुष्य शरीर वातावरण का बहुत जल्दी अभ्यस्त हो जाता है।

डेंस को ठंड से अजीब किस्म का प्यार है। शीतकालीन स्नान यहाँ बहुत प्रसिद्ध है। जाड़ों में जीरो डिग्री से भी कम ठंडे पानी में तैरना...। डेंस जाड़ों का इन्तजार करते हैं। जितना ठंडा पानी, उतना अच्छा।

मैंने भी जोश में आकर स्पार्टा नामक एक क्लब ज्वाइन कर लिया। यह जाड़ों में ठंडे समुद्र में तैराकी का प्रशिक्षण देता था। दिसम्बर माह की कड़ाके की ठंड में कभी तड़के–पौ फटने पर, तो कभी शाम के झुटपुटे में हम एक समूह में इकट्ठे होते। पहले नब्बे डिग्री गर्म सॉना में सुस्ताते, फिर दौड़ कर बर्फीले समुद्र में छलांग लगाते—कोई स्वीमिंग सूट पहने हुए, कोई नंगे ही।

ठंडे पानी में घुसते ही करंट सा लगता, समूचे बदन में बिजली सी दौड़ जाती, लेकिन दो–चार तीव्र स्ट्रोक के बाद ठंड थोड़ी खत्म हो जाती। जिससे जितनी देर हो सके वह उतनी देर गोते लगाता, तैरता। मैं तैरते हुए चेतावनी निशान से भी पार चली जाती। जब मैं समुद्र से बाहर निकलती पूरा शरीर इतना शिथिल महसूस होता, जैसे पुनर्जन्म हो गया हो, नया शरीर पा लिया हो। अद्भुत आनन्द। नई चेतना।

तैराकी में मेरे जौहर देख कर क्लब के सभी लोग आश्चर्यचकित थे। मैंने उन्हें बताया पानी से मेरा रिश्ता बहुत पुराना है। मेरे बचपन के घर के बगल से एक नदी बहती थी। कभी एक वक्त था मैं नदी होना चाहती थी। उच्छृंखल होकर बहना चाहती थी।

मेरे लिए यह खेद की बात थी कि, मेरे डेनिश पति को इस शीतकालीन स्नान में कोई रुचि नहीं थी। वह आलसी घर में कंबल में लिपटे, एक कप गर्म कॉफी के साथ अपने फोन में लगे रहना अधिक पसंद करता था। उसे ठंड में समुद्र में नहाना बेतुका लगता था। जिरह करता, ''ठंडे पानी में तैरना कोई मनोरंजन नहीं है। यह तो अपने शरीर को बेवजह की पीड़ा देना है।''

मेरा बहुत मन करता कि मैं और लार्स, हम दोनों पति–पत्नी एक साथ चर्च जाए, एक साथ स्वीमिंग करें। मेरे बहुत कहने पर भी लार्स टस से मस नहीं होता। मुझे लार्स से जिद करते हुए देख कर जोशुआ कहता, ''मम्मी, चलो मैं चलता हूँ आपके साथ।''

केवल वयस्क लोग ही स्पार्टा क्लब के सदस्य बन सकते थे। जोश मेरे साथ स्वीमिंग नहीं कर सकता था। मगर किसी को भी उसका मेरे साथ आना अखरा नहीं। बल्कि क्लब का खुशमिजाज प्रशिक्षक उससे हाथ मिलाते हुए बोला, ''यंग मेन...अभी तुम बहुत छोटे हो...मगर कुछ सालों बाद तुम हमारा क्लब ज्वाइन कर सकते हो।''

समुद्र के किनारे, बांस की रेलिंग पकड़े खड़ा जोश मुझे तैरते हुए देखा करता। शाम का वक्त...हल्का-हल्का अँधेरा...उसकी वह मासूम छवि मेरे मस्तिष्क में हमेशा के लिए अंकित हो गयी। मैं उसे कहती, ''आ जा, यह तो खुला समुद्र है... तू भी डुबकी लगा ले...।''

वह इनकार में गर्दन हिलाता। मैं तैर कर बाहर निकलती तो वह मेरी तरफ तौलिया बढ़ाता। मैं सोचती मौसम जब थोड़ा गर्म हो जाएगा तो जोशुआ को भी समुद्री तैराकी सिखाऊँगी।, हम दोनों साथ तैरेंगे। वह एक अन्तर्राष्ट्रीय स्तर का तैराक बनेगा। ओलम्पिक में भाग लेगा।

हा...हम कितनी सारी योजनायें बनाते हैं, कितनी पूरी होती है...कितनी अधूरी रह जाती है...। मैं कुल मिला कर यहाँ खुश थी। मुझे यहाँ नौकरी मिल गयी थी, अच्छे मित्र बन गये थे। मेरा जोशुआ एक अच्छे स्कूल में पढ़ रहा था। लार्स के परिवार ने उसे सहज स्वीकार कर लिया था। मगर यहाँ भी ईश्वर से मेरी खुशी देखी नहीं गई। अब्राहम को तलाक देकर लार्स को पति के रूप में अपनाने की एक बहुत बड़ी कीमत मुझे चुकानी पड़ी।

''कैसी कीमत?''

जोश को डेनमार्क में रहने का स्थायी वीजा नहीं मिल पाया। लार्स से विवाह के बाद मैंने अपने व अपने बेटे के रेजिडेंट परमिट के लिए इमीग्रेशन में आवेदन किया था। दस माह लगे जवाब आने में। मुझे तो डेनमार्क का रेजिडेंट परमिट मिल गया मगर उन्होंने जोश को यहाँ रहने की अनुमति नहीं दी। एक दिन स्कूल से लौटी तो पोस्ट में डेनिश इमिग्रेशन से आया एक पत्र था। पत्र खोल कर पढ़ा तो एक दिल तोड़ने वाला समाचार मिला। डेनिश इमिग्रेशन ने मेरे बेटे को डिपोर्ट कर दिया। सख्त शब्दावली—'''udrejse straks—जोशुआ कोक्कन तत्काल डेनमार्क छोड़े।'' जोशुआ को अपने सीने से चिपका मैं रोने लगी। उसके बिना मैं कैसे जी सकूंगी।

मैं खुद यहाँ लार्स, अपने पति पर डिपेंडेंट वीजा पर थी। मुझे अपार कष्ट हुआ जब लार्स ने मेरे बच्चे के वीजा स्पोंसर करने की दिशा में विशेष प्रयत्न करने के लिए साफ मना कर दिया। तर्क देने लगा कि वह इमीग्रेशन अधिकारियों से लड़ नहीं सकता। वह जोश का पिता नहीं है, कल कुछ हो जाए तो...। मैं उससे बहुत लड़ी-झगड़ी। डेनिशों की एक खासियत है—एक बार वे जिस बात के लिए 'ना'

कर देते हैं, कितना सिर फोड़ लो उन्हें मनवा नहीं सकते।

''क्यों? तुम तो आत्मनिर्भर थी, तुम्हें अपने दम पर यहाँ का रेजीडेंट परमिट मिल सकता था।''

मैंने प्रयास किया था, पॉल। इमीग्रेशन वाले बड़ी अटकलें लगाते हैं। मेरी एप्लीकेशन रिजेक्ट कर दी कि वीजा प्राप्ति के लिए मेरी अध्यापिका की नौकरी के घंटे पर्याप्त नहीं हैं। सो, मैं लार्स पर ही निर्भर रही। लेकिन वह मेरे बेटे के वीजा को लेकर तटस्थ हो गया।

लॉरा अपनी माँ के पास सोंडरबोर्ग में थी। मैंने उन्हें फोन किया। उनसे विनती की कि वह लार्स को समझाए। उसे कहे कि वह मेरे जोशुआ को वीजा देने के लिए डेनिश इमीग्रेशन पर जोर डाले। कहे कि वह उसका सौतेला पिता है, उसकी पूरी जिम्मेदारी लेता है।

लॉरा अपनी बेबसी व्यक्त करते हुए बोली, ''मुझे अपने बीच रेफरी न बनाओ। मैं लार्स पर इस तरह की कोई जोर-जबरदस्ती नहीं कर सकती। वह एक सैंतीस साल का आदमी है। यह उसका निजी मामला है।''

''यह उसका निजी मसला नहीं है। यह मेरे जोशुआ का प्रश्न है...'' मैं चिल्लाई।

''मैं बीच में नहीं पड़ सकती। सॉरी! यह बात तुम दोनों को आपस में सुलझानी है,'' लॉरा सपाट शब्दों में बोली।

''प्लीज, कुछ करिये...मैं और जोशुआ जिन्दगी भर आपके अहसानमंद रहेंगे,'' मैं गिड़गिड़ाई।

''सॉरी!''

मेरा मन बेहद क्षुब्ध हो गया। सब कुछ अपने पास होते हुए भी एक बार फिर बिल्कुल असहाय हो गयी। जिस व्यक्ति से मैंने कभी बात न करनी की, उसकी शक्ल न देखने की ठान ली थी, मजबूरन मुझे उसे सम्पर्क करना पड़ा। जोशुआ को अपने पास रखने की उसे असमर्थता बतानी पड़ी। अब्राहम ने बड़े धैर्य से मेरी बातें सुनी, बोला, ''मैं तो पहले ही कह रहा था कि जोश को वहाँ का रेजीडेंट परमिट मिलना मुश्किल होगा। ठीक है, उसे मेरे पास भेज दो।'' एक पल बाद बोला, ''जरा, जोश को फोन देना। मैं उससे बात करता हूँ।''

मैंने रिसीवर जोश को सौंप दिया। अब्राहम उसे खुश करते हुए बोला, ''ओह, हीरो! तुमने यूरोप काफी देख लिया, अब लौट कर अपने पापा के पास अफ्रीका आओ।''

मेरे जीवन की वह सबसे बड़ी मजबूरी थी, जब मुझे अपने बेटे से जुदा होना पड़ा। उसे अपने पिता के पास केन्या भेजना पड़ा। जिस पल मैंने उसे हवाई जहाज में

बैठाया उस पल से लेकर आज तक उसका और मेरा मिलना, साथ रहना बहुत कम हो पाता है। हम फोन, स्काइप पर बातें करते हैं। वह अपनी छुट्टियों में मेरे पास आता है। बस... इतना ही। इन्हीं छीने-झपटे क्षणों में मिलन-विरह की खुशी-वेदना मेरे व बेटे के साथ चलती रहती है।

"मेरा भी अपनी बेटियों से मिलन-विरह ही चलता रहा," पॉल डूबे हुए स्वर में बोला ।

"कितनी बेटियाँ हैं आपकी?"

"दो-लूसी-ग्रेसी—जुड़वाँ हैं।"

"हाँ, आपने जिक्र किया था...कितने साल की हो गयी?"

"चौबीस की।"

"उनकी माता?"

"जब वे एक माह की थी उनकी माता से मेरा तलाक हो गया था।"

"बेटियाँ किसके साथ पली?"

"अपनी माँ के संग। मेरे पास आती-जाती रही। मुझे बहुत प्यार करती हैं, पर मुझ पर आरोप भी लगाती है कि मैंने उन्हें पैदा होते ही छोड़ दिया।"

ओह! आसान नहीं है जीवन का हर किरदार निभाना। खुद बिखरना होता है रिश्तों को समेटने के लिए। पर मैं जितना तुम्हें समझ-बूझ सकी हूँ, पॉल—तुम एक अच्छे इंसान हो।

पॉल मुस्कुराया, बोला, "तुम भी बहुत अच्छी-भली हो, नैन्सी। आगे बढ़ो...।"

पॉल, तुमने शेक्सपियर को पढ़ा होगा। वे बातें बनाने के धनी थे—अपने एक नाटक में किसी पात्र के हवाले से कहते हैं—मेरी अंतरात्मा की हजारों जुबानें हैं और हर एक जुबान अपने साथ कई कहानियां लिए हुए है और हर कहानी मुझे खलनायक ठहराती है! मैं वही पात्र हूँ...। सब कुछ तुम्हारे आगे रख रही हूँ। अपना सारा दुःख-दर्द, वेदना, हाहाकार, लांछन सब कुछ तुम्हारे आगे उड़ेल रही हूँ। बात यह है कि लार्स से मेरा भरोसा उठ चुका था। मगर एक अच्छी बात यह हुई कि मेरे और अब्राहम के रिश्ते अब मैत्रीपूर्ण बन गये थे। उसने चर्च व मिशनरी छोड़ दी थी। छोड़ी क्या, उसे खदेड़ा गया। पाप का घड़ा एक न एक दिन फूटता ही है!

मेरी सहेली मार्या ने मुझे खबर दी थी। शाम के सात बजे मेरे पास मोम्बासा से उसका फोन आया था। "नैन्सी, तूने सुना...?"

"क्या सुना?"

"कल फादर डिसूजा ने चर्च में ऐलान किया कि अब्राहम को चर्च से बर्खास्त कर दिया गया है। उन्होंने उसे फायर करने की अधिक व्याख्या तो नहीं की, सिर्फ

यही कहा—पापाचार। उसे चेतावनी दी कि वह चर्च के पास कभी फटके भी नहीं। उसे घर भी खाली करने के आदेश जारी हो गये...।''

मुझे एकदम से जोशुआ का ध्यान आया... जोशुआ...उसका क्या होगा? वह कहाँ जाएगा?

मैं अब्राहम के लिए एक आड़ थी। मैं उसकी जिन्दगी से गई तो उसकी वह आड़ खत्म हो गई। उसके सेक्स स्कैंडल का फंडाफोड़ हो गया। मार्या से बात करके मैंने मोम्बासा, अब्राहम के घर फोन लगाया। जोश ने फोन उठाया। उसका स्वर सामान्य था। मैंने उससे पूछा कि क्या वह घर में अकेला है। वह बोला— ''हाँ।''

''तेरे पापा कहाँ है?''

''मालूम नहीं।''

''तेरे पापा ने तुझे कुछ बताया?''

''क्या?''

''तुझे कुछ नहीं पता?''

''क्या नहीं पता?''

''तेरे पापा को चर्च से निकाल दिया। फादर डिसूजा ने उन्हें फायर कर दिया है।''

''वह तो पापा ने खुद ही रिजाइन किया। पापा कह रहे हैं कि उन्हें चर्च की नौकरी पसंद नहीं। हम नैरोबी जायेंगे, पापा वहाँ बिजनेस करेंगे। वहाँ पापा के बहुत सारे दोस्त हैं।''

बेटे से अधिक क्या कहती मैं? बस इतना ही बोली, ''अच्छा जोश अपना ख्याल रखना। अगर कोई परेशानी हो तो मुझे बताना....।''

जोश से बात खत्म कर मैंने झिझकते हुए अब्राहम के मामा-मामी को फोन लगाया। मामी ने फोन उठाया। ''मैं नैन्सी बोल रही हूँ—डेनमार्क से।''

मेरी आवाज सुनकर वे चौंक गयी।

''नैन्सी...आज कैसे याद किया भई...।''

''मोम्बासा से मेरी सहेली मार्या का फोन आया था, बता रही थी कि फादर डिसूजा ने अब्राहम को चर्च से बर्खास्त कर दिया...।

''हम भी यही सुन रहे हैं...। उसकी करतूतें...उसने तो हमारे मुख में कालिख पोत दी। हम तो बहुत पछता रहे हैं उसका वीजा यहाँ स्पोंसर करवा कर...।''

मामा भी फोन पर आये। दोनों पति-पत्नी अब्राहम को कस कर कोस रहे थे। मैं मूक, निर्विकार भाव से सुन रही थी। अब्राहम मेरा बीता हुआ कल था। आज वह मेरी समस्या नहीं था। मुझे सिर्फ अपने जोशुआ की फिक्र थी।

''आप क्या कहती हो, मामी...? मैं वहाँ आऊँ?'' मैंने उनसे सलाह मांगी।

"तू यहाँ आकर अपने बेटे को ले जा। उसका बाप नहीं देख सकता उसे," मामी ने सुझाव दिया।

उन दिनों मेरे स्कूल की ईस्टर की दस दिनों की छुट्टियाँ थी, चार दिन की छुट्टी मैंने और ले ली, और मैं मोम्बासा चली गयी। मौरीन के घर टिकी।

अब्राहम को चर्च से मिला घर खाली करना पड़ा। मोम्बासा भी उसे छोड़ना पड़ा। मगर वह भारत लौट कर नहीं गया। केन्या की राजधानी नैरोबी चला गया। मैं जोश के साथ मौरीन के घर दस दिन रही। मौरीन का मधुर व्यवहार दिल को छू गया। इस बवंडर के बावजूद मौरीन के साथ रहना इतना सुकून भरा लगा कि बयाँ नहीं कर सकती। उनसे मालिश के नए-नए गुर सीखे। शरीर के विभिन्न भागों—हाथ-पैर, पेट, पीठ, कपोल, माथे, सिर, आँख, ठुड्डी व गर्दन की मालिश करने की उचित विधियां। प्रेशर पॉइंट। तेलों का चुनाव—तिल, नारियल, सरसों, जेतून का तेल...। मक्खन, मलाई, दूध का उपयोग...। ऐलोवेरा जूस व पैक बनाने की विधियां...। औषधि पोटलियाँ बनाने की विधियां...बहुत कुछ मैंने मौरीन से उन दस दिनों में सीखा। मैंने मौरीन को अपने पास डेनमार्क आने का निमन्त्रण दिया। "माना कि आपने बहुत कुछ घूमा है मगर कभी स्कैंडेनेविया नहीं घूमा। आप मेरे पास डेनमार्क आओ।" वह हंस पड़ी। बोली, "मेरे बेटे मुझे अपने पास अमेरिका बुलाते रहते हैं, कहते हैं कि वे मेरा वीजा स्पोंसर करवा देंगे। अब उन्हीं के पास हमेशा के लिए रहूँ। मैं अपना देश छोड़ कर अब कहीं नहीं जाना चाहती। मेरा देश भले ही नागफनी का देश है मगर मुझे अपने देश में ही रहना है और यही मरना है।"

"नागफनी के बीच में आप गुलाब हो..." मैं मौरीन से बोली।

वो हंस पड़ी।

मैं अपने सभी पुराने मित्रों से मिली, अपने पुराने स्कूल गयी। जोश को लेकर मन में धुकधुकी भी थी। अगर अब्राहम अपने को फिर से आबाद नहीं कर पाता तो जोश का क्या होगा?

अब्राहम का अभी फिलहाल कोई ठिकाना नहीं था। वह बेघर हो चुका था। मैं जोश को अपने साथ कोपनहेगन ले आयी। जिस स्कूल में पढ़ाती थी, उस स्कूल के प्रिंसिपल विलियम थराने से बात की। उन्होंने जोश को ढाई महीने के लिए स्कूल में आने की इजाजत दे दी। विलियम थराने ने किसी जमाने में इस स्कूल की नींव रखी थी। उनके नेतृत्व में स्कूल ने बहुत प्रगति की। वे बोले—"शिक्षा पर बच्चे का जन्मसिद्ध अधिकार है। अगर कोई बच्चा किन्हीं कारणों से अपने स्कूल नहीं जा पाता है तो स्कूल को उसके पास जाना चाहिए।"

विलियम थराने वास्तव में एक शिक्षाशास्त्री थे। मैं उनके प्रति आदर से भर गयी। माना कि यह दुनिया खराब लोगों से भरी है किन्तु यहाँ अच्छे लोग भी बहुतेरे

हैं, और कभी-कभी जिन्दगी में ऐसे नेक लोग मिल जाते हैं।

"मुझे भी जिन्दगी में अच्छे लोग मिले हैं। तीर्थयात्रा के दौरान रास्ते में मुझे एक चीनी औरत—कवान मिली थी। मैं बहुत भूखा था। उसने मुझे खाना खिलाया था। अरे ध्यान आया मुझे उसे एक थैंक-यू कार्ड भेजना है...।"

जोश का वीजा तीन माह का ही था। मैंने एक बार फिर कोशिश की अपने बेटे को डेनमार्क में स्थाई आवास दिलवाने के लिए। इमीग्रेशन में जाकर अधिकारियों की सेना के सामने विनती की, गिड़गिड़ाई। उनसे बोली, एक माँ से उसके बेटे को जुदा मत करो। यह मेरे शरीर से बाहर निकला है, मुझसे अलग नहीं है। मगर उन्हें कुछ फर्क नहीं पड़ा। सरकारी नियमों में भावनाओं का कोई महत्व नहीं रहता। बल्कि इमीग्रेशन के काउन्टर पर खड़ी महिला कर्मचारी मुझे डपटते हुए बोली, "अगर बेटे के साथ रहना चाहती हो तो क्यों नहीं उसके साथ अफ्रीका चली जाती हो? यह तो तुम्हें चुनना है कि तुम क्या चाहती हो।"

मैं निरुत्तर हो गयी। बेटे के लिए डेनमार्क में परमानेंट रेजीडेंस की अर्जी फिर खारिज हो गयी। लार्स तटस्थ बना रहा।

जोश कोपनहेगन में मेरे साथ तीन महीने गुजार कर अपने पिता के पास नैरोबी चला गया। अब्राहम ने वहाँ एक बिजनेस शुरू कर दिया था—कपड़ों व बैग्स से जुड़े टेक्सटाइल का। उसे अपने बिजनेस में लगाने के लिए रकम की जरूरत थी, उसने मुझसे मदद माँगी। मैं अब खुद कमाने लगी थी। लार्स ने भी अपनी तरफ से मुझे कोई आर्थिक तंगी नहीं दी। कभी-कभी वह मुझे अपना बैंक कार्ड भी देदेता था कि मुझे जितनी जरूरत है, उसके अकाउंट से पैसे निकाल सकती हूँ, खर्च कर सकती हूँ।

मैंने अब्राहम को डेनमार्क से उसके बिजनेस के लिए रकम भेजी। वह मेरे बेटे का पिता था। उसका व्यवस्थित होना जरूरी था और हम सभी के हित में था। मुझे इस बात का बड़ा संतोष है कि जितना मुझसे हो सका, उतना मैंने किया। उसका व्यवहार मेरे प्रति मृदुल होता चला गया।

***

जोश से बिछुड़ने का मुझे दु:ख था तो मन में एक तसल्ली थी कि कोई बात नहीं जोशुआ अपने पिता के पास पल रहा है, मैं फिर से माँ बन जाऊँगी। मेरा दूसरा बच्चा हो जाएगा। मेरी अभी उम्र ही क्या है। मगर साल पर साल निकलते गये, मैं गर्भवती नहीं हो पायी, जबकि हम कोई भी गर्भनिरोधक इस्तेमाल नहीं कर रहे थे। लार्स की नानी ग्रेथा पड़नाती का मुँह देखे बगैर ही इस दुनिया से विदा हो गयी। मुझ में यह बांझपन क्यों आ गया, मैं समझ नहीं पा रही थी।

“वह भी और बच्चे चाहती थी...।”

“नीना?”

“हाँ।”

“चार आईवीएफ फेल हुए...” पॉल बुदबुदाया।

“चार आईवीएफ फेल...!”

“हाँ, बड़ा दर्द भरा अनुभव रहा।”

“ओह, आई एम सॉरी!”

मैं लार्स से कहती गई कि चलो डाक्टर के पास जाते हैं, अपना चैक-अप करवाते हैं। संतानहीनता के आजकल कैसे-कैसे इलाज निकल आये हैं। लार्स सख्ती से मना कर देता। “मुझे नहीं चाहिए बच्चे। जोश है तो... वह काफी है हमारे लिए।”

“जोश को अगर अपना बेटा समझते हो तो उसके लिए वीजा की कोशिश क्यों नहीं करते?” मैं लार्स से सवाल करती।

वह कोई जवाब नहीं देता, खामोश रहता। चिढ़ जाता।

पॉल, विभिन्न महाद्वीपों में रहते हुए मैंने महसूस किया कि हम चाहे कहीं भी रहें हमें अन्याय, अपमान, विश्वासघात, नस्लवाद,...और भी कितने तरह के पूर्वाग्रह—सब सहना पड़ता है। ये जीवन के ऐसे भुगतान हैं, जो इंसान को चुकाने ही हैं। धीरे-धीरे लार्स का असली रूप मेरे सामने पूरा खुलने लगा। यह तो नहीं कह सकते कि वह आईटी का कोई काला धंधा किया करता था, मगर कोई साफ़-सुथरा कार्य भी नहीं था। उसका अपना कोई निजी ऑफिस नहीं था। इधर-उधर क्लाइंट्स कम्पनियों में भागा करता था या फिर घर से ही काम करता था। बड़ी-बड़ी ढींगे मारी थी उसने मुझसे अपने बिजनेस की कि बड़ी-बड़ी कम्पनियां उसे हायर करती हैं। वह मोबाइल एप्प निर्माता है। उसकी कम्पनी नये-नये शानदार मोबाइल एप्प विकसित करती है, जो मोबाइल फोन को ट्रैक करते हैं। आपको गुम या चोरी हुए फोन के बारे में बता देंगे। डिलीट हुई फोटुएं वापस ला सकते हैं। किसी की कॉल रिकॉर्डिंग को दूसरे फोन में भेज सकते हैं। एप्प को डाउनलोड करके मोबाइल पर अपने पसंदीदा गीत या खबरें सुन सकते हैं, मैच के ताजे स्कोर पा सकते हैं। प्रेग्नेंट औरतें गर्भ में प्रेगनेंसी की अवस्था देख सकती हैं।

“वाह!” मेरे मुख से उभरा।

वह गर्वित होते हुए बोला, “हाईवे पर पुलिस के कैमरे कहाँ लगे हैं, यह भी ट्रैक कर सकते हैं।

“अच्छा!” मैंने आश्चर्य व्यक्त किया।

“हाँ, आजकल के बहुत से जवान लोग जो गाड़ियां तेज भगाते हैं यह एप्प

यूज करते हैं। पुलिस के शुल्क से बचने के लिए वह पहले ही पता कर लेते हैं, उनके कैमरे कहाँ लगे हैं।''

''पर यह क्या इल्लीगल नहीं हुआ?'' मैंने उससे पूछा।

''लीगल, इल्लीगल कुछ नहीं होता,'' वह लापरवाही से बोला। ''कई बातें जो अगर एक देश में बैन या गैरकानूनी है तो दूसरे देश में लीगल है। ड्रग्स, प्रॉस्टिट्यूशन, चोरी, किडनी बेचना... कई देशों में अगर इल्लीगल है तो कई देशों में लीगल है। ऐसे ही कुछ बातें एक व्यक्ति के नजरिये में सही होती है वही दूसरे व्यक्ति की नजर में गलत होती है। समझी कुछ...?''

मैं उससे क्या कहती? हालांकि कम्प्यूटर, आईटी, सॉफ्टवेयर की मुझे अच्छी जानकारी थी किन्तु उसकी बातें समझना मेरे लिए मुश्किल बात थी। इतना मैं समझ गयी थी कि वह स्वयं कोई एप्प विकसित नहीं करता। वह सिर्फ सेल्स का काम करता है। इल्लीगल कम्पनियों को सस्ते मोबाइल एप्प सप्लाई करता है। साइकोपैथ था वह। एक मुखौटा अपने साथ लेकर चलता था जो उसके असली चेहरे से एकदम अलग होता था।

हमारी शादी को कुछ माह ही हुए थे। एक बार मैं उसे अपने बीते जीवन की कुछ तस्वीरें दिखा रही थी। अब्राहम की ऊँची, हृष्टपुष्ट काया को देख टिप्पणी की— ''हमने तो किताबों में पढ़ा था भारत में लोग इतने गरीब हैं कि उन्हें दो वक्त का खाना तक नसीब नहीं। इसको इतना मांस कहाँ से मिल गया कि यह इतना लम्बा-तगड़ा हो गया?''

''लार्स, तुम लोग भारत के बारे में बहुत ही गलत जानकारियाँ रखते हो। तुम्हारा ज्ञान बहुत सीमित है। डेनमार्क की जनसंख्या चौवन लाख है, भारत की एक सौ बीस करोड़ है। ढाई सौ डेनमार्क भारत में समाये हुए हैं, और हर साल चार डेनमार्क जुड़ते हैं। वहाँ इतनी अधिक विविधता और व्यापकता है कि किसी भी बात को आम नहीं बना सकते। अनेकों पाक शैलियाँ हैं। भारत में हम तुमसे तो अच्छा ही खाना खाते हैं...गर्म और ताजा खाना खाते हैं। वैराईटी खाते हैं...। तुम्हारी तरह ठंडा और बासी नहीं खाते।''

मेरे इस कथन ने उसकी खुद्दारी पर हमला कर दिया था। वह क्रोध से भर गया, और मुझे एक थप्पड़ जड़ दिया।

''लार्स! तुमने मुझे हिट किया?'' उस दिन उसने पहली बार मुझे मारा था। विस्मय से भर गयी थी मैं। मेरा पति मुझ पर हाथ उठा सकता है! यह हिंसा का चरम था।

एक बार जिस पति का हाथ उठ गया फिर उसका रुकना मुश्किल है। हिंसा एक मानसिक विकार है। जब भी उसे मेरी कोई बात जरा भी अखरती, ले झट से

थप्पड़ जड़ देना, मेरे बाल खींचने लग जाना, बांह मरोड़ देना, मुझे धक्का दे देना। लार्स एक नाटे कद का इंसान तो था, किन्तु उसमें बल बहुत अधिक था, सो उसका हर वार एक जबर्दस्त प्रहार होता था।

छोटी-छोटी बातों पर हिंसक होने और मुझ पर प्रहार करने की उसकी प्रवृत्ति बढ़ती गई। कई बार मुझे समझ ही नहीं आता कि उसे गुस्सा क्यों आता है। अक्सर अंतरग क्षणों में प्यार जताने वाला कभी-कभी इतना क्रूर क्यों हो जाता है? कई बार मुझे शक होता कि वह मुझसे प्यार करता भी है या नहीं। उस समय उसके व्यवहार को क्षमा करने के अलावा मेरे पास कोई चारा नहीं था। मैंने सोचा कि शायद वह अधेड़ उम्र के संकट से गुजर रहा है।

बिजनेस भी उसका कोई खास नहीं चल रहा था, जिससे उसकी कुंठा बढ़ रही थी। वह यूरोप में चल रही इल्लीगल कम्पनियों को ऑनलाइन मोबाइल एप्प बेचा करता था। वे कम्पनियां उसे अच्छा कमीशन देती थी। पुलिस को भनक मिल गई थी। जिन्हें वे मोबाइल बेचता था, वे कम्पनियां अंडरग्राउंड हो गई, जिससे उसका बिजनेस मंदा हो गया था।

इसमें मेरी तो कोई खता नहीं थी। मैंने उसे कहा कि जो मैं कमाती हूँ, हम दोनों के लिए काफी है। मगर वह मुझ पर आरोप लगाया करता कि उसकी नाकामयाबी की वजह मैं हूँ। अपने चिड़चिडेपन को नियंत्रित करने में वह बिलकुल अक्षम था, जिससे वह आगबबूला हो जाता। बहुत सारी घटनाएँ हैं जब उसने मुझे पीटा, खरोंचे मारी, मुझे लहुलुहान तक किया। मैं एक दो वाकये बताती हूँ। उसी से पॉल तुम अंदाजा लगा सकते हो कि मैं किस प्रकार की यातना उसके साथ भोग रही थी।

उसे अपनी शर्ट नहीं मिल रही थी...। दूसरे दिन उसे वह शर्ट पहन कर अपने किसी क्लाइंट के पास जाना था। मैंने भी उसके साथ शर्ट ढूँढी, नहीं मिल पायी। मैं उससे बोली कि दूसरी शर्ट पहन लो। मैंने एक अच्छी सी शर्ट प्रेस करके भी रख दी। वह नहीं माना। एक जिद्दी बच्चे की तरह अकड़ता रहा कि उसे वही शर्ट पहननी है। मुझे भी गुस्सा आ गया। मैंने कहा, जो तुम्हारा मन हो करो, मैं सोने जा रही हूँ। दूसरे रोज मुझे सुबह स्कूल भी जाना था।''

वह बेडरूम में आया और मुझे बिस्तर से बाहर निकलने के लिए कहा, ताकि मैं वह शर्ट तलाश करूं। मैं सोना चाहती थी, सो मैंने मना कर दिया। रजाई सिर तक तान कर मैं सोने की चेष्टा करने लगी। उसने अचानक मुझे बिस्तर से बाहर खींचा, मुझे मेरी पीठ के बल पलट दिया। मेरे ऊपर खड़ा होकर मेरे चेहरे पर थूक दिया।

ओह...छि!

पॉल अपने जीवन के सभी सच नहीं उगल रही हूँ। सुन नहीं पाओगे। उसने

अपने दुर्व्यवहार के लिए दोषी हमेशा मुझे ठहराया कि मैंने उसे नाराज किया। अगर मैं उसकी आज्ञा का पालन करूँ, उसे गुस्सा न दिलाऊँ तो उसे मुझे मारने की जरूरत नहीं पड़ेगी।

मैंने भी सोचा कि अगर मैं अपना व्यवहार नरम कर दूँ, झुक जाऊं तो मेरे प्रति उसका शारीरिक दुर्व्यवहार थम जाएगा। मगर मैंने चाहे कितना ही अपने को संशोधित किया हो, अपने अंह का त्याग किया हो, उसका मारना-पीटना बंद नहीं हुआ। वह मेरी नियति बन चुका था।

वह ईस्टर का समय था....। गुडफ्राइडे की शाम...। सुबह से हम घर पर बैठे हुए थे। फिर हमने यकायक प्रोग्राम बनाया कि चलो कहीं घूम आते हैं...। पिक्चर देखेंगे और फिर बाहर ही खाना खायेंगे। यह भी तय किया कि वाल्किंग स्ट्रीट पर जारा शोरुम के सामने बने मेक्सिकन रेस्टोरेंट में खाना खायेंगे।

मैं बड़े मन से तैयार हुई। घुटनों तक की लम्बी मिडी पहनी, टाइट्स, हाई हील की सेंडल पैरों पर चढ़ाई। पर्स उठाया। लार्स भी तैयार हुआ। पैंट-शर्ट, नई जैकेट। बालों में जेल लगाया। तैयार होकर वह भी स्मार्ट लगने लगा। हम चल पड़े। यह भी तय हुआ कि कार से नहीं बस से जायेंगे, शहर में पार्किंग नहीं मिलती। हम बस स्टॉप की तरफ बढ़ ही रहे थे कि हमने देखा बस 5A, जो हमें पकड़नी थी, स्टॉप पर खड़ी है।

हम बस की तरफ भागे। पेन्सिल हिल में भागना मुश्किल था, फिर भी मैं भाग रही थी। बस ड्राइवर ने साइड मिरर में हमें भागते हुए भी देखा मगर उसने बस रोकी नहीं और बस चल पड़ी।

लार्स मुझ पर कुपित हो गया कि मेरी वजह से बस मिस हो गयी। दूसरी बस बीस मिनट बाद थी, पिक्चर के पांच बजे के शो पर हम नहीं पहुंच पायेंगे। मैंने उसे बहुत सारे विकल्प बताये कि आज सिर्फ घूम-फिर लेंगे और खाना खा लेंगे, पिक्चर कभी दूसरे दिन देख लेंगे। या पहले खाना खा लेते हैं और रात्रि शो में हम पिक्चर देख लेंगें। मगर वह बड़बड़ाता रहा—मैंने देर की तैयार होने में, ऊँची एड़ी की सैंडल क्यों पहनी, जिनमें मुझसे ढंग से चला भी नहीं जा रहा। मेरी वजह से बस मिस हो गयी।

"लार्स, एक बस ही तो मिस हुई है, कोई कहर थोड़े ही बरपा गया है। यह क्या तुम छोटी-छोटी बातों का बतंगड़ बनाने में तुल जाते हो? तुम्हारा यह स्वभाव तुम्हारे लिए, मेरे लिए, हमारे रिश्तों के लिए घातक है।"

उसने मुझे इतनी जोर से धक्का दिया कि मैं पत्थरों की सड़क पर धड़ाम से गिर पड़ी। हाई, पेन्सिल हिल की सेंडल पहने होने से बुरी तरह लड़खड़ा गई थी। राह चलते राहगीर ठहर गये। सभी हक्के-बक्के। सामने से एक युगल तुरन्त हमारी तरफ

बढ़ा। औरत मुझे सहारा देते हुए बोली, ''तुम ठीक हो...? कहीं चोट तो नहीं आई...?''

काले अपमान से भर गयी थी मैं। सड़क पर बेइज्जत हो रही थी। फिर भी मैं उठते हुए, अपने कपड़े झाड़ते हुए उन राहगीरों से बोली, ''मैं ठीक हूँ। कोई चोट नहीं लगी मुझे। हल्की सी खरोंच आई है।'' कहते हुए मैं तेजी से सड़क पर आगे बढ़ गयी। उस दृश्य से हट कर मैं दूर चले जाना चाहती थी। सभी की आँखों से ओझल हो जाना चाहती थी।

मैं आगे बढ़ ही रही थी कि मेरे कानों में लड़ने और मारपीट की आवाजें टकराईं। मैंने पलट कर देखा। दो आदमी लार्स पर चढ़े थे। उसे पटकी दे रहे थे। वे दोनों लम्बे-तगड़े इंसान, लार्स छोटा, पतला-दुबला। मुझे लार्स पर दया आ गयी। मैंने अपने कदम वापस मोड़े। उन आदमियों से विनती की कि मत मारो इसे। यह मेरा पति है। मेरे कहने पर उन्होंने लार्स को छोड़ा।

मैं लार्स का हाथ पकड़ते हुए बोली, ''चलो लार्स घर चलते हैं।'' लार्स की शर्ट पेंट के भीतर से बाहर निकल आई थी, बाल अस्त-व्यस्त। उसके चेहरे का हुलिया बदल गया था। राहगीरों से मार खाने के बाद वह अपमान से भरा था। मुझसे कोई बात या सुलह करना नहीं चाह रहा था, जैसे मेरी वजह से वे आदमी उसे मारने को दौड़े।

''किस्मत अच्छी है इसकी, जो इसे ऐसी लड़की मिली है,'' एक ने फिकरा कसा। ''अभी भी इसे सहला रही है। इसे तो जूते पड़ने चाहिए।''

''ठीक है, आप लोग जाओ...'' मैं राहगीरों से बोली।

''हम दोनों ठीक हैं।''

वह युगल आगे बढ़ गया। अन्य रुके हुए राहगीर भी आगे बढ़ गये।

''लार्स चलो घर...'' मैं लार्स से फिर बोली, उसे पुचकारते हुए। लार्स चुपचाप घर की दिशा की तरफ मुड़ तो गया मगर मुझसे एक अच्छा-ख़ासा फासला बना कर रखा। हम दोनों का ही मूड खराब हो चुका था। बिना पिक्चर देखे, बिना खाना खाए हम घर लौट आये। भूखे पेट बिस्तर पर लेट गये।

हैरत होती थी मुझे...क्या फूटी किस्मत है मेरी! पहला पति चर्च का पुजारी और अश्लील साहित्य का शौकीन...औरतों के साथ रंगरलियाँ मनाना। दूसरा पति एक सभ्य मुल्क का नागरिक और गँवारों की तरह मारपीट व गालीगलौज करता है। कैसी विडम्बना है!

लेकिन मैं हार नहीं मानना चाहती थी, लार्स का दिल जीतना चाहती थी। उसे प्रफुल्ल रखने के लिए मैं उसके लिये अच्छा खाना बनाती। थाली-भर भोजन परोसती। वह खाने का शौकीन था। मैंने लार्स की माँ लॉरा से बात की। वह बोली

कि जब उसे गुस्सा आता है तो मैं उसके सामने से हट जाया करूं। उसकी हाथ उठाने की आदत बचपन से है। मैंने उसे माता-पिता के साथ भी हिंसक होते देखा। एक बार उसके पिता हमारे घर आये हुए थे। बाप-बेटे की कोई तकरार हुई, और लार्स ने उठकर दे मारा अपने पिता को। वह तो उनको और मारता, मैं बीच में आ गयी। उसके पिता मार खा कर चुपचाप हमारे घर से निकल गये। मुझे उन पर बहुत दया आई। मेरे लिए यह सब बड़ा अजीब था, हैरान-परेशान करने वाला। यह बात अलग थी लार्स के माता-पिता इन सबके आदी थे, सो उसके वारों से वे स्वयं को ही बचाते थे, कभी पलट कर उस पर वार नहीं करते थे। ज्यादा से ज्यादा उसके सामने से उठ कर चले जाते थे और हफ्तों अपने बेटे से कोई बात नहीं करते थे। उसकी शक्ल नहीं देखते थे। मगर मैं उसकी पत्नी थी। मेरे साथ यह कैसे सम्भव था कि मैं अपने पति से हफ्तों बात न करूं, उसकी शक्ल न देखूँ। बड़ी अजीब कशमकश थी। फिर वही सवाल...कहाँ जाऊं? क्या करूं?

मुझ में जो बाँझपन आ गया था, यह मुझे अलग विषाद से भर रहा था। मैं अक्सर अपने को कोसा करती। क्या मैं बच्चा पैदा करने की क्षमता को खो चुकी हूँ? वह चुपचाप सुना करता। मैं अपने चैकअप के लिए गायनोकोलॉजिस्ट के पास गयी। उनसे बोली कि मैं और मेरे पति किसी गर्भनिरोधक का इस्तेमाल नहीं कर रहें हैं, फिर भी मैं कंसीव नहीं कर पा रही हूँ।

डाक्टर का कथन—प्रजनन के लिए आयु बहुत मायने रखती है। पैंतीस साल के बाद से महिलाओं की प्रजनन क्षमता कम होने लगती है, लेकिन पैंतीस साल की उम्र में भी अधिकांश औरतें प्राकृतिक तौर से गर्भाधान कर सकती हैं और गर्भवती होने पर स्वस्थ शिशु को जन्म भी दे सकती हैं।

मेरे ब्लड और हार्मोन टेस्ट हुए, हिस्ट्रोस्कोपी हुई। समस्त जांचों से पता चला कि मेरा प्रजनन तन्त्र सही प्रकार काम कर रहा है। डाक्टर बोला, पुरुष बांझपन भी होता है। अपने पति की जाँच करवाओ। लार्स से कई बार मैंने अपना चैकअप करवाने के लिए कहा मगर उसने हर बार मना किया। मुझे कुछ-कुछ शक होने लगा। कहीं वह...?

***

उस दिन एक अनजान औरत का घर के लैंडलाइन पर फोन आया। लार्स अपने दो दोस्तों के साथ पेरिस गया हुआ था। मुझे यह कह कर गया था कि उसे अपने बिजनेस का कुछ काम है। सो मैंने ही वह फोन उठाया था।

''हैलो!''

मैं एक अपरिचित स्वर सुन कर चौंक गई।

''हैलो...लार्स...।''

''वे घर पर नहीं हैं।''

''कहाँ गये हैं?''

''पेरिस।''

''ओह...।

''आप कौन?'' मैंने पूछा।

एक चुप्पी। ''शायद लार्स ने तुम्हें मेरे बारे में बताया हो...मैं एमिली हूँ।''

एमिली-लार्स की पूर्व प्रेमिका...। मैं और भी चौंक गई। हालांकि मैंने कभी भी लार्स से उसकी विगत जिन्दगी के विषय में ज्यादा पूछताछ नहीं की थी, फिर भी मुझे पता चला था कि मुझसे पहले वह दो लड़कियों के साथ रिलेशनशिप में रह चुका था। और एमिली के साथ तो पूरे पांच साल रहा था।

''कहो, कैसे फोन करना हुआ?'' अपने को संयत रखते हुए मैंने पूछा।

उसने एक लम्बी सांस खींची, और बोलना शुरू किया जिसका सार यह था कि उसका मकानमालिक उसे परेशान कर रहा है। उसने उसके खिलाफ मुकदमा दायर किया हुआ है। वह लार्स की मदद चाहती है। लार्स उसके साथ उस घर में पाँच साल रहा था। वह चाहती है कि लार्स भी लिख कर दे दे कि मकानमालिक अच्छा व्यक्ति नहीं है।

उससे मेरी बातचीत होने लगी। एक सहजता सी हमारे संवादों में आ गयी। बातों ही बातों में उसने मुझसे पूछा, ''कब से लार्स के साथ हो?''

''पाँच साल हो गये,'' मैं बोली।

''कोई बच्चा?''

''पहले पति से है एक बेटा, पर अभी लार्स से...।''

मेरा वाक्य पूरा होने से पहले ही वह बोली, ''उससे तुम्हारा बच्चा नहीं होएगा। मैं लार्स के साथ पाँच साल रही, मैं भी प्रेग्नेंट नहीं हो पायी थी। जब लार्स बाईस साल का था, उसका एक भयानक एक्सीडेंट हुआ था। तुम्हें मालूम है...? वह मरते-मरते बचा था।''

''हाँ उसने अपने एक्सीडेंट के बारे में बताया था।

''उसी एक्सीडेंट में कुछ हुआ। उसकी टेस्टीज में भी चोटें आयी थी। शायद उसी वजह से उसमें इनफर्टिलिटी आ गयी, किन्तु वह यह बात मानता नहीं है। किसी डाक्टर के पास भी जाना नहीं चाहता।''

एमिली ने मेरे संदेह को सच में बदल दिया था। लार्स कभी पिता नहीं बन सकता। मैं गहरे सोच में पड़ गई। लार्स ने एक्सीडेंट की बात तो बताई थी मगर इतनी बारीकी से नहीं। मुझे बच्चे की इतनी लालसा नहीं थी, मेरे लिए मेरा जोशुआ

ही काफी है। किन्तु लार्स को इस विषय में उदासीन नहीं रहना चाहिए था। मुझे इस अहसास से नहीं भरना चाहिए था कि मैं बाँझ हो चुकी हूँ। मैं भगवान यीशु से बच्चे के लिए कितनी प्रार्थना किया करती! चर्च में मोमबत्तियां जला-जला कर प्रार्थना की। वह खामोश यह सब देखता रहा और कुछ भी नहीं बताया।

एमिली ने एक बात मुझे और बताई जिसे जानकर मुझे आश्चर्य हुआ, गहरा अफसोस भी। लार्स तीन सालों तक कम्यून के होम में पला। उसके माता-पिता के बीच में बहुत झगड़ा होने लगा था और उसकी माँ लॉरा विक्षिप्त सी हो गयी थी। उसे नर्वस ब्रेकडाउन होते रहते थे। लार्स के स्कूल ने कम्यून में शिकायत की, पड़ोसियों ने भी शिकायत की। सरकार को लगा कि लॉरा और डेनियल अपने बच्चे का सही प्रकार पालन-पोषण करने में पूर्णतया असक्षम हैं। जब लार्स पाँच साल का था तो कम्यून ने उसके माता-पिता से उस को ले लिया था और तीन सालों तक उसे फोस्टर पेरेंट्स के साथ रखा।

सब कुछ जान कर मैं लार्स के प्रति सहानुभूति से भर गयी। परन्तु उसने यह सब मुझे क्यों नहीं बताया। क्या मुझे इतना गैर समझ लिया! उसकी माँ लॉरा से मेरी इतनी अधिक दोस्ती है, दुनिया भर की बातें वह मुझसे करती है, मगर उन्होंने भी कभी नहीं बताया कि लार्स फोस्टर होम में पला था। खैर वह एक माँ है। क्यों कर अपने बेटे से जुड़ी उन सब बातों को बताए जो कहने—सुनने में अच्छी नहीं हैं।

लार्स के पेरिस से लौटने का मैं बेसब्री से इन्तजार कर रही थी। हालांकि हमारी फोन पर रोज ही बात हो रही थी मगर मैंने फोन पर यह बात उठानी ठीक नहीं समझी। फोन पर बस उसकी कुशलक्षेम पूछती रही। सोच रही थी जब वह आयेगा मैं उससे खुल कर इस विषय पर बात करूंगी। उससे कहूंगी कि कोई नहीं अगर उसकी खुद की सन्तान नहीं हो सकती। वह जोशुआ को अपना पुत्र समझे और उसकी परवरिश करें। मुझे यकीन है कि जोशुआ उसे एक पिता का पूरा सम्मान देगा।

शाम के सात बज रहे थे जब लार्स पेरिस से घर लौटा। मैंने उसकी पसंद का खाना तैयार रखा हुआ था। चिकन राईस, रायता और पापड़। रायता बड़ा मसालेदार बनाया, जीरे और लहसुन का तड़का भी दिया।

"अरे वाह!" चहकते हुए बड़े चाव से उसने सब कुछ खाया-पिया।

मैंने उसके निबटने का इन्तजार किया। फिर बहुत ही संजीदगी से कहा, "एमिली का फोन आया था...।"

एक सन्नाटा सा उसके चेहरे पर पसर आया। फिर उभर कर बोला—"क्या बक रही थी वह बिच?"

"लार्स...?" मैंने उसे फटकारा। "माइंड यूवर लेंगुएज...।"

''अच्छा-अच्छा, क्या कह रही थी वह?''

''बहुत कुछ। लेकिन फोन करने की मुख्य वजह यह थी कि उसका मकान मालिक उसे बहुत परेशान कर रहा है...। वह तुम्हारी मदद चाहती है।''

''बहुत अच्छा है वह उसे परेशान कर रहा है। मैं तो चाहता हूँ वह उसे और सताए, उसे और परेशान करे। वह कुतिया इसी लायक है।''

''लार्स, तुम्हारी व एमिली की आपस में नहीं बनी और तुम अलग हो गये, यह एक अलग बात है, मगर एक-दूसरे के प्रति कोई नफरत मत पालो। उसे तुम्हारी मदद की जरूरत है। आखिर तुम उसके साथ पाँच साल रहे।''

''मुझसे उसे कोई मदद नहीं मिलेगी...। और तुम्हें उससे इतनी सहानुभूति क्यों हो रही है?''

''क्योंकि हम दोनों एक ही नाव में सवार है...। तुमने मुझसे बहुत कुछ छुपाया है?''

''मैंने कुछ नहीं छुपाया। वह तो मेरी तुम्हारी तरह चपर-चपर बोलने की आदत नहीं है।''

''क्यों तुमने मुझसे क्या छुपाया नहीं कि बाईस साल की उम्र में जो तुम्हारा जबर्दस्त एक्सीडेंट हुआ था, उसमें तुम्हारी दोनों टेस्टीज खराब हो गयी थी...। और बचपन में तुम तीन सालों तक एक फोस्टर होम में पले।''

''चुप! खामोश...। एक शब्द और नहीं,'' वह मुझे उंगली दिखाते हुए चीखा। ''हर वक्त मुझ पर तोहमतें लगाती रहती है। मेरे पीठ-पीछे पता नहीं किन-किन लोगों से मिलती है। मेरी बुराई करती फिरती है...षड्यंत्र रचती है, मेरे खिलाफ।''

मैं हतप्रभ... ''अरे लार्स...यह तुम्हें इतना गुस्सा क्यों आ रहा है...? मुझ पर ऐसे इल्जाम क्यों लगा रहे हो? मैं तुम्हारे पीठ-पीछे किसी से भी तुम्हारी बुराई नहीं करती।''

''क्यों तुम मेरी माँ के पास नहीं जाती क्या...मेरी शिकायत करने...?''

मैं निरुत्तर हो गयी। दबे शब्दों में बोली, ''जब तुम मुझे मारते-पीटते हो तो मैं उनके पास जाती हूँ पूछने के लिए कि तुम ऐसा क्यों करते हो...? मेरी पूरी बात तो सुनो, लार्स...।''

''मुझे कुछ नहीं सुनना...।''

''लार्स, मैं कह रही हूँ कि कोई बात नहीं अगर तुम्हारा खुद का बच्चा नहीं हो सकता। जोशुआ को अपना लो...उसे अपना बेटा बना लो...।''

''अच्छा...अपने बेटे को यहाँ लाने के लिए नई चाल चल रही हो...?''

''तुम बाँझ हो। तुम्हें बेटा दे रही हूँ। हे भगवान तुम्हें सद्‌बुद्धि दे...'' मैं बुदबुदाई।

तड़ाक से एक जबर्दस्त चांटा मेरे गाल पर रसीद हुआ। ''यह ले... कमीनी, उल्लू की पट्ठी...'' उसने डाइनिंग टेबल से रायता का ढोंगा उठाकर पूरा मेरे ऊपर उड़ेल दिया। मेरे बाल, चेहरा, कपड़े मसालेदार दही से सन गये। ''अभी-अभी घर लौटा हूँ। कोई प्यार-सत्कार करने के बजाए झगड़ रही है! बार-बार अपने बेटे को यहाँ लाने की बात उठा कर मुझे परेशान करती है, कुतिया,'' वह गुर्राया।

उलटा चोर कोतवाल को डांटे। वाह...! मुझे बेहद गुस्सा आ गया। ''लार्स!'' मैं चीखी। मगर सास की बात याद आई कि जब उसका गुस्सा परवान चढ़ता है, उसके सामने से हट जाया करूं। मैं गुस्से से हाँफ रही थी। उससे लड़ने के बजाए मैं घर से बाहर निकल गई। मगर जाते-जाते सुना गई—इंसानी खाल में छुपा भेड़िया!

रात के नौ बज रहे थे। मेरी मनस्थिति बहुत खराब थी। लज्जा छोड़ कर, बदहवास सी मैं पागलों की तरह सड़क पर चलती जा रही थी। एक डेनिश औरत का ध्यान मेरी तरफ गया। उसने मुझसे पूछा—क्या हुआ? मैं रो क्यों रही हूँ।

मेरा रुदन और बढ़ गया। मनोभावों पर नियन्त्रण नहीं रख सकी। मैंने सब कुछ उसके आगे बक दिया। वह मुझे बोली, ''चल पुलिस स्टेशन...।''

मैं इतने अधिक आवेश में थी कि उसके साथ पुलिस स्टेशन चल पड़ी। आखिर अन्याय कब तक सहन करूं? पुलिस में रिपोर्ट दर्ज की कि मेरा पति मुझे मारता-पीटता है। ड्यूटी में तैनात पुलिसकर्मी मेरे जिस्म को निहारते हुए बोला—''कहाँ मारा? क्या सबूत है? कोई खरोंच वगैरह बताओ।''

''यह देखो, मेरे कपड़ों और बालों में जमी दही। चेहरा मैंने पोंछ लिया है।'' मैं उसे अपने बाल और कपड़े दिखाते हुए बोली।

''इंडियन करी?'' वह पूछने लगा। ''महक आ रही है।''

''तुम्हें इससे क्या मतलब,'' वह डेनिश औरत उस पर गुर्राई। तुम अपना काम करो।''

मुझसे लार्स का फोन नम्बर लेकर पुलिस ने उसे फोन किया। फोन पर ही उसका बयान लिया, फिर मुझसे बोला, ''वह कह रहा है कि तुम उसे माफ कर दो, वह गुस्से में आ गया था। घर जाओ, अब वह तुम्हें नहीं पीटेगा। उसे एक मौका दो। अगर दुबारा पीटेगा तो फिर हमें बताना...। हम उसे जेल में डाल देंगे।''

मैं घर लौट आई। उस दिन मुझे लगा, मैं इस जंग में अकेली हूँ। मेरे साथ कोई भी नहीं। रात की खामोशी में तेज होती मेरी सिसकी सुनने वाला कोई नहीं। अँधेरे में मेरी सर्द आह की आहट भांपने वाला कोई नहीं।

पहले भी हमारे बीच लड़ाई-झगड़े होते थे, मार-कुटाई होती थी, मगर हम एक-दूसरे से माफी मांग कर, हग-किश करके सुलह कर लेते थे। सब कुछ हमारे बीच सामान्य हो जाता था। हम खूब घूमते-फिरते, मटरगश्ती करते—ह्यूगे करते।

एक दूसरे को उपहार भेंट करते। मगर जिस दिन मैंने उसकी पुलिस में रिपोर्ट की, ये मेल, सामंजस्य स्थापित करने के तरीकों ने काम करना बंद कर दिया। लार्स के मन में मेरे प्रति अत्यधिक डाह पैदा हो गयी। वह मुझसे अलग-थलग, अपने आप में सिमट कर रहने लगा। मेरी उपस्थिति तक उसे खलने लगी। फुटबाल मैच में, अखबारों के पन्नों में, मोबाइल स्क्रीन में वह सिमटा-लिपटा रहता। मैं कुछ कहती तो मेरी बातों का जवाब देने के बजाए अंतर्मुखी हो जाता। कभी अगर मुझसे बात करता तो लड़ता-झगड़ता, मारता-पीटता।

अब्राहम मुझे मानसिक यातना देता था। क्लेश का कारण सिर्फ उसकी यौन लत थी। उसने मुझ पर हाथ कभी नहीं उठाया, मेरे साथ गाली-गलोज कभी नहीं की। बल्कि मैं ही उस पर चीखती-चिल्लाया करती थी, उसे गालियाँ बका करती थी। यहाँ लार्स जो मुझे भद्दी गालियाँ बका करता था, शारीरिक वार करता था, वह अधिक घातक था। इससे जो मानसिक उत्पीड़न होता था उसकी तीव्रता कहीं अधिक थी। जब उसकी मार पड़ती तो बहुत दर्द होता। वह कभी हाथों से, कभी जूते से मुझे मारता। मारने से पहले तनिक भी सोच-विचार नहीं करता। मैं जमीन पर गिर कर रोती-बिलखती, उसे जरा भी मुझ पर दया नहीं आती।

मेरे शुभचिंतक मुझसे पूछते हैं कि मैंने इतना अधिक क्यों सहन किया। मेरा जवाब—मैं एक सकारात्मक प्रवृत्ति की क्षमाशील व्यक्ति हूं। मैं बुरी चीजें जल्दी भूल कर आगे बढ़ जाती हूँ। मेरे पतियों ने मेरी इस प्रकृति का गलत लाभ उठाया।

मेरी बहुत बड़ी गलती यह थी कि मैंने लार्स को इतना आगे बढ़ने दिया, जिस दिन उसने पहली बार मुझ पर हाथ उठाया था, उसी दिन मुझे कोई ठोस कदम उठाना था। मैं तब तक उसकी मार खाती रही, उसके साथ सामंजस्य बिठाने की कोशिश करती रही, जब तक सब कुछ बिखर नहीं गया।

झगड़ा उस दिन फिर एक छोटी-सी बात से शुरू हुआ था...। हुआ यूँ कि जिस बिल्डिंग में हम रहते थे, वहाँ कुछ लोगों के घरों में चोरी हो चुकी थी। हमारे बेसमेंट में भी चोर ने सेंध लगाई। अगल-बगल बने दो-चार स्टोररूम को चोर ने टटोला। हमारे पड़ोस में थाईलैंड की एक महिला सुफान-ली रहती थी, जिससे मेरी अच्छी दोस्ती थी। वह हमें बताने आयी कि रात में बेसमेंट में स्टोररूमों में चोरी हुई है। हमारे स्टोररूम का दरवाजा भी खुला है। लार्स और मैं तुरंत सीढ़ियां उतर कर नीचे बेसमेंट में अपने स्टोररूम गये। लार्स की पुरानी साइकिल गायब थी। हमने गौर किया कि हममें से कोई स्टोररूम में ताला लगाना भूल गया था। वह एकदम से मुझ पर इल्जाम लगाने लगा कि मैंने स्टोररूम के दरवाजे पर ताला नहीं मारा। मैं लार्स से बोली, यह वह कैसे कह सकता है। मैं हमेशा बड़ी सतर्क रहती हूँ। यह हो सकता है कि वह कभी स्टोररूम में आया होगा, ताला लगाना वह भूल गया होगा।

यह भी हो सकता था कि चोर ने ताला गायब कर दिया हो। मगर न वह अपनी गलती मानने को तैयार और न ही कोई और बात। मुझे ही कोसता रहा कि मैं घर का कोई ध्यान नहीं रखती।

हालांकि वह साइकिल लार्स कभी इस्तेमाल नहीं करता था। बेसमेंट में यूँ ही परित्यक्त पड़ी रहती थी। मैं हँसते हुए बोली, ''लार्स, अच्छा हुआ, चोर तुम्हारी साइकिल ले गया। खामखां साइकिल स्टोररूम में जगह घेर रही थी।''

बस बात बढ़ कर तिल का ताड़ बन गयी। वह वहीं बेसमेंट के संकरे गलियारे में मुझे जमीन पर पटक कर, बाल पकड़कर मारने लगा। मुझे पिटते हुए दो-चार पड़ोसियों ने देखा। देखते ही देखते वहाँ लोगों का जमघट लग गया। इसके बावजूद कोई उसे रोक नहीं सका। एक पड़ोसी ने इस वृतांत को कैमरे में कैद कर लिया। वह सरेआम, सभी की मौजूदगी में निर्ममतापूर्वक मुझे पीटता रहा। पड़ोसियों में से किसी ने पुलिस बुला ली।

पुलिस को देखते ही वह भाग गया, रिवाल्वर दिखाते हुए पुलिस उसके पीछे-पीछे...। मगर वह नहीं रुका। बेसमेंट से वह पीछे की सीढ़ियों से ऊपर अपने फ्लैट की तरफ भागा। जब तक पुलिस ऊपर आयी, वह बालकनी से नीचे फांद कर कार पार्किंग पर चला गया। पुलिस को हमारे आवासीय अहाते के भूगोल की अधिक जानकारी नहीं थी, सो वह दो पुलिसकर्मियों को चकमा देकर पार्किंग से अपनी कार में सवार हो फरार हो गया।

''भाग गया...भाग गया...'' हवा में तैरने लगा।

पुलिस ने फोन करके अन्य पुलिसकर्मियों को बुलाया। पड़ोसियों से उसकी कार का हुलिया लिया। चार पुलिस गाड़ियां सायरन बजाते हुए उसे पकड़ने के लिए रवाना हुई। वह इधर-उधर, गलियों-सड़कों पर पुलिस से भागता रहा। काफी देर की मशक्कत के बाद, घेराबंदी करके, पुलिसफोर्स उसे पकड़ने में कामयाब हुई।

इधर मैं लहुलुहान, मूर्च्छा जैसी अवस्था में थी। पुलिस ने ही मेरे लिए एम्बुलेंस बुलाई थी। सायरन बजाते हुए एम्बुलेंस मुझे अस्पताल लेकर आयी। मुझे तो यह जानकारी अपने दो पड़ोसियों से अस्पताल में मिली थी। उन्होंने आकर बताया था कि कैसे वह पुलिस को चकमा देकर भागता रहा, कितनी मुश्किल से पुलिस दल उसे पकड़ पाया। कुछों ने सिहरते हुए यह भी कहा कि पहली बार उन्होंने पुलिस को किसी जुर्मी का पीछा करते हुए देखा।

सब कुछ सुनकर मुझे बहुत दुःख हुआ। सभी कुछ बेहद अफसोसजनक था। मगर मेरे हाथ में कुछ नहीं था। अस्पताल में चार दिन रही। लॉरा फूलों का बुके लेकर मुझे देखने के लिए आई। मैं उन्हें देख कर सिसक पड़ी। कोई सांत्वना नहीं, कोई हमदर्दी नहीं, कोई दिलासा नहीं। तटस्थ स्वर में बस इतना ही बोली, ''तुम

और लार्स साथ नहीं रह सकते। तलाक ले लो।''

उनका भाव ऐसा था, जैसे हम दोनों ही बराबर के दोषी हैं। मैं उनसे कहना चाहती थी कि वह कैसी माता है... कैसे उन्होंने अपने बेटे की परवरिश की कि वह एक सामान्य व्यक्तित्व का आदमी तक न बन सका। मैं भी एक माँ हूँ। अगर मेरा बेटा अपनी पत्नी पर हाथ उठाये तो मैं उसे जम कर फटकारूँगी, उसे कोसूंगी। हो सके तो उसे झापड़ भी लगा दूंगी। खैर सब कुछ मेरे होंठो पर काँपता ही रह गया। मेरे मुख से सिर्फ उनकी विजिट के लिए धन्यवाद निकला।

अस्पताल से छुट्टी मिली तो लार्स के घर क्या जाती। वह वैसे भी पुलिस हिरासत में था। अपनी पत्नी पर हिंसा दिखाने वाला पति कभी जीवन में सफलता नहीं पाता। शादी केवल प्रेम या संबंधों का रिश्ता नहीं है, यह रिश्ता एक-दूसरे के प्रति सम्मान का भी है। लार्स के साथ मैं जो शादी जी रही थी, उस शादी का कोई मतलब नहीं है।

***

मेरी किस्मत में महिला आश्रय गृह में भी रहना बदा था। अस्पताल से छूट कर मुझे क्रीसेसेंटर, एक ऐसे महिला केंद्र की शरण लेनी पड़ी, जहाँ जीवन में प्रतिकूल परिस्थितियाँ होने से बेघर हुई महिलाओं को अल्पकालीन आश्रय प्रदान किया जाता है। सामाजिक कार्यकर्ता, चिकित्सक, पुलिस या किसी के भी माध्यम से दो से छह महीने की अवधि के लिए महिलायें वहाँ रह सकती हैं। पुलिस और मेरे डाक्टर ने मुझे वहाँ भेजा।

इक्कीस से पैंसठ वर्षीय आयुवर्ग की महिलाएं क्रीसेसेंटर में थी, कुछों के साथ छोटे बच्चे भी थे। दो औरतें प्रेग्नेंट थीं। अधिकतर महिलाएं एशियन और अफ्रीकन परिवेश की थी। श्याम वर्ण पीड़िताएँ, गौर वर्ण रक्षक। सभी की अपनी एक दुखभरी कहानी थी। अपने पतियों के दुर्व्यवहार व हिंसात्मक आचरण से तंग आकर वहाँ पहुंच गई थी। एक सिख महिला जसबीर ने अपने उत्पीड़न की दास्ताँ सुनाई—''मैं और मेरा खसम पंजाब के कपूरथला जिला के एक गाँव से हैं। हम दोनों यहाँ श्रमिक हैं। मेरा खसम लगातार अपने घर वालों को यहाँ से पैसा भेजता हैं। अगर मैं अपने घर वालों को भेजूं तो उससे सहन नहीं होता। क्या उसी के माँ-बाप हैं, मेरे नहीं हैं? अपनी बहन की शादी में उसने पचास हजार क्रोनर भेजे। पचास हजार क्रोनर मतलब पांच लाख रूपये। मैंने गुस्सा खा लिया कि यहाँ तो हम मजदूरी कर-कर के मरे जा रहे हैं और वह हमारी सारी कमाई इण्डिया अपने घर वालों को भेज रहा है। बात बढ़ गयी और उसने चाकू उठा कर मेरे पेट में घोंप दिया।''

''चाकू पेट में घोंप दिया?'' मैं सिहर गई।

''वह तो मेरा कत्ल ही कर देता, पड़ोसियों ने आकर मुझे बचा लिया। डेनिश अखबारों में भी यह खबर छपी थी। जेल में सड़ रहा है वह...।''

चाकू के घाव जसबीर के शरीर में अभी भी थे। उसके पेट में पट्टियाँ बंधी थी।

घाना की अबीना बोली, ''कहने को तो मेरा पति मर्स्क शिपिंग कम्पनी में अधिकारी है। मगर हमेशा मुझे डायन या चुड़ैल पुकारता है। मुझे दिन-रात बिना वजह गालियाँ देता रहता है जिसके चलते मैं दिनों दिन मानसिक तनाव का शिकार हो रही हूँ।''

पाकिस्तान की बेनजीर बोली, ''मियाँ शराबी हैं... सारी कमाई शराब में उड़ा देते हैं। जब भी वे शराब पीते हैं तो हिंसक हो जाते हैं। मेरी बचत छीन लेते हैं और शराब पर खर्च कर देते हैं।''

बासठ वर्षीया फारसी महिला फिरोजा जो नानी-दादी बन चुकी थी, की दुखद दास्ताँ, ''ईरान छोड़े हुए चालीस साल हो गये। वह मुआ अभी भी मुझे उस ईरान के रीति-रिवाज और रस्में निभाने को कहता है। मैं सिर ढक कर रहूँ, बुर्का पहनूं। घर से अकेली बाहर न निकलूं। तीनों पहर ताजा खाना पका कर उसे खिलाऊं। उसके कपड़े धोऊँ... इस्त्री करूं। और खामोश रहूँ। मुझे पैर की जूती समझता है। बेटों की जवान बहुएँ बिकनी पहन कर घूमती हैं, खूब मटरगश्ती करती हैं, और मैं इस बुढ़ापे में सिर से पैर तक ढकी रहूँ। कहीं न जाऊं। मैं उससे कहती हूँ—अपने बेटों से ही कुछ सीख ले... कैसे अपनी बेगमों के आगे झुके रहते हैं। मजाल है उनकी बेगमों को कोई चूँ भी कह सकें। सारे जुल्म व पाबंदियाँ हमारी पीढ़ी की औरतों के लिए। बर्बाद हो गई मेरी जिन्दगी उस दरिंदे के साथ। मुझे उसे बहुत पहले ही छोड़ देना चाहिए था।''

''आपके तो बड़े बड़े बच्चे हैं। वहाँ पनाह नहीं मिली आपको जो यहाँ आना पड़ा?'' मैंने उनसे पूछा।

''बच्चे अपनी दुनिया में मस्त हैं, उनके पास हमारे लिए समय ही कहाँ है,'' वह अपने आंसू पोंछते हुए बोली।

लेबानन की इक्कीस वर्षीया, लंबी, छरहरी जन्नत की जिदगी का कडुआ सच, ''बड़े अरमान से मैं पति से ब्याह कर अपने मुल्क से यहाँ आयी थी। सोचा था अच्छा घर होगा, वर होगा, पति के साथ खुशी-खुशी रहूँगी। मगर वह शैतान मुझे यहाँ रंडी बनाने में तुला है...। दूसरे आदमियों से मुझे...। मैं मना करती हूँ तो पीटा करता है। सुलगती सिगरेट मुझ पर दागता है। स्टोव में चिमटा गर्म करके मुझ पर बरसाता है...।''

पॉल ने अपने कानों में हथेलियाँ रख ली।

"मैंने कहा था न पॉल, कुछ सच इतने कडुवें हैं कि आप सुन नहीं सकोगे।"

आधे समाज का सच हूँ मैं... अनगिनत जवाबों का प्रश्न हूँ मैं...। सभी पीड़िताएं पति के अमानवीय बर्ताव से त्रस्त, सभी एक दूसरे को अपनी आपबीती सुना रही थी। अपने हृदय की छटपटाहट को व्यक्त कर रही थी। अपने पतियों को जम कर कोस रही थी। वह आदमी जिससे उन्होंने बड़े चाव से, पूरे समर्पण के भाव से शादी की थी, जिसने सहारा बनना था, उनका रक्षक बनना था, वही उनका भक्षक बना हुआ है।

पाकिस्तान की बेनजीर उर्दू शायरी करती—

हाय रे रब्बा! क्या किया यह सितम?
मेरा रांझा बन गया मेरे खून का प्यासा...।

मैं भी गुनगुनाती—

जो अब कियो हो दाता ऐसा ना कीजो
अगले जन्म मोहे बिटिया ना कीजो...।

सेंटर के कार्यकर्ता हमें गुनगुनाते हुए चकित से निहारते। हम उन्हें अपने गीतों के अर्थ बताते तो वे भी हमारे संग वेदना से भर जाते। हमें समझाते, झिड़कते कि हम स्वयं को इतना असहाय न समझे।

कोई किसी को नसीहत दे रहा था तो कोई उलाहना, कोई दिलासा देता तो कोई हमदर्दी जाहिर करता। अजीब से भाव सभी औरतों के चेहरों पर छाए रहते थे। सेंटर में मौजूद काउंसलर औरतों की समस्याओं और शिकायतों को पूरी दिलचस्पी और धीरज के साथ सुनते थे, परामर्श देते थे, यथासम्भव समाधान निकलते थे। काउंसलिंग करते वक्त पूछते—अगर पति हिंसक हो तो क्या जरूरी है—शादी बचाना या खुद को बचाना। परिवार या समाज के दबाव में अपनी सुरक्षा को नजर अंदाज करने में समझदारी नहीं है। आप दृढ़ता नहीं दिखायेंगी तो यातना का यह सिलसिला बंद नहीं होगा।

काउंसलर आत्म सुरक्षा की ट्रेनिंग दिया करते थे। औरतों को डेनिश भाषा सीखने, व्यावसायिक कोर्स सीखने, नौकरी के लिए अर्जियां लिखने में सहायता करते थे, ताकि औरतें आत्म निर्भर बन सकें। यह भी बताते, पचास साल पहले यूरोप भी ऐसा ही था। आदमी अपनी औरतों को अपनी संपत्ति समझते थे। उन पर अत्याचार करते थे। धीरे-धीरे यहाँ का समाज बदलता गया। औरतों की सामाजिक और आर्थिक स्थिति अच्छी होती गई...। आज के सभ्य समाज में पत्नी के साथ मारपीट की कोई जगह नहीं है और हिंसक पति दया के कतई हकदार नहीं हैं।

मैं भी उनके बीच में थी। मैंने भी उनके सामने अपना दुखड़ा रोया, लार्स की खूब निंदा की। अब्राहम का भी जिक्र हुआ। "अरे तू तो दो पतियों से सताई हुई

है...'' औरतें बोली। यूनीवर्सिटी के कुछ प्रोफेसर क्रीसेसेंटर की औरतों पर केस स्टडी कर रहे थे। उनका परिवेश कैसा है, उनके रहन-सहन, संस्कृति और धर्म में वे कौन सी बातें हैं जो वे अपने पतियों के दुर्व्यवहार की शिकार बनती हैं। एकमात्र मैं थी वहाँ जो डेनिश पति से सताई हुई थी, और मैं उन सभी महिलाओं में सबसे अधिक पढ़ी-लिखी थी, शिक्षिका थी। सो मैं उनके लिए कौतूहल का विषय बन गयी।

मैंने अपने स्कूल को खबर दी। बस उन्हें यह बताया—मैं बीमार हूँ। शुभकामनाओं के कार्ड के साथ फूलों का बुके भी मेरे पास पहुँच गया। हफ्ता भर मैं बिस्तर पर ही पड़ी रही। चेहरे की सारी रौनक हवा हो गई थी। इन सब बातों ने मेरी मनोदशा अजीब कर दी। खुद की नजरों में बहुत गिर गयी। वह मेरी जिंदगी का सबसे दुखद दौर था।

हिंसा कभी स्वीकार्य नहीं होनी चाहिए—और न ही इसे किसी भी हालात में उचित ठहराया जा सकता है। फिर भी हजारों परिवार घरेलू हिंसा के शिकार होते हैं। महिलाओं का शोषण होता है। बाहर के लोगों के लिए यह समझना मुश्किल हो जाता है कि महिलाएँ हिंसक रिश्ते में क्यों रहती हैं। ये महिलाएं अक्सर अपने पतियों से कई कारणों से जुड़ी रहती हैं—बच्चे, वित्त, सुरक्षा, भावनात्मक रूप से निर्भरता, डर या प्रेम। चाहते हुए भी वे अपने जालिम पतियों से अलग नहीं हो पाती। यह एक तरह का सिंड्रोम है। पॉल, आपने वाक्यांश 'स्टॉकहोम सिंड्रोम' जरूर सुना होगा... जो एक असामान्य मनोवैज्ञानिक घटना को चरितार्थ करता है। पीड़ित को हमलावर के प्रति सहानुभूति की भावना पैदा हो जाती है। उसी तरह उत्पीड़ित महिलाएं अपने क्रूर पतियों से एक अनैतिक रक्षात्मक संबंध महसूस करती हैं, उनकी इतनी अधिक आदी हो जाती है कि उन्हें छोड़ नहीं पाती।

पॉल कसमसाने लगा है। ''कई आदमी भी औरतों से पीड़ित रहते हैं, भई,'' वह बोला।

''सही कह रहे हो, पॉल। न ही सारे आदमी बुरे हैं, और न ही सभी औरतें भली हैं। दूर क्यों जाऊं, मैंने अपने घर-परिवार में ही कुछ आदमियों को औरतों—अपनी माँ, बहन, भाभी, पत्नी, साली—से उत्पीड़ित होते हुए देखा है। मेरा बेटा जोशुआ, जो अब एक जवान मर्द है, एक पतंगे पर भी प्रहार नहीं कर सकता। उसकी तारीफ इसलिए नहीं कर रही हूँ कि मैं उसकी माँ हूँ। वह वाकई बहुत सज्जन, बहुत ही भला इंसान है। और पॉल तुम भी तो एक पुरुष हो। मुझे तो तुममें एक देवता नजर आता है।''

पॉल मुस्कुराने लगा है। ''क्रीसेसेंटर में तुम कितने दिन रही?''

क्रीसेसेंटर निःसंदेह कमजोर महिलाओं को एक आवाज देने और हिंसा के

खिलाफ अपना कदम उठाने में उनकी सहायता करता था। अपने आश्रयदाता क्रीसेसेंटर की मैं तहे दिल से शुक्रगुजार थी। वहाँ आश्रय लेने आई औरतों के प्रति मेरी पूरी हमदर्दी थी, किन्तु वहां अधिक दिनों तक रहना मुझे गवारा नहीं हुआ। मैं एक अकेली महिला जरूर थी मगर असहाय नहीं। वह जगह अकेली महिलाओं के लिए नहीं, कमजोर और असहाय महिलाओं के लिए थी। शायद मैं वहाँ चार-पांच रोज रही हूँगी। मैं उनसे बोली, मैं यहाँ से जा रही हूँ...।''

वे बोले, ''गुडलक!''

कह तो दिया बड़े धड़ल्ले से—मैं जा रही हूँ। पर जाऊं कहाँ? अपने घर, यानि लार्स का घर। वह घर याद आते ही मुझे वहाँ अपने संग हुई मारपीट, सारे जुल्म याद आ गये। मेरा मन खट्टा हो गया। घर एक मन्दिर होता है मगर कभी-कभी वह सबसे खतरनाक स्थान बन जाता है। हालाँकि, मुझे अपना कुछ सामान लेने के लिए वहाँ जाना पड़ा। बाकी सामान बाद में उठाऊंगी, सोचा।

जून की शुरुआत थी। बाईस जून से स्कूल में गर्मियों की छुट्टियां पड़ रही थी। स्कूल से दो हफ्तों का अतिरिक्त अवकाश लेकर मैं इंडिया, मलप्पुरम अप्पा के पास उड़ गयी। मेरा मन अपने पिता के पास जाकर, उनकी वात्सल्यमयी बाँहों में समा कर अपना दु:ख उड़ेलने के लिए छटपटा रहा था। यह जग बड़ा असुरक्षित है। अपने बचपन के घर में उस सुरक्षित माहौल में फिर से जीने का मन कर रहा था।

चार

भारत (एशिया)

अप्पा बहुत बूढ़े हो गये थे और अकेले रहते थे। हमारा निकटतम पड़ोसी, एक मोप्पिला, मुसलमान परिवार था। उनकी बेटी सकीना मेरे बचपन की सहेली थी। उनसे दोस्ती, दुश्मनी और फिर दोस्ती के लंबे दौर से हमारा परिवार गुजरा। किन्तु अपने अंतिम समय में असरफ अंकल, यानी सकीना के अब्बू मेरे अप्पा के खास दोस्तों में से एक बन गये थे, और उनको अच्छा साथ और सहयोग देते थे।

घर से तीन सौ मीटर की दूरी में, दूसरी गली में पापुन (अप्पा के छोटे भाई) का घर था। अप्पा की दुःख-बीमारी में वे उनकी देखभाल कर लेते थे। हम तीनों भाई-बहन निश्चिन्त थे कि हमारे अप्पा को कोई सहारा है, वे अकेले नहीं हैं। वैसे तो कुंजम्मा पड़ोस में, सिर्फ सौ गज की दूरी पर ही रहती थी। मगर समय और परिस्थितियों ने कुंजम्मा से हमारे सम्बन्धों को जीर्ण कर दिया था और हम पापुन के परिवार से अधिक जुड़ गये थे।

कुंजम्मा जरूरत से ज्यादा हमारे परिवार में दखल देने लगी थी। अप्पा पर हमेशा फिकरे कसा करती, ताने मारती। जॉर्ज की पत्नी, रीबा पर वह सास का रौब डालती। रीबा को वह पहले दिन से ही फूटी आँखों नहीं सुहाई। वह हमसे उनकी बुराई करती— कुंजम्मा एक तेजतर्रार औरत है। बड़ी उग्र है। अपने बहन के परिवार पर शासन करना चाहती है। उनसे थोड़ा बच कर रहो। कुंजम्मा से हमें सुनना पड़ता— रीबा उन्हें कुछ समझती ही नहीं है। अपने प्रति हम सभी के ठंडे रवैये से वह कितनी आहत है। दोनों तरफ शिकायतों का ढेर है। कभी-कभी लगता है जीवन की समस्याओं से निपटने में हमारे अप्पा कितने अक्षम रहे। कोई भी किसी से खुश नहीं रहा।

हमारी पढ़ाई, शादी, नौकरी, दुःख-बीमारी कोई भी पहलू हो कुंजम्मा अप्पा से भिड़ जाती, कहती, हम उनकी बहन के बच्चे हैं। उनकी बहन ने मरने से पहले उन्हें नियुक्त किया था हमारी देखभाल के लिए। अप्पा कहते, ''सूजन, मेरे बच्चे अब वयस्क हो गये हैं, उन्हें किसी की सलाह की जरूरत नहीं। अपनी जिन्दगी के

फैसले स्वयं ले सकते हैं।'' धीरे-धीरे हमने कुंजम्मा से दूरी रखनी शुरू कर दी।

मलप्पुरम पहुँचने पर मैं इतनी थकी थी कि दो दिन तक मैंने सिर्फ आराम किया, न घर से बाहर निकली, न कुछ किया। अप्पा जो कुछ पका कर दे देते, चुपचाप खा लेती। उन्होंने ही वाशिंग मशीन में मेरे कपड़े धोये।

धीरे-धीरे मैंने घर के कामों में दिलचस्पी लेनी शुरू की, और दस दिन में ही मैंने खाना पकाने का पूरा जिम्मा ले लिया। घर व्यवस्थित किया। अप्पा के कामों में भी मैं उनकी मदद करने लगी। हालांकि अप्पा का अपना एक सलीका था, फिर भी मुझे उनकी कई चीजें बिखरी पड़ी दिखी, विशेषकर अलमारी में उनके महत्वपूर्ण कागजात। मैंने कार्डबोर्ड के डिब्बे खरीदे। उनके सभी कागजात—बैंक, पेंशन, हाउस, चर्च वगैरह को तरीके से रखा। हरेक डिब्बे पर चिट लगाई। उनकी जिन्दगी को थोड़ा संवारा। दो-चार दिन खटकर मैंने घर की कायापलट कर दी। सारे घर को धो-पोंछ कर चमका दिया। किचन को नया रूप दिया, जो भी सामान था, करीने से लगाया। अप्पा के अलावा, पास-पड़ोस के लोगों ने भी मेरी प्रशंसा की।

मैं और अप्पा एक साथ बैठ कर खूब बातें किया करते—अम्मा और नील को याद करते। कितनी ही स्मृतियां उभरती, कभी हँसते तो कभी रोते। मैं उनके लिए भक्तिमय गीत गुनगुनाती, जो मैं बचपन में गाया करती थी।

अप्पा मेरे सिर पर बंधी पट्टी और चेहरे पर लगी खरोंचों को देख चुके थे। शुरू में तो कुछ नहीं पूछा। पहुँचने पर जब मैं उनसे लिपटी तो वे मुझे सिर्फ सहलाते रहे। ''वेलकम होम!'' जब मैंने सफर की थकान उतार ली और मैं थोड़ी सामान्य हो गयी तो उन्होंने पूछा, ''नैन्सी, यह यहाँ अचानक स्कूल की छुट्टियां शुरू होने से पहले ही आना कैसे हुआ? तू तो बड़े सोच-समझ कर प्रोग्राम बनाकर बेटे के संग यहाँ आती थी। और इस गर्मियों में तेरा जोशुआ के साथ कहीं यूरोप में घूमने का इरादा था। सब खैरियत तो है...?''

मैं अपने और जोशुआ के टिकट इस प्रकार बुक किया करती थी कि हम दुबई में मिलते थे, और वहाँ से केरल की फ्लाईट पकड़ कर एक साथ मलप्पुरम पहुंचते थे।

''नहीं है अप्पा कुछ भी अच्छा...'' मैं फट पड़ी। पहली बार मैंने अप्पा को अपनी बिखरी जिन्दगी के बारे में सब कुछ बताया। अपनी सारी वेदना, अंतर पीड़ा उनके सम्मुख खुल कर बयाँ की। कुछ नहीं छिपाया।

अप्पा मूक बने रहे, सोफे पर से उठ कर अपनी कुर्सी पर जाकर बैठ गये। यह कुर्सी कितनी पुरानी थी, मुझे नहीं मालूम। मैंने यह कुर्सी अपने घर हमेशा देखी। इसी कुर्सी पर अप्पा पस्त बैठ गये थे जब अम्मा की लाश लेकर तिरुवनंतपुरम से आये थे। दोनों हाथ अपने सिर पर रख कर फूट-फूट कर रोने लगे थे। ''मैं बरबाद

हो गया। मेरा घर उजड़ गया। सांद्रा के बिना मैं कैसे इन बच्चों को पालूंगा...'' विलाप करने लगे थे।

इसी कुर्सी पर बैठ कर उन्होंने नील की मृत्यु का समाचार सुना था। ''वह चला गया...'' जॉर्ज ने उन्हें खबर दी थी। अप्पा कांपने लगे, उनके दांत किटकिटाने लगे। उनकी गोदी से बाइबिल नीचे गिर गई। ''मेरा बनाया आशियाना ढह गया। स्तम्भ जो मैंने सबसे मजबूत समझा, वही मोम का निकला। नील के बिना मैं कैसे जीऊंगा?''

इसी कुर्सी पर बैठ कर वे अपनी बाइबिल पढ़ते। आज अपनी इसी प्रिय कुर्सी पर बैठ कर मेरी वेदना सुन रहे थे। मैं उन्हें सब कुछ बता रही थी, बिना रुके, बिना थमे, विराम का कोई चिन्ह लगाये बिना। अब्राहम, लार्स... अब्राहम का औरतों के पास जाना, अवैध सम्बन्ध बनाना, लार्स की लातें-घूसे खाना...। अप्पा मुझे व्यथित भाव से देख रहे थे। दु:ख व अफ़सोस प्रकट कर रहे थे। मैंने उनके सामने यह इमेज बनाई हुई थी कि मैं लार्स के साथ एक सुखी दांपत्य जीवन बिता रही हूँ। आज सब कुछ खुल रहा था। वे आहत स्वर में बोले, ''इतना अकेले क्यों सहा नैन्सी? मुझे यह सब पहले क्यों नहीं बताया? माना कि तुम्हारी अम्मू नहीं थी, किन्तु मैं जिन्दा था... अभी मरा नहीं हूँ?'' अप्पा रोने लगे।

मैं अप्पा के आँसू पोंछते हुए बोली— ''इसीलिए आपको नहीं बताया, अप्पा...। आपको परेशान नहीं करना चाहती थी।''

''तुझे लार्स के साथ रहने की बिलकुल जरूरत नहीं है। एक अकेली औरत एक लाचार औरत से बेहतर विकल्प है,'' अप्पा का दुर्बल स्वर एकाएक क्रोध में बदल गया था। ''जितनी जल्दी हो सके, उस दुष्ट आत्मा से छुटकारा पा। मेरी फूल सी लड़की को वह हरामी पीटा करता है, नरक में भी जगह नहीं मिलेगी उसे। अपनी तो कोई औलाद हुई नहीं जो किसी दूसरे की औलाद का दर्द समझे। पूरा बरबाद हो जाए, सड़ जाए। उस पर कीड़े पड़े...। वह गल जाए...।'' अप्पा की किसी को गाली देने या कोई अपशब्द बोलने की आदत नहीं थी, मगर आज वे लार्स को जम कर गालियाँ दे रहे थे। काश लार्स सुन पाता।

अप्पा के सामने सब कुछ उगल कर मुझे विश्रांति मिली। उनके साथ जिन्दगी सहज व शांतिमय थी। आत्मिक सुकून था। उनसे स्नेह और संरक्षण का वातावरण मिल रहा था। रिटायरमेंट के बाद उनको जो फंड मिला था, उससे उन्होंने घर का रिनोवेशन करवा कर उसे बड़ा, खुला और आरामदायक बना दिया था; कहते, ''तुम लोग अपनी व्यस्त जिन्दगी से समय निकाल कर दो-चार दिनों के लिए मेरे पास सुस्ताने के लिए आते हो। मैं चाहता हूँ तुम जितने भी दिन यहाँ हो, आराम से रहो।''

बड़े चाव से, बहुत ही कलात्मक ढंग से अप्पा ने घर सजाया था। मेरे, रेचल

और जॉर्ज के अपने अपने कमरे। दरवाजों पर बाकायदा नेमप्लेट लगी हुई। हम बड़े हंसे थे। ''सो क्यूट! प्यारे अप्पा!''

''कभी-कभी बचकानी बातें और हरकतें करना अच्छा लगता है, नहीं तो जिन्दगी बांस के ठूंठ की तरह बेलोच हो जायेगी,'' अप्पा बोले।

कमरों में सभी आवश्यक सामग्री—बेड, स्टडी टेबुल, कुर्सी, अलमारी। दीवारों पर हमारी तस्वीरें। मैंने गौर किया कि जॉर्ज और रेचल के कमरों में उनके जीवनसाथियों के साथ भी उनकी तस्वीरें टँगी थी। मेरे कमरें में मेरे अकेली की या जोशुआ के संग। किस पति के साथ वे मेरी फोटो लगाते? एक होता तो वे टाँगते। यहाँ पति बदलता रहा, जीवन बदलता रहा।

अप्पा का घर मेरे लिए अपने बेटे से मिलने का अड्डा भी था। गर्मियों में वह मेरे पास डेनमार्क आता, जाड़ों में हम इंडिया, मलप्पुरम में, अप्पा के घर मिला करते। जबसे केन्या छोड़ा था, बस एक ही बार वहाँ गयी थी, जब अब्राहम को चर्च से निष्कासित किया गया था, चर्च को ऐसे पापाचारी पादरी से मुक्त होना ही था। उसके बाद किस मकसद से वहाँ जाती? मेरा लगाव मोम्बासा से था। अब्राहम और जोश मोम्बासा से नैरोबी जाकर बस गये थे।

***

जब भी मेरा मन होता, पड़ोस का एक चक्कर लगा लेती। अपनी माटी की सोंधी सुगन्ध, अगना पुराना परिवेश, अपनी भाषा के स्वर...। अपने मूल नगर से पलायन कर, मैं अपनी मातृभाषा से भी दूर जाती रही। अपने गृहनगर का दौरा करने पर अपनी भाषा का भी अच्छा अभ्यास होता।

शहर बहुत बदल चुका था, पर यह मेरा शहर था—मलप्पुरम, जहाँ में पली-बढ़ी थी। यहाँ की गलियों-सड़कों-चौराहों से मैं अभी भी पूरी तरह वाकिफ थी। पास-पड़ोस में अपने ही बंधु-परिजन थे। कुंजम्मा का घर, पापुन का घर, पुराने पड़ोसी, जिनको मैं बचपन से जानती थी और जिनमें से कई रिश्तेदारों से बढ़ कर लगते थे। बचपन के सभी साथी इधर-उधर छितर गये थे। सभी का विवाह हो चुका था, उनके अब अपने परिवार थे।

घर आने का एक फायदा यह भी होता कि अपने पुराने, बचपन के दोस्तों को देखने और मिलने-जुलने का मौका मिलता है। सकीना इन दिनों मायके आयी हुई थी। उसके बच्चे और शौहर हैदराबाद में थे। उसके अब्बू का हाल में ही इंतकाल हुआ था। अब्बू के बाद अम्मी बहुत अकेले पड़ गयी। उससे छह वर्ष छोटा भाई अनास जो लन्दन में एक पांच सितारा होटल में खानसामा था, अपने परिवार के साथ वहीं बस गया। सकीना अपनी अम्मी, जिनको हम रूबी आंटी बोलते थे, के पास

थी ताकि वह अकेला महसूस न करें। अपने दु:ख से उबर सके।

मैं रोज ही सकीना से मिल लिया करती। हमारे घरों के बीच बस एक दीवार थी। कभी वह मेरे घर आ जाती, कभी मैं उसके घर चली जाती। कभी हम नदी किनारे बैठ जाते, पुराने दिनों को याद करते कि पहले बरसात में कैसे यह नदी ऊपर चढ़ जाती थी, हमारे बाड़े तक इसका पानी आ जाता था। हमारे पेड़-पौधे पानी में डूब जाते थे। गर्मी की दोपहर में हम नदी में तैरने जाते थे, धमाचौकड़ी मचाते। सकीना बोली, ''अब तो यह नदी एक नाला बन कर रह गयी।''

मुझे सकीना के घर जाना बेहद अच्छा लगता था। पूरा परिवार बहुत सहृदयी था। अपनापन महसूस होता, खूब आवभगत होती। उसके अब्बू डेंटिस्ट हुआ करते थे, खुद की क्लीनिक चलाया करते थे। जब भी हमें दांत का कोई मर्ज हो तो असरफ अंकल...। शत्रुता के दौरान जब दस सालों तक हमारा एक-दूसरे के घर आना-जाना बंद रहा तो मुझे बहुत खला।

असरफ अंकल चल बसे थे। एक शाम अच्छे-खासे घर से नमाज के लिए मस्जिद गये और नमाज अदा करते हुए वहीं लुढ़क गये। रूबी आंटी शोककुल थी। जब तब अपना दुख जाहिर करती। मुझे भी उन्होंने अपनी दास्ताँ सुनाई, ''रोज शाम वे मस्जिद से घर आकर चाय पीते थें। मैंने चाय का पानी चढ़ाया ही था कि दो लोग मस्जिद से बताने आये कि उनकी तबियत अचानक बिगड़ गई, उन्हें अस्पताल ले गये हैं। जब तक मैं अस्पताल पहुंची, वे दम तोड़ चुके थे। कुछ लोगों का कहना था कि मस्जिद में ही उनके प्राण निकल चुके थे। अस्पताल ले जाना तो बस एक औपचारिकता थी। मुझे अत्यधिक मलाल है कि वे मुझे कुछ कहे बिना ही चले गये। बासठ साल इंसान की कोई जाने की उम्र है...।''

''बीमारी और मौत की कोई उम्र नहीं होती,'' मैं बोली।

''अपने अजीजों को खो देना...। मैं पहले कभी इस दर्द को नहीं समझ पायी थी। मैं और असरफ मामा-पूफी की औलादें थी। बचपन से हमारा साथ था। उनके बिना जिन्दगी बेजार लगती है...'' कहते-कहते उनकी आँखें भर आयी।

मैंने उन्हें सुझाव दिया, ''आप कुछ दिनों के लिए कहीं हो आइये। अनास के पास लन्दन चले जाइए। मन बदल जाएगा।''

''अनास मुझे अपने पास बुलाता रहता है, मगर मुझे बाहरी मुल्क में जिन्दगी रास नहीं आती। वहाँ मेरा दम घुटता है। फिर मुझे यहाँ तेरे अप्पा का बहुत सहारा है। वे मेरी बहुत मदद किया करते हैं। बड़े भाई समान हैं,'' रूबी आंटी का क्षीण स्वर बुलंद हो गया।

मैं मुस्कुरा गई। समय कितना कुछ बदल देता है...! एक जमाने में मोप्पिला परिवार हमारा कट्टर दुश्मन हुआ करता था...।

"दुश्मनी का कारण?" पॉल का प्रश्न।

मैं और नील एक ही कक्षा में पड़ते थे, सकीना हमसे दो क्लास जूनियर थी। स्कूल में उसे कोई परेशानी हो, कोई उसे तंग कर रहा, चिढ़ा रहा हो, वह हमेशा मेरे पास आया करती थी। मैं एक तरह से उसकी सलाहकार और सरंक्षक थी। बचपन में तो वह मुझसे जुड़ी रहती थी, किन्तु किशोरावस्था में वह नील के साथ अधिक समय बिताने लगी। मैंने कई बार उन दोनों को एक साथ अकेले घूमते हुए पकड़ा। फिर भी मैं तटस्थ रही। मुझे मालूम था कि दोनों एक दूसरे को पसंद करते हैं। उन्हें एक साथ घूमते देख उनके कुछ मुसलमान दोस्तों ने सकीना के अम्मी-अब्बू को चुगली कर दी उनकी बेटी ईसाई लड़के के साथ प्रेम की पींगें बढ़ा रही है। उसके अम्मी-अब्बू सकीना पर सख्ती करने लगे। हालांकि वे हमारे बहुत अच्छे पड़ोसी थे, किन्तु नील से उन्हें सकीना की रोमानी दोस्ती गवारा नहीं थी।

फिर एक रात, रूबी आंटी पेशाब के लिए उठी। सकीना के कमरे में यूँ ही नजर मारी। वह अपने बिस्तर पर नहीं थी। अनास कमरे में अकेले सो रहा था। उन्होंने इधर-उधर देखा, वह कहीं भी नहीं। उन्होंने अपने शौहर को उठाया। दोनों ने मिल कर सकीना को पूरे घर में ढूँढा, छत, गुसलखानों, बगीचे में। उन्होंने हमारे घर की तरफ देखा। नील का कमरा बाहर के बरामदे में अलग सा था। उसके कमरे की बत्ती जलती हुई दिखी। वे दीवार फांद कर नील के कमरे के बाहर आये तो उन्हें भीतर से सकीना की बात करने की आवाजें सुनाई दी। दरवाजा खटखटाया, नील ने दरवाजा खोला।

रात के दो बजे अपनी बेटी को नील के कमरे में पा मोप्पिला दम्पति का पारा चढ़ गया। उनकी तीव्र आवाजों से मैं और अब्बू भी जगे। हड़बड़ा कर बाहर बरामदे में आये। सकीना सिटपिटाई सी अपनी अम्मी की आड़ में खड़ी सिसक रही थी, नील पर घड़ों पानी पड़ गया। उसकी हालत रंगे हाथों पकड़े गए चोर की तरह हो गई। वह बहुत घबरा गया था। मुझे यह मालूम था कि दोनों एक-दूसरे को पसंद करते हैं, साथ घूमते हैं, मगर उनका प्रेम रोग इस हद तक बढ़ गया है कि सकीना रात के दो बजे नील के कमरे में... सभी अचंभित थे।

असरफ अंकल अप्पा को देखते ही उन्हें खूब खरी-खोटी सुनाने लगे कि वे अपने बेटे को सम्भाल कर नहीं रख रहे। उनका नालायक, आवारा लड़का, पराई लड़कियों पर नजर रख रहा है। आधी रात में लड़कियों को अपने कमरे में बुला रहा है।

अप्पा भी आग बबूला हो गये। पहले उन्होंने नील से प्रश्न किया, "क्या तूने इसे बुलाया या इसके घर से इसे उठा कर लाया?"

नील ने एक नजर सकीना पर डाली, थूक निगलते हुए बड़ी मुश्किल से

बोला, ''नहीं, यह खुद ही आयी।''

''तब तो असरफ साहब, मुझे आपसे पूछना है कि आपकी बेटी मेरे बेटे के कमरे में आधी रात में क्यों कर आयी? मेरा बेटा आपके घर में नहीं घुसा। आपकी बेटी उसके कमरे में खुद चल कर आयी है। अपनी बेटी को सम्भाल कर रखिये,'' अप्पा गरजे।

सकीना की सिसकियाँ बढ़ गयीं। घोर अपमान हो रहा था। मैंने और नील ने अप्पा को रोका, उन्हें सकीना पर ऐसी तोहमतें लगाने के लिए मना किया।

''इसको तो हम सबक सिखाएँगे...चल लड़की...'' अपनी बेटी का हाथ घसीटता हुआ मोप्पिल्ला युगल चला गया।

अगले ही रोज, हमारे घरों की दीवार को, जिसे कूद-फांद कर हम एक-दूसरे के घरों में आसानी से आया-जाया करते थे, उसके अब्बू ने ऊँची करके कांच जड़वा दिए। कई पड़ोसियों की नजर उस दीवार की तरफ उठी। हमसे प्रश्न किया—''मोपिल्ला साहब ने सिर्फ तुम्हारे घर की तरफ की दीवार ऊँची क्यों करवाई? वहाँ कांच क्यों लगवाये?''

मैं और अप्पा क्या कहते? प्रत्युत्तर में सिर्फ इतना ही बोलते, ''उन्हीं से ही पूछ लो...।''

हमारे रिश्तों में गहरी दरार पड़ चुकी थी, बातचीत बंद हो गयी थी। मगर सकीना और नील ने आपस में मिलना नहीं छोड़ा। सकीना के अम्मी और अब्बू के पास फिर शिकायतें आयी कि उनकी लड़की अभी भी उस ईसाई लड़के के साथ आवारागस्ती करती है। फिर तो उसके अब्बू ने सकीना की पढ़ाई छुड़वा उसे दूर, हैदराबाद उसके मामा के घर भेज दिया। उसने इंटर की प्राइवेट परीक्षा दी। हैदराबाद में ही अपनी बिरादरी के एक लड़के से उसका निकाह कर दिया। सकीना अठ्ठारह की भी नहीं थी।

समयांतराल में काफी कुछ बदल गया। जिस दिन नील गुजरा, असरफ अंकल अचानक हमारे आंगन में आकर खड़े हो गये। डबडबाई आँखों से अप्पा को सांत्वना देने लगे। अप्पा उनके कंधे से लग सिसक पड़े। वे बेहद अकेले हो गये थे। सकीना के अब्बू अप्पा के प्रिय दोस्तों में शुमार हो गये। हमारे घरों के बीच की दीवार फिर नीची हो गयी। असरफ अंकल और रूबी आंटी उनका ख्याल रखते। अप्पा से बीस वर्ष छोटी रूबी आंटी अभी भी युवा थी। वह अप्पा का इतना अधिक ख्याल रखती कि अगर अप्पा के पैरों में दर्द होता तो वह उनके पैर दबाने लगती। उन्हें 'कोशी भाई' पुकारती।

उस दिन नदी किनारे बैठे हुए मैं और सकीना पुराने दिनों की याद कर रहे थे। नील का जिक्र आया। मैंने उससे वह बात पूछी जो मेरे जेहन में दबी पड़ी थी, कभी

पूछ नहीं पायी थी।'' सकीना, उस रात जब तू नील के कमरे में थी, और अंकल-आंटी तेरा हाथ खींचते हुए तुझे ले गये थे, जिसकी सुबह हमारे घरों के बीच की दीवार ऊँची हो गयी थी, तू और नील क्या कर रहे थे?''

सकीना मुस्कुराई, बोली, ''बातें कर रहे थे...।''

''सिर्फ बातें...?''

सकीना उलाहना देते हुए बोली, ''मेरा बड़ा बेटा अठ्ठारह का हो गया है, मैं छत्तीस की हो गयी हूँ। यह क्या उम्र रह गयी है बचपन की बातों को छुपाने की...। अब तो हंसी आती है उन बातों को याद करके...।''

''सच में जिन्दगी में इतनी बड़ी-बड़ी परेशानियां हैं अब बचपन की वे बातें कुछ लगती ही नहीं,'' मैं बोली।

एक पल के बाद उसने कहना जारी किया, ''उस रात मुझे नींद नहीं आ रही थी, बहुत गर्मी भी लग रही थी। मैं घर के बाहर आयी। नील के कमरे की लाईट जलती हुई देखी। मैं दीवार फांद कर तुम्हारे घर गयी, उसके कमरे का दरवाजा खटखटाया। वह भी जगा हुआ था। उसने दरवाजा तुरंत खोल दिया। और पता है उसने क्या कहा...?''

''क्या कहा...?''

''कहने लगा कि दरवाजे पर थाप बिलकुल अलग थी, जब तू या अप्पा उसका दरवाजा थपथपाते हैं तो वह थाप अलग होती है। उसके दिमाग में तुरंत यह ख्याल आ गया कि शायद मैं उसका दरवाजा खटखटा रही हूँ। और मैं उसके सामने थी।''

''हम आपस में बात करते रहें, समय का पता ही नहीं चला...दो बज गये।''

''पता है...'' मैं उससे बोली, ''जब अंकल और आंटी डांटते-डपटते हुए, तेरा हाथ घसीटते हुए तुझे लेकर चले गये थे, उस रात हम भी सो नहीं पाए थे। हमें तेरे पर बहुत दया आयी। नील के कमरे में ही हम बैठे बातें करते रहे। अप्पा ने नील से पूछा—सकीना पसंद है? उसने सहमति में गर्दन हिलाई। अप्पा बोले, अभी फिलहाल दोनों अपना ध्यान अपनी पढ़ाई में लगाओ, समय आने पर वे सकीना के अम्मी-अब्बू से शादी की बात करेंगे।

''हूँ...'' मैं बोली—''सकीना से शादी के लिए इसे अपना धर्म बदलना पड़ेगा। जानती हो वह क्या बोला—''बदल लूंगा—इस्लाम कबूल कर लूंगा।'' देखो सकीना, प्रेम किसी भी सीमा तक जा सकता है यह जाति-धर्म से अलग है। प्रेम करने वाले दो इंसान विवाह करने के लिए अपना धर्म, देश और जाने क्या क्या बदल लेते हैं। पर अफसोस... वह मौका कभी आया ही नहीं...। तू अचानक लापता हो गयी, फिर सुनने में आया कि तेरी शादी हो गयी, फिर जब भी तुझे मायके आते

हुए देखा तो हमेशा शौहर के साथ ही देखा।''

''शफीक के साथ जिन्दगी अच्छी है, ऐसे शौहर चिराग लेकर ढूंढ़ने पर भी नहीं मिलेंगे। मगर जब मुझे नील की मौत की खबर मिली थी तो मैं बहुत रोई। मुझसे उस रात खाना नहीं खाया गया। मुझे रोते देख मेरे बच्चे अपने अब्बू से पूछने लगे— अम्मी क्यों रो रही है? शफीक बोले, ''अम्मी के मायके के एक जिगरी दोस्त खुदा के लिए रुखसत हो गये हैं।''

मेरे दोनों बच्चे मुझसे लिपट कर मुझे ढाढ़स देने लगे। नील के बारे में मुझसे पूछने लगे। बेचारा नील...! वह कोई उम्र थी मरने की।''

मेरी आँखें नम हो गयी।

हम दोनों कुछ पलों के लिए गुमसुम हो गये। सहसा उसे कुछ ध्यान आया, पूछने लगी, ''और तेरी जिन्दगी...? तू भी तो अब्राहम से प्यार करती थी...।''

''हाँ करती थी किसी जमाने में...।''

''हाँ मैंने सुना था तेरे और अब्राहम के तलाक के बारे में। यह भी सुना था कि तूने किसी गोरे से शादी कर ली है और डेनमार्क चली गई है।''

''उसे भी मैंने छोड़ दिया है...'' मैं बोली।

''दूसरे को भी छोड़ दिया? क्यों?'' वह हैरानी से बोली।

''ओह लम्बी कहानी है...फिर कभी बताऊँगी...।''

***

गुजरे हुए पलों में बहुत सारी बातें और यादें दबी रहती हैं, कुछ इतनी अनूठी कि उनकी कसक हमेशा साथ रहती हैं। वे पल जब याद आते हैं तो अनायास ही बातें बचपन की गलियों में अठखेलियां करने लगती हैं! हमारे घर से पहाड़ी उतरने पर शुरू होती ढलान पर हमारा चर्च पड़ता था। हम उसे हमारा चर्च कहते थे, वैसे उसका नाम—होली ट्रिनिटी था। मैं चर्च चली जाती। वह वैसा का वैसा, बिलकुल नहीं बदला था। चर्च में काष्ठ के बैंच पर बैठती तो पुरानी यादों में खो जाती...। अब्राहम के साथ मेरा प्रेम इसी चर्च में पनपा था, हमारी शादी भी यहीं हुई थी...। सोच कर अचरज करती हूँ कि कैसे मैं उसके प्रेमपाश में बंधी या फंसी। आज का सन्दर्भ होता तो मैं उसे बिलकुल पसंद नहीं करती। मैं बिलकुल बदल चुकी हूँ। मगर हमारी एक सन्तान है—जोशुआ, जो मुझे कुछ भी भूलने नहीं देता।

और, कुंजम्मा का त्याग मैं कभी भूलना नहीं चाहती। कुंजम्मा चाहे कितनी भी आग्रही क्यों न रही हो, जो चिंता उन्होंने हमारे परिवार की की, वह भी लम्बे समय तक, उसको मैं हमेशा याद रखना चाहती हूँ। इसी के वशीभूत होकर मैं अपनी हर केरल यात्रा में कुंजम्मा से मिलने जरूर जाती हूँ, उनके लिए कोई न कोई सौगात

लेकर।

दुर्भाग्य से कुंजम्मा का लड़का ल्युका अधिक पढ़-लिख नहीं पाया। बचपन से ही वह कारों के प्रति आकर्षित होता था सो कार डीलर बन गया। एक ही काम था कार खरीदवाना और बिकवाना। कोई बँधी आमदनी नहीं थी। कभी खूब कमाता तो कभी ठन-ठन गोपाल। उसकी पत्नी एक प्राइवेट नर्सिंगहोम में नर्स थी। मामूली सा वेतन मिलता था। बस किसी तरह उनकी गुजर हो पाती थी।

दूसरा, कुंजम्मा की बदनसीबी यह कि उनके पति को लकवा मार गया था। वे चलने-फिरने से लाचार हो गये थे, जुबान भी चली गयी थी। अपनी छोटी-छोटी जरूरतों के लिए दूसरों पर पूर्णतया आश्रित। परिवार में बहू-बेटे अत्यधिक व्यस्त रहते थे, सो कुंजम्मा को ही अपने पति को देखना पड़ता। नित्यकर्म से लेकर खिलाने-पिलाने, दवाई देने आदि का सम्पूर्ण कार्य कुंजम्मा के भरोसे पर था। कुंजम्मा पूर्ण निष्ठा और प्रेम से पत्नी धर्म का निर्वहन कर रही थी।

उस दिन जब मैं उनके घर गयी तो कुंजम्मा अपने पति को नहलाने की तैयारी में जुटी थी। मैं उनकी दिनचर्या देखती रही। उनके पति को हम अम्माचन बोलते थे। क्यों, मालूम नहीं। अगर पूछा जाए तो मुझे उनका नाम भी मालूम नहीं था। कुंजम्मा का नाम जब कभी अप्पा लेते थे तब पता चलता था, उनका नाम सूजन है। मुझे अपने भारत स्थित रिश्तेदारों के नाम नहीं मालूम थे, किन्तु डेनमार्क में लार्स के सभी रिश्तेदारों के नाम मुझे रटे थे। उसकी माँ—लॉरा, पिता—डेनियल, मामा—फिलिप, नानी—ग्रेथा, मामा की दिवंगत पत्नी—कगिला...। वहाँ माता-पिता के अलावा सभी का नाम लिया जाता है। सास-ससुर, मौसी-मौसा, चाचा-चाची, सभी को उनके प्रथम नाम से पुकारा जाता है।

खैर अम्माचन, यानी कुंजम्मा के पति एक बच्चा बन गये थे। पानी बहुत गर्म है। कुंजम्मा ने ठंडा पानी मिलाया तो अब पानी बहुत ठंडा हो गया। ये कपड़े नहीं पहनूँगा, वह नहीं पहनूँगा।

जुबान नहीं थी मगर नखरे पूरे थे। खैर कुंजम्मा पति पर झुंझलाने की बजाए बड़े प्यार से उनकी हर माँग पूरी कर रही थी। पति को नहलाने के बाद कपड़े पहनाये, पाउडर छिड़का, उनके बाल बनाये। उसके बाद डाइनिंग टेबल पर बैठा कर उन्हें नाश्ता परसा। दवाइयाँ खिलाई, फिर टीवी के सामने बैठा कर टीवी ऑन कर दिया। एक चादर ओढ़ा दी। यह सब करते-करते कुंजम्मा की साँस फूल गयी। लगभग डेढ़ घण्टे की मशक्कत के बाद वे थोड़ा सुस्ताने बैठी।

"कुंजम्मा, एक हेल्पर रख लो अम्माचन को देखने के लिए। आपके लिए यह सब बहुत काम है," मैंने उन्हें सुझाया।

"हर चीज के लिए पैसा चाहिये, बेटा। आजकल तो घर की बाइयां भी इतनी

मंहगी हो गयी हैं। फिर मैं अपने हाथों से ही अपने पति की सेवा करना चाहती हूँ। मेरे पास काम ही क्या है दिन भर...?''

''कुंजम्मा आप महान हो...।''

''बेटा हमारी पीढ़ी के सब लोग ऐसे ही थे—हम सेवा में विश्वास करते हैं। वह तो आजकल की पीढ़ी है—आई लव यू...आई लव यू...बट आई डोंट सर्व यू...।''

मैं हँस पड़ी। कुंजम्मा को भी हँसी आ गयी।

हमारी हँसी की गूँज, अम्माचन के टीवी कार्यक्रम में विघ्न डालने लगी।

''हें...हें...'' वे हमें चुप रहने का संकेत करने लगे।

'' विवाह की संस्था कितनी कमजोर पड़ती जा रही है!'' कुंजम्मा ने आश्चर्य व्यक्त किया।

''विवाह की संस्था भी बदलावों से अछूती नहीं रह सकती,'' मैं बोली।

''चल, नैन्सी हम उधर बैठते है,'' कुंजम्मा मुझे दूसरे कमरे की तरफ संकेत करते हुए बोली।

मैंने अम्माचन की तरफ देखा। वह बोली, ''इन्होंने स्नान कर लिया, खा-पी लिया। टीवी देखते हुए अब सो जायेंगे।'' अम्माचन झपकी लेने लगे थे।

मैं और कुंजम्मा उनके बेडरूम में आ गये। ''और कैसे हैं तुम्हारे अप्पा?'' कुंजम्मा ने दूसरे कमरे में आते ही पूछा।

''ठीक हैं...।

''हमें तो उनके दर्शन दुर्लभ हो गये हैं। मेरे पति को स्ट्रोक पड़ा। सारा मोहल्ला उन्हें देखने आया। वे देखने नहीं आये, फोन तक नहीं किया। तुम्हारी माँ मरी थी तो मैं पताम्बी में अपना घर-बार बेच कर यहाँ आ गयी थी।''

मैं खामोश रही।

''जब तुम छोटे थे, तुम्हें मेरी जरूरत थी। बड़े हो गये, अपना कमाने-खाने लगे... तुम्हें मेरी कोई जरूरत नहीं...। भूल गये तुम सब अपनी कुंजम्मा को।''

''भूले नहीं हैं आपको, कुंजम्मा। बस हम बड़े हो गयें, अपनी ही मुसीबतों से घिर गये।''

''तू और रेचल तो फिर भी मुझसे मिलने आ जाते हो, जॉर्ज तो जब भी आता है, मिलना तो दूर मुझे देख कर अपना मुँह फेर लेता है। अभी जब पिछली बार आया था तो चर्च में मिल गया एक दिन...। बस ल्यूका से ही थोड़ी बहुत बात की। मुझसे तो अपना मुँह फेर कर रखा। न कोई दुआ-सलाम, न कोई बातचीत।''

''कुंजम्मा, वह आपसे नाराज है।''

''किस बात के लिए?''

''आपने रीबा के लिए ऊटपटांग बका था न...।''

''ओह... उसकी जोरू...! मैंने उसे ऊटपटांग बका नहीं, सिर्फ थोड़ा डांटा था। क्या डांट नहीं सकती मैं तुम लोगों को?'' कुंजम्मा तिलमिला गई, ''तुम्हारा घर देखूँ, तुम्हें पालूँ तो ठीक, तब मैं तुम्हारी कुंजम्मा, तुम्हारी माँ की बहन हूँ...। अगर कुछ सलाह-मशवरा दूँ तो गैर हो गयी। तुम्हारे मामले में अपनी टांग न अड़ाओ। हूँ! तुम्हें केयरिंग और नॉन इंटरफेयरिंग कुंजम्मा चाहिए थी। यह दोहरी मानसिकता नहीं चलती किसी के साथ, समझी नैन्सी!''

मैंने साँस भरी। ''कुंजम्मा, अपनी माँ आप में ही नजर आती है। हम आपका त्याग-बलिदान भूले नहीं है। बस अपनी ही जिन्दगी से दुखी-परेशान हैं...।''

''तुझे क्या दु:ख है? तू तो दुनिया के सबसे अच्छे देश में रहती है। न्यूज में आया था—सबसे खुशहाल लोग डेनमार्क में रहते हैं।''

''कुंजम्मा, वह मुझे पीटता है...वह भी बहुत बुरी तरह...।''

''कौन? तेरा मर्द? क्या वहाँ भी मर्द अपनी बीवियों को पीटते हैं? हम तो सोचते हैं कि हमारे मुल्क में ही यह सब होता है।''

''यह देखो, मेरे माथे में निशान...। आपने पूछा तक नहीं, मेरे माथे पर यह निशान कैसे पड़ा...।''

''ओह...सच्ची...'' कुंजम्मा मेरे निकट आते हुए मेरा माथा छूते हुए बोली। ''यह तो एक गहरे घाव का निशान है...।''

''चार टाँके लगे थे। उसने जोर से धक्का मारा था, एक नुकीली चीज से टकरा गयी थी। वह तो मेरी आँख बच गयी...।''

''ओह मेरी बच्ची...'' कहते हुए कुंजम्मा ने मुझे अपने सीने में लगा लिया। ''वहाँ भी यह सब होता है...।''

''सब जगह सब होता है...।''

मैंने संक्षेप में कुंजम्मा को अपना दर्द बताया तो कुंजम्मा एकदम से अप्पा पर दोष मढ़ने लगी। ''समस्या की जड़ में जाना चाहिए...। जब एक काम गलत होता है तो अगली सारी बातें गलत होती चली जाती है। इसकी शुरुआत तब से हुई जब तेरी शादी उस पादरी से हुई। यह सब तेरे बाप की वजह से हुआ। मैंने उनसे कहा था कि तेरी शादी एक पादरी से न करो। मैंने सुना वह चरित्र से भी गिरा हुआ था...।''

''आपको किसने बताया यह सब?'' मैंने बीच में ही रोक दिया।

''रेचल ने बताया था...।''

''हाँ, कुंजम्मा। पर उसे अपने किए की सजा मिल गयी। उसे चर्च से बर्खास्त कर दिया गया। दुनिया के किसी भी चर्च में वह घुस नहीं सकता।''

''उस पर तो सरेआम जूते पड़ने चाहिए थे,'' कुंजम्मा भड़कते हुए बोली।

''छोड़ो कुंजम्मा, वह अब मेरी परेशानी नहीं है। वह मेरा बीता हुआ कल, मेरा अतीत था, फिर जोशुआ को तो वह ही पाल रहा है...।''

''ऐई... ऐई... टुदन...'' अम्माचन अपनी पत्नी को आवाज देने लगे थे।

''ठहरो जरा नैन्सी के साथ बात कर रही हूँ,'' कुंजम्मा भन्नाई। मगर अम्माचन चुप होने वाले नहीं थे, आवाज देते रहें— ऐई... ऐई...।

हार कर कुंजम्मा उठ कर लीविंगरूम में गई, पीछे-पीछे मैं...।

अम्माचन ने अपने कपड़े में पेशाब कर दिया था, उनके पाजामे से मूत्र रिसकर फर्श पर एकत्र हो गया था।

''यह होता है, अगर मैं इन्हें दो घड़ी के लिए न देखूँ। कितनी बार कहा कि डायपर पहना करो, मगर पहनते नहीं, कहते हैं— चुभता है...'' कुंजम्मा ने सांस भरते हुए उलाहना दी। ''नैन्सी जरा तू बाहर जायेगी, मैं इनके कपड़े बदल देती हूँ। सब गीले हो गये हैं।''

''मैं आपकी मदद करूं, कुंजम्मा?''

''अरे यह तो मेरा रोज का काम है, बस तू थोड़ा बाहर चले जा।''

मैं बाहर बरामदे में आ गयी। ''क्या हो गई कुंजम्मा की जिन्दगी...?'' मन ही मन मैं बुदबुदाई।

पांच-सात मिनट बाद कुंजम्म्मा ने मुझे पुकारा— ''नैन्सी... आजा।''

मैं अंदर आ गयी। अम्माचन के कपड़े बदले जा चुके थे। वे इत्मीनान से बैठे हुए थे। घड़ी की तरफ इशारा करने लगे। कुंजम्मा के साथ मैंने भी घड़ी की तरफ देखा— शाम के पाँच बज रहे थे।

''चाय चाहिए?'' कुंजम्मा ने पूछा।

अम्माचन ने गर्दन हिलाई।

''खुराक पूरी है,'' कहते हुए कुंजम्मा रसोई में जाकर चाय बनाने लगी। मैं अम्माचन के करीब बैठ गयी। ''नेस्सी...'' वे एक संघर्ष के साथ अवश्य बोले, मगर मुझे पहचान गये थे।

''कैसे हो अम्माचन?''

अपने अपाहिज हाथ और पाँव की तरफ इशारा करके अपनी लाचारी बताने लगे। मुँह खोल कर सांकेतिक भाषा में व्यक्त किया— जुबान भी नहीं रही।

मुझे उन पर बहुत दया आई।

कुंजम्मा किचन से चाय बना कर ले आई, साथ में एक तश्तरी में रस।

अम्माचन चाय में रस डुबो-डुबो कर खाने लगे। चार रस खाने के बाद जब वे और मांगने लगे तो कुंजम्मा बोली, ''अब और नहीं... अभी डिनर भी खाना है।''

मामा लाचार हो गये। मुझसे अपनी सांकेतिक भाषा में कुंजम्मा की तरफ इशारा करते हुए बोले— "यह मुझे भरपेट खाना नहीं देती।"

"ज्यादा खाओगे तो बार-बार टट्टी होगी, वजन भी बढ़ेगा," कुंजम्मा ने अपने पति को हड़काया।

वे रुआंसे हो गये।

कुंजम्मा अपने पति की तरफ से ध्यान हटा कर मुझसे बोली, "तेरे अप्पा को कोई भी काम ढंग से करना नहीं आया। मेरी उन्होंने एक नहीं सुनी। जब नील बीमार हुआ, मैंने उनसे कहा था— इसे ढंग के अस्पताल ले जाओ। मलप्पुरम में इसका इलाज न करवाओ। यहाँ न ढंग के अस्पताल हैं और न ही डाक्टर्स...पर उन्होंने हमेशा अपनी ही चलाई।"

"कुंजम्मा, अप्पा को दोष मत दो...।"

अम्माचन टुकुर-टुकर हमारी बातें सुन रहे थे, सहसा मेरी तरफ इशारा करते हुए व्यक्त करने लगे— "नेस्सी अप्पा लाजवाब! तुम सब बेकार!"

मुझे हँसी आ गयी।

कुंजम्मा अपने पति पर क्रोधित होते हुए बोली, "कहाँ के लाजवाब...? वे तो तुम्हें देखने तक नहीं आये। सारा मलप्पुरम तुम्हें देखने आया, सिर्फ कोशी मैथ्यू के अलावा," कुंजम्मा ने अप्पा का पूरा नाम लिया।

अम्माचन इन सब बातों से ऊपर उठ चुके थे। आसमान की तरफ इशारा करते हुए कुंजम्मा से बोले—कोई बात नहीं... उनके साथ उनका भगवान है।

"क्या करें?" कुंजम्मा लम्बा उच्छवास छोड़ते हुए बोली, "किसी का दोष नहीं, सब अपनी बदनसीबी है...। कुछ कहती हूँ तो तुम समझते हो तुम्हारे परिवार में दखल दे रही हूँ। तुम लोगों ने मेरी भलमनसाहत, शुभचिन्तकी को समझा नहीं...। तुम लोग अपनी कुंजम्मा को कभी समझ ही नहीं पाए।"

" वह भी मेरी शुभचिंतकी को नहीं समझ पायी थी," पॉल बोला।

"कौन? नीना?"

"हाँ, मैंने उसकी बेटियों का एक अच्छा पिता बनना चाहा। उनकी फिक्र-चिंता की, उनका मार्गदर्शन करना चाहा। लेकिन मेरी शुभचिंतकी को न तो उसकी बेटियों ने पसंद किया और न ही उनकी माता नीना ने।

सम्बन्धों के ताने-बाने, उलझाव, सीमारेखा को समझना हमेशा आसान नहीं होता। रिश्तों के प्रति हमारी उत्सुकता व शुभचिंतकी हमेशा सुखद नहीं होती।

मैं घर लौट कर आई। अप्पा अपनी प्रिय कुर्सी पर बैठे, आँखों पर चश्मा लगाए सामने रेहल पर बाइबिल की पोथी खोले पढ़ रहे थे। मैं खाना बनाने लगी। जब अप्पा अपनी बाइबिल का पाठ पूरा कर चुके तो मैं उनसे बोली, "कुंजम्मा के

घर गयी थी। उनके पति तो एक बच्चा बन चुके हैं। कुंजम्मा उनकी बहुत अच्छी देखभाल कर रही हैं।''

''हाँ, मैंने भी लोगों से सुना है वह अपने अपाहिज पति की सेवा जी-जान से कर रही है।''

''आप अम्माचन को देखने क्यों नहीं गये? कुंजम्मा आपकी शिकायत कर रही थी।''

''क्या कह रही थी?''

''यही कि आप इतने बड़े हादसे में भी उनके पास उनका हाल पूछने नहीं आये, फोन तक नहीं किया।''

''क्या करूं...? जब भी उसके पास जाता हूँ, लड़ने लग जाती है। मुझे उससे डर लगता है। मुझ पर तोहमतें लगाती रहती है— तुम्हारी अम्मा को मैंने मारा, मैंने उनका इलाज समय से नहीं करवाया। नील को मैंने मारा। बड़े अस्पताल में ले जाने के बजाए मैं उसे एक छोटे से नर्सिंग होम ले गया। तमाम मुद्दे है उसके पास मुझसे लड़ने के लिए। हार कर मैंने उसके पास जाना छोड़ दिया।''

''चाहे जो कुछ भी हो आपको उनके पति को देखने जरूर जाना चाहिये था। हमें कुंजम्मा का त्याग बिलकुल नहीं भूलना चाहिये। कुंजम्मा ने जिन्दगी में बहुत नेक काम किये हैं। अम्मा को जब कैंसर हुआ, तो उन्होंने ही देखा। अम्मुमाँ की जिम्मेदारी भी उन्होंने ही उठाई।''

''अम्मुमाँ ने अपनी सारी प्रोपर्टी भी तो अपनी छोटी बेटी को दी,'' अप्पा ने तुरन्त मुझे टोका।

''प्रॉपर्टी ही कितनी थी अम्मुमाँ के पास? सिर्फ गाँव का एक मकान था, जो उन्होंने बेच कर रकम कुंजम्मा को पकड़ा दी थी। वे रहती भी तो कुंजम्मा के साथ थी...।''

''तुम्हारी अम्मा के जाने बाद अम्मुमाँ ने हमारे घर आना बंद कर दिया था। दोनों माँ-बेटी मिलकर मुझ पर दोष मढ़ती थी कि मैंने तुम्हारी अम्मा का सही समय पर इलाज नहीं करवाया। शुरू में उसे नीम-हकीमों के पास ले गया, चर्च के पादरियों से झड़वाता रहा, तब तक उनका कैंसर बहुत फैल गया।''

''इंसान गुस्से में बहुत कुछ बक देता है, पर उसका दिल से वह मतलब नहीं रहता। आपको कुंजम्मा के पास जरूर जाना चाहिए था...।''

''अच्छा कल चला जाऊँगा...'' अप्पा बहस बंद करने के इरादे से बोले।

''और उन्हें सॉरी भी कहना कि आप उनके पास आ नहीं पाए...।''

''माफी भी मांग लूँगा...। और कुछ...?''

''मैंने देखा अम्माचन रस बड़े शौक से खाते हैं। उनके लिए बेकरी से रस ले

जाना।''

''ठीक है, मैं रस भी ले जाऊँगा।''

''मैंने खाना पकाया। अप्पा के साथ बैठ कर खाया। मैं महसूस कर रही थी अप्पा का मूड खराब हो गया था, वे गम्भीर गुमसुम हो गए। शायद कुंजम्मा के जिक्र से वे परेशान हो गये। खाना भी नाममात्र का खाया। रोज डाइनिंग टेबल पर खाना लगाने और किचन समेटने में मेरी मदद किया करते थे, मगर आज वे चुपचाप ही बैठे रहे। मुझे किचन में अकेले लगे देख बस इतना पूछा, ''कुछ मदद चहिये नैन्सी?''

''नहीं... सब निपट गया, अप्पा,'' मैं बोली।

किचन से निकल कर हाथ पोंछ कर मैं अपने बेडरूम में चली गई। अप्पा लिविंगरूम में बैठे टीवी देखने लगे थे।

मुझे अपना बेडरूम बहुत भाता था, सबसे किनारे का हवादार कमरा। शान्ति थी, खिड़की के पीछे का बगीचा, नारियल के पेड़, और चेलियार नदी बहती नजर आती थी। मंद हवा के झोंके। मेज पर मेरा लैपटॉप खड़ा रहता। लैपटॉप खोल कर इंटरनेट लगाती तो लगता मैं सारी दुनिया से जुड़ गई हूँ। ऑनलाइन से अफ्रीका, डेनमार्क पहुँच जाती। अपने स्कूल के साथियों से चैटिंग करती, बेटे से स्काइप करती।

मैंने समय देखा—रात्रि नौ बजे हैं। केन्या में शाम के साढ़े छह बज रहे होंगे। जोश से आज स्काइप पर बात होना तय हो रखा था। उसने मेसेज किया था कि शाम के साढ़े-छह बजे तक तक वह अपने ट्यूशन वगैरह से निपट जाएगा, तब हम दोनों स्काइप पर बात करेंगे। पिछले एक महीने से उससे स्काइप पर बात करने से कतरा रही थी कि वह मेरे माथे पर लगी बैंडेज व चेहरे पर लगी खरोंचों को देख कर पूछने न लग जाए कि यह सब क्या हुआ। वैसे वह थोड़ा सशंकित हो गया था कि यह मैं अचानक केरल क्यों जा रही हूँ। उससे स्काइप पर बात करने से क्यों कतरा रही हूँ।

मैंने लेपटोप चालू किया। वह ऑनलाइन था। बिस्तर पर बैठ कर अपने बेटे से स्काइप पर बात करना... मेरे लिए सबसे सुखद क्षण, स्वर्गिक आनन्द होता था। जी भर कर मैं अपने बेटे से बातें करती।

घंटी बजी, मैंने हरे आंसर बटन पर क्लिक किया। थोड़ी देर में उसकी तस्वीर स्क्रीन पर छा गयी। बेटा जवाँ हो रहा था। दाढ़ी-मूँछे उगनी शुरू हो गयी, आवाज में भारीपन आ गया। दसवीं पास कर वह ग्यारहवीं में आ गया था। उम्र के ट्रांजिशन फेज में...। मैं विभिन्न कोणों से अपने लाडले को निहारती रही।

वह भी मुझे निहार रहा था, मेरे चेहरे पर कुछ टटोल रहा था। उसकी नजर मेरे माथे के निशान पर अटकी। ''यह क्या हुआ, मम्मी? यह निशान कैसा है?''

‘‘कुछ नहीं, कुछ नहीं...।’’

‘‘नहीं बताओ... लार्स ने कुछ किया...।’’

मैं कुछ न कह सकी।

‘‘मुझे पहले ही शक हो गया था... जब आपने बताया कि आप दो हफ्तों की एक्स्ट्रा छुट्टियां लेकर दो महीनों के लिए इंडिया जा रही हो, और स्काइप पर कुछ दिनों के लिए नहीं रहोगी।’’

‘‘क्या किया उसने?’’

मेरी आँखें भर आई।

‘‘उसने आपको हिट किया...। उसकी यह मजाल! गोली से भून दूंगा उसे...।’’

‘‘जोश, तू कुछ नहीं करेगा। उसे अपने किये की सजा मिल रही है। वह जेल में है। तू, बेटा अपनी पढ़ाई में ध्यान दे।’’

‘‘मैं तो उसे उसी समय समझ गया था जब आप मुझे पहली बार लेकर डेनमार्क गयी थी, और उसने मेरा वीजा स्पोंसर करने के लिए साफ मना कर दिया था...। मैं तभी समझ गया था वह कैसा बन्दा है...।’’

पहली बार जोश ने अपने मन की भड़ास निकाली। मगर यह बात उसने कितने सालों से मन में बैठाई हुई थी।

‘‘चल बेटा, लार्स को छोड़। अपनी बातें बता। पढ़ाई कैसी चल रही है...।’’

एकाएक मुझे लगा, अप्पा मुझे आवाज दे रहे हैं—नैन्सी...।

‘‘अभी आई अप्पा... जोश के साथ स्काइप पर हूँ...।’’

बेटे से बात करने में मैं मशगूल रही। जोश मुझे अपनी बातें बताता रहा—स्कूल की बातें...दोस्तों की बातें... अपने फुटबाल खेल की बातें...। आधा घंटे बाद बात बंद करते हुए मैं उठी। ‘‘अच्छा जोश, फिर बात करेंगे। वहाँ भी अब तेरे खाने का समय हो गया है, और अप्पा भी मुझे आवाज दे रहे थे...’’

‘‘गुडनाइट, मम्मी!’’

‘‘गुडनाइट, बेटा!’’

‘‘लव यू!’’

‘‘लव यू!’’

लेपटोप बंद कर मैं बिस्तर पर से उठी, और लिविंगरूम में आई। अप्पा को जमीन पर ओंधे पड़े देख मैं घबरा गई। जो खाना उन्होंने खाया था, इडियप्पम और अंडा करी— उलटी कर दिया था।

‘‘अप्पा...अप्पा...’’ मैंने उन्हें पुकारा, और उठाने की कोशिश की। वे पसीने से लथपथ, मूर्च्छित थे, मुख से झाग निकल रहा, आँखे पलटी हुई, चेहरा विकृत। मैं

डर गई।

बाहर बरामदे में आकर, सकीना के घर की तरफ मुंह करके मैंने कस कर आवाज लगाई— "सकीना...रूबी आंटी...।"

मेरी चीख सुन कर दोनों माँ-बेटी भागते हुए आये। दोनों मिल कर अप्पा के हाथ-पैर और छाती मलने लगे। सकीना ने अपने मुँह से उन्हें कृत्रिम साँस देने की कोशिश की। मैंने पापुन के घर फोन लगाया। उनके बहू-बेटे तुरंत आये। जैकब बोला, "एम्बुलेंस बुलाने का कोई फायदा नहीं, कभी समय पर नहीं आती।" मैं इतनी घबराई हुई थी कि कुछ बोल न सकी, सिर्फ सिर हिलाने के। जैकब की कार में हमने अप्पा को पीछे की सीट पर लिटाया— मेरी गोदी में उनका सिर।

जितनी जल्दी हो सकती थी, जैकब ने कार भगाई। मैं लगातार अप्पा का सीना मल रही थी। जैकब से कहे जा रही थी, जल्दी-जल्दी। एक-एक क्षण बेहद कीमती था। कहीं ट्राफिक लाईट पर लाल सिग्नल पर जैकब रुकता तो मैं उसे कहती— रुक मत, सीधे जा। हॉर्न देकर निकल जा। जैकब असमंजस में कभी रेड लाईट को देखता तो कभी मोबाईल को।

हम सबसे निकट के नर्सिंग होम पहुँचे, पीछे-पीछे सकीना और रूबी आंटी भी पहुंच गये। नर्सिंग होम हमारा इन्तजार कर रहा था। हम उन्हें फोन कर चुके थे। मेडिकल स्टाफ अपने उपकरणों के साथ खड़ा था। तुरंत अप्पा को इमरजेंसी रूम ले जाया गया। डाक्टरों के एक दल ने अप्पा के दिल को रिवाई करने की कोशिश की, फिर निराशा से बोले— "सॉरी! लाने में देरी कर दी।"

मैं हतप्रभ सारा नजारा देख रही थी। सब कुछ मेरी समझ से बाहर था। मौत कोई साधारण घटना नहीं है। मुझसे पूछा जा रहा था, अप्पा को तकलीफ कैसे शुरू हुई, वे तब क्या कर रहें थे, क्या कह रहे थे। मैं क्या बताऊं? मैंने तो उन्हें जमीन पर बेहोश पाया। कैसे बताती, उन्होंने मुझे आवाज दी थी। मैं तुरन्त उठ कर उनके पास नहीं गयी, स्काइप पर अपने बेटे से बात करती रही।

मेरी हालत अजीब सी थी। पिता को खोना एक अलग बात थी, किन्तु जो आत्मग्लानि मुझे डस रही थी, वह मेरी जान खा रहा था। सकीना और रूबी आंटी मुझे सांत्वना दे रहे थे।

अस्पताल से अप्पा का शव घर लाकर अंतिम संस्कार के लिए तैयार किया गया, फिर लोगों के दर्शन के लिए आँगन में रख दिया गया। पापुन का परिवार ही सारा इंतजाम कर रहा था। उन्होंने ही हमारे सभी परिचितों को इतल्ला दी। पास-पड़ोस के सभी लोग एक-एक करके जुटने लगे। सकीना और रूबी आंटी तो लगातार मेरे साथ थे। कुंजम्मा भी आई। मेरे गले लग कर रूँधे स्वर में बोली, "तुम्हारे अप्पा मुझसे नाराज हुए ही चले गये...।"

''कुंजम्मा, उन्होंने कल आपके घर आना था। आपको 'सॉरी' भी कहने वाले थे। मगर उससे पहले ही अप्पा...'' मैं दहाड़े मार रोने लगी ।

कुंजम्मा मुझे अपने सीने में भींचते हुए बोली, ''हर किसी को एक न एक दिन मरना है। कोई भी यहाँ हमेशा के लिए नहीं आया।''

पिता के सान्निध्य में कुछ शान्ति के पल बिताना चाहती थी। उनका वात्सल्य अपने सीने में भरना चाहती थी, किन्तु मैं तो पिता को खो चुकी थी। मेरे माता-पिता में से अब कोई भी जीवित नहीं था, मेरा चेहता भाई नील इस दुनिया को छोड़ कर कभी का जा चुका था। मुझे अपना जीवन अंधी सुरंग में फंसा हुआ लगा। चिंता और द्वन्द्व में मैं मथी जा रही थी।

''कुंजम्मा, मैं अनाथ हो गई...।'' मैं कुंजम्मा से बोली।

''मैं हूँ न...।''

कुंजम्मा के शब्दों में कितना अधिक आश्वासन था! कुंजम्मा जो अपनी ही जिम्मेदरियों से दबी पड़ी थी। स्ट्रोक से अपाहिज हुए पति की सेवा...। एक बेरोजगार बेटे के परिवार की जिम्मेवारी...। एक हिम्मत चाहिए किसी को ऐसा आश्वासन देने के लिए—मैं हूँ न...! मैं कुंजम्मा से लिपट गई।

पापुन, चेरिअम्मा, कुंजम्मा, रूबी आंटी और आस-पास के पड़ोसी मुझसे कह रहे थे मैं कितनी भाग्यशाली हूँ कि अपने पिता के अंतिम क्षणों में उनके इतने निकट रही। अप्पा ने मेरी गोदी में अपना दम तोड़ा। अप्पा भी भाग्यशाली रहे, अकेले नहीं मरे। उनके साथ उनके अंतिम पलों में उनकी बेटी थी। उन्हें कोई अस्पताल ले जाने वाला रहा। नहीं तो मलप्पुरम में कई बूढ़े घर में अकेले रहते हुए अपनी तन्हाई में दम तोड़ देते हैं। लोगों को तब पता चलता है, जब कोई बाई वगैरह घर की घंटी बजाती है या फिर लाश के सड़ने की गंध आने लगती है।

अप्पा गर्मियों में गुजरे थे। केरल में मानसून शुरू हो गया था। लाश को अधिक समय तक रख नहीं सकते थे। सो जॉर्ज और रेचल के पहुँचने से पहले ही अप्पा का अंतिम संस्कार कर दिया गया। ताबूत में बंद उनकी अर्थी उठी। पहले उनका पार्थिव शरीर चर्च में ले जाया गया। जलती मोमबत्तियों के साथ प्रार्थनाएं होती रही। बाइबिल के अनुच्छेदों को पढ़ा गया। फादर फर्नाडीस ने अनुष्ठान किये। फिर उन्हें प्रोटेस्टेंट कब्रिस्तान में ले जाकर दफना दिया गया। वैसे तो पापुन, कुंजम्मा व अन्य तमाम रिश्तेदार थे। काफी लोग अप्पा के जनाजे में जुट गये थे। मगर अप्पा के तीनों बच्चों में सिर्फ मैं ही उनके अंतिम-क्रियाकर्म में मौजूद थी। फटी नजरों से सब ताक रही थी। अप्पा की देह पंचतत्व में लीन मिट्टी में समा गई।

जॉर्ज व रेचल भी आकर मुझसे कहने लगे, ''नैन्सी, हमसे अच्छी तो तू रही। तूने अप्पा के साथ उनके अंतिम दिनों में पांच हफ्तों का बहुत अच्छा समय गुजारा।

तूने उनके अंतिम संस्कार में भाग लिया। हम तो इस सबसे वंचित रहे।''

ऐसे आश्वासनों से मेरा मन नहीं मान रहा था। अप्पा की आवाज और डाक्टर का कथन मेरे मन-मस्तिष्क में लगातार बज रहे थे। मैंने जो लोगों को नहीं बताया वह यह कि अप्पा ने मुझे एक बार नहीं तीन बार पुकारा था, मैंने कुछ चीजें गिरने की भी आवाजें सुनी थी, और तीसरी बार उनकी आवाज में जो घरघराहट थी, वह भी मैंने स्पष्ट महसूस की थी।

नै...ऽऽऽन्सी...

लाने में देरी कर दी...पांच मिनट देर से आये...

मैं अपने को गुनाहगार समझ रही थी। अपनी लापरवाही पर खुद को कोस रही थी। सभी अप्पा की मौत के गम में डूबे थे। मैं उनकी मौत का मातम मनाने के साथ आत्म भर्त्सना, आत्मग्लानि में डूबी हुई थी।

घर में जगह-जगह अप्पा की चीजें बिखरी पड़ी थी—उनके जूते, कपड़े, चश्में, किताबें, और उनकी कुर्सी...। जबसे रेचल पहुंची थी घर सम्भालने में लगी थी। जॉर्ज भी उसके साथ लग गया था। अंत में मैं भी उठी और उनके साथ लगी। हमने अप्पा का सभी सामान सहेजा-संजोया। उनके रोज पहनने वाले कपड़े धोये, इस्त्री की। पापुन, कुंजम्मा, रूबी आंटी और अन्य लोगों से कहा कि अगर उन्हें अप्पा के कपड़े या कोई अन्य वस्तुएं चाहिए तो ले जाए। लोग आये, हमने अप्पा की रोजमर्रा की सारी वस्तुएं उनके आगे कर दी। लोगों को जो उठाना था, उठा लिया। बाकी कपड़े हमने दान कर दिए। उनकी यादगार के रूप में जॉर्ज ने उनका कोट, रेचल ने उनका शौल और मैंने अप्पा की बाइबिल रख ली।

जो अप्पा ने सोचा था कि वे कुंजम्मा के पास जाकर उनसे माफी मांगेगे, वह काम उनकी तरफ से जॉर्ज ने पूरा किया। अगली सुबह नौ बजे वह बेकरी से अम्माचन के लिए रस का पैकेट खरीद, कुंजम्मा के घर गया और उनसे माफी माँगी।

लौट कर हमें बताया, कुंजम्मा उसे देखकर पहले तो चकित हुई, फिर बहुत भावुक हो गई। उसके कंधे पर सिर रख कर बड़ी देर तक रोती रही।

अप्पा की मौत ने हम तीनों भाई-बहनों को बहुत करीब कर दिया था। हम एक साथ बैठ कर खाना खाते। दिन भर लोग हमारे साथ होते, और रात में सभी चले जाते और हम तीनों घर में अकेले रह जाते। हमें वह अकेलापन अच्छा लगता। हम अपने-अपने निजी कमरों में सोने की बजाए, लीविंगरूम में झाड़ू-पोंछा मार जमीन पर बिस्तर बिछा कर सोते, खूब बातें करते। शोक, रोना, हँसना और एक दूसरे को सांत्वना देना होता। वे मुझे अरब मुल्कों की बातें बताते, मैं उन्हें यूरोप के अनुभव सुनाती। अप्पा की बातें बताती, बातें करते हुए ही पूरा समय बीत जाता। घर को बेचने की भी बात उठने लगी थी।

चौदहवें दिन हमने चर्च में अपने सभी इष्टमित्रों को मृत्युभोज दिया—शाकाहारी। न अब अम्मा जीवित थी और न ही अप्पा। माता-पिता का साया हमारे सिर से उठ चुका था। हम तीनों भाई-बहनों ने एक-दूसरे से वादा किया कि हम एक-दूसरे के लगातार सम्पर्क में रहेंगे, एक दूसरे का ख्याल रखेंगे।

धार्मिक अनुष्ठानों के निपटने तक हम तीनों भाई-बहन मलप्पुरम में ही रहे। फिर अपने अपने ठिया-ठिकानों पर जाना ही था। पहले रेचल लौटी, फिर जॉर्ज। मैं भी भारत में अकेले रह कर क्या करती। डेनमार्क लौट आई। मेरी नौकरी व जीविका वहीं थी।

पाँच

डेनमार्क (यूरोप)

केरल से कोपनहेगन वापस आने पर मैं एक बार फिर दिशाविहीन थी। कैसे शुरुआत करूं? जिन्दगी मेरे सम्मुख फिर एक चुनौती बन कर खड़ी हो गई, और मैं इससे निपटने के लिए फिर से अपनी कमर कस रही थी। सबसे पहले इंसान को एक छत चाहिए।

केरल में रहते हुए ही मैंने अपने लिए एक 'पेइंग गेस्ट आवास' का इंतजाम कर दिया था। गीता मुद्गल मूलतः महाराष्ट्र की थी, पिछले चालीस सालों से डेनमार्क में रह रही थी। वह अकेली थी। उसके पास तीन बेडरूम का घर था। उसकी दोनों बेटियाँ घर से चली गयी थी। गीता ने मुझे अपना एक बेडरूम दिया, साथ में किचन इस्तेमाल करने की इजाजत। सो गीता मुद्‌गल के घर में पेइंग गेस्ट बन कर मैं रहने लगी।

दूसरा काम मैंने यह किया कि लार्स से तलाक के लिए अर्जी लगाई। तलाक एक खेल नहीं है, आज शादी, कल तलाक, परसों फिर विवाह... मजाक बन कर रह गया। मगर इसके सिवाय कोई चारा नहीं रह गया था। मैंने लॉरा से मिलना चाहा। जितने लोगों ने मुझे सलाह दी थी कि मैं लार्स से तलाक ले लूँ, उनमें लार्स की माँ लॉरा भी शामिल थी।

मैंने उन्हें फोन लगाया तो उनका फोन मिल ही नहीं पाया। मैंने उन्हें ईमेल भेजी, उसका भी कोई जवाब नहीं मिला। दो दिन तक मैं उनका टेलीफोन नम्बर कोशिश करती रही। हार कर मैंने लॉरा के भाई फिलिप को फोन लगाया। उनसे पता चला लॉरा हॉस्पिटल में भरती है। उनकी ब्रेन सर्जरी हुई है।

"ब्रेन सर्जरी!"

"हाँ, गुसलखाने में नहाते वक्त लॉरा गिर पड़ी। गुसलखाने के बाहर पहरा देते हुए अब्बी ने उसकी अजीब सी आवाजें सुनी। अब्बी ही भोंकते हुए अपने घर की बालकनी में गई। पड़ोसी का ध्यान खिंचा। पड़ोसी बालकनी लांघ के लॉरा के घर आया, और एम्बुलेंस बुलाई। मुझे भी फोन किया।"

''तो एक तरह से अब्बी ने पड़ोसी को बुलाया? ऐसे ही लॉरा उसे प्यार नहीं करती थी।''

''हाँ।''

''कैसी है लॉरा?''

''सिटी स्केन, एम.आर.आई. तमाम टेस्ट्स हुए तो पता चला कि ब्रेन हेमरेज हुआ है।''

ब्रेन हेमरेज—मस्तिष्क में रक्तस्राव! जिन्दगी कब क्या खिलवाड़ कर ले, पता नहीं।'' सोचने लगी, क्या उम्र होगी लॉरा की...। अड़सठ के करीब... आज के युग में अड़सठ साल की अवस्था होती ही क्या है! फिर लॉरा कोई बीमार नहीं थी। वो चुस्त-दुरुस्त एक स्वस्थ महिला थी। न ही उन्हें उच्च रक्तचाप था, न ही मधुमेह। वो नियमित व्यायाम करती, पौष्टिक खाना खाती, और तो और अपने नियमित चेक-अप के लिए डॉक्टरों के पास भी जाती थी।

मैं लॉरा को देखने रिग्स होस्पीटल गई। आई.सी.यू. में अचेत लेटी थी। मुझे काँच की खिड़की से ही देखने की अनुमति मिल पायी। चिकित्सा उपकरणों के बीचों-बीच एक खामोश देह...। मेरा मन उनके प्रति अथाह करुणा से भर गया। मैं येशु से उनकी सलामती की दुआ मांगने लगी।

फिलिप वहाँ मौजूद थे— आईसीयू के बाहर कॉरिडोर में टहल रहे थे। उन्होंने मुझे बताया कि लार्स अपनी माँ को देखने तक नहीं आया, जबकि उसके पिता डेनियल अस्पताल के कई चक्कर लगा चुके हैं।

''मैं कल लार्स के घर जा रही हूँ...अपना सामान लेने,'' मैं फिलिप से बोली।

''वैसे हम उसे बता चुके हैं। तुम भी अपनी तरफ से बता देना की कि उसकी माँ बीमार है,'' फिलिप बोले।

मैंने सहमति में गर्दन हिलाई।

''मुझे भी उसके घर से अपना सामान उठाना पड़ा था। चार दिन की मोहलत दी थी उसने मुझे। मेरे पचासवें जन्मदिन में सभी मेहमानों के सामने खड़े होकर घोषणा की थी— मैं और पॉल अलग हो रहे हैं...।''

''क्या कहा पॉल...? तुम्हारे पचासवें जन्मदिन पर तुम्हारी पूजा ने सभी के सामने कहा कि वह तुम्हें छोड़ रही है...! कितनी निर्दयी थी वह...!''

''वह इस दुनिया से चली गयी है। हमें उसके बारे में कुछ अनाप-शनाप नहीं बकना चाहिये,'' पॉल बोला।

''लगता है...बहुत प्यार करते थे अपनी पूजा से?''

''अपनी कहानी सुनाओ...।''

उस घर में मैं आठ वर्ष के करीब रही थी, कितनी ही बार उस घर का दरवाजा मैंने खोला और बंद किया था, आज मैं अजनबियों की तरह उस घर की घंटी बजा रही थी, दिल में एक धुकधुकी थी कि पता नहीं वह कैसे पेश आता है। मुझे मारने के लिए फिर झपटेगा तो नहीं! दरवाजा खोलता भी है कि नहीं। बेसब्री से मैंने सभी घरों की बालकनियों को निहारा, और एक पल के लिए ऐसा लगा, जैसे मैं वहाँ से कभी कहीं गई ही नहीं।

मुझे भीतर से दरवाजे की तरफ बढ़ती हुई उसकी पदचाप सुनाई दी, और अगले ही पल दरवाजा खुल गया। लार्स सामने खड़ा था— एकदम मरियल लग रहा था, पेट अंदर धंसा हुआ, गाल पिचके हुए। सिर के बाल काफी उड़ चुके थे, जो बचे थे, सफेद थे। चेहरे पर उगी दाढ़ी भी सफेद। वह बूढ़ा लग रहा था।

मुझे देखकर वह थोड़ा चौंक गया। ''नैन्सी! कम इन्डनफार,'' उसने मुझे अंदर आमंत्रित किया।

मैं अंदर गई। घर वही था मगर सब कुछ बदल गया था। उसकी जिन्दगी एक कमरे तक सिमटी लग रही थी। सब कुछ ड्राइंगरूम में। टीवी के सामने बिस्तर लगा हुआ। मेज पर कोक, शराब की बोतलें और गिलास थे। जहाँ-तंहा बिखरे उसके कपड़े। साज-सज्जा सब गायब। खिड़कियों में पर्दे पूरे खींचे हुए थे। मेरे लगाये पेड़-पौधे सूख कर झाड़ बन गये थे। घर में एक दुर्गन्ध समाई थी, अँधेरा सा था। मैं पर्दे खींचने लगी कि उसने तुरन्त मना कर दिया।

''यह लार्स, तुमने घर की क्या हालत बनाई हुई है। इन झाड़ों को फेंको,'' मैं झाड़ उठा कर फेंकने लगी कि उसने मुझे रोक दिया।

''किसलिए आई हो?''

''तुमने मेरी ईमेल का जवाब नहीं दिया?'' मैंने उल्टा प्रश्न किया। वह खामोश रहा।

''तुम्हारे सिग्नेचर लेने आई हूँ...'' कहते हुए मैंने अपने बैग से कागजात निकाल कर उसके सामने कर दिए।

''तलाक के पेपर्स हैं...।''

''तलाक...'' उसके मुख से निकला। एक पल उसने मुझे निहारा, फिर जहाँ-जहाँ मैंने कहा उसने चुपचाप दस्तखत कर दिए।

उसके दस्तखत लेकर मैंने पेपर उठा लिए। ''मेरा कुछ सामान होगा...?'' मैं उससे बोली।

''सब उस कमरे में है,'' वह दूसरे कमरे की तरफ इशारा करते हुए बोला।

मैं दूसरे कमरे की तरफ बढ़ी। कमरा बाहर से बंद था। दरवाजा धकियाया तो देखा अंदर कमरा लगभग खाली था। जो कुछ सामान था, वह मेरा था। मैंने सामान

उठाया और चलती बनी।

''अच्छा लार्स, थैंक्स।''

''वेल्बीकम!'' वह बोला।

वह मुझे दरवाजे तक छोड़ने आया।

मुझसे रहा नहीं गया, बोल पड़ी, ''लार्स, तुम्हारी माँ की तबियत बहुत खराब है। वह रिग्स अस्पताल में आई.सी.यू. में है। उनकी ब्रेन सर्जरी हुई है।''

लार्स ने सहमति में गर्दन हिलाई कि वह सब जानता है।

''लार्स, तुम अपनी माँ को देखने जरूर जाओ। पता नहीं वह बचेगी कि नहीं।''

वह एक करुण भाव से मुस्कुराया। मुझे हाथ हिलाते हुए संकेत किया कि मैं चिंता न करूं। फिर जल्दी में बोला, ''फेयरवेल!''

वह मेरे साथ यह वार्तालाप नहीं चाहता था।

मैं लिफ्ट की तरफ बढ़ी। उसको फटेहाल देख कर मुझे दुःख हो रहा था। गलियारे में मुझे पड़ोस में रहने वाली सुफान-ली मिल गयी। जब लार्स मुझे पीटा करता था तो वह ही मुझे बचाती थी।

हम एक-दूसरे के गले लगे। एक-दूसरे का हाल-चाल पूछा। सुफान-ली मुझे लार्स के बारे में बताने लगी कि वह बिलकुल भी सामान्य नहीं है। पूरा साइको बन गया है। कम्यून की हेल्प उसे आती है। घर का काम करने के लिए येमयेल्पर (होम हेल्पर) आती है। नर्स भी आती है, उसे दवाइंयाँ देने के लिए। मगर वह उनके लिए दरवाजा ही नहीं खोलता।

''मगर उसने मेरे लिए दरवाजा तुरंत खोला दिया,'' मैं उससे बोली।

सुफान-ली को बहुत आश्चर्य हुआ।

लार्स की हालत देख कर और सुफान-ली से यह सब सुन कर मुझे उस पर बड़ा तरस आया। जाने क्यों लगने लगा उसे मेरी बहुत जरूरत है। मगर मैं क्या करती।

तोड़ दिए जब तुझसे सारे रिश्ते,
तू बलखाये या लड़खड़ाये, मेरी बला से।

जिन्दगी की इस उठा-पठक के बीच फिलिप का फोन आया—इक्कीस दिन कोमा में रहने के बाद अंततः लॉरा ने दुनिया को कह दिया—अलविदा।

''ओह नो...'' अप्पा के बाद लॉरा को खो देना... दिलोदिमाग में खलबली मच गयी। मैं रोने लगी।

''रोओ मत। जो कुछ होता है, अच्छे के लिए होता है... जिन्दा रहती तो अपने इकलौते पुत्र की बर्बादी देखती,'' फिलिप बोले।

मैं फिलिप का तात्पर्य समझ रही थी। जिन्दगी से शिकायतें ही की जाती हैं। खराब बातें होती हैं, गलतियाँ होती हैं। मगर इंसान एक दूसरे के साथ काफी कुछ बुनता भी है, निर्मित करता है। पर कुछ भी स्थायी नहीं है। मानव जीवन की क्षण भंगुरता का बड़ी शिद्दत से अहसास हुआ मुझे।

मैंने लॉरा के अंतिम संस्कार में भाग लिया। हिलसोंग क्रीमेशन चर्च में लॉरा ताबूत में खामोश लेटी थी। फूल उन पर चढ़ रहे थे। लार्स भी अपनी माँ के अंतिम संस्कार में उपस्थित था, मगर सारा कुछ फिलिप ही देख रहे थे। अप्पा की मृत्यु पर मैंने महसूस किया था कि अंतिम संस्कार का आयोजन करना एक बड़ा और पेचीदा काम है। शोक की उस घड़ी में भी कई फैसले करने होते हैं— आप कैसी अंत्येष्टि चाहते हैं, लाश को कितने दिनों तक रखना चाहते हैं, किनको बुलाना चाहते हैं, कैसा भोज देना चाहते हैं...। लार्स को अपनी कोई सुध-बुध ही नहीं थी। एक थका-हारा, टूटा हुआ इंसान, उसे गाइड करना पड़ रहा था, अब यह कर, अब वह कर, अब वहाँ चल...।

मुझे हमेशा ऐसा लगता था कि लार्स के परिवार में बहुत कम लोग हैं। मगर ऐसे समय काफी नाते-रिश्तेदार जुट जाते थे। लॉरा के पूर्व पति डेनियल तो उपस्थित थे ही, कोई कजन स्वीडन से, कोई जरमनी से, कोई नार्वे से, मित्र व पड़ोसी मिलाकर पन्द्रह-बीस लोग उपस्थित थे। सभी ने लॉरा के संग व्यतीत किये अपने पलों को याद किया। कुछ लोगों ने प्रशस्ति प्रस्तुत की— अपने पांच मिनट के भाषण में लॉरा के सम्पूर्ण अस्तित्व को समेत लिया। लॉरा के सकारात्मक पक्षों, उसकी उपलब्धियों और साथ ही उनके जीवन में आई कठिनाइयों के बारे में बताया। यह बात भी थोड़ी उछली कि वह चाहते हुए भी अपने बेटे को हमेशा अपने पास नहीं रख पायी। लार्स के जीवन के आरम्भिक दिन कम्यून के हॉस्टल में व्यतीत हुए थे।

किसी के बारे में कई बातें हमें उसकी मौत के बाद पता चलती हैं। उस दिन लॉरा के दाह संस्कार पर मुझे उनके बारे में काफी कुछ पता चला जो मैं पहले नहीं जानती थी। पर लॉरा का यूँ अकस्मात दुनिया से चले जाना मुझे बेहद खला। जब वे मुझे देखने अस्पताल में आई थी वह मेरी उनके साथ अंतिम भेंट थी। अच्छा हुआ मैंने उन्हें कुछ अनाप-शनाप नहीं बका, सिर्फ धन्यवाद दिया था। कुल मिलाकर वे एक अच्छी औरत थी। उनके संग मेरी काफी सुखद यादें हैं— जंगल में सैर करना, नाखूनों में एक साथ नेलपॉलिश लगानी, उनसे कैफे में मिलना, साथ पिक्चरें देखना, उनके कुत्ते को देखना...। मुझे वास्तव में उनकी मौत का बेहद अफ़सोस हुआ।

फिलिप का मुझे फिर से फोन आया। वे बोले, "लॉरा ने कुछ चीजें तुम्हारे लिए छोड़ी हैं, आकर ले जाओ। उसके घर की चाबी मेरे पास है...।"

''मुझे नहीं चाहिए कुछ। मेरा उन पर कोई अधिकार नहीं है। लार्स से मैं अलग हो चुकी हूँ। 'हैनसन' सरनेम का त्याग कर मैं अपने पिता का सरनेम लगाने लगी हूँ। लार्स जब कभी फिर शादी करेगा तो उसकी नई पत्नी को दे देना,'' मैं बोली।

''ओह... वह दिन पता नहीं कब आएगा, और आएगा कि नहीं,'' फिलिप उदास भाव से बोले। फिर कुछ सोच कर दृढ़तापूर्वक बोले, ''देखो, तुम्हारा लार्स के साथ आठ-नौ साल का सम्बन्ध रहा है। लॉरा ने जब ये वस्तुएँ मुझे तुम्हें देने को कही थी, उस वक्त तुम उसकी पुत्रवधू थी। सो वह सब अब तुम्हारी निधि है। तुम आकर मुझसे वे चीजें ले जाओ। और जो कुछ उनका करना है, करो। मैं कुछ नहीं जानता। मुझे लॉरा के काम निपटाने है...'' फिलिप के स्वर में परेशानी का भाव था।

पहली बार मुझे फिलिप पर दया आई। लॉरा का पति था, बेटा था मगर उनके अंतिम वक्त में उनका भाई ही उनका अपना था। लॉरा अक्सर मुझे कहती थी कि उनका भाई सुव्यवस्थित, योजनाबद्ध तरीके से नहीं रहता। वह डिप्रेशन का शिकार है। उनके घर जाओ तो हर चीज अस्त-व्यस्त रहती है। वो ही वहाँ जाकर अपने भाई का घर व्यवस्थित करती हैं। आज भाई, बहन का घर देख रहा था। तुम जिन्दगी से क्या चाहते हो, बात केवल यह नहीं होती। जिन्दगी तुमसे क्या चाहती है, बात यह भी होती है।

मैं लॉरा के घर गई। फिलिप भी वहाँ घर की चाबी और अब्बी को लेकर पहुँचे। लॉरा के बिना वहाँ अजीब लगा, फिर भी हम दोनों ने बैठ कर थोड़ी गपशप की, उनके घर में चाय भी बनाई। ''चलो शुरू करते हैं,'' फिलिप बोले, और अपनी फाइल से एक पेपर निकाला।

ब्रेन सर्जरी से पहले लॉरा अपनी वस्तुओं का वितरण कर चुकी थी। उन्हें आभास हो गया था कि शायद वे बचेगी नहीं। मेरे लिए उन्होंने जो अपनी चंद वस्तुएँ छोड़ी थी, उनमें एक लेम्प, कुछ क्राकरी, एक रूबी पर्ल ज्वेलरी सेट, एक ब्लेजर और अब्बी था। मैंने महसूस किया, उन्होंने वे वस्तुएँ मेरे नाम की थी जो मैंने उनसे मुलाकातें और बातें करते वक्त सराही थी।

''अरे यह लेम्प बहुत प्यारा है... कहाँ से खरीदा?''

''टर्की से।''

उनका बोन चाइना का चाय कप-प्लेट सेट मुझे हमेशा बहुत अच्छा लगता था।

जब भी वे अपना रूबी का सेट पहनती थी, मैं हमेशा तारीफ किया करती थी। और ब्लेजर... उस साल मैंने और लार्स ने अपने घर क्रिसमस रखा था। लार्स के माता-पिता, मामा, यहाँ तक कि लार्स की नानी भी जटलैंड से आई थी। लार्स के

माता-पिता हालांकि तलाकशुदा थे, मगर विशेष आयोजनों पर वे परस्पर मिलते थे। एक-दूसरे से बहुत ही सामान्य, बल्कि मैं कहूंगी बड़ी भद्रता से व्यवहार करते थे। लार्स का जन्मदिन हो, क्रिसमस हो या कोई अन्य आयोजन... सामारोह का पूरा-पूरा आनन्द लूटते थे। उन्हें देख कर लगता ही नहीं था कि इनके बीच कोई मन-मुटाव है।

उस क्रिसमस में लॉरा हरे रंग का नया ब्लेजर पहन कर आई थी, अपनी माँ को व्हील चेयर में सरकाते हुए लाई थी।

''बहुत प्यारा ब्लेजर है,'' मैंने उनके ब्लेजर की भूरि-भूरि प्रशंसा की।

अपनी माँ के गले लग कर वो इतराते हुए बोली, ''मेरी मुआ का क्रिसमस गिफ्ट है मुझे।''

''माँ ने खरीदा?'' मैंने पूछा।

''मुआ कहाँ खरीदेगी? वे तो बस पैसे दे देती हैं। मैं खुद ही उनकी तरफ से अपने लिए गिफ्ट्स खरीदती हूँ।''

ओह, कितना कुछ बीत जाता है सच में, जिंदगी तो बेवफा है, जाने कब ठुकरा दे...। न आज ग्रेथा थी, और न ही लॉरा। मगर वह ब्लेजर मेरे हाथों में था। मैंने पहना, एकदम फिट आया मुझ पर। मैं और लॉरा एक ही कद-काठी के थे।

''मैं डॉग लवर हूँ...'' अब्बी को सहलाते हुए मैं उनसे बोला करती थी। कई बार मैंने अब्बी की देखभाल की थी जब लॉरा को शहर से बाहर जाना पड़ता था।

अंत में फिलिप ने अब्बी को मेरी तरफ बढ़ाया, मैंने उसे अपने अंक में भर लिया।

***

हादसे पर हादसे हो रहे थे...। मेरी जिन्दगी की नदी कई भटकी हुई धाराओं में बदल चुकी थी। जहाँ अच्छा वक्त हमें खुशी देता है, वहीं बुरा वक्त हमें मजबूत बनाता है। हम अपनी जिन्दगी की सभी घटनाओं पर नियंत्रण नही रख सकते, पर उनसे निपटने के लिये सकारात्मक सोच के साथ सही तरीका तो अपना ही सकते हैं। फिर जीवन की कोई घटना सिर्फ छीनती ही नहीं, कुछ दे भी जाती है। सौभाग्य से स्कूल की नौकरी अभी भी बरकरार थी। लार्स की इतने वर्षों तक पत्नी बने रहने की वजह से डेनमार्क का परमानेंट रेजिडेंट परमिट मुझे मिल चुका था। लीला मुद्गल के घर में रहना मुझे बहुत सस्ता पड़ रहा था। चार हजार क्रोनर में रहना-खाना, सब कुछ।

मेरा दूसरा तलाक अपने तय समय में शुरू हुआ, और खत्म हो गया। एक मजबूरी के दाम्पत्य से मैं मुक्त हो गयी। मैं चालीस की दहलीज पर खड़ी थी। अभी जिन्दगी खत्म नहीं हुई थी। डेनमार्क में रहते हुए मुझे नौ वर्ष के करीब हो गये थे।

फिर से अपनी जिन्दगी समेटने की कोशिश कर रही थी। स्कूल के कुछ साथियों के साथ मेरे दोस्ताना सम्बन्ध थे। उनसे मिलती-जुलती रहती थी। कभी-कभार उनके साथ सैर-सपाटे के लिए चली जाती थी। उस दिन मेरी फ्रेंड कैथरीना के घर पार्टी थी। वह मुझे वहाँ ही मिला...।

''तीसरा पति?''

हाँ अपने तीसरे पति की बात कर रही हूँ— मार्को। हाँ... काल ने मुझे द्रौपदी का दूसरा संस्करण बना दिया। द्रौपदी को कितनी यातना और लांछना झेलनी पड़ी, मैं खूब समझती हूँ।

मैं कैथरीना का घर ढूँढ़ रही थी कि तभी मेरी नजर उस पर पड़ी। वह कैथरीना की बिल्डिंग के बाहर खड़ा उसके घर की घंटी बजा रहा था। ''आप क्या कैथरीना नीलसन के घर जा रहे हो?'' मैंने पूछा।

उसने सहमति में गर्दन हिलाई।

''मैं भी वही जा रही हूँ,'' मैं बोली।

''ओह आई सी! इंटरेस्टिंग!'' कैथरीना ने इंटरकोम से नीचे बिल्डिंग का दरवाजा खोला। वह पाँचवी मंजिल पर रहती थी। हम लिफ्ट की तरफ बढ़े। अचकचाए से हम ऊपर चढ़ती लिफ्ट में खड़े थे, सिर्फ वह और मैं। सम्भवत: असहजता को मिटाने के लिए उसने मेरी तरफ अपना हाथ बढ़ाया, ''आई एम मार्को।''

मैंने भी उसे अपना परिचय दिया, ''आई एम नैन्सी।''

लिफ्ट से निकल कर हम दोनों साथ कैथरीना के फ्लैट की तरफ बढ़े। कैथरीना हम दोनों को एक साथ खड़े देख अचरज से भर गयी। ''क्या तुम दोनों पहले से एक दूसरे को जानते हो?''

''नहीं, हम दोनों अभी नीचे ही मिले,'' मैं उससे बोली।

''तो तुम नीचे ही मिल चुके हो! मुझे तुम्हें परिचित करवाने की जरूरत नहीं,'' कैथरीना हँसते हुए बोली, और हाथ हिलाकर हमें अंदर बुलाया।

''अभी तो हम एक-दूसरे का सिर्फ नाम ही जानते हैं,'' मार्को मेरी तरफ देखता हुआ बोला।

''ओके, बाकी परिचय मैं देती हूँ,'' कैथरीना एक अदा से बोली। ''नैन्सी इंडिया से है। मेरे स्कूल में कम्प्यूटर और बायोलॉजी टीचर है। और ये मार्को फ्रेंच हैं। मेरे पति किम के ऑफिस में आईटी प्रोफेसनल है।''

हमने एक-दूसरे को फिर से मुस्कुराते हुए 'हाय' कहा।

मार्को, एक फ्रांसीसी आदमी, कैथरीना के पति का सहकर्ता पहली मुलाकात में ही मुझ में दिलचस्पी लेने लगा। अपने सहकर्ता किम के साथ मिलकर उसने

विभिन्न जायकों के कॉकटेल ड्रिंक बनाये। उसे जब पता चला कि मैं अधिक पीती नहीं तो वह मेरे लिए बीयर फ्लेवर में लेमन जूस, ऑरेंज जूस और पुदीने के मिश्रण का हल्का ड्रिंक बना कर लाया। अपना भी ड्रिंक बना कर वह मेरे साथ बैठ कर पीने लगा। मैं अड़तीस की थी और वह बत्तीस का। उससे बात करते हुए ऐसा लग रहा था कि हम दोनों बहुत पुराने दोस्त हैं जिनकी मुलाकात काफी दिनों बाद हुई है। हमें देखकर कोई नहीं कह सकता था कि हम अभी-अभी मिले हैं। हम दोनों भी एक-दूसरे के साथ बहुत सहज महसूस कर रहे थे।

उस पहली मुलाकात में ही मुझे लगा कि मैंने एक बहुत ही अच्छा दोस्त पा लिया है। उसने बताया, उसका पूरा नाम मार्को जोली लेरॉय है, जोली उसकी माता का सरनेम और लेरॉय पिता का सरनेम है। मैंने भी उसे बताया, मेरा नाम नैन्सी कोशी मैथ्यू है— मैं इंडियन क्रिश्चयन हूँ।

"क्या भारतीय ईसाई सच्चे ईसाई होते हैं?" उसने मुझसे पूछा।

मैं उसके प्रश्न से चौंक गयी, फिर भी शान्ति से जवाब दिया, "मेरी समझ से कोई भी ईसाई एक शुद्ध ईसाई नहीं है। सभी क्रिश्चियन कनवर्टेड हैं। ईसा मसीह स्वयं एक यहूदी थे जो इजराइल के गाँव बेथलेहेम में जन्मे थे। और ईसाई परिवार में जन्म लेने से ही कोई ईसाई नहीं बन जाता, बल्कि ईसाई वह है जो मसीह की शिक्षाओं का पालन करता है। "

वह मुस्कुराया। उसे शायद मेरा जवाब पसंद आया, और मैंने उसके दिल को छू लिया। उस शाम हम दोनों एक-दूसरे के बेहद करीब आ गए और हमने एक दूसरे से अपने अतीत के बारे में भी खुल कर बात की।

कुछ दिनों बाद, उसने मुझे फोन किया कि वह सर्फिंग के लिए जा रहा है और मुझे साथ ले जाना चाहता है। "चलो! तुम्हें पानी में रहना पसंद है..." उसने मुझसे जिद की।

मैं चिल्ला-चिल्ला कर कहना चाहती थी—हाँ। मगर मुझे लगा कि मुझे इतना अधीर नहीं होना चाहिए, थोड़ा संयम से काम लेना चाहिए। मैं बीस-बाईस साल की लड़की नहीं, अड़तीस साल की परिपक्व महिला थी, दो असफल विवाहों के साथ। मैंने बहाना बनाया, "यू आर ए कूल गाए...। तुम्हारे साथ घूमने में मजा ही आता। मगर ऐसा है... मेरा पहले से एक प्रोग्राम बना हुआ है, जिसे मैं कैन्सल नहीं कर सकती...। फिर कभी...थैंक्स।"

वह मायूस हो गया। मुझे भी बहुत दिनों तक सालता रहा कि मैंने क्यों नहीं उसका निमन्त्रण स्वीकारा। जाहिर था कि उसने मुझे फिर फोन नहीं किया। हमारा सम्पर्क बनने से पहले ही टूट गया।

मैं इंटरनेट पर अपने लिए जीवनसाथी खोजने लगी और दो ऑनलाइन डेटिंग

वेबसाइटों में शामिल हो गई। मैंने अपना प्रोफाईल सेट किया, और लिखा कि मुझे एक ऐसे हमदर्द की तलाश है जो आर्थिक रूप से मजबूत हो, सहयोगी हो और भावनात्मक रूप से स्थिर हो, जिससे मैं खुलकर बात कर सकूं, कोई ऐसा व्यक्ति जो मुझे हंसा सके। हर दिन, जब मैं अपना एकाउंट खोलती तो लड़कों का एक झुंड प्रोफाइल पिक्चर के साथ पॉपअप हो जाता।

मैं दो आदमियों से साथ संवाद बढ़ा ही रही थी कि एक दिन मुझे मोम्बासा की अपनी पुरानी सहेली मार्या का फेसबुक संदेश मिला कि वह अपने पति माइकल के साथ कोपेनहेगन घूमने आयी है। वह दोनों माइकल के एक दोस्त के घर में टिके हैं। वह मुझसे मिलना चाहती है। मैंने मड आइलैंड बीच पर एक गेट–टुगेदर का कार्यक्रम बनाया, जिसमें मैंने कैथरीना को भी आमंत्रित किया। मार्या पूछने लगी कि क्या वह अपने साथ अपने पति के दोस्त को भी ला सकती हैं, जिसके घर वे टिके हैं। मैंने कहा, वह ला सकती है।

मेरे लिए वह दिन ऐतिहासिक बन गया। मेरे सुखद आश्चर्य के लिए माइकल का वह दोस्त और कोई नहीं, बल्कि मार्को था। हम दोनों एक दूसरे के सामने थे, आश्चर्य से उबर नहीं पा रहे थे। मार्या और माइकल भी चकित, यह जानकर कि हम एक दूसरे से पहले से ही परिचित हैं।

इसका श्रेय मैं कैथरीना को दूँ, या मार्या को दूँ, या फिर अपने नसीब को... मार्को के साथ मेरा सम्पर्क स्थापित हो गया। उस दिन के बाद अक्सर मेरी शामें मार्को से बातें करते हुए बीतने लगी। हम हफ्ते में कम से कम एक बार जरुर मिलते थे और खूब मौजमस्ती करते थे। जब भी वह मेरे साथ होता था मुझे बहुत अच्छा लगता था। वह हमेशा हंसता-हंसाता रहता था और मैं चाहती थी कि हमारी दोस्ती हमेशा यूँ ही बनी रहे। दोस्ती से ज्यादा मैंने कभी नहीं सोचा था। लेकिन वह शुरू से ही दोस्ती से कुछ ज्यादा चाहता था।

मैं मार्को को साफ कह चुकी थी कि मैं उसके बारे में कुछ ऐसा नहीं सोचती, लेकिन वह हार मानने वाला नहीं था। कभी अचानक से मूवी का प्रोग्राम बना लेता था कभी कॉफी पर चलने का, कभी बोटिंग का, तो कभी बाइकिंग का। मेरे स्वीमिंग के शौक को देख कर वह वाटर स्पोर्ट्स के भी कार्यक्रम बनाता। मैंने उसे हमेशा समझाने की कोशिश की कि मैं उसके लिए बहुत बूढ़ी हूँ, क्योंकि मैं जानती थी कि वह एक दोस्त की हैसियत से नहीं पूछ रहा है। लेकिन मेरा दिल भी अब हारने लगा था।

उस दिन कोपनहेगन के थियेटर में उसके साथ एक नाटक देखने गई। हम बैठकर नाटक देख रहे थे वैसे तो हम दोनों दोस्तों की तरह ही बैठे थे लेकिन पता नहीं क्यों मेरा मन किया कि वह आगे बढ़कर मेरा हाथ पकड़ ले। लेकिन जब उसने

ऐसा कुछ नहीं किया तो मैं मेरा मन मायूस होने लगा। मैंने खुद को समझाया कि मुझे अपने संवेगों पर कंट्रोल रखना चाहिए, और नाटक देखने में ध्यान लगाने की कोशिश करने लगी।

नाटक खत्म होने के बाद उसने मुझसे कॉफी के लिए पूछा, मैंने हां कर दी। कॉफी कब डिनर में बदल गया, पता ही नहीं चला। हमारी बातें खत्म ही नहीं हो रही थी। हम लगातार बातें कर रहे थे— हर विषय पर! आधी रात के करीब हमें अहसास हुआ कि अब हमें घर जाना चाहिए। उसने कहा कि वह मुझे घर छोड़ देगा और मैं उसके साथ उसकी कार में बैठ गई।

कुछ देर तक हम दोनों के बीच एक अजीब सी खामोशी रही। पता नहीं क्यों मुझे लग रहा था कि वह अब कुछ कहने वाला है इसलिए इससे पहले कि वह कुछ कहता, मैंने बोल दिया, ''मैं तुम्हें एक दोस्त की तरह प्यार करती हूँ लेकिन अभी मैं किसी रिलेशनशिप के बारे में नहीं सोच रही। मैं अभी तैयार नहीं हूँ।'' उसने मेरी तरफ देखा, मुस्कुराया और बस इतना बोला, ''ओके''। मुझे समझ नहीं आया कि क्या हो रहा है। कहीं मैंने कुछ गलत तो नहीं कह दिया था? हे भगवान, ये मैंने उसे क्या कह दिया! लेकिन अब मैं अपने शब्द वापस नहीं ले सकती थी, और हम मेरे घर के करीब पहुंच चुके थे। हमने गुडनाइट कहा और वह चला गया।

उसके बाद एक हफ्ते तक उसने मुझसे कोई सम्पर्क नहीं किया। मैं हताश हो रही थी कि उसने न ही मुझे फोन किया और न ही कोई मैसेज। मैं उसे बहुत मिस कर रही थी और चाहती थी कि वह बस एक बार मुझे कॉल कर दे। मेरा ध्यान किसी और काम में लग ही नहीं रहा था। मैं लगातार उसी के बारे में सोच रही थी और सोच रही थी कि वह मुझे फोन क्यों नहीं कर रहा है।

मैं यह भी फैसला नहीं कर पा रही थी कि मुझे खुद उसे फोन करना चाहिए या नहीं। क्योंकि शायद मैंने ही उसे अपसेट कर दिया था। मैंने इंतजार करने का ही फैसला किया और उम्मीद करने लगी कि वह जल्दी ही मुझे कॉल करेगा।

करीब आठ दिन बाद मेरे मोबाइल की घंटी बजी। मैं जब फोन उठाने जा रही थी तो मन ही मन भगवान से मना रही थी कि यह मार्को का ही फोन हो। मोबाइल पर मेरी नजर गई—मार्को लेरॉय! यह बहुत दिनों बाद हुआ कि फोन के स्क्रीन पर किसी का नाम देखकर मैं इतनी खुश हुई। बैचेनी सी भी हुई। सोच नहीं पा रही थी कि उसने अब क्यों फोन किया होगा। वह क्या कहेगा? मैं उत्तेजित थी आशा-आशंका की धुंध से।

उसने मुझसे इधर-उधर की बातें की, फिर कहा कि शाम को चार बजे केफे में मिलो। मैं खूब बन-ठन, सज-सँवर कर उससे मिलने गई। उसने मेरा चुम्बन लिया, और कहा कि वह मुझसे प्रेम करता है। मैं उससे स्पष्ट बोली कि हमारी उम्र

में बहुत अंतर है। मैं उससे छह साल बड़ी हूँ। एक अठ्ठारह साल के लड़के की माँ हूँ। वह बोला—''कौन कह कह रहा है कि मुझे एक कमसिन छोकरी चाहिए? मुझे परिपक्व, अनुभवशील औरतें अधिक पसंद हैं।''

मैं हौले से भावुक स्वर में बोली, ''मार्को, मैंने तुम्हें कभी नहीं बताया कि मैं तुमसे बेहद प्यार करती हूँ। असल में काफी पहले से ही मैं तुमसे प्यार करने लगी हूँ बस बता आज रही हूँ।''

उसने मुझे अपने सीने से लगा लिया।

इस नई अनुभूति ने मुझे एक नई जीवन दृष्टि दी। जिन्दगी ने एक बार फिर मुझे एक हसीन मोड़ पर लाकर खड़ा कर दिया। मुझे वह बहुत प्यारा लगता था, मैं उसे क्यूटीपाई पुकारने लगी, और उसका यह निकनेम पड़ गया। हम दोनों की दोस्ती हमारे कॉमन फ्रेंड, कैथरीना के जरिए से हुई थी। हम दोनों ने कैथरीना को बताया कि हम डेटिंग कर रहे हैं। हमारे सारे दोस्त हमें एक कपल के रूप में लेने लगे। हम दोस्तों के ग्रुप के साथ अक्सर बाहर जाया करने लगे। कभी-कभी अकेले भी घूमने, मस्ती करने।

शुरू-शुरू में मैं उसके फ्लैट में वीकेंड बिताने ही जाती थी, फिर हमने एक साथ रहना शुरू कर दिया। मेरे अंदर मेरे भारतीय संस्कार भरे थे। बगैर विवाह के किसी पुरुष के साथ एक लम्बे समय के लिए रिलेशनशिप में रहना मुझे गवारा नहीं था। मैं सम्बन्धों में विवाह का एक रक्षक कवच चाहती थी, और पति का सरनेम अपनाना चाहती थी। मैं एक पत्नी, फिर एक माँ बनने का सपना देख रही थी। मैंने कई बार शादी की बात उठाई। हर बार उसने मेरे आग्रह को टाला। ''हमें शादी नहीं करनी है। शादी एक खुशहाल परिवार की गारंटी नहीं है।'' मैंने उसे धमकी दे दी कि अगर वह मुझसे शादी नहीं करेगा तो मैं उसके साथ नहीं रहूँगी, अपने सम्बन्ध तोड़ दूंगी।

***

वह चौदह फरवरी, वेलेंटाइन डे था। उस दिन आकाश विशेष रूप से साफ और उजला था। मार्को ने कैथरीना और हमारे कुछ कॉमन फ्रेंड्स को गोल्फ कोर्स के एक रेस्टोरेंट में बुलाया। जैसे ही सब पहुंचे मार्को घुटनों पर मेरे सम्मुख बैठा, और एक डब्बी खोल कर गाने लगा— मुझसे शादी करोगी, हसीना....।''

डब्बी में पीले सोने में जड़ी हीरे की अंगूठी जगमगा रही थी। मैं अवाक् हो गयी। मेरे मुख से इतना ही निकला, ''क्या तुम सीरियस हो...?''

कुछ पलों बाद मुझे सच्चाई का आभास हुआ कि वह वाकई सीरियस है तो मैं खुशी के मारे रोने लगी। रुंधे स्वर में मैंने कहा, ''यस यस यस...।''

मार्को ने मेरी उँगली में अंगूठी पहना दी। सभी ताली पीटने लगे।

मैंने कभी नहीं सोचा था कि मार्को मुझे एक हीरे की अंगूठी के साथ इतने रोमांटिक तरीके से प्रपोज करेगा। मैं खुशी से झूम गई। सोशल मीडिया प्लेटफार्मों पर अंगूठी के साथ मैंने चित्रों को पोस्ट किया। बहुत 'लाइक्स' मिले। बहुत बधाईयाँ व शुभकामनाएं मिली।

हमने शादी की योजना शुरू कर दी। मेरी तीसरी बार शादी हो रही थी, किन्तु उसकी यह पहली शादी थी। शादी के मामले में यूरोप में जितने देश उतनी परम्पराएं। अंगूठी, ड्रेस और सेज सजाने तक के तरीकों में भिन्नता हैं। टोटके भी खासे चलन में हैं। अपनी तरफ से कुछ लोगों को आमंत्रित कर मैंने सारा मामला मार्को पर छोड़ दिया कि वह जिस तरह से शादी करना चाहे, करे। मार्को जो शुरू में शादी के लिए बहुत इच्छुक नहीं था, एक बार शादी का निर्णय होने पर वह पूरे उत्साह से भर गया। परम्परागत रूप से दुल्हन के मातापिता शादी का खर्चा उठाते हैं। न तो मेरे माता-पिता जीवित थे और न ही यूरोपीय समाज में अब इसकी खास मान्यता रह गयी है। आज की यूरोपीय मान्यताओं के अनुसार शादी में बंधने वाला जोड़ा ही सारा खर्चा उठाता है। दोनों पक्षों के माता-पिता और अतिथि सभी गिफ्ट चैक, नकद देते हैं ताकि नवविवाहितों की कुछ मदद हो जाए। मगर उपहार, नकद जब मिलेंगे, तब मिलेंगे, अभी तो हमें सब इंतजाम करना था।

मैं बहुत सूक्ष्म रूप से शादी का आयोजन करना चाहती थी— कोर्ट मैरिज और एक छोटा सा रिसेप्सन, जहाँ कोई विशेष खर्चा न हो। मगर मार्को पूरी धूमधाम चाहता था। मैं शादी का समस्त व्यय उस पर नहीं डाल सकती थी, सो न चाहते हुए भी मुझे अपनी अल्प बचत से शादी के खर्चे के लिए अपना योगदान देना पड़ा।

सौ लोगों का जमघट लग गया हमारी शादी में। मेरे स्कूल के अध्यापक, मार्को के ऑफिस के लोग, कुछ स्थानीय मित्र और बहुत सारे पारिवारिक लोग हमारी शादी में सम्मिलित हुए। मार्को के माता-पिता, बहन और कजिन्स हमारी शादी में फ्रांस से डेनमार्क आये। उसके माता-पिता से मैं पहले भी एक बार मिल चुकी थी। वे कोपनहेगन, मुझसे मिलने आये थे जब मार्को ने उन्हें मेरे बारे में बताया था। सो उन्हें छोड़ कर उसके सभी पारिवारिक जनों से मेरा पहला साक्षात्कार था। उसकी बहन सबरीना से भी मैं पहली बार मिल रही थी।

मुझे अपार हर्ष हुआ और हैरानी भी कि मेरे दोनों भाई-बहन जॉर्ज और रेचल अरब से मेरी शादी में शामिल होने आये। दुल्हन का प्रतिनिधि बनने की उन्होंने पूरी कोशिश की। अपने बेटे जोशुआ को भी मैंने बता दिया कि मैं फिर से शादी कर रही हूँ। उसका भी बधाई कार्ड आ गया था।

मैं एक बार फिर सफेद दुल्हन बनी। मैंने मार्को से कहा कि मैं अपनी पुरानी

वेडिंग ड्रेस पहन लेती हूँ। एक अधेड़ आयु की दुल्हन, क्या अपने लिए नई ड्रेस खरीदती। पैसों की भी किल्लत थी। पर, वह नहीं माना, सो नई वेडिंग ड्रेस भी खरीदनी पड़ी।

शादी के रीति-रिवाज शुरू हुए। शादी के दिन सुबह मैंने एक लम्बा स्नान लिया, अपने पिछले जीवन के विचारों, विकारों व टूटे प्यार को धोने के लिए। रेचल ने तैयार होने में मेरी मदद की। मार्को, जो अपने दोस्त के घर सज रहा था, दूल्हा बन कर हमारे घर आया। मेरा हाथ थामकर मुझे चैपल ले गया। चैपल के द्वार पर उसके छोटे कजिन भाई-बहनों ने सफेद रिबन से हमारा रास्ता रोका। मैंने रिबन काटा जो इस बात का प्रतीक था कि मैं अपने मार्ग की समस्त बाधाओं को तोड़ रही हूँ।

रस्म को निभाते हुए, जब मार्को अपनी माँ के संग वेदी पर पहुंचने के लिए गलियारे पर चला, तो दर्शकों में एक सामूहिक "ओ..." किलकारी गूंजी। फिर मैं अपने भाई जॉर्ज का हाथ थामे वेदी की तरफ बढ़ी। दर्शकों से फिर एक सामूहिक किलकारी गूंजी। नजारा लोगों को भावुक कर रहा था। सभी कह रहे थे कि मैं एक सुंदर ब्राइड लग रही हूँ। मैं फूली नहीं समाई।

मैंने सफेद गाउन पहना था। सिर पर फूलों की माला थी। जब मैं वेदी पर पहुँची तो एक चौकोर रेशमी घूँघट मार्को और मेरे सिर पर चढ़ाया गया। सारी रस्म के दौरान हमारे सिरों पर वह घूँघट चढ़ा रहा, जो बार-बार ढलक रहा था। हमारे समीप चौकन्ने से खड़े ब्राइड-गर्ल और ग्रूम बॉय वह घूँघट हमारे सिरों से ढलकने नहीं दे रहे थे। अंत में पादरी ने हम दोनों के सिरों से घूँघट खिंचा, जो इसका प्रतीक था कि हमारे समस्त दोष उतर गये।

हम विवाह सूत्र में बंध गये। बधाइयों, शुभकामनाओं और दुआओं की बौछारें हम पर होने लगी। फूल और कंफेद्दी की वर्षा भी हम पर हुई। रेचल ने मुझे चूम लिया। नम आँखों से बोली, अब मेरी जिन्दगी में सब कुछ अच्छा होगा। मार्को और मैं गलियारे की दूसरी तरफ बढ़े। एक पारंपरिक बहुस्तरीय, पिरामिड आकार का केक शीशे के आवरण में रखा हुआ था।

शीशे का आवरण हटाया गया। अब अगली रस्म यह थी कि अगर दूल्हे और दुल्हन केक के ठीक ऊपर केक से बिना टकराये एक दूसरे को चूम सके तो उनका जीवन हमेशा खुशहाल रहेगा, समृद्धि रहेगी। मैंने और मार्को ने पूरी कोशिश की हम एक-दूसरे को चूमते हुए केक से न टकराए, मगर मैं टकरा गयी। अफसोस भरी आवाजें उभरी। कुछों ने सान्तवना दी कि कोई बात नहीं, यह मात्र एक परम्परा है, वास्तविकता से इसका कोई लेना-देना नहीं। मार्को बोला, वह यह रस्म फिर से करना चाहता है। उसे अपनी जिन्दगी में सब कुछ अच्छा चाहिए। सभी ने पादरी की

तरफ देखा। उन्होंने कहा— कोई भी रस्म दोहराई नहीं जायेगी। मार्को ने पादरी का प्रतिवाद नहीं किया, मगर उसका गुस्से से तमतमाया हुआ चेहरा मैं पढ़ रही थी। मैंने उसे टोका, ''हे मार्को, इतना अन्धविश्वासी न बनो।''

किसी ने कहा कि मार्को की दादी पौलैंड से थी, और वहाँ की परम्परा है कि दुल्हन अपने सभी ससुराल वालों के साथ नृत्य करती है। दादी के देश की भी परम्परा को घसीट लिया गया। खैर मुझे डांस आता था और डांस करना पसंद भी था।

''मुझे भी डांस करना बहुत पसंद है,'' पॉल बोला।

सबसे पहले मैं मार्को के पिता बरनार्ड के साथ नाची, फिर एक-एक करके उसके सभी घर वालों के संग। अंत में मेरी सांस उखड़ गयी, बुरी तरह थक भी गई। कोई बहुत जवान, कमसिन ब्राइड तो मैं थी नहीं। चालीस टच कर रही थी।

सुबह विवाह की रस्में शुरू हो गयी थी। रात के ग्यारह बज गये जब हम रिसेप्सन वगैरह से निपट कर घर पहुँचे। कपड़े बदल कर बिस्तर पर लेटे ही थे कि अचानक बहुत तेज से दरवाजा पीटने की आवाजें आने लगी। मैं तो घबरा ही गयी। मार्को ने उठ कर दरवाजा खोला तो उसके कजिन्स और कुछ दोस्त, पूरे आठ लोग दरवाजे पर खड़े थे। दरवाजा खुलते ही वे अंदर चले आये। अभी एक रस्म और बाकी थी। परम्परानुसार, वे सारे कजिन्स व दोस्त खाने-पीने की माँग करने लगे। मैं बिस्तर पर ही लेटी हुई थी। मार्को मेरे पास आया। ''अब क्या चाहिए इन्हें?'' मैंने अलसाए से मार्को से पूछा।

''उन्हें कुछ खाना-पीना दो तभी वे हमें अकेले छोड़ेंगे,'' मार्को बोला।

''घर में तो कुछ है ही नहीं। अब उन्हें क्या दें?'' मैं बोली।

''हमें घर में कुछ स्नैक्स व वाइन-बीयर की बोतलें रखनी चाहिए थी,'' मार्को बडबड़ाया। ''मैं क्या-क्या देखूँ? यहाँ सारे इंतजाम मुझ अकेले को ही करने पड़ रहें हैं।''

''मैं तो पहले ही कह रही थी कि चुपचाप कोर्ट-मैरिज कर लेते हैं। तुम्ही को ही ये तामझाम चाहिए था,'' मैं भी गुर्राई।

''सो शादी की रात से ही खटपट शुरू हो गयी?''

''हाँ पॉल, शादी की रात से ही हमारी लड़ाई शुरू हो गयी थी।''

कजिन्स व दोस्तों ने किचन की अलमारी से खाली गिलास-प्लेट, चम्मच सब उठा लिये थे। प्लेट-गिलासों पर चम्मचे बजा-बजा कर खाने की फरमाइश कर रहे थे। सौभाग्य से रेचल और जॉर्ज हमारी बिल्डिंग के गेस्टहाउस में टिके थे। मैंने उन्हें फोन करके बुलाया। उन्होंने स्थिति सम्भाली। जॉर्ज अपने साथ दो वाइन की बोतलें लेकर आया। रेचल ने सभी से कहा कि वह अरबी कॉफी-कहवा बनाएगी।

केरल के प्रसिद्ध पैनकेक, अप्पम, सेंकेगी। वे सभी उत्सुकता से भर गये और मान गये। रेचल को रात गये उनके लिए कॉफी बनानी पड़ी। तवे पर चावल और नारियल से बने पैनकेक सेंकने पड़े। मुझे और मार्को को भी उसके संग लगना पड़ा। वाइन, गहवा और पैनकेक का आनन्द उठा, डकार मार वे सभी चलने को उठ गये। रेचल को उन्होंने कई बार धन्यवाद कहा। हमें हमारे विवाहित जीवन के लिए शुभकामनाएं दी। रेचल और जार्ज भी चले गये। मैं और मार्को अकेले रह गये। यह हमारी सुहागरात थी, मैं इसे बर्बाद नहीं होने देना चाहती थी। मैंने मार्को को 'सॉरी' और 'थैंक यू' दोनों कहा। उससे लिपटते हुए बोली, ''सॉरी, क्यूटीपाई जो मैंने तुम्हारा दिल दुखाया हो। और थैंक यू वेरी मच शादी का इतना अच्छा इंतजाम करने के लिए।'' अँधेरे कमरे में मार्को जोर से हँसा और मुझे कसकर बाँहों में समेट लिया। थकावट, संवेदनाएं, मदिरा का सुरूर... निद्रा ने हमें अपने आगोश में भर लिया। उस रात हम ऐसे ही सो गये।

अपनी हर शादी के बाद मैंने अपने पति का सरनेम अपनाया था। नैन्सी मैथ्यू, नैन्सी कोक्कन, नैन्सी हैनसन फिर नैन्सी मैथ्यू, और अब नैन्सी लेरॉय। कितने ही सरनेम मेरे नाम के आगे जुड़ते-मिटते गये। कितनी ही प्रवत्तियों के लोगों से मेरा पाला पड़ा। मैंने हमेशा कोशिश की कि मैं हर रिश्ते का धर्म निभा लूँ, एक बहू के तौर पर सास-ससुर से भी रिश्ते मधुर रहें। फ्रांस ले चलती हूँ पॉल आपको...।

''फ्रांस...।''

***

जब हम फ्रांस की बोलते हैं तो सिर्फ पेरिस ही सोचते हैं। फ्रांस में कई ग्रामीण इलाके हैं, जो गाँवों के लुभावने परिदृश्यों से भरे हैं। मार्को के मातापिता एक दूरदराज के पहाड़ी क्षेत्र में बसे फोंटन गाँव में रहते थे। नीस नगर से फोंटन के लिए बस पकड़नी पड़ती थी या टैक्सी लेनी पड़ती थी।

शादी के कुछ दिनों बाद ही मार्को के साथ मेरा फोंटन जाना हुआ। कोपनहेगन से नीस की सीधी फ्लाईट ली, और फिर बस पकड़ी। उसके माता-पिता एक बहुत बड़े घर में रहते थे। उनका अपना ढंग था रहने का। हमारे बीच बस रिश्ते की निकटता थी, हम कई बातों में एक दूसरे से बहुत दूर थे। मार्को के पिता से ही कामचलाऊ बातचीत हो पाती थी। वे थोड़ी बहुत अंग्रेजी बोल लेते थे। उन्होंने कुछ समय आर्मी में काम किया था, तो वहाँ उन्हें सीखनी पड़ी थी। माता अलिसा बिलकुल भी अंग्रेजी नहीं जानती थी। उनके साथ मुझे एक अनुवादक की जरूरत पड़ती थी। मार्को के पिता बरनार्ड गुरूर से मुझसे बोले, ''हम फ्रांसीसियों को अंग्रेजी सीखने की कोई जरूरत नहीं। दुनिया के तीस करोड़ लोग फ्रांसीसी बोलते

हैं। हमसे अगर किसी को बात करनी है तो फ्रांसीसी सीखे।''

''मैं फ्रांसीसी जरुर सीखूंगी,'' मैं उनसे नम्रता से बोली।

''डेनिश तो तुमने सीखी नहीं, फ्रांसीसी सीखने की बात कर रही हो,'' मार्को ने ताना मारा।

बहरहाल मैं चकित सी उनके विशाल भवन का भ्रमण कर रही थी। बरनार्ड और अलिसा, दोनों मेरे साथ, मुझे अपना घर दिखा रहे थे। ड्राइंगरूम, डाइनिंगरूम, बेडरूम, गेस्टरूम, रसोई, बरामदे, आँगन, गलियारे, लॉन, बाग-बगीचे और स्वीमिंग पूल तो कई घरों में होते हैं, मगर मेरे लिए जो आश्चर्यजनक था वह यह कि मार्को के माता-पिता के अपार्टमेंट्स अलग-अलग थे, बीच में एक गलियारा दोनों अपार्टमेंट्स को जोड़ता था। अलिसा कुछ फ्रेंच में बोली, जिसका बरनार्ड ने ठहाका लगाते हुए अंग्रेजी अनुवाद किया, ''यह कह रही हैं— एक उम्र के बाद पति-पत्नी को प्राइवेसी चाहिए होती है। उनके निजी जीवन का दायरा बहुत अधिक फ़ैल जाता है।''

पहले हम पिता के सेट में घुसे— एक विशाल बेडरूम, एक तरफ बेड, दूसरी तरफ सोफे लगे हुए, बार सजा हुआ। एक स्टडी रूम। बड़ा-खुला बाथरूम, उससे लगा ड्रेसिंग रूम, जहाँ एक बड़ी सी कांच की अलमारी में उनकी कुछ विशेष पोशाकें टंगी हुई। मिलिट्री यूनीफोर्म, हंटिंग की ड्रेस। बरनार्ड बोले, ''जवानी में इन्हें पहना करता था।'' कांच की अलमारी एक संग्रहालय जैसी लगी, जहाँ पोशाकों की नुमाइश सी लगी हुई थी।

बाथरूम भी बड़ा मजेदार था। बरनार्ड ने मुझे समझाया— फव्वारे में कुछ ऐसे दबाव हैं कि पानी का प्रवाह बदल जाता है, जो फिजियोथेरेपी का काम करते हैं। स्टडी में बनी बड़ी-चौड़ी सी कांच की खिड़की से बाहर इंगित करते हुए बोले, ''सबसे अच्छा मुझे यहाँ से अपने अंगूरों का बाग निहारना लगता है।''

मैंने खिड़की से बाहर देखा, अंगूरों के पकने का मौसम था... बाग में तरह-तरह किस्म के अंगूर दिख रहे थे। दो माली अंगूर तोड़ते हुए भी नजर आये।

''इस साल बहुत अच्छी फसल हुई, गर्मी जम कर पड़ी न...'' बरनार्ड बोले।

''क्या करते हैं इतने सारे अंगूरों का?'' मैंने पूछा।

वे हँसे, पत्नी से बोले, ''अलिसा, बताओ, हम इन अंगूरों का क्या करते हैं?''

''वाइन, शैंपेन और कई दूसरी तरह की शराबें बनती हैं,'' अलिसा बोली। ''मगर हम पीते नहीं हैं...।

''चखते हैं...'' बरनार्ड बोले।

''हाँ पार्टी वगैरह में, पर पियक्कड़ नहीं हैं।''

पिता के सेट के ठीक सामने माता का सेट था, जो और भी दीर्घकाय था। बेडरूम के अलावा, एक ड्राइंगरूम, जहाँ माँ अपने व्यक्तिगत अतिथियों का स्वागत

किया करती थी। एक छोटा सा किचन, जहाँ माँ अपनी चाय-कॉफी बनाती थी। माँ का बाथरूम और ड्रेसिंगरूम और भी बड़ा था। बरनार्ड बोले, ''औरतों को ज्यादा जगह की जरूरत पड़ती है।''

उनके भवन में पांच गेस्टरूम थे। मुझे और मार्को को एक गेस्टरूम मिला। बरनार्ड बोले, ''हम यहाँ तब से रह रहें हैं जबसे यह दुनिया शुरू हुई।'' मैं जानती थी कि पास-पड़ोस में उनके चचेरे-तयेरे भाई-बहन ही रहते हैं। मगर सभी अपने-अपने किलों में कैद, अपनी-अपनी जिन्दगी में खोये हुए। उनका परस्पर मिलना बहुत कम हो पाता है। साल में सिर्फ एक बार सब मिलते हैं— अगस्त माह में जब उनका फॅमिली रियूनियन होता है, जिसके लिए मैं और मार्को आये हुए थे।

बरनार्ड और अलिसा भले ही ग्रामीण इलाके में रहते थे, किन्तु उनका घर बहुत ही आलीशान था, भव्य जीवन शैली से भरा राजसी पर जाने क्यों, उनके घर में मुझे असहजता हो रही थी। लॉरा और उनकी माँ ग्रेथा का घर बरबस याद आ गया। उनके घरों में मुझे कितनी अधिक सहूलियत होती थी, कितना सहज लगता था, कितना अपनापन लगता था। उनके साथ बातचीत में मुझे किसी अनुवादक की आवश्यकता नहीं पड़ती थी। वे सभी अच्छी अंगरेजी बोल लेते थे, और अंगरेजी में बात करना पसंद भी करते थे। कहते थे, आज के ग्लोबल दुनिया में हम सिर्फ एक भाषा लेकर नहीं चल सकते।

मार्को के साथ मैंने फोंटन का भ्रमण किया। दिन भर घूमे। उनके अंगूर के बाग, विन्याईस और वाइन फैक्ट्री देखी। बेलों से अंगूर तोड़ कर खाए, वाइन चखी। मुझे यह सोच कर अच्छा लगा कि मेरे ससुराल वाले अमीर हैं, हमें भी रूपये-पैसों की कमी नहीं होगी।

घूमते हुए मैं मार्को से बोली, ''कितना अलग है यह गाँव हमारे भारत के गाँवों से! हमारे भारतीय गाँवों में घर प्रायः बहुत पास-पास व अव्यवस्थित होते हैं। गाँवों में शहरों की अपेक्षा कम सुविधाएं होती हैं। यहाँ सभी जगह पक्की सड़के, सुपरमार्केट, दूर-दूर, फैले हुए घर, हरियाली, और खामोशी!''

मार्को बोला, ''यहाँ भी जीवन के पैटर्न शहरों से अलग है। अगर यहाँ रहने लग जाओ तो महसूस होगा।''

मार्को की बड़ी बहन नीस में रहती थी। वह भी फैमिली रियूनियन में शरीक होने आई, और अपनी माता के अपार्टमेन्ट में रही। उसकी माता-पिता से अंतरंगता मार्को की तुलना में अधिक लग रही थी। मार्को के मातापिता कुल मिला कर मुझे गम्भीर लोग लगे। सिर्फ अपनी फ्रांसिसी बोलते थे। बेटे की जिन्दगी में न कोई दखलांदाजी और न ही प्रेम व अपनत्व का इजहार, और न ही कोई शिकायत। मेरे लिए वे हमेशा अजनबी बने रहे।

बहरहाल फेमिली रियूनियन वाला दिन आया। बरनार्ड नौ भाई-बहन—पाँच भाई और चार बहनें थे। बरनार्ड तीसरे नम्बर पर थे। उनके सभी भाई-बहन अगल-बगल बसे थे। फैमिली रियूनियन वाले दिन एक अच्छा-खासा जनसमूह एकत्र हुआ, नई-पुरानी पीढ़ियाँ एक साथ दिखी। एक-सौ-चार साल से एक माह तक का, हर उम्र का इंसान मौजूद था। परिवार की तीन महिलाएँ प्रेगनेन्ट भी थी।

बरनार्ड के बड़े भाई के घर में, जो और भी बड़ा था, फैमिली रियूनियन हो रहा था। सभी अपनी-अपनी तरफ से कोई न कोई विशेष व्यंजन, पकवान या फिर साधारण खाने-पीने की चीज लेकर आया। ढेर सारा खाना इकठ्ठा हो गया। फ्रेंच बेकरी तो वैसे ही दुनिया भर में मशहूर है। फ्रांसीसी भाषा की ही गूँज रही थी वातावरण में। फ्रेंच भोजन, फ्रेंच वाइन और बीयर की महक...।

परिवार प्यार व ताकत प्रदान करता है और हर एक नया जन्म और हर मिलन इस ताकत और प्यार को और बढ़ाता है। मुझे अपना संक्षिप्त परिचय देकर, अभिवादन का आदान-प्रदान करके सभी परस्पर मगन हो गये। मैं उन्हें दोष नहीं दे सकती। कई लोग बहुत दूर से इस पारिवारिक भेंट के लिए आये थे, एक-दूसरे से काफी अर्से बाद मिल रहे थे। वे मुझसे क्या बात करते, जो उनकी भाषा तक नहीं समझती। मैं एक तरफ अजनबी, कुछ उपेक्षित सी खड़ी, नजारा देखती रही। मार्को भी उनके बीच मशगूल था। जब उसकी नजर मुझ पर पड़ती तो वह मेरे पास आता, पूछता, ''आर यू ओके?''

''मैं बिलकुल ठीक हूँ। यू एन्जॉय...।'' मुझे भीड़ में अकेले रहने की आदत थी।

हँसी, ठहाके, गूफ्तगू, हगिंग, किसिंग, किलकारी... सारे भाव दिखाई दे रहे थे। कुछ सदस्य मदिरा के सुरूर में अनुपयुक्त चुटकलेबाजी करने लगे थे, फिर देखते ही देखते बरनार्ड की अपने दो भाइयों से कुछ बहस सी शुरू हुई और बढ़ती चली गयी।

मैंने पॉपकॉर्न उठाये और खाते हुए एक मूवी-शो की तरह दृश्य देखने लगी। मुझे उनकी भाषा अधिक समझ में तो नहीं आ रही थी मगर उनके हाव-भाव और स्वर से मुझे आभास हो गया था कि कोई प्रॉपर्टी का मुद्दा है। मार्को का सबसे छोटे चाचा, जो अपने भाइयों के अपेक्षाकृत भतीजों की उम्र के अधिक लग रहे थे, मेरे बगल में खड़े थे। मुझसे सबसे ज्यादा बात उन्होंने ही की। उन्होंने भी मुझे बताया कि अंगूरों के बाग और विनयार्ड की प्रॉपर्टी का मुद्दा है।

बड़े-बुजुर्ग लड़ रहे थे, युवा बच्चे उनका बीच-बचाव कर रहे थे। मगर लड़ाई दूसरी पीढ़ी के सदस्यों पर तब हस्तांतरित हो गयी जब मार्को की बहन ने अपने पिता का पक्ष लेकर अपने ताऊजी को कुछ सुना दिया।

''हे...हे...'' ताऊ के दोनों लड़के सबरीना पर गुर्राए।

इधर से अलिसा अपनी लड़की के पक्ष में तुरन्त आगे बढ़ी, साथ ही मार्को को भी बहन का पक्ष लेने के लिए ललकारा। मार्को बीच में क्या कूदा, लड़ाई अनियंत्रित हो गयी। चचरे-तयेरे भाई-बहन दूसरी तरफ से भड़के। पांडव-कौरवों की तरह पूरा परिवार दो गुटों में बँट गया। कुछ सदस्य तटस्थ खड़े रहे।

मार्को के एक चाचा की बहू व्यथित स्वर में बोली, ''हम इतनी दूर— ऑस्ट्रेलिया से लड़ने-भिड़ने नहीं आये। बंद करो यह लड़ाई।''

जवाँ खून! रुकने का नाम ही ले रहा। हाथापाई शुरू हो गई। पॉपकॉर्न खाते मेरे हाथ रूक गये। बुजुर्ग सिटपिटा गये। सभी अपने-अपने लड़कों का हाथ खींचने लगे, उन्हें परस्पर भिड़ने से रोकने लगे। लेकिन वे थमने का नाम ही नहीं ले रहे थे।

मार्को के कजिन ब्रदर की पत्नी जो प्रेग्नेट थी और नवां महीना चल रहा था, यकायक सभी पर कस कर चिल्लाई, ''स्टॉप इट!'' अचानक वह अपना पेट पकड़े सोफे पर निढाल गिर गयी, और हांफने लगी। उसका पति उसकी तरफ बढ़ा। उसे सहारा देते हुए अपना हाथ उठाकर गुर्राया, ''खामोश। मेरी बीवी की तबियत खराब हो रही है। कोई नहीं लड़ेगा। कोई चूँ तक नहीं करेगा।''

जो अन्य दो औरते गर्भवती थी, वे भी अपना पेट सहलाने लगी।

सब सहम कर खामोश हो गये। मार्को के सबसे छोटे चाचा, हाथ मारते हुए बोले, ''इस बार भी प्रोपर्टी का मसला सुलझा नहीं। बड़ी मुश्किल से सब इकठ्ठा हुए थे...।''

''क्या काफी जायदाद है?'' मैंने उत्सुकता से पूछा। उन्होंने गर्दन हिलाई। मैं मंद-मंद मुस्कुराने लगी।

मगर सभी का ध्यान अब उस बहू पर था, जो गिर कर बेहोश हो चुकी थी। कोई भाग कर गिलास में पानी ले आया। किसी ने फ्रूट जूस पेश किया। गर्म, खोलती कॉफ़ी भी आ गई। कोई उसके हथेली व तलुवे मसलने लगा। ''थैंक्स!'' उसका पति बोला।

क्या लेबर पैन में है? किसी ने पूछा।

''शायद,'' कोई बोला ।

जो आपस में लड़भिड़ रहे थे, थोड़े लज्जित से हो गये। शीघ्र ही सौहार्द का वातावरण कायम हो गया। ''पार्डन'' ''एक्सक्यूज मी'' ''सॉरी'' लोगों ने एक-दूसरे से माफी भी माँगी। बात यह नहीं होती कि आप कोई कार्य कैसे शुरू करते है, बात यह होती है कि आप कैसे उसे खत्म करते हो— अंत भला तो सब भला। सभी ने बड़ी सभ्यता से गले लग कर, एक-दूसरे से विदा ली। एक-दूसरे को धन्यवाद दिया इस पारिवारिक मिलन के लिए। वादा किया कि अगले पारिवारिक मिलन में

वे फिर मिलेंगे। ये सुझाव-मशवरे भी उछले कि किसी दूसरे देश में वे अपना एक डेस्टीनेशन पारिवारिक मिलन मनाएंगे।

मैं लेरॉय परिवार से प्रभावित हुई, और अपने पति के साथ घर लौट आयी।

दूसरी सुबह हमें खबर मिली कि उस बहू ने सुबह पाँच बज कर दस मिनट पर एक पुत्र को जन्म दिया है। एक और लेरॉय परिवार से जुड़ गया है।

एक हफ्ता अपने सास-ससुर के साथ बिता कर हम कोपनहेगन लौट आये। वह मेरा मार्को के परिवार में प्रथम और अंतिम फैमिली रियूनियन में शरीक होना था, तत्पश्चात अगर कभी जाना भी हुआ मार्को अकेला ही गया। उसने मुझे साथ चलने को भी नहीं कहा।

***

अब... तीसरे पति के साथ मेरी नई जिन्दगी शुरू हुई थी। गहरी सूझबूझ से मैंने मार्को के साथ अपने संबंधों का निर्माण शुरू किया। जब इंसान एक रिश्ते से दूसरे रिश्ते की तरफ बढ़ता है तो वह सोचता है सारी समस्याओं का अंत हो गया। मगर हर रिश्ते में नई समस्याएं हैं, नये समझौते हैं। अपने आप में कोई भी सम्पूर्ण नहीं है। घूम-फिर कर बात तालमेल बैठाना, समझौते और सामंजस्य पर ही आ जाती है।

प्यार में उम्र का अंतर मायने नहीं रखता। मार्को में स्टेमिना अच्छा था। उत्साही, ऊर्जा से भरा बन्दा, उसके आसपास होना मजेदार और तरोताजा महसूस करना है। उसने वास्तव में मुझे युवा महसूस कराया। उसने मेरे ज्ञान, अनुभव और दृष्टिकोण को सराहा।

सौभाग्य से शादी के पहले महीने में ही मैंने गर्भधारण कर लिया। लगभग बीस साल बाद, मैं फिर से मातृत्व में प्रवेश कर रही थी। जब मेरा प्रेगनेंसी टेस्ट पोजीटिव आया तो मार्को खुशी से उछल पड़ा, मुझे अपनी गोदी में उठा लिया। यह हमारे संबंधों में उन क्षणों में से एक था जब मुझे लगा कि मैंने उसके साथ प्यार करके सही चुनाव किया है। चालीस साल की अवस्था में मेरा दूसरा बेटा हुआ—नीली आँखों व सुनहरे बालों वाला। वह अपने पिता की तरह सफेद चमड़ी वाला तो नहीं लेकिन मुझसे काफी साफ रंग का है। अपने दिवंगत भाई के नाम पर मैंने उसका नाम नील रखा। मार्को ने कोई आनाकानी नहीं की। पिता बन कर वह बेहद खुश था।

बेटे के जन्म पर बरनार्ड और अलिसा कोपनहेगन आए। हमारे घर में नहीं, होटल में टिके। अपने लिए रेंटल कार भी उन्होंने खुद ही बुक की। बरनार्ड और अलिसा पहले हॉस्पिटल अपने पोते को देखने आये, फिर जब मैं घर आ गयी तो घर भी आये। मुझे एक तोहफा दिया और अपने पोते को भी—एक सुंदर पराम दी, जिस पर नील को लेटा कर घुमाना मुझे गर्व से भर देता। भोजन उन्होंने केवल औपचारिक

निमन्त्रण पर ही हमारे घर खाया। मैंने ही मार्को से जिद की कि उसके मातापिता इतनी दूर से आये हैं। होटल में टिके हैं। अपने घर कम से कम एक बार खाने पर तो उन्हें आमंत्रित करो।

मार्को ने कहा कि वह रेस्टोरेंट से खाना मंगा लेगा, मगर मैंने खड़े होकर अपने हाथों से ही उनके लिए खाना बनाया। प्रेमपूर्वक उन्हें खिलाया। उन्होंने मेरे पकाए भोजन की जरा भी तारीफ नहीं की। मुझे अपने पूर्व ससुराल वालों का ध्यान बरबस आ जाता था। लार्स के परिवार वाले कैसे चाव से मेरा पकाया भोजन खाते थे, भूरि-भूरि प्रशंसा करते थे। खैर इस दुनिया में सभी लोग एक से नहीं होते। यह दुनिया बहुरंगी है।

मैं एक वर्ष की मेटरनिटी लीव पर थी। नील को पाकर बेहद खुश थी। फिलहाल सारे गिले-शिकवे भूल कर मैंने अपना सारा लाड़-प्यार उस पर उड़ेल दिया। मेटरनिटी लीव पूरी करके मैंने स्कूल ज्वाइन किया ही था कि जिन्दगी में फिर एक मोड़ आया। मार्को ने यूएसए माइक्रोसोफ्ट ऑफिस में नौकरी ले ली। मैं अपनी स्कूल की नौकरी छोड़ना नहीं चाहती थी। मगर मार्को यूएसए जाने के लिए बहुत ही लालायित था। मैंने यह भी सोचा कि स्कूल से अवकाश लेकर जाऊँ। मगर मार्को बोला कि अमेरिका से कब लौटना होगा, कुछ निश्चित नहीं है। यह भी हो सकता कि हम हमेशा के लिए वही बस जाए। नौकरीपेशा महिलाओं के लिए हमेशा एक चुनौती बनी रहती है कि परिवार चुनो या कैरियर। कई बार दोनों को लेकर चलना मुश्किल हो जाता है। मैंने परिवार को प्राथमिकता दी।

अपनी लगी-लगाई नौकरी से इस्तीफा दे दिया। जमी-जमाई गृहस्थी उठाई। कुछ सामान बंधा, कुछ बेचा गया, कुछ यूँ ही छोड़ दिया गया।

''मुझे कुछ-कुछ याद आ रहा है...'' पॉल आँखे खोल कर मुझे घूरते हुए बोला।

''तुम्हें स्कूल ने फेयरवेल दी थी। प्रिन्सिपल विलियम थराने ने बीस मिनट की लम्बी स्पीच दी थी...। तुम्हारी खूब तारीफ की थी।''

''हाँ मेरे विलियम थराने से बहुत अच्छे सम्बन्ध थे, वे मेरे लिए मसीहा थे। लेकिन जब तक मैं अमेरिका से लौट कर आयी वे रिटायर हो चुके थे।''

और पॉल...।

पॉल ने स्कूल ज्वाइन ही किया था, जब मैं स्कूल से विदा हो रही थी। और, इतने वर्षों बाद हम फिर एक-दूसरे के सामने थे—वह मेरा प्रिय ग्राहक और मैं उसकी मालिशिया।

छह

सयुंक्त राज्य अमेरिका (उत्तरी अमेरिका)

आज दुनिया में 195 देश हैं। मैं विश्व के सर्वोच्च धनाढ्य व शक्तिशाली महादेश आ गई थी। मेरे लिए यह एशिया, अफ्रीका और यूरोप के बाद चौथे महाद्वीप-उत्तरी अमेरिका में जिन्दगी बसर करना था। मार्को माइक्रोसॉफ्ट में काम करता था और माइक्रोसॉफ्ट का प्रमुख गढ़ सिएटल था। सो हमने वाशिंगटन राज्य के एक प्रमुख बंदरगाह शहर, सिएटल में अपना बसेरा बसाया। मुझे इसका उपनाम बड़ा पसंद आता था— एमराल्ड सिटी, क्योंकि शहर और आसपास के क्षेत्र पूरे साल हरियाली से भरे रहते हैं।

भाग्यशाली हैं वे जो एमराल्ड सिटी के निवासी हैं। मगर एक नए शहर या देश में नया जीवन शुरू करना रोमांचक और चुनौतीपूर्ण दोनों है। जैसे ही हमने अपने नए फ्लैट के अंदर कदम रखा, एक अज्ञात सन्नाटे और खालीपन ने हमें घेर लिया। हमने अपना सामान अनपैक किया, नया फर्नीचर खरीदा, व्यवस्थित किया, पुनर्व्यवस्थित किया, और धीरे-धीरे खाली फ्लैट घर में बदल गया। इसके साथ-साथ चलता रहा सोसियल सिक्योरिटी कार्ड, हैल्थ इंश्योरेंस, टेलीफोन कनेक्शन हासिल करना, कार खरीदना...। उफ कितना कुछ चाहिए होता है मनुष्य को अपने छोटे से जीवन में। एक काम खत्म नही होता कि हम अगले के लिए दम भरते।

घर जब पूरा जम गया तो हमने दरवाजे पर नेमप्लेट टांगी—मार्को जोली लेरॉय एंवं नैन्सी मैथ्यू लेरॉय। पड़ोसियों की नेमप्लेट पर मैं नजर डाल चुकी थी। एजेंट से पहले ही पता चल गया था कि हमारी तीन मंजिल इमारत में कुल मिला कर सात परिवार रहते हैं-हर मंजिल में दो परिवार। बिल्डर ने अतिरिक्त पैसे कमाने के फिराक में बेसमेंट में भी एक फ्लैट बनवा दिया था। वहाँ एक युवा कपल रहता था। उनके मुख्य दरवाजे पर टंगी नेमप्लेट पर लिखा था— अभिलाष शर्मा एवं शोभना मोहन। दोनों इंडियन थे, मल्टीनेशनल कम्पनियों में प्रोफेशनल थे। दोनों अपने में मगन व अपनी जिन्दगी में बहुत व्यस्त दीखते थे। मेरी उनसे बिल्डिंग के अंदर आते-जाते वक्त बस दो तीन दफा बात हुई थी। दोनों के माता-पिता भारत में रहते

थे। वह दोनों पढ़ने के लिए अमेरिका आये थे। एक साथ इंजीनियरिंग की थी। वहीं उनकी डेटिंग शुरू हुई और सात महीने पहले भारत में उनकी शादी हुई थी।

बाकी पड़ोसियों से भी थोड़ी बहुत बातचीत हुई थी। हमारे ठीक सामने के फ्लैट में युगल—जेसिका स्मिथ और अशोक सेठी रहते थे। जेसिका अमेरिकन और अशोक इन्डियन था। हमारी तरह वह भी एक मिश्रित युगल था। हमारी दोस्ती उनमें से किसी के साथ नहीं बढ़ी, सिवाय इमारत के आम खर्चों के बारे में फैसला करने के लिए जब सभी निवासी इकठ्ठा होते, तभी बात होती।

पहली बार मैंने अमेरिका की धरती पर कदम रखा था, शुरू में किसी को नहीं जानती थी। बस एक सोसियल मीडिया ही दोस्त था। संयोग से मुझे फेसबुक पर सिएटल में रह रही एक्सपेट लड़कियों का एक ग्रुप मिल गया। मैंने उन्हें पोस्ट किया कि मैं यहाँ नई-नई आयी हूँ। मुझे स्वीमिंग, योग, तेल मालिश और नेचुरल हीलिंग में दिलचस्पी है। उन्होंने गर्मजोशी से मेरा स्वागत किया और कुछ समान रुचि रखने वाली महिलाओं के साथ मेरा सम्पर्क हुआ, जल्दी ही वे मेरे अच्छे दोस्त बन गए। भाषा कोई समस्या नहीं थी। सभी अंग्रेजी बोल लेते थे। मैंने यह महसूस किया कि स्थानीय लोगों के साथ संवाद करने से दुनिया को देखने-समझने का मेरा नजरिया कितना बदल रहा है। जीवन के अनुभवों के लिये एक नया फलक मिल गया था

अमेरिका एक ऐसा पड़ाव था जिसे मैंने दिल से पसंद किया। बल्कि मैं कहूँगी बहुत जल्दी ही यह देश मेरे अन्दर बसने लगा था और मेरी रगों में उल्लास और उमंग बनकर दौड़ने लगा।

''ऐसा!''

हाँ पॉल, एक मुख्य कारण यह भी था कि यहाँ मेरा जोशुआ करीब था...। अमेरिका से लगे कनाडा के ब्रिटिश कोलंबिया राज्य के वैंकूवर शहर में पढ़ रहा था। वह अब जवान हो चुका था—सजीला, बहुत खूबसूरत। एक बार व्यवस्थित हो गये तो मेरे पास समय ही समय था। नील एक बहुत प्यारा और शांत शिशु था। बहुत सोता था। मैं बड़े प्यार से अपने बेटे, अपने जिगर के टुकड़े को पाल रही थी। उसके प्रति मेरा ममत्व अगाध था। वह मेरी लाइफ लाइन बन चुका था। मेरे डोलते जहाज का एंकर था।

सीएटल से वेंकुवर का सफर बस द्वारा सिर्फ तीन घंटे का था। जैसे-जैसे जोशुआ बड़ा होता गया, उसका मेरे पास आना क्रमश: कम होता गया। कभी परीक्षाएँ, कभी कालेज का कोई टूर, कभी कोई ट्रेनिंग, कभी यूँ ही उसकी अपने साथियों के साथ मौज-मस्ती...। मेरे पास विजिट करना उसकी प्राथमिकता नहीं रह गयी थी।

''यही होता है जब बच्चे बड़े हो जाते हैं। माता-पिता उनके केंद्र में नहीं

रहते। उनकी जिन्दगी अन्य दिशाओं में फ़ैल जाती है। केंद्र भी बदल जाते है।''

ऐसा ही होता है न पॉल...! तुम्हें तो सब कुछ मालूम है। तुम तो स्वयं भुगतभोगी हो।

यह मेरे लिए सुनहरा अवसर था अपने जोशुआ के साथ कुछ समय बिताने का। मार्को तो अमेरिका पहुंचते ही अपनी नौकरी में व्यस्त हो गया था। मैं इस धरती पर उतरने के तीन माह बाद नील सहित वैंकूवर चली गयी। बस की सवारी प्राणपोषक थी। प्राकृतिक सौंदर्य से सराबोर। वैंकूवर दुनिया के सुंदर शहरों में से एक है। जोशुआ हमें बस स्टॉप लेने आया हुआ था। बचपन में छोटा-पतला, दब्बू किस्म का बालक दिखने वाला जोशुआ लम्बा-तगड़ा हो गया था। अपने पिता पर गया।

यूबीसी, यानी यूनीवर्सिटी ऑफ ब्रिटिश कोलम्बिया से वह मास्टर कोर्स कर रहा था। यूनीवर्सिटी के ही पास एक फ्लैट में दो लड़कों के साथ रहता था। करतार सिंह सिख था। उसके पैदा होने से पहले ही उसके माता-पिता भारत से टोरंटो जाकर बस गये थे। बहुत कुछ बदला मगर सब कुछ नहीं। उसने अपनी खास पहचान पगड़ी को नहीं छोड़ा। उसका कहना था कि उसके परिवार ने 1984 में तत्कालीन प्रधानमंत्री इंदिरा गांधी की हत्या के बाद सिखों पर हुए नरसंहार से घबरा कर कनाडा में शरण ले ली थी।

''नरसंहार! किस साल पैदा हुए थे तुम?'' मैंने पूछा।

''1986 में,'' करतार ने जवाब दिया।,

ओह तब तो तुम पैदा भी नहीं हुए थे।''

''घर वालों से सब कुछ सुना है कि भारत में सिखों का कत्लेआम हुआ था...।''

''मैं तो केरल राज्य की हूँ, जोकि दिल्ली से बहुत दूर है। मैंने खबरों में ही देखा-सुना था कि इंदिरा गाँधी की उनके ही दो सिख बॉडीगार्डों ने हत्या कर दी थी। इसके बाद दिल्ली में सिख विरोधी दंगे हुए, जिसमें सैकड़ों निर्दोष सिखों ने अपनी जान गंवाई।''

''अंगरक्षकों ने ही गोली से भून दिया?'' जोशुआ आश्चर्य से बोला। ''यार, तुझ पर तो हम भरोसा कर सकते हैं?'' वह हास्य के पुट से बोला।

''चुप...'' मैं उससे बोली। जोशुआ सकपका गया। उनसे मैं इतिहास के आधे-अधूरे निकले सत्यों की चर्चा क्या करती। मुझे खुद ही पूरा सच नहीं मालूम। मेरी लिए बस इतना काफी था कि करतार मेरे बेटे का एक भरोसेमंद दोस्त है।

जोशुआ का दूसरा साथी वियतनामी-मीयूंग दांग था। उसका कहना था कि उसके मातापिता वियतनाम युद्ध के बाद 1975 में अमेरिका में बस गये थे। ''मेरे

माता-पिता ने युद्ध के दौरान हुई तबाही और भीषण आघात के बारे में मुझे बताया,'' वह बोला। सो तीनों अपने मूल देशों से विस्थापित हुए मातापिता की संतानें थी। तीनों की स्थितियां एक जैसी, संघर्ष एक जैसे...।

मुझे देख कर उसके दोनों साथी शुरू में चकराए थे। मेरी गोदी में एक नन्हा बच्चा। कभी वे मुझे निहारते तो कभी नील को, फिर जोश से अचरज से बोले, ''यह तुम्हारी माँ है या बहन?''

''माँ है मेरी...'' जोश मेरे कंधे पर हाथ रखते हुए गर्व से बोला। ''मॉम मेरी ही उम्र की थी जब मैं पैदा हुआ था।''

''ओह...यंग मदर...!''

''मेरी माँ बनने के लिए बिलकुल सही उम्र में थी,'' जोश बोला।

मैं यादों में खो गई। इक्कीस साल की थी जब जोश पैदा हुआ था, और आज जोश इक्कीस का था। अपने को इस वैश्विक दुनिया में बसाने के लिए संघर्ष कर रहा था। यूनीवर्सिटी ऑफ ब्रिटिश कोलम्बिया एक मंहगी यूनीवर्सिटी थी। वहाँ पढ़ना सभी के लिए आसान नहीं था। मैंने जब उससे खर्चे की बात की तो उसने बताया कि कुछ खर्चा उसका पिता देता है, कुछ वह बैंक से लोन ले रहा है। कुछ वह एक इन्डियन रेस्टोरेंट में बैरे के पार्टटाइम जॉब से कमा लेता है। गुजारा हो जाता है।

उसके फेसबुक से मुझे पता चल गया था कि तमाम गोरी लड़कियों से उसकी दोस्ती है। दोस्ती की हदें क्या हैं, नहीं जानती थी, मगर आये दिन वह तरह-तरह की लड़कियों के साथ रोमांटिक पोजों में अपनी पिक्चरें लगाता था, जो मुझ में एक खीज उत्पन्न करता था और चिंता भी। मैं उसे क्या कहती? उसके मातापिता में से कोई भी उसके लिए आदर्श नहीं बन पाया था। मगर जब मैंने उससे बातों-बातों में पूछा, उसकी शादी के बारे में क्या विचार है तो बोला, ''गोरी लड़कियाँ सिर्फ दोस्ती के लिए ही ठीक है। शादी तो मैं किसी देशी लड़की से ही करूंगा— मलयाली इंडियन हो तो और अच्छा।''

उसके ऐसे विचार जानकार मुझे अफसोस हुआ। मैंने उससे पूछा कि वह किसी गोरी लड़की से विवाह क्यों नहीं करना चाहता तो जानते हो पॉल, उसने क्या कहा, ''गोरी लड़की से दोस्ती तो की जा सकती है, शादी नहीं। वे बहुत स्पष्टवादी, व्यक्तिवादी, स्वतंत्र और कभी-कभी आक्रामक भी होती हैं।''

उसके साथ रह रहे दो लड़कों ने भी हाँ में हाँ मिलाई। विदेशी जीवन पद्धति में पले-बढ़े एशियन युवा साहसी एवं परिश्रमी होते हैं। मगर सामान्यतया पत्नी को लेकर उनकी धारणा में बहुत फर्क नहीं आया। वे अभी भी ऐसी लड़कियों से विवाह करना चाहते हैं जो पहले स्त्री हो फिर कुछ और, नाजुक और विनम्र हो, उनसे कम कमा रही हो, उनके आदेश का पालन करें। उनकी यह सोच-धारणा...? मैं क्या

कहती?

''ममा डियर...तीन बेडरूम हैं हमारे पास। आप कौन से कमरे में सोना पसंद करोगी...?''

''मैं यहाँ किसी को डिस्टर्ब नहीं करना चाहती,'' मैं उन लड़कों को देखते हुए बोली। ''तुम जैसे रहते हो, वैसे ही रहो। मैं ड्राइंगरूम में सो जाऊँगी।''

''आप ड्राइंगरूम में क्यों सोओगी, भला...'' करतार बोला।

''इसमें खलल की कोई बात नहीं है। आप यहाँ हमारी मेहमान हो,'' मीयूंग बोला।

कुछ सोचते हुए मैं बोली, ''तो फिर जोशुआ, मैं तेरे कमरे में ही रहूंगी।''

''ठीक है। आप और नील बेड पर सो जाना। मैं जमीन पर एयर मैट्रेस लगा लूंगा।''

जोश के कमरे में मैंने अपना सामान लगा लिया। पर्स, नील के डायपर, उसकी फीडिंग बोतलें आदि।

मुझसे बतियाते हुए जोशुआ किचन में आ-जा रहा था, और कुछ ही देर में खाना पका कर प्लेट में परोस कर दे दिया। मैं अभिभूत हो गई। अपलक उसे देखते ही रह गई। ''वाह!''

''आपको इतना आश्चर्य क्यों हो रहा है? मैं तो बरसों से खाना पका रहा हूँ।''

बरसों से...। वाकई हमारा परिवार बहुत जल्दी ही बिखर गया था। जब भी हम मिलते थे हमारे बीच अब्राहम का जिक्र भी आ जाता था। मैं ही उससे उसके पिता के विषय में पूछा करती थी।

''पापा मस्त है अपने बिजनेस, अपनी दारु और अपनी गर्ल्स के साथ,'' हंसते हुए उसने सिर झटक दिया ।

''वे अभी भी क्या वैसे ही है...?'' मैंने उससे पूछा।

''पापा और आप में एक अंतर है...। आप सब काम एक नियम, कायदे व सिद्धांत से करना चाहती हो, पापा नियमों, सिद्धांतों और कानून की परवाह नहीं करते...। उनका अपना एक अलग स्टाइल है।''

''तू मेरी तुलना अपने पापा से कर रहा है...?'' मुझे निहायत ही आश्चर्य हुआ। ''तेरे पापा ने मेरे साथ धोखाधड़ी की है, फरेब किया है,'' मैं नाराज होते हुए बोली।

मुझ पर पैनी दृष्टि डालते हुए बोला, ''पापा ने मेरे साथ कोई धोखा नहीं किया, मेरे साथ कोई फरेब नहीं किया। उन्होंने हमेशा मुझे अपनी जिम्मेदारी समझा।''

क्या मैंने तुझे धोखा दिया है, फरेब किया है, क्या मैंने तेरे लिये कुछ नही किया? पूछना चाह रही थी बेटे से, मगर शब्द जुबान पर नहीं आ सके। थोड़ा डर भी था कि कहीं वह आगे कुछ न बोल दे। अपनी जिन हरकतों की वजह से अब्राहम ने मेरी जिन्दगी में विष घोल दिया था, वही बातें जोशुआ को कुछ लग ही नहीं रही थी। पापा और उनकी लड़कियाँ... कितने लाड़ से वह बोल रहा है। मुझे और उन्हें एक ही तराजू में तौल रहा है।

''तू अपने पापा के बारे में मुझसे सुनना चाहता है? वे एक वूमेनाइजर थे। जो भी औरत उनके हाथ लगती थी, उसके साथ सोते थे,'' पहली बार मैंने उसके सामने यह सच्चाई उगली थी।

वह कंधे उचकाते हुए बोला, ''पापा की कुछ जरूरतें हैं। ठीक है। मुझ पर इन बातों का कोई असर नहीं होता। फिर कोई भी परफेक्ट नहीं होता।''

जिन्दगी में हरेक को किसी भी मामले में निजी राय रखने का हक है। जोशुआ को भी है। कोई हमदर्द नहीं दर्द मेरा साया है। हंसने की चाह ने कितना मुझे खूब रुलाया...।

बेटे की बात दिल पर लगी। मेरी आँखों से आँसू झरने लगे। मुझे रोता देख वह मेरे करीब आया। मेरे गले में अपनी बाँहें डालते हुए बोला, ''अरे मम्मी, नहीं। यहाँ घूमने आयी हो...रोने नहीं। आई एम् सॉरी अगर मैंने आपका दिल दुखाया। पापा कहते हैं कि आपने उनका बिजनेस खड़ा करने में बहुत मदद की थी।''

''शुरू में की थी, थोड़ी बहुत...। मैं कभी भी पैसों में नहीं खेली कि किसी की कोई बहुत मदद कर सकूं...। तुझे भी कहाँ कुछ भेज पाती हूँ।''

''अरे आप अपने इस बेटे को कमाऊ होने दो,'' वह बोला। ''अभी बस मजे करो। मुस्कुरा दो।''

वाकई यह समय ऊंच-नीच सोचने का नहीं था, हर क्षण भरपूर जी लेने का था। कहाँ मौका मिलता है जोशुआ के संग रहने का! मेरे गले मैं अपनी बाँहें डालकर जब वह मुझसे पूछता, ''मॉम, क्या खाओगी?'' मैं पुलक जाती। विस्मय-विमुग्ध नजरों से अपने बेटे को निहारती। इसे मैंने जन्म दिया है! खुद से ही प्रश्न करने लगती। कहाँ गये वे साल...?

सुबह जब वह बिस्तर पर मुझे चाय देता तो कौतुक होता, कभी-कभी मेरी आँखे छलक जाती। जवान बेटे का सुख क्या होता है, यह महसूस कर रही थी। मेरे मन में अपने बेटे की गृहस्थी के प्रति अपनत्व जग गया था। हाथ मचलने लगे। तीन मर्दों का घर... कितना भी व्यवस्थित क्यों न हो, मर्दों का ही होता है, औरत के हाथ की बाट जोहता हुआ। चाहे कैसी भी परिस्थितयां हो, मैं कहीं भी हूँ, हाथ पर हाथ धर कर बैठना मेरा स्वभाव नहीं रहा। मैंने उनके घर को काफी सजाया-सँवारा। वे

मुझे मना करते, किन्तु मैं लगी रहती। उनका ड्राइंगरूम ठीक कर दिया, टॉयलेट्स धो दिए, किचन में सभी समान करीने से लगा दिया।

अब्राहम ने अगर मुझे पीड़ा दी तो जोशुआ की इतनी अच्छी परवरिश कर मुझे यह सुखद अहसास भी दिया कि बेटे के कदम मजबूत राह पर हैं। पैसों की परवाह न करते हुए उसने उसे दुनिया के एक मंहगे कॉलेज में पढ़ने को भेजा। यूनीवर्सिटी ऑफ ब्रिटिश कोलम्बिया की सैर करते हुए मैं गर्व से भर गई थी कि मेरा बेटा इतनी उच्च कोटि की संस्था से शिक्षा प्राप्त कर रहा है, इसका श्रेय अब्राहम को ही जाता है।

एक गाना जोशुआ अक्सर गुनगुनाया करता—जब भी जी चाहे नई दुनिया बसा लेते हैं लोग...एक चेहरे पर कई चेहरे लगा लेते हैं लोग...।

मुझे ऐसा लगता वह मुझे सुना रहा है। दिल में कसक उठती। एक दिन मैंने उसे उलाहना दिया, "यह क्या तू हमेशा गुनगुनाता रहता है? कहाँ सीखी यह हिन्दी गानों की धुन?"

वह बोला, "पिछले शुक्रवार को कैम्पस में इंडियन स्टूडेंट्स ने हिन्दी पिक्चर 'दाग' प्रोजेक्टर पर लगाई थी। उसी पिक्चर का गाना है। शर्मिला टैगोर गा रही थी।"

"मत गाया कर यह गाना।"

"क्यों? क्या मैं इतना बेसुरा हूँ?"

"नहीं, तू बहुत अच्छा गाता है (जो सच था), लेकिन मुझे इस गाने के बोल पसंद नहीं।"

उसने फिर नहीं गाया।

हम खूब घूमे-फिरे...। उसने मुझे अपनी भव्य यूनीवर्सिटी के अलावा अन्य स्थलों की सैर करवाई। नील का ख्याल रखा। खूब खिलाया-पिलाया भी। वह स्वयं एक बहुत अच्छा कुक था, एक दिन वैंकूवर से डेढ़ घंटे की ड्राइव में सर्री ले गया। सर्री एक उपनगर है जहाँ भारतीयों की घनी आबादी थी। बोला, नार्थ अमेरिका के बढ़िया भारतीय रेस्टोरेंट सर्री में हैं। वहाँ गुलबर्ग रेस्टोरेंट में हमने खाना खाया। वास्तव में लाजवाब भोजन आत्मा तृप्त कर गया।

खाना खाते वक्त उसने मुझसे एकाएक पूछा, "आपकी तैराकी कैसी चल रही है?"

"बहुत दिनों से छूटी हुई है, जबसे नील पैदा हुआ," मैं बोली।

"तैरना है यहाँ के समुद्र में?"

"यहाँ के समुद्र में?"

"मेरे साथ?"

"तेरे साथ! नील को कौन देखेगा?"

"उसका भी इंतजाम करता हूँ," जोशुआ बोला।

पहाड़ों और समुद्र तटों से घिरे शहर वैंकूवर में कई समुद्री तट सैर-सपाटे के केंद्र हैं। अगले रोज हम स्टैनली पार्क के किनारे स्थित लम्बे, रेतीले इंग्लिश-बे-बीच पहुंच गये। करतार हमारे साथ हो लिया।

करतार ने नील को सम्भाला। मैं और जोश तैराकी सूट में रेत पर पाँव जमाते हुए समुद्र की लहरों पर उतरे। सूरज चमक रहा था। तट से समुद्र और सूर्य को निहारना बहुत ही रोमांचक लग रहा था। जोशुआ मेरे पास था पर जाने क्यों बहुत दूर... बहुत दूर लग रहा था। सत्य मिथ्या... इन्हीं के बीच अध्यात्म कुछ-कुछ अपनी अनुभूति करा रहा था।

हम माँ-बेटे ने जम कर तैराकी की। गर्मी के इस मौसम में समुद्र के ठंडे-ठंडे पानी में छपाके मारने और लहरों के थपेड़ों के साथ आगे-पीछे होना बहुत रोमांचकारी लगा। वर्षों की मेरे मन की तमन्ना कि मैं अपने बेटे के साथ समुद्र की तेज लहरों में तैरूंगी, आज पूरी हो गयी थी। जोशुआ भी अच्छा तैराक बन गया था। मगर मुझसे कह रहा था, "मॉम, आपकी बराबरी नहीं कर सकता।"

एक-डेढ़ घंटा तैर कर मैं बाहर आ गयी। करतार का आभार प्रकट करते हुए मैंने उसके हाथों से नील को ले लिया। करतार भी तैरने के लिए मचल रहा था। स्विमिंग सूट उसने पहले से ही पहना हुआ था। अपनी पगड़ी उतार कर उसने मुझे थमाई, और छह-फुट-तीन इंच का वह नवयुवक समुद्र की तरफ दौड़ गया।

अक्सर मैं बहादुरी के बारे सोचती हूँ। बहादुरी क्या है? तुम बता सकते हो, पॉल?

पॉल कुछ सोचते हुए कहता है, "मेरी समझ से बहादुरी वह है कि आप वह कुछ कर गुजरने का हौसला रख लेते हो जो आपके वश की बात नहीं थी।"

सही कहा पॉल... बहादुरी कोई अजूबा कर लेना या किसी कार्य में पारंगत होना नहीं होता, बल्कि आप वह करते हो जिसे करने का आपको कोई तजुर्बा नहीं है, जिसे करने से आपका मन घबराता है, फिर भी आप आगे बढ़ जाते हो। करतार किस दर्जे का तैराक था, मैं नहीं जानती थी। वह तट पर से पानी में कूदा और जोशुआ के साथ हाथ-पैर मारने लगा। मैं तट पर नील को थामे बैठी जोश और करतार को समुद्र की लहरों में खेलते हुए निहारती रही। करतार की जूड़ी खुल चुकी थी। उसके बाल बिखर कर पानी में लहरा रहे थे। पहली बार मैंने देखा उसके बाल बहुत लम्बे और घने थे।

मैं मंत्रमुग्ध दोनों दोस्तों को निहारती जा रही थी, साथ ही नील को उसका बेबी फूड भी खिला रही थी। सहसा देखा करतार को एक तेज लहर ने अपनी चपेट में ले लिया। वह तैर नहीं रहा, बल्कि गोते खा रहा। वह अभी भी हाथ-पैर मार रहा

है... मगर वह अंदाज बिलकुल अलग है। मैं अपनी जगह से उठ गयी, निगाहें उस पर टिका दीं, यह सुनिश्चित करने के लिए कि क्या वह सचमुच डूब रहा है। अगले ही पल मैं नील को गोद में लिए समुद्र की तरफ दौड़ी, किन्तु किनारे पर पैर जम गये। मैंने लाइफ सेविंग स्ट्रोक सीखा हुआ था। मैं स्मरण करने लगी—पीड़ित को पीछे से पकड़ना पड़ता है, नहीं तो वह तुम्हें भी ले डूबेगा। केवल नीचे वाला हाथ चलता है, ऊपरी हाथ डूबते हुए को खींचता है।

मुझ जैसी एक उत्कृष्ट तैराक हिम्मत नहीं जुटा पायी समुद्र में छलांग मार कर करतार को बचाने की। बल्कि मैं शोर मचाने लगी, ''उसे बचाओ...उसे बचाओ... वह डूब रहा है...।''

मैंने देखा जोशुआ लहरों से संघर्ष करते हुए करतार की तरफ जा रहा है। मगर करतार उससे दूर होता जा रहा है।

''नहीं जोश...'' मैं चीखी। ''तू बाहर निकल...लहरें बहुत तेज हैं। तू भी डूब जाएगा।'' जोशुआ मेरी कुछ नहीं सुन पाया या उसने नहीं सुनी।

अगल-बगल खड़े लोग सिर्फ तमाशबीन बने हुए थे। सभी मेरी तरह... सभी के पैर रेत पर जमे हुए। क्या करूँ मैं? मैं लगातार चिल्ला रही थी, तट की जांच कर रही थी कि कोई पेड़ की शाखा, तौलिया, रस्सी या स्विमिंग रिंग उसकी तरफ फेंकू। एक औरत मुझसे बोली, ''बोट सर्विस वालों से बोलो। देखो, उनका बूथ वहाँ पर है...।'' नील को उसकी गोदी में थमा मैं बेतहाशा बोट रेंटिंग बूथ की तरफ भागी। मुझे बदहवास हाथ हिलाते हुए और चिल्लाते हुए देख दो युवक मेरी तरफ दौड़ कर आये। ''वह डूब रहा है...वह लम्बे बाल वाला...सरदार... उसे बचाओ...'' मैं हाँफते हुए बोली।

करतार किनारे पर से बहुत दूर पहुँच गया था। मगर उसका एक हाथ दिख रहा था।

युवकों ने फटाफट अपनी शर्ट उतारी और समुद्र में छलांग मार ली। पीछे से एक नाव भी उस दिशा की तरफ चल पड़ी।

मैं धड़कते दिल से उन युवकों को करतार की तरफ बढ़ते हुए देखने लगी। मेरे साथ-साथ अन्य लोग भी। सब लोग स्थिर हो गये थे। जोशुआ भी करतार के पास लगभग पहुँच चुका था। मगर उन युवकों की रफ्तार बहुत तेज थी। वे जोशुआ को पार कर करतार के पास पहले पहुँच गये।

दोनों ने मिल कर करतार को ऊपर खींच लिया। लम्बे-चौड़े करतार को खींच कर किनारे तक लाने के लिए उन्हें बहुत मशक्कत करनी पड़ रही थी। खैर नाव भी अब तक उनके पास पहुँच गयी थी। करतार को नाव में लेटा कर किनारे पर लाया गया।

मेरे साथ जो कोई भी तट पर खड़ा था, सभी ने राहत की साँस ली। वे दो नौजवान जो करतार को मौत के मुँह से खींच कर लाये थे, सभी को देवदूत की तरह लग रहे थे।

करतार की हालत खस्ता थी—अर्धमूर्च्छित। तुरंत उसे फर्स्ट-एड टेंट पर लेजाया गया। आनन-फानन में वहाँ एक डॉक्टर भी पहुंच गया। करतार को प्राथमिक चिकित्सा और सीपीआर दिया गया। उसकी हालत थोड़ी ठीक हो गयी। पर वह बुरी तरह डरा हुआ था, कुछ शर्मिन्दा भी था। मुझे पता चला कि उसे स्वीमिंग बिलकुल भी नहीं आती थी। कहने लगा, ''आप दोनों को देख कर लग रहा था कि तैरना बहुत आसान है सो मैंने भी छलांग मार ली।''

यह बहादुरी और मौज मस्ती उसे महंगी पड़ गई। बहरहाल मैं बहुत खुश थी कि वह सही-सलामत है। मैंने बोट वाले युवकों को तहे दिल से धन्यवाद कहा। जोशुआ ने भी उनका आभार प्रकट किया, उनकी पीठ थपथपाई, हाथ मिलाया। करतार भी उनका आभार प्रकट करने लगा तो वे मेरी तरफ इशारा करते हुए बोले, ''हमें नहीं, इन्हें धन्यवाद कहिये। इन्होंने तुम्हें डूबते हुए देखा और शोर मचाया।''

करतार मेरे गले लग गया। ''थैंक यू आंटी....।''

मैंने करतार को हृदय से लगा लिया ।''बात तो तब होती जब मैं तुझे बचाने के लिए खुद समुद्र में कूदती,'' कहते हुए मैं फफक रो पड़ी।

''आप कैसे कूद सकती थी? आपके पास नील था,'' वह बोला।

''नील को तो मैं किसी को भी पकड़ा सकती थी।''

जोशुआ भी मुझसे कहने लगा, ''मम्मी, आपने ठीक ही किया कि आप खुद समुद्र में नहीं कूदी। आपने बोट वालों से मदद माँगी। वे प्रोफेशनल हैं।''

''मैं प्रोफेशनलों से भी बढ़ कर थी...'' मैं बोली।

जोशुआ झेंपते हुए बोला, ''मैं तो आपकी ऐसे ही तारीफ कर रहा था...। मम्मी, आपकी तैराकी में वह बात अब नहीं रही जो हुआ करती थी, सो अच्छा ही हुआ कि आप खुद नहीं कूदी.... बचाने के लिए।''

करतार के दोनों हाथ पकड़ते हुए जोशुआ बोला, ''यार, तू बच गया... नहीं तो मुझे भी डर लगने लगा था कि कहीं मैं तुझे खो न दूँ...'' कहते हुए उसकी आँखे नम हो गयी।

सहसा हम तीनों एक-दूसरे से चिपक गये। कुछ थम सा गया हमारे बीच। मैं रोते जा रही थी यह सोच कर कि मैं मानसिक व शारीरिक रूप से इतनी क्षीण हो चुकी हूँ ! मैं करतार को बचाने के लिए समुद्र में कूदने का साहस नहीं जुटा पायी। मेरा जोशुआ कह रहा है मेरी तैराकी में अब वह बात नहीं रही । मुझे मछली, लहरों की बेटी पुकारा जाता था। मुझे अपनी तैराकी पर बड़ा गुरूर था। क्या फायदा इस

तैराकी का...! कितने ही जजबात, भाव मेरे अंतर्मन में तिर रहे थे। न जाने क्या-क्या याद आ पड़ा था...। भाई नील की अकस्मात मौत...। उसे बचाने के लिए हमारी अक्षमता। अप्पा की मृत्यु...मेरे द्वारा उनकी पुकार की अवहेलना...। अब्राहम के साथ भोगी आत्मग्लानि...। लार्स के साथ झेली व्यथा...। अपना असहायपन...अपनी बेबसी...अपनी अकर्मण्यता...।

करतार और जोशुआ मुझे सहलाने लगे थे। जोशुआ मजाक में बोला, "चलो हम करतार की सलामती का जश्न मनाते हैं...। किसी अच्छे रेस्टोरेंट में खाना खाते हैं...।"

"ट्रीट मेरी तरफ से," मैं झट से बोली।

"ठीक है आप ही पेमेंट करना।"

"किसी उत्कृष्ट रेस्टोरेंट चलो।"

दोनों लड़के अपने मोबाइल निकाल कर गूगल पर रेस्टोरेंट देखने लगे।

एक मेडिटेरियन रेस्टोरेंट उन्होंने चुन लिया।

शाम के पाँच बज चुके थे। इंग्लिश-बे-बीच से टैक्सी पकड़ कर हम सीधे रेस्टोरेंट चले गये। करतार के गीले बाल लहरा रहे थे—कमर तक लम्बे व घने बाल। वह खुश नजर आ रहा था। उसे जिन्दगी का मोल पता चल चुका था। वह बच गया था, सही सलामत था, इसकी खुशी हम सभी को थी। हालांकि मेरे अकाउंट में बहुत पैसे नहीं थे, मगर उस शाम के खाने का पेमेंट मैंने अपने क्रेडिट कार्ड से किया।

उस घटना के बाद करतार हमारे अधिक नजदीक आ गया। जहाँ कहीं हम जाते, करतार भी साथ हो लेता।

दिन भर हम घूमते रहते, घर आकर रात में सो जाते। मैं और नील बेड पर और जोशुआ करीब ही नीचे फर्श पर बिछे बिस्तर में। वे दस दिन मेरे जीवन के सबसे अच्छे दिनों में से थे। कुल मिलाकर कनाडा की ट्रिप शाही रही।

मेरा जोशुआ इस संसार में अपने को जमाने के लिए अकेले ही संघर्ष कर रहा था। उसका मनोबल बढ़ाने के लिए मैं उससे बोली, "यह सच है बेटा, मैं तेरे लिए बहुत बड़ा आदर्श नहीं हूँ। पर तजुर्बे में तो तुझसे ज्यादा हूँ। मैंने चार महाद्वीपों में जिन्दगी जी है। दुनिया की संस्कृतियों में भिन्नता जितनी है उससे कहीं ज्यादा समानता है। एक-दूसरे के लिए आदर और अपनापन दिखाओ तो सभी अपने हो जाते हैं।"

जोशुआ ने सहमति में गर्दन हिलाई। मुझे भविष्य की अपनी योजना बताई। "मदर डियर, मास्टर करके मुझे यहाँ का तीन साल का वर्क परमिट मिल जाएगा। एक साल की नौकरी के बाद मुझे यहाँ का पी.आर. (परमानेंट रेजीडेंस) कार्ड मिला

जाएगा, और दो साल की नौकरी के बाद मैं यहाँ की नागरिकता हासिल कर सकता हूँ। एक बार कनाडा की नागरिकता मुझे मिल जाए तो मेरे लिए यूएसए आना भी सरल होगा।''

मैं बोली, ''मार्को का भी यूएसए में स्थायी तौर पर बस जाने का इरादा है। तू भी अमेरिका शिफ्ट हो जाना। हम सब एक ही देश में रहेंगे, एक ही शहर में...। कितना अच्छा होगा, यदि हम सभी एक ही शहर में रहें, एक-दूसरे के आसपास...!''

''यस, मदर डियर, ऐसा ही होगा...।''

वर्षों से तमन्ना थी जोशुआ मेरे संग रहे। देर सबेर ही सही वह सपना पूरा होता नजर आ रहा था, मैं पुलकित सी हो जाती। मैं तरह-तरह के ख्वाब बुनने लगी थी। मैंने जोशुआ को अपने पास सिएटल आने को कहा।

***

वह हर तीन-चार महीने में सिएटल का एक चक्कर लगाने लगा। मेरे दोनों बेटे साथ, लगता जन्नत मिल गयी है। नील से जोश बीस साल बड़ा था पर उसे बहुत प्यार किया करता था। 'लिटिल ब्रदर' कह कर पुकारता था। नील भी अपने प्रति उसके प्यार को तुरन्त भाँप गया था। मेरी गोदी से लपक कर उसकी गोदी में चला जाता। दोनों भाइयों के बीच अच्छा तालमेल होता देख मुझे परम संतोष हुआ।

मार्को उसका सौतेला पिता था। ऐसे असहज सम्बन्धों को लेकर वह बहुत परिपक्व था। अपने सौतेले पिता से वह बड़े आदरपूर्वक मिला करता था। मार्को के मन में उसके लिए मिले-जुले भाव रहते थे। जब भी वह उससे मिलता, उसे घूरा करता। मुझसे कहता, ''नैन्सी, यह आदमी तुम्हें 'मम्मी' पुकारता है तो मुझे अजीब सा लगता है...।''

बेचारा जोशुआ थोड़ा असहज हो गया। मिश्रित परिवार हमेशा मुश्किल होते हैं। लार्स और मार्को में कोई भी इतना महान नहीं था कि जोशुआ का पिता समान बन सके। उसने अपने किसी भी सौतेले पिता को 'डैड' नहीं पुकारा। लेकिन माँ को भी माँ न पुकारे, क्या ऐसा हो सकता है, पॉल? मैंने मार्को से कुछ भी नहीं छुपाया था। जब उसने प्रेम का प्रस्ताव रखा था तो उसे स्पष्ट बताया था कि मैं एक अठ्ठारह साल के लड़के की माँ हूँ।

वह उसे कभी पसंद करता तो कभी उससे चिढ़ जाता। जब जोश किसी यात्रा में नील को गोदी में लिए रहता, फटाक से चाय-कॉफी या कोई स्नैक खरीद कर हमारे सम्मुख पेश कर देता, घर के कोई छोटे-मोटे काम करता या फिर मार्को के साथ कोई अधिक ऊर्जा वाले स्पोर्ट खेल खेला करता तो वह उसे खूब सराहता। ''ओह, जोश...यू आर सच ए बिग हेल्प...। तुम्हारी अगली छुट्टियां कब हैं, चले

आना यहाँ फिर...। मुझे अपना सीवी दो, मैं अपने दोस्तों को फोरवर्ड कर दूंगा।''

एक बार जोश हमारे पास सिएटल आया हुआ था। किचन का सिंक और एक टॉयलेट टैंक फ्लश उन दिनों ठीक से काम नहीं कर रहें थे। हम प्लम्बर को बुलाने की सोच रहे थे पर वह टलता जा रहा था। जोश को पलंबिग, होम मरम्मत भी आती थी। वह खुद ही बाजार से कुछ नलसाजी के उपकरण खरीद कर लाया और उसने सिंक ठीक कर दिया। टॉयलेट के टैंक का वाल्व बदल कर फ्लश दुरुस्त कर दिया।

शाम को जब मार्को ऑफिस से घर आया तो मैंने उसे बताया कि जोशुआ ने सिंक और फ्लेश दोनों ठीक कर दिए हैं, पलम्बर की जरूरत ही नहीं। मार्को ने किचन के सिंक में पानी चला कर देखा, पानी सर्र से बह रहा था, रुक नहीं रहा था। टॉयलेट का फ्लेश चला कर देखा। ''अरे वाह...'' उसके स्वर में खुशी थी। जोशुआ की पीठ ठोकते हुए कहने लगा, ''तुम एक ऐसे मेहमान हो जिसका मैं बार-बार अपने घर आना पसंद करूंगा।''

हालांकि मार्को ने यह बात जोश की प्रशंसा में कही थी, मगर जोश का मुँह लटक गया। मार्को से कुछ न बोला, मुझसे मायूसी से पूछने लगा, ''मैं यहाँ मेहमान हूँ? बेटा नहीं हूँ?''

''तू मेरा अनमोल बेटा है...'' मैं उसे अपने गले लगाते हुए बोली। ''मुझे तुझ पर बहुत नाज है।''

मैंने मार्को को फटकारा कि वह ऐसी बातें क्यों करता है जो जोश को चुभती है।

''मैंने ऐसा क्या कहा...?'' वह उलटा जवाब-तलब करने लगता।

मैंने निराशा में अपना सिर हिलाया, अपने बेटे पर मुझे दया आयी। मुझे लगा हर कोई उसके साथ गलत व्यवहार कर रहा है।

सुबह की घटना...! हे भगवान!

जोश ने मुझे बताया था कि जब वह उस सुबह सुपरमार्केट से सामान खरीद कर घर आ रहा था, नीचे की मंजिल में रहने वाली कोलीन ब्रुक भी बाहर से घर आ रही थी। मैं जोशुआ को घर की चाबी देना भूल गई थी। कोलीन ब्रुक जब बिल्डिंग का दरवाजा अपनी चाबी से खोलने लगी तो जोशुआ भी उसके साथ बिल्डिंग के अंदर होने लगा। उसने जोशुआ को अंदर आने से रोक दिया, कहने लगी, उसने जोशुआ को इस बिल्डिंग में कभी नहीं देखा। वह कौन है, वह नहीं जानती। जोशुआ बोला, उसकी माँ यहाँ रहती है—नैन्सी लेरॉय। वह अपनी माँ के पास आया हुआ है।

कोलीन ब्रुक बोली, वह कुछ नहीं जानती। वह उसे अपने साथ बिल्डिंग के अंदर नहीं घुसने दे सकती। यहाँ कुछ चोरियाँ हो चुकी हैं, जिससे लोग बहुत सतर्क

हैं। उसे जिस घर में जाना है, वहाँ की घंटी बजाए।

"यहाँ क्या चोरी हुई है?" जोशुआ ने शोपिंग बैग मेज पर रखते हुए मुझसे पूछा।

"मेरे सामने तो एक ही चोरी हुई है, नीचे बेसमेंट में जो यंग इन्डियन कपल रहता है, उनके घर...।"

एक शाम छह बजे जब अभिलाष ऑफिस से लौट कर आया तो देखा कि घर का ताला टूटा हुआ है। उसका माथा ठनका, अंदर घुसा तो होश उड़ गये। सामने कैबिनेट से टीवी नदारद। बेडरूम में गया तो वहाँ सब कुछ तहस-नहस। वह रो पड़ा अपने घर की ऐसी हालत देख कर। तुरंत पत्नी को ऑफिस में फोन किया, उसे बताया कि उनके घर चोरी हो चुकी है।

शोभना भी हड़बड़ाई सी घर लौटी। उन्होंने अपने घर को टटोला तो पता चला कि शादी में मिले सारे गहने उठ चुके हैं। इलेक्ट्रॉनिक का सारा सामान घर से गायब है। कुछ तो शादी मिले तोहफे थे जो उन्होंने खोले तक नहीं थे।

दिन दहाड़े इतना सारा सामान घर से उठ गया, और हम से किसी को भी पता नहीं चला। हम सभी हैरान थे, शर्मिंदा भी। पुलिस आयी, उनका मकानमालिक भी आया, बिल्डिंग के सभी लोग इकट्ठे हुए। कोलीन ब्रुक बार-बार कहे जा रही, "शाम चार बजे के करीब मैंने भारतीय रंगरूप के एक अज्ञात व संदिग्ध आदमी को हमारी बिल्डिंग के बाहर खड़े देखा।"

अभिलाष कहने लगा, "हाँ, चोरी करीब शाम चार बजे ही हुई है, क्योंकि दरवाजे पर लगा थर्मामीटर जो चोरों द्वारा सामान बाहर ले जाने पर नीचे गिर गया होगा, समय चार बजे पर अटका दिखाई दे रहा है।"

मार्को मजाक करने लगा, "अमेरिका में उस इंडियन को एक इंडियन का ही घर मिला चोरी करने को... कुछ तो राष्ट्रीय भावना दिखा देता।"

मुझे अभिलाष और शोभना से बहुत हमदर्दी थी। बेचारे दोनों मायूस, लाचार से बैठे थे। नई-नई गृहस्थी जमाई थी, और काफी कुछ लुट चुका था। उनके पास कोई बीमा कवरेज भी नहीं था।

"चोर बेदर्द होते हैं।"

बिलकुल सही कह रहे हो, पॉल। किन्तु कोलीन का इस बात पर जोर देना कि चोर इंडियन था, और फिर मार्को की ऐसी मजाक मुझे बहुत खली। "तुम कैसे दावे से कह सकती हो कि चोर इंडियन था," मैंने कोलीन से तर्क किया। मेक्सिकन भी इंडियन की तरह दीखते हैं।"

पुलिस बोली, "चोर कहीं का भी हो, मगर वे एशियाई, खास कर इंडियन और पाकिस्तानियों के ही घरों की सेंध लगाते हैं। उन्हें मालूम रहता है सोने-चांदी

के गहने उनके घर में ही मिलते हैं।''

''पर तुझे कैसे मालूम कि यहाँ चोरी हुई है?'' मैंने अपने बेटे जोश से पूछा।

जोशुआ ने कोलीन के साथ हुआ सारा वार्तालाप मुझे सुना दिया।

मुझे बहुत ही खराब लगा यह सुनकर कि मेरी पड़ोसन कोलीन ब्रुक ने उसे अपने संग बिल्डिंग में घुसने नहीं दिया, जबकि मैं उसे जोशुआ के बारे में बता चुकी थी कि मेरा बड़ा बेटा वेंकूवर में पढ़ता है, मेरे पास आता रहता है। उसने उसे शायद मेरे संग देखा भी हो। फिर भी...।

मुझे बेहद गुस्सा आ गया, लगने लगा कि यहाँ हर कोई मेरे जोश का अपमान कर रहा है। एकाएक मैं बालकनी में गई और जोर-जोर से चिलाने लगी, ''भई, सब सुनो... जोशुआ मेरा बेटा है...। वह यहाँ एक मेहमान नहीं है...। जोशुआ मेरा बेटा है...। खबरदार उसे बिल्डिंग के अंदर आने से रोका।''

''तुम्हारी मम्मी पागल हो गई,'' मार्को जोश से बोला।

जोश मेरा हाथ अंदर खींचते हुए बोला, ''मम्मी, यह क्या कर रही हो? यह अमेरिका है, इंडिया नहीं! मैं आना बंद कर दूंगा, अगर आप ऐसा करोगी।''

मैं बहुत ही बेबस हो गयी।

जब कभी मैं प्यार से जोश की पीठ सहलाती, उसके लिए कुछ खरीदती तो मार्को चिढ़ जाता। मुझ पर इल्जाम लगाता, ''तुम एक माँ के रूप में अधिक समर्पित हो। एक पत्नी के रूप में तुम्हें अपनी जिम्मेदारी का अहसास कम है। जब तुम अपने दोनों बेटों के साथ होती हो तो मुझे भूल जाती हो।''

एक बार कहने लगा, ''जब जोशुआ आता है तो तुम बहुत खुश नजर आती हो। मैं जब बिजनेस ट्रिप से घर लौटता हूँ तुम्हारे चेहरे पर जरा भी मुस्कान नहीं खिलती।''

यह हद थी। मैं उसे कहना चाहती थी कि अपना स्वभाव और व्यक्तित्व ऐसा बनाओ कि तुम्हारे घर लौटने पर बीवी खुश हो। मगर मुझे अपने दाम्पत्य जीवन में जहर नहीं घोलना था। मैं मार्को को यह अहसास नहीं दिलाना चाहती थी कि मैं अपने पुत्रों से अधिक लाड़-प्यार करती हूँ, पति से कम। मेरे लिए मार्को उतना ही महत्वपूर्ण था जितना कि जोश, बल्कि जोश से अधिक। मैं उसकी हर छोटी-छोटी खूबियों को सराहने लगी। पुरुष प्रशंसा पसंद करते हैं। उसकी पसंद की चीजें खरीदने लगी। पास के स्टोर से उसका मन पसंद पेय खरीद कर फ्रिज में रख देती। जब वह ऑफिस से लोटता तो उसे पेश करती। उसके पसंद का खाना पकाती। उसके लिए कपड़े और जूते खरीदती। ये छोटी-छोटी सरल चीजें थी। मैं उसे यह जतलाना चाहती थी कि मैं उसके बारे में सोचती हूँ, उससे प्रेम करती हूँ।

''वह भी मुझसे बहुत प्रेम करती थी...। उसकी छोटी-छोटी, सरल बातों से

प्रकट होता था। कोई अपना सीना फाड़कर थोड़ी ही दिखा सकता है हम तुमसे कितना प्रेम करते हैं,'' पॉल बोला।

''क्या रिश्ता था आखिर तुम्हारा उस औरत से?'' मैं हठात् पॉल से पूछ बैठी।

''उसका नाम नीना था,'' पॉल मुझे तुरंत सुधारता है।

''क्या रिश्ता था तुम्हारा नीना से? पत्नी थी?''

''पत्नी हुआ करती थी। तलाक हो चुका था।''

''तो फिर उसकी पुण्यतिथि पर तीर्थयात्रा करने का अभिप्राय...?''

''बयाँ नहीं कर सकता कि क्या रिश्ता था उसके और मेरे बीच...। मेरे कदम बस चल पड़े यात्रा पर उसे श्रद्धांजलि देने के लिए...। मेरी छोड़ो, अपनी सुनाओ...।''

ओह... मैं मार्को के प्रति अपने प्रेम के इजहार में कितनी कामयाब हुई, नहीं जानती थी, मगर जोशुआ कुछ-कुछ भांप गया था। वह बड़ी गर्मजोशी से हमारे पास आता, और एक-आध दिन में ही मार्को का रवैया देख असहज हो जाता। एक दिन कुछ सोचते हुए मुझसे बोला, ''पापा ने जो कुछ औरतों के साथ किया घर के बाहर किया। अच्छा हुआ वे किसी को मेरी सौतेली माँ बना कर घर नहीं लाये।''

जोशुआ ने मेरे पास आना बहुत कम कर दिया। जब कभी मैं उसे फोन पर अपने पास सिएटल आने को कहती तो पूछता, ''आर यू श्योर? मैं तो मार्को की आँखों की किरकिरी हूँ।''

जोशुआ में अपना पुरुष अहंकार था। मँझधार में फंस गई थी मैं। एक तरफ बेटा तो दूसरी तरफ पति। मैंने अपने पति को अधिक महत्ता दी।

***

अमेरिका प्रवास कई अर्थों में अनूठा रहा। भारत में, एक सादे, मध्यवर्गीय परिवार में रहते हुए मैंने पश्चिम को कौतूहल से देखा था। अब इस भूखंड को करीब से देख-परख परख रही थी। यहाँ के जीवन पर एक विहंगम दृष्टि डाली-यहाँ की रवानगी, रंग-ढंग, संस्कृति, व्यवसाय प्रवृति और लोग...। बहुत सारी बातें सामने आयी। संयुक्त राज्य अमेरिका की संस्कृति बहुसांस्कृतिक आचार से प्रभावित है, जिसमें मूल अमेरिकी, अफ्रीकी, एशियाई, और लैटिन अमेरिकी लोग और उनकी संस्कृतियां शामिल हैं। हर परिवेश—चीनी, जापानी, इस्लामी... यहाँ मौजूद था। भारतीय परिवेश भी यहाँ अच्छा-खासा था।

संयुक्त राज्य अमेरिका में प्रवास ने मेरे क्षितिज को चौड़ा करने और दुनिया को बेहतर समझ के लिए अधिक अवसर प्रदान किए। स्थानीय शाकाहारियों से मिल कर मेरी शाकाहार, जड़ी-बूटियों और विभिन्न धर्मों के अध्ययन में गहरी दिलचस्पी उत्पन्न हुई। दर्शनशास्त्र की पुस्तकों में भी रुचि विकसित हुई, विशेषकर

जॉन रस्किन और हेनरी डेविड थोरा द्वारा लिखी हुई।

दो पड़ोसी देश—मेक्सिको और कनाडा—मुझे अमेरिका की ताकत लगे। यूरोपीय देश भी बीते कल की अपनी समस्त तकरार मिटा कर आज अच्छी साझेदारी से रहते है। ऐसा सामंजस्य और साझेदारी काश एशियाई देशों में भी देखने को मिलती, जहाँ द्वेष, तकरार, प्रतिद्वंद्विता, युद्ध की स्थिति लगातार चलती रहती है।

बहरहाल सीएटल के उपनगर ग्रीनवुड में मेरा जीवन घूमता रहा। कुछ खास मित्र बन गये। यहाँ मैं सिर्फ एक गृहिणी थी, जिसका उद्देश्य घर की देखभाल, खरीददारी, बच्चे का लालन-पालन और खाना पकाना-खाना। न भाषा सीखने का संघर्ष, न ही नौकरी जुटाने की जद्दोजहद। नील को पराम में डाले मैं शॉपिंग मॉल के लिए निकल जाती। अपनी इंडियन शौपिंग के लिए देशी दुकानें खोजती, रेस्तरां, चाट हाउस, कैफे और एक्स्पेट मीटिंग में जाती। मैंने अपने शौकों को भी विकसित किया। इंटरनेट में बड़े पैमाने पर मालिश की तकनीकों का अध्ययन किया। मानव शारीरिक रचना पर खोज की। मानव शरीर के विभिन्न हिस्सों के महत्वपूर्ण दबाव बिंदुओं के बारे में मैंने ऑन-लाइन शोध किया; उन्हें कैसे पहचानना है, उनका उपयोग कैसे करना है, कैसे उन पर दबाव डालकर रोग के निदान और उपचार में मदद मिल सकती है। विशेष हर्बल तेल बनाने के तरीके भी सीखे।

मैं नील की रोज मालिश करती। कभी-कभी मार्को की भी, जब वह तनाव में होता, उसके सिर, कंधों और पैरों की मालिश कर लेती।

जोश जब तीन महीने तक मेरे पास नहीं आया तो मैंने उसके पास एक चक्कर लगाया, फिर यह एक पैटर्न बन गया। उसने हमारे पास सिएटल आना बिल्कुल छोड़ दिया, मैं ही उससे मिलने उसके पास वैंकूवर जाती रही। अमेरिका और कनाडा... दो देशों के बीच मेरी दुनिया घूमती रही। कोई भी स्थान एक शहर भर नहीं होता। ज़िन्दगी जीने, अपने आपको और दुनिया को समझने का एक माध्यम भी होता है। जीवन शैली की भिन्नता, सोच का अंतर और भाषागत भिन्नता एक किस्म का ''कल्चरल शॉक'' देती है। मूल्यों की परस्पर टकराहट की अनुगूँज मुझे हर महाद्वीप में महसूस हुई।

भारतीयों की अगली पीढ़ी-जो यहाँ पैदा हुई और पली-बढ़ी है, उनकी समस्या अलग है। वे सभी निश्चित रूप से दो संस्कृतियों के बीच का द्वंद्व, आर्थिक असुरक्षा और भेदभाव का सामना करते हैं। पश्चिमी जीवन मूल्यों और भारतीय जीवन मूल्यों के बीच का आंकड़ा अधिकतर छत्तीस का रहा है। कितना लेना है और कितना छोड़ना है, इसे लेकर संभ्रम की स्थिति बनी रहती है। हर तरह का वक्त आता है जिन्दगी में। और वक्त कब गुजर गया, पता भी नहीं चलता। हम बहुत कुछ छोड़ कर आगे बढ़ जाते हैं समय के कुछ जिद्दी निशानों के साथ।

उत्तरी अमेरिका में जीवनशैली कुछ ऐसी थी कि न तो अपने भारत को मिस करती थी और न ही यहाँ स्वयं को एक इमिग्रेंट समझती थी। कोलंबस के पन्द्रहवीं सदी में खोजे इस देश में सभी इमिग्रेंट्स थे। अधिकांश के लिए यह स्वेच्छा से अपनाया गया प्रवास था, इसलिए सभी खुश थे। गाँवों से शहरों को कूच करना, अपने-अपने देशों से विदेशों में कूच करना एक स्वाभाविक प्रक्रिया है। भटकन, सुदूर अनजान जगहों में जाकर रहना इंसान की सदियों पुरानी फितरत है। विभिन्न महाद्वीपों में रहते हुए मैं कई आने-जाने वालों के सम्पर्क में आई। मैं स्वयं इस समूह में हूँ। परिचित स्थानों को पीछे छोड़ना और अनजान स्थानों को खोजना। मन के अन्तर्द्वन्द, अपने व्यक्तिगत असंतोष, आगे बढ़ने की अधीरता, नए रोमांच की तलाश, नए महाद्वीपों, नई दुनिया की खोज, मार्ग पर आने वाली समस्याओं का समाधान खोजना, और अक्सर पीछे छोड़ी हुई दुनिया पर पछतावा करना... यही सब तो इंसान करता है।

तीन साल कब निकल गये पता ही नहीं चला। अभी मैं यहाँ के जीवन की आदी हो ही रही थी कि एक दिन मार्को ने यकायक घोषणा की, ''हम डेनमार्क वापस जा रहे हैं।''

''हम डेनमार्क वापस जा रहे हैं!'' मैं बुदबुदाई। ''फिर हम यहाँ आये ही क्यों?''

मार्को को शुरू से ही अमेरिका कुछ जंचा नहीं था। कहता रहता था, ''यूरोप की तुलना में यहाँ जीवन बहुत व्यस्त है। अमेरिकन फ्रेंडली तो है मगर फेक है। यूरोपियन लोग सच्चे इंसान हैं।''

मैं उससे तर्क करती, अच्छे-बुरे इन्सान सभी देशों में हैं। यूँ कहो तो जर्मन और फ्रांसीसी लोगों की छवि भी विश्व में कोई बहुत अच्छी नहीं है। इंग्लैण्ड तो अपने कोलोनियल रूल की वजह से पूरे विश्व में बदनाम है।

पॉल हंस पड़ा। मगर मार्को नहीं हँसा था। उसने भृकुटि तान ली थी।

सच कहूँ तो मैं अमेरिका से यूरोप नहीं लौटना चाहती थी। अमेरिका में ही अपनी जिन्दगी संजोना चाहती थी। नील गोदी में, जोश बगल में, और क्या चाहिए था मुझे। मैं मार्को से लड़ी भी, मगर वह नहीं माना। मैं क्या करती? अपने अकेले के दम पर मैं अपने जीवन की गाड़ी नहीं खींच सकती थी। मेरी मर्जी व राय की कोई अहमियत भी नहीं थी। सो तीन साल अमेरिका में बिता हम लौट के बुद्धू घर—डेनमार्क को आ गये।

सात

डेनमार्क (यूरोप)

अमेरिका से डेनमार्क लौट कर बड़ा उखड़ा-उखड़ा सा लगा। ऐसा लगा जैसे कुछ बहुत ही महत्वपूर्ण पीछे छूट गया है—मेरा जोशुआ। मगर अपने दिल को समझा रही थी कि जोश अब एक वयस्क पुरुष है। जवान बेटे का दामन पकड़ कर रखने में न तो मेरी भलाई है और न ही उसकी। उसकी और मेरी राहें अब अलग हैं।

अमेरिका जैसे एक विशाल देश से डेनमार्क जैसे एक छोटे से देश में आकर एक बात जो अच्छी लगी, वह यह कि डेनमार्क छोटा होने के बावजूद सम्पन्न था। यहाँ कार पर यातायत नहीं टिका था, साइकिल खूब दिखाई देती थी। मैं पहले की तरह हर जगह साइकिल पर जाने लगी। कई स्थानों पर तो पैदल पहुंच जाती। बस या ट्रेन लेने का मन हो तो उसकी भी सहूलियत थी।

अभी फिलहाल हम एक अस्थाई घर में रह रहे थे। नील चार साल का हो गया था। स्कूल जाने लगा। मैंने सोचा, मैं भी कुछ करती हूँ। पेशे से अध्यापिका थी। सो मैंने अपने पुराने स्कूल फोन किया, ईमेल भेजी, नौकरी के लिए पूछा, कहा कि मैं इस स्कूल की पुरानी अध्यापिका हूँ। उन्होंने जवाब दिया कि अभी कोई जगह खाली नहीं है। मैंने अन्य इंटरनेशनल स्कूलों में अर्जी दी, कोई जवाब नहीं।

कोपेनहेगन के सभी अंतरराष्ट्रीय स्कूलों से खेद पत्र प्राप्त करने के बाद, मैंने अन्य व्यावसायिक क्षेत्रों में नौकरी की तलाश की-चाइल्ड-डे-केयर, ओल्ड-एज-होम, सुपरमार्केट, कैफे...। मैंने अपना सीवी ठीक किया, अपने कवर लेटर को कस्टमाइज (ग्राहकीकरण) किया, अपने पेशे में आये ठहराव को समझाया। सौ से अधिक आवेदन किये। हर जगह से अस्वीकृति मिली या कोई प्रतिक्रिया नहीं आई। मैं हताशा से स्वयं से पूछती, 'मुझे नौकरी क्यों नहीं मिल रही है? मुझ में क्या कमी हैं, जो कोई भी ढंग का जवाब नही दे रहा, मुझ में रूचि नहीं ले रहा।

एक तो डेनमार्क में हर तरह की नौकरी के लिए, चाहे वह चाईल्ड-डे-केयर या ओल्ड-एज होम हो, प्रशिक्षण की जरूरत है। मेरे पास अध्यापिका की ट्रेनिंग के सिवाय और कोई ट्रेनिंग नहीं थी। जिन्दगी के एक बिंदु पर मैं यह भी सोचा करती

थी कि मैं कुछ और नहीं, किसी स्वीमिंग पुल पर एक प्रशिक्षक या लाइफ गाइड तो बन सकती हूँ। मगर वैंकूवर में इंग्लैंड-बे-बीच पर हुई उस खौफनाक घटना के बाद यह विचार मन से निकल चुका था। मैं एक भीरु किसी की जान क्या बचा पाऊँगी। मुझे, लहरों की बेटी को पानी से डर लगने लगा था।

मार्को ने मुझे सुझाया कि मैं सफाई का काम पकड़ सकती हूँ। उस काम के लिए ज्यादा डेनिश भी नहीं चाहिए। मुझे वाकई नौकरी की आवश्यकता थी। मैं ताउम्र मार्को पर अपने समस्त खर्चों के लिए निर्भर नहीं रह सकती थी। मगर सफाई का काम...!

''तुम चाहते हो कि मैं गुसलखाने और शौचालय साफ करूं, इमारतों से लोगों का कचरा उठाऊं?'' मैंने अचरज से मार्को से पूछा।

''इसमें बुराई क्या है? पैसे अच्छे मिलते हैं, इस काम में।''

''भूखी मर जाऊँगी मगर सफाई का काम बिलकुल नहीं पकडूंगी। तीसरी दुनिया से आने वाले कई पढ़े-लिखे लोग, जब उन्हें कुछ नहीं मिलता तो सफाई के काम में लग जाते हैं, मगर मैं उनमें से नहीं हूँ। मेरा पति सोफ्टवेयर इंजीनियर है। सास-ससुर के विनयार्ड हैं, वे धनी लोग हैं। उनकी बहू ऐसा निम्न जॉब करें!'' मैं तिलमिलाई।

''तुम क्या हो?'' मार्को ने ताना मारा।

मैं अपमान का घूँट पीकर रह गई।

मैं इधर-उधर नौकरी के लिए प्रयास करती रही। जब कोई नौकरी मिलने के आसार नजर नहीं आये तो सोचा कोई कोर्स कर लूँ। पर सबसे पहले तो डेनिश भाषा ढंग से सीखूं, यहाँ सारा काम डेनिश में होता है, ये मुल्क अंग्रेजी भाषा के मोहताज नहीं। मार्को को उलाहना भी देती कि अगर अमेरिका में सिर्फ तीन साल ही रहना था तो हम डेनमार्क से उखड़े ही क्यों। अपनी जमी-जमाई नौकरी मैंने फ़ालतू में ही छोड़ दी। अब फिर से यहाँ नये सिरे से अपने को जमाने में दिक्कते तो थी ही। मैं फिर शून्य पर आ गई थी। सब कुछ फिर से शुरू करना था।

मेरी जिन्दगी, मेरी परिस्थितियां मेरे लिए नये प्रश्न, नयी समस्यायें छोड़ती रहीं। मेरे प्रयास निष्फल होते रहे। मैं उधेड़बुन में थी—क्या करूं? कुछ समझ नहीं आ रहा था। मन उचाट था। एक शाम मार्को ने ऑफिस से आकर मुझे एक ऐसी खबर दी कि मेरा मन खिल उठा। उसकी कम्पनी उसे बंगलौर भेज रही है। ''वाह...'' मैं चहकी। मेरी खुशी का ठिकाना नहीं रहा। हम भारत जा रहे हैं! बीस वर्ष हो गये थे अपना वतन छोड़े हुए। बस, सिर्फ मिलने के लिए ही जाया करती थी। वहाँ जाकर अपना घर बसाने और रहने का ख़्वाब मुझे रोमांचित करने लगा। मुझे अत्यधिक प्रसन्नता हुई, मार्को से लिपट कर मैंने उसे चूम लिया। ''क्यूटीपाई,

आई लव यू,'' बोली।

डेनमार्क में फिर से नौकरी खोजनी और अपने को बसाने के झगड़ों से मुक्ति मिल गयी। वैसे भी आदमी का संघर्ष किसी समाधान के लिए ही होता है और जब समाधान खुद ब खुद उपस्थित हो जाए तो उसकी सुखानुभूति ही अलग है। मैं फिलहाल इसी अनुभूति में ही रहना चाहती हूँ। मैं सहसा तनावमुक्त हो गयी।

''मगर हम वहाँ सिर्फ दो सालों के लिए जा रहे हैं,'' मार्को मुझे बार-बार याद दिलाता।

''अरे दो साल तो बहुत लम्बा समय है,'' मैं पुलकित थी।

हमारा सामान पूरा खुला भी नहीं था कि फिर बंधने लगा। गत्ते के डिब्बो में घर का सिमट जाना अजीब सा अहसास दिलाता है। इस आत्मारहित बंधे सामान के बीच, मैं कभी-कभी खुद को भी एक सामान सा पाती हूँ। सिमटना, समेटना, लपेटना, छिपाना, क्या कुछ नहीं होता रोजाना। खो जाती हूँ इन सबके बीच। एक बार फिर से, मैं इस सामान को सहलाकर, सजाकर एक नया घर बनाऊँगी—अपने भारत में।

जाने की तैयारी करते, दौड़ते और भागते एक दोपहर हमने फ्लाईट पकड़ी, अपना चंद सूटकेसों के साथ हम कोपनहेगन से बंगलौर आ गये।

आठ

भारत (एशिया)

जब हम अतीत का कोई टुकड़ा अपने लिए, अपनी स्मृति में सुरक्षित करते हैं तो वह काल की सीमा से परे हो जाता है। वक्त कहीं भी नहीं ठहरता। हम चाहे अरसे से अपने देश से बाहर हों, स्थितियाँ बदल चुकी हों, हमारी स्मृति में वह कालखंड सुरक्षित रहता है और हम उसी को बार-बार जीना चाहते हैं।

भारत बहुत बदला हुआ लगा, हर रूप में। कुछ चीजें वैसी ही थी जैसी मेरे स्मृतिपटल में सुरक्षित थी, कुछ चीजें बदतर हो गई थी, और कुछ आश्चर्यजनक रूप से बेहतर हो गई थी।

कुछ पहलुओं पर भारत बड़ी कुशलतापूर्वक से काम कर रहा है। तेजी भी दिखाई दे रही है। मुझे अपने मोबाइल फोन पर इंडिया का सिम कार्ड डलवाना था। बंगलौर पहुंचने के दूसरे दिन सिम कार्ड की तलाश में सड़क पर निकल गयी। एक मोबाइल फोन की दुकान मिल गयी। दुकान के मालिक ने मुझे बताया कि मुझे अपने निवास का सबूत देना है। हम अभी होटल में ही रह रहे थे। सो मेरे पास फिलहाल ठोस निवास का कोई सबूत नहीं था। वह मोबाईल फोन व सिम कार्ड का विक्रयकर्ता एक ग्राहक को खोना नहीं चाहता था, इसलिए उसने विकल्प तलाशने शुरू कर दिये। ''आपके माता-पिता... ?''

''नहीं, मैंने गर्दन हिलाई। वे तो अब इस दुनिया में नहीं रहे।''

''भाई-बहन... ?''

''अरब मुल्कों में रहते हैं।''

''सास-ससुर... ?''

''वे स्विजरलैंड रहते हैं।''

''और कोई रिश्तेदार...जिसके घर का पता आप इस्तेमाल कर सकती हैं... ?''

''हाँ...ध्यान आया...मेरे चाचा की लड़की विल्सी बंगलौर में ही रहती है। मैं बोली, ''हाँ, मेरी एक कजिन है जो यहाँ बंगलौर में ही रहती है।''

अपना मोबाइल मेरी तरफ बढ़ाते हुए बोला, ''लो हो गया काम...। करिए

अपनी कजिन को फोन...।''

मैंने उससे फोन लेकर विल्सी को फोन किया। विल्सी ने अपने घर का पता उपयोग करने के लिए तुरंत हामी भर दी। दुकानदार ने तत्काल अपना एक आदमी उसके घर दौड़ाया, आगामी औपचारिकता पूर्ति की, और मुझे उसी दिन सिम कार्ड मिल गया। मैं हर्ष मिश्रित आश्चर्य से भर गयी। दुकानदारों से ऐसी अपेक्षा मैं डेनमार्क, अमेरिका कहीं भी नहीं रख सकती थी। सभी काम वहाँ ऐसे यथाक्रम, कानूनी नियमों व व्यवस्था से होते हैं कि मानवीय संवेदनाएं लुप्त हो जाती हैं।

वाईट फील्ड के एक आवासीय परिसर—रैफल्स पार्क में हमने अपना नया घरौंदा बसाया। मार्को के लिए यहाँ का परिवेश एकदम अपरिचित और अजीब था। उसे बिलकुल ही भिन्न भौतिक परिवेश और सामाजिक मानदंडों से स्वयं को समायोजित करना पड़ा और जो वह है, जो वह मानता है, उस पर भी खरा रहे। मुझे राहत मिली जब मैंने उसे अपने नये माहौल में अपने अस्तित्व को ढूँढ़ते और मेल बैठाते हुए देखा। वह मुझसे अपने ऑफिस और सहकर्मियों के साथ हुई दैनिक संपर्क की बातें, अनुभव साझा करता, जिससे उसे नए शहर के माहौल में अनूकूलित होने में कम समय लगा।

वास्तव में, हमें अपने नए घर में बसने में समय कम लगा, क्योंकि हम सेवा प्रदाता कुशल कारीगरों को हायर कर सकते थे, और पड़ोसी भी मददगार थे। प्रत्येक प्रांत के लोग यहाँ रह रहे थे—गुप्ता, जोशी, शर्मा, भारद्वाज, सेठी, सूरी, सिंह, बनर्जी, जौहरी... दरवाजों की नेमप्लेटों पर गड़ा हुआ था। चालीस प्रतिशत परिवार ऐसे थे, जो विदेश में रह चुके थे। कोई अमेरिका दस वर्ष बिता कर आया था, कोई दुबई, कोई जापान, कोई यूरोप रह चुका था। सो हमें अपने जैसे लोग मिल गये थे। हमारे परिवार की तरफ सभी का ध्यान बरबस खिंच जाता था। श्वेत-अश्वेत वर्ण के जोड़े कौतूहल से जरूर निहारे जाते हैं। जब हम तीनों एक साथ घर से बाहर निकलते तो गार्ड, माली सब हमें घूरने लगते। हम यहाँ एक तरह से चर्चित हो गए। कई परिवारों के साथ हमारा खान-पान व मित्रता का नाता बन गया। नील को बहुत सारे हमउम्र बच्चे मिल गये खेलने के लिए।

परिसर में क्या नहीं था...। जिम, स्वीमिंग पुल, जॉगिंग ट्रैक, बैडमिंटन कोर्ट, टेनिस कोर्ट, हरे-भरे बाग... जो सुख-सुविधाएं यहाँ उपलब्ध थी, वे हमें किसी भी सम्पन्नशाली देश के आवासीय परिसर में नहीं मिली थी। विभिन्न आकारों के लग्जरी अपार्टमेंट्स थे। हमने थ्री-बीएचके का अपार्टमेन्ट कम्पनी लीज पर किराए में लिया, साथ में सर्वेंट रूम।

हमारे अपार्टमेन्ट के ठीक सामने एक स्वर्णकार-जौहरी परिवार का निवास था। घर के मुखिया रोशन लाल जौहरी की बंगलौर की एक प्रमुख सड़क पर सुनार

की दुकान थी। वे शहर के प्रतिष्ठित सुनारों में से थे। उनके बहू-बेटे भी दुकान पर बैठते थे। पत्नी घर की देखभाल व सभी के खाने-पीने का इंतजाम करती थी। जौहरी जी का पोता, शुभम् नील की उम्र का था। जिस स्कूल में वह पढ़ता था, वही हमने अपने नील को भर्ती कर दिया।

जौहरी परिवार बहुत मिलनसार था। हमारे लिए बहुत बड़ा सहायक। जब हम यहाँ नये-नये पहुंचे थे और बसने की प्रक्रिया में थे तो उनका परिवार कभी हमें चाय पर अपने घर बुलाता तो कभी भोजन का निमन्त्रण देता। किसी जमाने में जौहरी जी के पिता राजस्थान से बंगलौर आकर बस गये थे। उनका परिवार हिंदी भाषी परिवार था। तीन पीढ़ियों से बंगलौर में रहने के बावजूद वे इस शहर को अपना नहीं समझते थे, कहते थे—"बिटिया, जैसे तुम डेनमार्क में आप्रवासी हो, वैसे ही हम बंगलौर में हैं।"

अपनी हिन्दी के अलावा वे स्थानीय भाषा कन्नड़ भी बोल लेते थे। मुझे कहीं जाना होता, मैं नील को उनके घर छोड़ देती। खुशी का अवसर हो, चाहे दुख का, पड़ोसी जितने काम आते हैं उतने दूर रहने वाले सगे-संबंधी नहीं। अच्छे पड़ोसी मिलना भी किस्मत की बात है।

जौहरी जी का पूरा परिवार धार्मिक प्रवृत्ति का था। जौहरी जी एवं उनकी पत्नी रोज पंचायती मंदिर जाते थे। प्रत्येक तीज-त्यौहार को उनके यहाँ भजन-कीर्तन होता। मंत्र-पाठ, पूजा, हवन, कथा उनके घर चलता रहता। बड़ा परिवार होने की वजह से उनके घर में हमेशा चहल-पहल बनी रहती।

जौहरी जी का हँसमुख स्वभाव हमें बहुत भाता था। वे सभी के साथ बड़ी मीठी बोली में बातें करते थे। हमारे साथ वे अंगरेजी बोलने की चेष्टा करते, जबकि मैं कई बार उनसे कह चुकी थी कि मुझे हिन्दी आती है, और मैं उनके साथ हिन्दी में बात करना पसंद करूंगी। यूरोप में रहकर और फ्रांसीसी, स्पेनिश, डेनिश, जर्मन लोगों से मिलने के बाद मुझे अच्छे से आभास हो गया था कि अभिजात या श्रेष्ठ वर्ग का समझे जाने के लिए अंग्रेजी भाषा का आना बिलकुल भी जरूरी नहीं है।

जब भी किसी हिन्दुस्तानी को किसी दूसरे हिन्दुस्तानी से अंग्रेजी में बात करते हुए देखती हूँ तो वह वाकया बरबस याद आ जाता है...। मैं तब नई-नई डेनमार्क पहुंची थी। मैं और जोश टीवोली गार्डन घूम रहे थे। एक आइसक्रीम पार्लर में बैठे हम आइसक्रीम खा रहे थे। पास बैठी एक डेनिश नवयुवती ने मुझसे पूछा, "इंडियन हो?"

मैंने गर्दन हिलाई।

वह बोली, "मैंने सुना है कि इंडिया में बहुत सारी भाषाएँ हैं, हर प्रांत की वहाँ अपनी एक भाषा है। पर आप इंडियन्स आपस में इंग्लिश में बात क्यों करते हो?"

"बहुत सारी भाषाएँ हैं इसलिए तो इंग्लिश में बात करते हैं। एक आम भाषा होनी चाहिए न, जिससे एक प्रांत के लोग दूसरे प्रांत के लोगों को समझ सकें," मैंने जवाब दिया।

"मगर आप अपने बेटे से भी इंग्लिश में बात कर रही हो... क्यों?"

मैं निरुत्तर हो गयी।

"ऐसा इसलिए कि अंग्रेजों ने इतने सालों तक भारत पर राज किया?"

मैंने अपने कंधे उचका दिए।

खैर, जौहरी जी के पास अपना जवाब था, "बेटा तुम लोगों के साथ मैं अपनी अंग्रेजी सुधार रहा हूँ। अब यह शहर अंतर्राष्ट्रीय होता जा रहा है और अंग्रेजी का प्रभाव दिन-प्रतिदिन बढ़ता जा रहा है। दुनिया भर से लोग, मेरे शोरूम में आते हैं। वे हिन्दी या कन्नड़ नहीं बोलते हैं। मुझे उनके साथ अंग्रेजी में बात करनी पड़ती है।

उनके राजस्थानी ज्वैलर्स शोरुम में हम भी कई बार गये। हम जब भी उनकी दुकान पर जाते वे बड़े प्रेम से बातें करते तथा कुछ न कुछ खाने के लिए भी देते। मैं कीमती धातुओं के गहनों और चमकदार मणियों के आभूषणों को निहारती। वे मुझसे कहते—"आप भी एक हीरा हो।" उनका कथन मुझे गुदगुदा जाता।

"पसंद कर लो...। अच्छा डिस्काउंट दे दूंगा," वे मुझसे कहते।

मैंने कुंदन के झुमके खरीदे। अपने कुछ पुराने गहने बदल कर नये गहने भी बनवाये। उन्होंने दाम में रियायत की।

मल्टीनेशनल कम्पनियों में काम करने वाले, अपने हमउम्र मित्रों का साथ एक अलग सुखद अहसास देता था तो जौहरी जी के परिवार का अपनापन अपनी जगह था। जौहरी जी और उनकी पत्नी से मिलते हुए मुझे लगता था कि मैं अपने घर के किसी बुजुर्ग से मिल रही हूँ, उनके बहू-बेटे से मिलते हुए लगता था कि मैं अपने किसी कजिन से मिल रही हूँ।

मार्को के मिले-जुले भाव थे। कभी भारत व भारतीयों की खूब तारीफ करता तो कभी जबर्दस्त बुराई। दरअसल आप क्या महसूस करते हो यह आपके रवैये पर अधिक निर्भर करता है। सभी स्थानों पर अच्छा क्या है, हमें इस पर ध्यान केंद्रित करना और बुरे को नजरअंदाज करने का प्रयास करना पड़ता है। कुछ लोग इस पर सफल हो जाते हैं तो कुछ विफल। उनके अपने पूर्वाग्रह होते हैं। जब भी हम यहाँ, परिसर में बने दोस्तों के साथ मिलते-जुलते तो चर्चा छिड़ जाती। सभी दूसरे देशों में रहने के अपने-अपने अनुभव बताते। भारत से विदेशी मुल्कों की तुलना करते।

भारत गंदा और धूल-धूसरित है। लोग सार्वजनिक स्थानों पर कूड़ा फेंकते हैं, थूकते हैं, पेशाब करते हैं, यहाँ भ्रष्टाचार है, शोरगुल है। अधिकांश विक्रेता और सेवा प्रदातायें अविश्वसनीय हैं। वे समय पर नहीं आएंगे, उनके कार्यों में गुणवत्ता की

कमी होगी। कुछ बिना बताये गायब हो जाएंगे। ये बातें वाकई परेशान करने वाली होती हैं। इन्हीं बातों से परेशान होकर लोग वापस उन मुल्कों में चले जाते हैं, जहाँ से वे लौट कर आये थे। कोई अफसोस करता है कि उन्हें वहाँ का पी.आर. (परमानेंट रेजीडेंटशिप) या नागरिकता हासिल करके आना चाहिए था, ताकि वापस जाने का अवसर बना रहता।

ऐसी चर्चा के वक्त हम तटस्थ रहते, क्योंकि हमें भली-भांति मालूम था कि हमारा यहाँ का पड़ाव सिर्फ दो सालों का है। हमें वापस यूरोप जाना ही है। भारत के विषय में मेरी निजी राय जो कुछ भी हो, मैं भारत को कितना ही अपना-पराया समझूँ, यह मेरे पति और पुत्र का देश नहीं है। मैं उन्हें यहाँ रहने के लिए किसी भी दशा में बाध्य नहीं कर सकती थी। सो मैंने एक सिद्धांत अपनाया। जो कुछ भी यहाँ है, उसका मजा लूटो और फिर चलते बनो।

जो सहूलियतें यहाँ उपलब्ध थी, मैं उनकी यूरोप या अमेरिका में कल्पना तक नहीं कर सकती। घर की साफ-सफाई के लिए बाई, दोनों पहर खाना पकाने वाली कुक। धोबी घर से कपड़े इकट्ठा करके ले जाता, प्रेस करके घर पहुंचा जाता। बाई से सब्जी मंगा लेती। दुकानदार घर राशन भिजवा देता। शिक्षा के अवसर भी बेहतर थे। नील अपने स्कूल से बहुत खुश था। ब्यूटी पार्लर थे। मोची, नाई, दर्जी...। मेडिकल सुविधाएं तत्काल उपलब्ध। एक ही दिन में अपने सारे टेस्ट करवा लो। यूरोप की तरह महीनों की इंतजारी नहीं। पड़ोसी भी नेक। और क्या चाहिये?

हर देश में कुछ कर गुजरने के मौके भी होते हैं। विदेशों में रहने वाले कितनों से मेरा साबका पड़ा जो भारत से दूर रहते हुए भी भारत के लिए काफी कुछ कर रहे हैं। वहीं भारत में रहने वाले कितने रईस ऐसे हैं जो भारत के लिए एक धेला भी खर्च नहीं करते, बल्कि गरीबों का शोषण करते हैं।

अमेरिका जैसे सम्पन्नशाली देशों में भी मैंने कइयों को दिशाहीन जिन्दगी जीते हुए देखा था, और अफ्रीका जैसे गरीब मुल्क में कइयों को सार्थक जीवन जीते हुए देखा। यह पूर्णतया हम पर निर्भर करता है कि हम कहाँ अपनी कैसी दिनचर्या बनाते हैं, साथ ही जीवन को उसकी समग्रता से लेना का हमारा दृष्टिकोण क्या है।

***

रैफल्स पार्क में कार साफ करने वाला गहरे सांवले रंग का युवक-सुकेश की तरफ मेरा ध्यान बरबस खिंच गया। हर रविवार की सुबह, पौ फटते ही वह घरों से कारों की चाबियाँ लेकर बेसमेंट में खड़ी कारें साफ करता, और कारें साफ करके घरों में चाबियाँ पहुंचा जाता। उसकी फीस एक कार साफ करने की मात्र दो सौ रूपये प्रतिमाह। मुझे वह राशि बहुत ही कम लगी, क्योंकि घरों से चाबियाँ लेना और

पहुँचाना ही एक अच्छी-खासी मशक्कत वाला काम था। मैं ही उससे बोली कि वह अपने रेट थोड़ा बढ़ा दे।

सुबह सुकेश सोसाइटी में बसे लोगों की कारें साफ करता, दोपहर में उनके घरों से कपड़े इकट्ठा कर अपने ठिया पर प्रेस के लिए ले जाता। उसकी बीवी रैफल्स पार्क में घरों में बाई का काम करती थी। उनका दो साल का लड़का उनके साथ मंडराता रहता था। मुझे उन तीनों से बड़ी आत्मीयता हो गई। वह सारा परिवार मुझे जीवन के लिए संघर्ष करते हुए, मगर खुश दिखता था। मैंने उनके बेटे को नील के कितने ही पुराने कपड़े दिए, जो नील ने मुश्किल से एक दो बार ही पहने थे। जब वह अपने पिता के साथ हमारे घर पर आता तो मैं उसे चॉकलेट भी दे देती। कभी बिस्कुट का एक डिब्बा थमा देती। ''आंटी को थैंक यू बोलो,'' सुकेश अपने बेटे को सिखाया करता।

मेरे कहने पर सुकेश ने अपने रेट दो सौ रूपये से बढ़ा कर ढाई सौ रूपये प्रति माह कर दिए। इस मामूली सी वृद्धि पर सोसाइटी में इतना हंगामा मच गया। जो लोग विदेश रह कर आये थे, उन्होंने कोई प्रतिवाद नहीं किया, क्योंकि वे विदेशी भूमि में जीवनयापन करके श्रम की कीमत समझ चुके थे। बाकी जो जितना अमीर था, वह उतना अधिक विरोध कर रहा था, जबकि मैंने देखा था कि इस लग्जरी कॉम्प्लेक्स में रहने वाले लोग महंगी कारों में घूमते हैं। मॉल जाकर एक दिन में हजारों रूपये उड़ा हैं। उस गरीब के जरा से भाव बढ़ाने पर हाय-तौबा मचा दी।

उस शाम जब सुकेश मेरे घर कपड़े लेने आया तो निराश भाव से बोला, ''आर.डब्लू.ए. के सेक्रेट्री तक मेरी शिकायत पहुंची है। नहीं बढ़ने दिए इन लोगों ने मेरे रेट। धमकी भी मिली कि अगर मैं ज्यादा बनूंगा तो मेरा और मेरी बीवी का इस सोसाइटी के अंदर आना बंद करवा दिया जाएगा। सबसे ज्यादा एतराज आपके पड़ोसी ने किया।''

''जौहरी जी ने?''

वह चुप रहा। आँसू उसकी आँखों में झिलमिलाने लगे। मेरा दिल पसीज गया।

जौहरी जी के घर में तीन कारें थी—एक उनकी खुद की, एक बेटे की और एक बहू की। उनके घर में कमाने वाले भी अधिक थे। सुकेश के पचास रूपये बढ़ाने पर सबसे ज्यादा हो-हल्ला उनके परिवार ने ही मचाया। बाप रे! एक बार सोसाइटी की मीटिंग पर जौहरी जी हम पर इल्जाम लगाने लगे, ''तुम लोग यहाँ आकर रेट खराब कर रहे हो। चले जाओ तुम, जहाँ से आये हो।''

मार्को जो सब कुछ देख-सुन रहा था मुझसे पूछने लगा, ''यहाँ न्यूनतम मजदूरी क्या है?''

''यहाँ कोई न्यूनतम मजदूरी नहीं होती,'' मैं बोली।

खैर, हम क्या कहते। व्यक्तिगत तौर पर हमारे जौहरी जी से सम्बन्ध बहुत अच्छे थे। वे हमारे एक अच्छे पड़ोसी थे। मुझे थोड़ी हैरत हुई कि जौहरी जी, जो इतने उदार हृदय प्रतीत होते हैं, हमारी किसी भी प्रकार की मदद के लिए तत्पर रहते हैं, और जो इतने धनाढ्य हैं, एक गरीब के थोड़े पैसे बढ़ाने पर इतना विरोध क्यों कर रहे हैं। कुछ सवालों के जवाब मुझे कभी नहीं मिले।

मैंने उनसे व्यक्तिगत तौर कुछ नहीं कहा मगर आगामी आर.डब्लू.ए. की जनरल मीटिंग में सभी के सम्मुख यह बात रख दी कि सुकेश जो लोगों की कारें साफ़ करता है, उसे बहुत कम रूपये दिए जाते हैं।

जौहरी जी ताव में आ गये, उन्होंने मेरे खिलाफ अपना पूरा मोर्चा खोल दिया। ''यह कम और ज्यादा की बात नहीं है। यह रेट की बात है। यहाँ सिर्फ सुकेश ही गाड़ियां साफ नहीं करता, आठ लड़के गाड़ियां साफ करते हैं। गाड़ी साफ करने के सभी के रेट यही हैं। अगर सुकेश के रेट बढ़ाये जायेंगे तो सभी के बढ़ेंगे।''

''तो सभी के बढ़ा दीजिये,'' मैं बोली। ''आप लोगों को लगता नहीं कि उन्हें काफी कम पैसे दिए जा रहे हैं। सुबह-सुबह पहली मंजिल से लेकर सातवीं मंजिल तक घरों से चाबियाँ इकट्ठा करके नीचे बेसमेंट में जाकर गन्दी कारें साफ करना, चाबियाँ लौटाने के लिए घरों में वापस जाना... यह सब बहुत मेहनत वाला काम है।''

दो-चार और लोगों ने मेरे साथ अपना स्वर मिला दिया, फिर तो क्या था जौहरी जी गुस्से से आग-बबूला हो गये। हाथ नचा-नचा कर हम से कहने लगे, ''आप लोग जहाँ से आये हो वहाँ वापस जाओ। यहाँ आप हमारे रेट खराब करने लगे हो।''

बहरहाल सुकेश के रेट नहीं बढ़े, मगर मेरे जौहरी जी से सम्बन्ध जरूर बिगड़ गये। उनके पूरे परिवार ने मुझसे मुँह मोड़ लिया। उनका पोते ने भी नील के साथ खेलना बंद कर दिया।

***

जब से यहाँ आयी थी, मन में विचार घुमड़ रहा था कि मुझे घर जाना है। मगर कौन से घर? अप्पा तो छह वर्ष पूर्व गुजर गये थे। उनका घर भी बिक गया, जिसका एक तिहाई हिस्सा मुझे भी मिला था। हाँ, मुझे अपने रिश्तेदारों और पुराने मित्रों से मिलना है। विदेश में अपनों का साथ नहीं होने का मलाल हमेशा रहा था। मैं उन लोगों में से थी, जो अपने देश में गुजरा समय याद करते हैं, अपने लोगों से मिलना चाहते हैं, मगर भारत वापस जाकर बसने का ख्याल कभी नही आता।

''नैन्सी, यह सिर्फ तुम्हारा नहीं, कइयों का हाल है। एक बार कहीं बस जाओ तो वहाँ से उखड़ना आसान नहीं होता,'' पॉल कह रहा है। ''मैंने भी कितनी बार स्कॉटलैंड वापस जाने की सोची पर नहीं जा पाया। न यहाँ का बन पाया, न वहाँ जा पाया... ।''

पॉल, कुछ नसीब होता है, कुछ परिस्थितियाँ होती हैं... जहाँ का दाना-पानी भाग्य में लिखा हो... ।

खैर जब शुरू की उठापटक खत्म हो गयी और हम बंगलौर में व्यवस्थित से हो गये तो हमने केरल की सैर की। सबसे पहले मलप्पुरम गये। जब अमेरिका में थी तो वहाँ पापुन के गुजर जाने का दुखद संदेश मिला था। परिवार में मातापिता के पीढ़ी के सभी सदस्य एक-एक करके मर-खप गये थे। वह पीढ़ी लगभग विलुप्त हो गयी थी। माँ की तरफ से उनकी छोटी बहन, कुंजम्मा व पिता की तरफ से उनके छोटे भाई की पत्नी चेरियाम्मा ही बचे थे।

दोनों के लिए मैंने बंगलौर से कांजीवरम की साड़ी खरीद ली। अपने रहने के लिए मलप्पुरम में एक होटल बुक कर लिया। वैसे तो मैं वहाँ अपने रिश्तेदारों के यहाँ भी रह सकती थी, किन्तु कहीं उन पर बोझ न बन जाऊं, फिर पता नहीं मार्को को उनके साथ रास आता है या नहीं, वे मार्को के साथ सहूलियत महसूस करते हैं या नहीं, यही सब सोच कर मैंने होटल बुक कर लिया।

बंगलौर से हमने मलप्पुरम के निकटतम विमान क्षेत्र कालीकट के लिए फ्लाईट पकड़ी। हवाई अड्डे से मलप्पुरम पहुंचने में हमें चालीस मिनट लगे। दूसरे दिन टैक्सी पकड़ी तो फिर प्रश्न उठा किस देहरी पर सबसे पहले जाऊं? कुंजम्मा? मलप्पुरम आने का मुख्य उद्देश्य कुंजम्मा से ही मिलना था। टैक्सी ड्राइवर को अरीकोड की तरफ चलने को कह दिया।

अप्पा की मौत के बाद पहली बार यहाँ, अपने पुराने इलाके में लौटी थी। मेरे जहन में इस मौहल्ले की छह वर्ष पुरानी तस्वीर आज भी ज्यों की त्यों अटकी पड़ी थी। इस कस्बे के प्रति मेरा मोह अभी भी बरकरार था। कस्बे के खेल-तमाशे, यहाँ के लोग, टीले-पहाड़ियां, गलियाँ-सड़कें, दुकानें, स्कूल, मंदिर-मस्जिद-चर्च... साम्प्रदायिक सद्भावना और सौहार्द। सरहद पर बहती चलियार नदी... हर धड़कन मैं महसूस करती थी। कजिन भाई-बहनों और दोस्तों के साथ खेलने-कूदने व घूमने-फिरने की यादें मेरे अन्तस् में बसी थी। नील और मार्को को बताती जा रही थी किस स्थान पर मैंने अपने बचपन के कैसे पल व्यतीत किये। उन्हें अपना स्कूल दिखाया, जहाँ से मैंने प्राइमरी और सेकेंडरी कक्षाएं पढ़ी थी। कालेज दिखाया जहाँ से बी.एससी. किया था। चर्च दिखाया, जहाँ हम हर रविवार व पर्वों पर जाते थे। काफी कुछ बदल गया था तो काफी कुछ ज्यों का त्यों थमा पड़ा था। मार्को तो नहीं, मगर

नील अपनी माँ की पूर्व जिन्दगी जान कर बड़ा रोमांचित हो रहा था। यह सब उसे बयाँ कर रहा था कि उसकी माँ भी कभी एक बच्ची थी, किशोरी थी। वह हमेशा से उसकी माँ नहीं थी।

मुझे कुंजम्मा के घर का भूगोल खास समझ में नहीं आया। घर का विन्यास पूरा बदल गया था। मैंने देखा, उनका कार गेराज मैकेनिकल वर्कशॉप में तब्दील हो गया था। टायर, तीन-चार पुरानी गाड़ियां वहाँ खड़ी दिखी, और ल्यूका मेकेनिक के काले कपड़े पहने एक गाड़ी की मरम्मत करता दिखा। काले रंग से लिपा-पुता, मुझे देखकर वह ठिठक गया। आश्चर्य से हमें टैक्सी से उतरते हुए देखता रहा। हाय-हैल्लो तक उससे नहीं कहा गया। मैं ही उसके गले लगी। ल्युका ज्यादा पढ़-लिख नहीं पाया था, सो घर में ही गेराज खोल लिया था।

मुझे लगा, वह कुछ झिझक रहा है, और मुझसे बात करने में ज्यादा इच्छुक नहीं है। खैर मैं भी उसके सामने अधिक समय के लिए नहीं टिकी। अंदर कुंजम्मा से मिलने चली गयी। मुझे कुंजम्मा से मिलने घर के पीछे हिस्से में जाना पड़ा, क्योंकि उनके घर के दो हिस्से हो गये थे। ल्युका का परिवार सामने के बड़े-खुले हिस्से में रहता था, और कुंजम्मा पीछे के तंग-अँधेरे हिस्से में अकेली रहती थी।

कुंजम्मा के पति साढ़े चार वर्षों तक लकवे से अपाहिज रहने के बाद गुजर चुके थे। कुंजम्मा पर वे एक तरह से बोझ थे, सब उनकी मुक्ति की ही कामना कर रहे थे, सो उनका गुजर जाना किसी को भी नहीं अखरा। मगर कुंजम्मा अकेले पड़ गयी थी। उनके निधन पर जब मैंने डेनमार्क से अपनी सान्त्वना देने के लिए कुंजम्मा को फोन किया था तो रोती हुई बोली थी, ''जब तक वे जिन्दा थे तो जीने का एक मकसद था। उनकी देखभाल में समय निकल जाता था...। अब तो समझ में नहीं आता कि सारे दिन क्या करूं? सारे दिन खाली बैठी रहती हूँ।''

कुंजम्मा के साथ चेरियाम्मा को बैठे देखकर मुझे निहायत ही आश्चर्य हुआ। दोनों एक-दूसरे को फूटी आँखों नहीं सुहाती थी। कुंजम्मा मेरे चाचा की ठुकराई प्रेमिका थी और चेरियाम्मा उनकी पत्नी। दोनों एक-दूसरे से सौतिया डाह रखती थी। उम्र के अंतिम कगार पर खड़ी, दोनों एक साथ बैठी बड़े प्रेम से बतिया रही थी। दोनों हमें देख कर खड़ी हो गई।

''नैन्सी...'' दोनों चहके। मेरे साथ मार्को को देख कर थोड़ा संकोच से भी भर गये। कुंजम्मा मार्को से बोली, ''हमारे गरीबखाने में आपका स्वागत है!'' मैंने मार्को को कुंजम्म्मा के मलयालम में कहे वाक्य का अंग्रेजी अनुवाद बताया तो वह मुस्कराने लगा, बोला, ''आपका घर बहुत प्यारा है।''

''प्यारा है मगर आपके रहने लायक नहीं है, नहीं तो यह नैन्सी आपको होटल में नहीं टिकाती।'' यह वाक्य कुंजम्मा ने अपनी टूटी-फूटी अंग्रेजी में कहा। कुंजम्मा

के पास हमेशा जवाब हाजिर रहते थे।

मार्को खिलखिला कर हंस पड़ा। उनसे कहने लगा, ''आप खुद्दार और ईमानदार हो। मुझे ऐसे लोग अच्छे लगते हैं।''

अपनी प्रशंसा सुन कुंजम्मा इतरा गई। मार्को से कहने लगी, ''गेस्ट इज लाइक गॉड! क्या आवभगत करूं आपकी? क्या खिलाऊं आपको?''

''कुछ भी खिला दो। मुझे सभी इन्डियन फूड पसंद है,'' मार्को बोला।

चेरियाम्मा की मदद से कुंजम्मा ने हमारे लिए अपनी सामर्थ्यानुसार चाय-नाश्ते का इंतजाम किया। दोनों औरतें अपने बूढ़े हाथों से लगी हुई थी—एक मेरी माँ की बहन, एक मेरे चाचा की पत्नी। मैं विशेष भावनाओं से भर गयी। उत्साहित स्वर में बोली, ''कुंजम्मा, चेरियाम्मा... मुझे आप दोनों को एक साथ देख कर बहुत अच्छा लग रहा है।''

''हम दोनों एक-दूसरे का अकेलापन बाँट लेते हैं,'' कुंजम्मा बोली।

चेरियाम्मा मुझसे कहने लगी, ''पास-पड़ोस के बूढ़े एक-एक करके खिसकते जा रहे हैं। हम दोनों के लिए भी यमराज का पता नहीं कब बुलावा आता है।''

कुंजम्मा दार्शनिक अंदाज से बोली, ''हमेशा इतनी आपाधापी रही कि यह भूल ही गये कि कभी मरना भी है, और जब मरने का वक्त आया तो लग ही नहीं रहा कभी जिये भी हैं।''

''ओ हो कुंजम्मा... क्या बात कही! आप तो शायर बन रही हो...।''

''जिन्दगी ने पता नहीं क्या-क्या बना दिया। जिन्दगी झंड है,'' कुंजम्मा बोली।

उन्हें साड़ी भेंट करते हुए मैं बोली, ''अभी आप दोनों को बहुत जीना है। यह नई साड़ी पहनो और नाचो...।''

''वाह... डेनमार्क में साड़ी भी मिला करती है?'' दोनों खुश हो कर पूछने लगे।

मैं बोली, ''नहीं, बंगलौर से खरीदी है।''

''तो यह अपने देश का माल है।'' कुंजम्मा मुँह बिचकाते हुए बोली। ''परदेश से क्या लाई है?''

मुझे मालूम था कि कुंजम्मा मुझसे यह सवाल जरूर करेगी, सो मैंने डेनमार्क से लाया उपहार उन्हें थमा दिया। उन्होंने मुझे चूम लिया।

मुझे अपने घर भोजन का निमन्त्रण दे चेरियाम्मा उठ कर अपने घर चली गयी। हग कुंजम्मा के साथ बैठे रह गये।

कुंजम्मा ने फिर से मेरे जन्म की कहानी दोहराई—इस बार नील व मार्को के सामने। नील ने बड़ी दिलचस्पी से सुनी। मार्को से बोली, ''बहन के बच्चों को

देखने के चक्कर में मैंने अपने बच्चे की अवहेलना कर दी।''

कुंजम्मा अतिश्योक्ति कर रही थी। ''अरे जाने दो, कुंजम्मा...। हमें हमारे अप्पा ने पाला है,'' मैं बोली।

''और मैंने कुछ नहीं किया...?'' कुंजम्मा भड़की।

''आपने भी बहुत कुछ किया...'' मैं हल्के स्वर में बोली, और चुप हो गई। मैं कुंजम्मा से इस विषय में कोई बहस नहीं चाहती थी। कुंजम्मा से जब भी मिलो वह यह जरूर कहती थी कि उनकी भलमनसाहत व शुभचिंतकी को हमने सही रूप में नहीं लिया। साथ ही हमें यह याद दिलाना कभी नहीं भूलती कि उन्होंने कितने उपकार किये हैं हम पर।

''तू तो एक बार विदेश गई तो वहीं बस गई,'' कुंजम्मा बोली। ''क्या पश्चिम पूरब की तुलना में इतना अच्छा है?''

''बेहतर की बात नहीं है, कुंजम्मा...। वापस भारत आकर हमेशा के लिए रहना आसान नहीं। मुझे डर लगता है।''

''किस बात का?''

''बार-बार उखड़ने से।''

''सबसे ज्यादा उखड़ी-बसी तो तू ही है...। तू तो एक हवाईयात्री है।''

मैं चुप हो गयी, कुछ जवाब न दे सकी। मैं ऐसे लोगों में थी जो अपने भारत को याद करते हैं, उसकी प्रशंसा करते हैं, जिनके पास अभी भी इन्डियन पासपोर्ट है, लेकिन फिर भी विदेशों में रहते हैं।

''तुम तीनों ही भाई-बहन अपना देश छोड़ कर विदेश बस गये। अपने लोगों को भूल गये,'' कुंजम्मा ने तोहमत लगाई।

बात का मुख मोड़ने के उद्देश्य से मैं बोली, ''कुंजम्मा, ल्यूका से तो मैं बाहर मिल गयी हूँ। उसकी बीवी कहाँ है?'' ल्यूका की बड़ी लड़की आस-पास ही घूम रही थी।

कुंजम्मा उससे बोली, ''जा बिलिंडा, अपनी माँ को बुला ला। कह कि नैन्सी आयी है।''

कुंजम्मा के कई बार संदेश भिजवाने पर भी ल्यूका की पत्नी हमसे मिलने नहीं आई। जब कुंजम्मा ने एक बार फिर एक सन्देशवाहक को उसे कहलवाने के लिए भेजने लगी तो मैं बोली, ''जाने दो कुंजम्मा... लगता है वह हमसे मिलने की इच्छुक नहीं है।''

लम्बी सांस खींचते हुए कुंजम्मा बोली, ''तेरे से क्या गिला-शिकवा होना उसे...। तू तो सात समन्दर पार रहती है। यहाँ कोई बहुत आती-जाती भी नहीं है। वह मुझसे दूर रहना चाहती है।''

बिलिंडा अपनी माँ का बचाव करते हुए तुरंत बोली, ''दादी, आप ही ने तो मम्मी को अपने घर आने को मना किया हुआ है।''

कुंजम्मा सकपका गई। अपनी सफाई में मुझसे कहने लगी, ''यहाँ आकर वह मुझसे बहुत लड़ती है, सो मैंने उससे कह दिया तू अपने हिस्से में खुश रह और मैं अपने हिस्से में।''

मैं समझ गयी कि कुंजम्मा की अपनी बहू से नहीं बनती। कुंजम्मा एक ऐसी शख्सियत थीं, जिन्हें अक्सर लोगों से समस्याएं हो जाती थी। खैर जब मैं घर से बाहर निकली, तो ल्युका की पत्नी अपनी छोटी बेटी का हाथ पकड़े खड़ी थी। मुझसे गले लग कर बड़ी आत्मीयता से मिली। ल्यूका ने नील के लिए केडबरी की दो चॉकलेट मंगवा कर रखी हुई थी। उसने चॉकलेट नील के हाथों में पकड़ाई। नील ने धन्यवाद कहा।

अप्पा का मकान बिक गया था। मगर मैं अपने पड़ोस में रहने वाली रूबी आंटी से मिलने गयी। कुंजम्मा साथ होली। मैंने कुंजम्मा से पूछा, ''किसने खरीदा हमारा मकान?''

''देखना चाहती है?''

''नहीं, रहने दो कुंजम्मा।''

''अरे चल...अच्छे लोग हैं...हिन्दू हैं...।''

मेरा मन नील व मार्को को अपना पुश्तैनी घर दिखाने का था, जहाँ मैं पली-बड़ी थी।

कुंजम्मा हमें उनके घर ले गयी। घर पूरा बदल गया था, पहचाना ही नहीं जा रहा था। कुंजम्मा ने वहाँ रहने वालों से कहा कि वह घर कभी हमारा हुआ करता था। उन्होंने हमारा स्वागत किया और हमें पूरा घर देखने दिया। नये खरीददार ने घर रिनोवेट करवा कर अच्छा-खासा कर दिया था। किन्तु पेड़-पौधों के बाड़े में एलोवेरा की झाड़ अभी भी बरकरार थी। मुझे एलोवेरा की झाड़ों को सहलाते देख कुंजम्मा मार्को से बोली, ''बचपन से ही पेड़-पौधों से अथाह प्रेम करती है यह।''

रूबी आंटी मेरा इंतजार कर रही थी। उनसे मिलना हुआ, सकीना के हालचाल पूछे। रूबी आंटी ने हर बार की तरह मुझे स्कार्फ, ज्वैलरी भेंट की। किसी जमाने में वह इनका बिजनेस करती थी। अब बस गिफ्ट करती हैं।

कुंजम्मा से विदा होकर हम होटल लौट आये। दूसरे दिन चेरियाम्मा के घर गये। कुंजम्मा और रूबी आंटी भी वहाँ आयी हुई थी। मेरे जन्म और बचपन के चश्मदीद गवाह... बार-बार मैं उनसे लिपट कर उनके शरीर की ऊष्मा महसूस कर रही थी। वे अपने स्नेहमयी हाथों से मेरे गालों और सिर को सहला रहें थे। चेरियाम्मा ने हमें केरल का पारम्परिक भोजन—अप्पम, पुत्तु, कदाला करी, पाथिरी, चिकन स्टू,

अवियल—खिलाया। आत्मा तृप्त हो गयी।

मैं कुंजम्मा और चेरियाम्मा से बोली कि वे मेरे पास यूरोप तो कभी आये नहीं, मगर अब बंगलौर जरूर आयें। चेरियाम्मा की बेटी विल्सी भी बंगलौर रहते थी। चेरियाम्मा मुझसे बोली कि वह बंगलौर जरूर आयेगी और साथ में कुंजम्मा को भी लायेगी।

***

अपने उन सभी कजिन्स से, जिनसे दूरी होने की वजह से मिलना-जुलना छूट गया था, फिर से सम्पर्क सधा, आत्मीयता बढ़ी। सम्बन्ध पुनर्जीवित हुए। अपने देश भारत को फिर से समझा। कुल मिलाकर, मुझे लगता है कि यहाँ जीवन अधिक विविध और दिलचस्प है। कुछ अवसरों पर साड़ी भी पहनी। साड़ी पहने जमाना हो गया था। कुंजम्मा और चेरियाम्मा मेरे पास बंगलौर आयी, और तो और रूबी आंटी भी आयी। उनसे मिलने पर एक विशेष भावना, एक ताकत सी मिलती है, ऐसा लगता मैं अपनी उम्र में पीछे दौड़ आयी हूँ और स्वयं को बच्चा समझने लगती। जैसा कि मैंने पहले भी कहा है कि आप जहाँ कहीं भी रहो, आपका जीवन कितना सार्थक है वह वहाँ के परिवेश से अधिक इस पर निर्भर करता है कि आप अपनी कैसी दिनचर्या बांधते हो?'' क्या करते हो दिन भर में? जब सभी नाते-रिश्दारों से मिलना-मिलाना हो गया तो सोचा अब कुछ करूं। दिनचर्या जब सधी होती है तो जिन्दगी अधिक फलदायक होती है।

मैं कम्प्यूटर टीचर थी। भारत में रहते हुए कुछ कम्प्यूटर कोर्स करके अपने कम्प्यूटर ज्ञान को विकसित करना चाहती थी। मुझे उसके लिए कुछ रकम चाहिए थी। मगर मार्को ने मुझे खर्चा देने से इंकार कर दिया। कहने लगा, वह स्वयं एमबीए करना चाहता है और उसके लिए उसे पैसे बचाने है। मैंने उसे यह भी कहा कि उसके माता-पिता अमीर है, अंगूरों का बिजनेस करते हैं। वह क्यों नहीं उनसे कुछ आर्थिक मदद लिया करता है। वह बोला, वह अपने पिता से पैसे बिलकुल नहीं मांगेगा। वैसे भी उसके पिता का बिजनेस पिछले दो सालों से ठीक नहीं चल रहा। मार्को के साथ टकराव का सबसे बड़ा मुद्दा धन का था। वह एक अमीर परिवार से होने के बावजूद पैसों को लेकर उदारवादी नहीं था, बचत में विश्वास रखता था। बचत, बचत, बचत...। ''क्या सिर्फ बचाते ही रहो, खर्च न करो,'' मैं उससे जिरह करती। मैं एक मध्यमवर्गीय परिवार में पली जाने के बावजूद, पैसों की परवाह नहीं करती। थोड़ी खर्चीली थी।

लगभग बीस वर्षों बाद मैं भारत में एक लंबे समय के लिए रहने आयी थी।

क्यों न इस अवसर का कोई फायदा उठाऊँ? नाते-रिश्तेदारों व मित्रों से मिलने के अलावा भी कुछ कर लूँ। मेरा मन छटपटा रहा था कुछ करने के लिए। यह अपना मुल्क है, यहाँ कोर्सस, ट्रेनिंग वगैरह इतने मंहगे नहीं हैं, जितने कि पाश्चात्य मुल्कों में होते हैं। मैं वे कोर्सस तलाशने लगी जिनके लिए ज्यादा राशि की जरूरत नहीं थी। मैं अवसरों को जब्त करना चाहती थी।

अप्पा के मकान बिकने पर मुझे जो रूपये मिले थे, मैं बड़ी किफायत से उसे व्यय करती थी। सोचती थी कि आड़े वक्त पर काम आएंगे। अब मैं उन रुपयों से कोई कोर्स करने की सोचने लगी।

आयुर्वेदिक मालिश के प्रति मेरा उत्साह बहुत पहले ही जग गया था। केन्या में मौरीन टॉड से मैंने तेल मालिश के कुछ गुण सीखे थे, अमेरिका में रहते हुए इंटरनेट पर इस पर काफी खोज की थी, किन्तु कोई प्रोफेशनल कोर्स नहीं कर पायी थी। मैं बचपन से ही केरल के शिरोधारा, अभ्यंगा, कुरली और कैराली मालिश के बारे में सुन रही थी।

थोड़ी छानबीन की, और किस्मत से मुझे बंगलौर में एक राष्ट्रीय मान्यता प्राप्त अभ्यंगा केरल आयुर्वेदिक मसाज थेरेपी केंद्र मिल गया। मैंने तीस हफ्ते का मसाज बॉडी थेरेपी कोर्स ज्वाइन कर लिया। मसाज सेंटर के प्रशिक्षकों, कर्मचारी वर्ग और छात्रों से मेरा परिचय हुआ। वेणुगोपाल नाम्बियार मेरे मुख्य गुरु थे। उनके चार चेले थे। मेरे अलावा दस अन्य विद्यार्थी भी वहाँ मसाज थेरेपी सीख रहे थे। थ्योरी और प्रैक्टिकल दोनों की कक्षाएं चलती थी। थ्योरी में मुख्यत: चार विषयों पर फोकस था—स्वास्थ्य रक्षा में मालिश; त्वचा रोग एवं चिकित्सा; बिजनेस स्टडीज; सैलून प्रक्रियाएं।

वेणुगोपाल नाम्बियार त्वचा रोग एवं चिकित्सा के प्रकांड विद्वान् थे। पढ़ाते भी वही थे। पढ़ाई के दौरान यह जानकारी मिली कि तेल मालिश का आयुर्वेद में एक बहुत ही महत्वपूर्ण स्थान है। शरीर की बाहरी एवं नीचे स्थित मांशपेशियों एवं संयोजी उत्तकों को दबाना, हिलाना-डुलाना आदि मालिश कहलाता है। इससे उनकी कार्य करने की क्षमता बढ़ती है और उनकी टूट-फूट का निवारण होता है। इससे आराम मिलता है और शरीर स्वस्थ रहता है। यह एक प्राचीन इलाज है जो शरीर का तनाव कम कर उसे विषाक्त पदार्थों से मुक्त कर देता है। एक विशेष प्रक्रिया के द्वारा जड़ीबूटियों से खुशबूदार तेल निकाल कर शरीर में मालिश की जाती है।

अभ्यंगा आयुर्वेदिक तेल मालिश पार्लर का वातावरण मुझे बहुत ही अच्छा लगता था। मानव शरीर की बनावट को समझ रही थी। हाथ, पैर, कंधे, कमर, पेट, पीठ के ऊपरी हिस्से और सिर पर एक विशेष तरह से मालिश करना, प्रेशर पॉइंट्स पर दबाव डालना, जिससे ऊर्जा (प्राण) के प्रवाह में तेजी आये और ऊर्जा सम्पूर्ण

शरीर में प्रवाहित हो जाए। सब कुछ हाथों की गति पर टिका है—उंगलियों के पोरों से दबाव, उँगली फिसलने वाली मूवमेंट्स, फिंगर रोटेशन...।

तेलों का महत्व भी मैं समझ रही थी। नारियल तेल, अंगूर के बीज का तेल, अलसी तेल, जैतून का तेल, बादाम का तेल, तिल का तेल, अखरोट का तेल और सरसों के तेल... प्रत्येक तेल में अलग गुण हैं और विभिन्न प्रयोजनों के लिए कार्य करते हैं। हर्बल तेलों के गर्म मिश्रण का मालिश में उपयोग एक खास विधा है, साथ ही योग, ध्यान को जोड़ने से मालिश के व्यवसाय का स्तर बढ़ा है।

तेल मालिश के साथ मैंने एक्यूप्रेशर मालिश की भी ट्रेनिंग ली, जो मांसपेशियों की जकड़न को मिटा और संयोजी ऊतक के सतही और गहरी परतों में रक्त संचार बढ़ाने और उपचार प्रक्रिया में सहायक होती है। मानसिक तनाव और तंत्रिका तनाव में राहत के लिए मालिश एक उत्कृष्ट उपचार है।

वक्त बीत जाने का पता नहीं चलता। मैंने मालिश में महारथ हासिल कर ली। कोर्स की अवधि पूरी होने के बाद मेरी बाकायदा परीक्षा हुई। थ्योरी पेपर हुआ—आधे घंटे का मल्टीपल चॉइस पेपर। एक घंटे का प्रैक्टिकल एग्जाम। एक्जाम की फीस मुझे अलग से देनी पड़ी। दो साल पलक झपकते ही बीत गये।

जिस दिन मेरा वहाँ आखिरी दिन था, वेणुगोपाल नाम्बियार मुझे बॉडी मसाज डिप्लोमा थमाते हुए बोले, ''विदेश में लोगों की मालिश अच्छे से करना। कैराली मालिश केंद्र खोलना और अपने केरल का नाम रोशन करना...।''

मैंने एक विजयी मुस्कान से सर्टिफिकेट को निहारा: यह प्रमाणित करता है—नैन्सी कोशी लेरॉय ने पारंपरिक आयुर्वेदिक कैराली मालिश में 30 सप्ताह का प्रशिक्षण सफलतापूर्वक पूरा कर लिया है।

डिप्लोमा तो मिल गया, पर यह पता नहीं कि पार्लर की नौकरी कहाँ और कैसे खोजूँ। अभी तो फिलहाल यहाँ से फिर सामान बांधना था।

नौ

डेनमार्क (यूरोप)

भारत से बहुत कुछ लेकर हम फिर डेनमार्क लौट आये। मार्को भी भारत प्रवास को अपनी एक कामयाबी मानता था। यहाँ अपने यार-दोस्तों के साथ बैठ कर भारत की तमाम बातें बताता था, कुछ अच्छी, कुछ खराब। कोसा करता— "पता नहीं भारत में लोगों में अंग्रेजी को लेकर इतना कॉम्प्लेक्स क्यों है। एक रिक्शा वाला भी अपने बच्चे को प्राइवेट अंग्रेजी स्कूल में पढ़ाना चाहता है।" खैर, वह भारत की तारीफ़ भी किया करता। एक बार तो उसने यहाँ तक बोला, अमेरिका और भारत का कोई मुकाबला नहीं है। कुल मिला कर उसे भारत में रहना अमेरिका की अपेक्षा ज्यादा अच्छा लगा। जहाँ तक नील की बात थी, वह भारत में पूरा घुल-मिल गया था, वापस डेनमार्क आने पर यहाँ रम गया। यह उसकी उम्र की खूबी थी।

मैं कहती हूँ, दुनिया में किसी भी जगह को एकाएक उत्कृष्ट और निष्कृष्ट—इन दो वर्गों में घोषित नही किया जा सकता, यह बहुत कच्ची बात होगी—झूठी भी। हरेक जगह आपको कुछ अच्छी बात मिलेंगी और कुछों के साथ आपको समझौता करना पड़ेगा। आप किसको चुनते हो, यह एक निहायत ही व्यक्तिगत निर्णय है, जो आपकी परिस्थितियों, वरीयताओं और समय पर निर्भर करता है। जैसे-जैसे जीवन गुजरता जाता है, जरूरतें बदलती रहती हैं और हमारी धारणाएँ भी। मैंने अपने जीवन के छह साल केन्या में बिताये, तीन साल संयुक्त राज्य अमेरिका में, अब भारत में दो साल रह कर डेनमार्क वापस लौटी हूँ। कुल मिलाकर मैं यहाँ भी खुश हूं, लेकिन समय-समय पर अफ्रीका, अमेरिका और भारत में जिंदगी के बिताये सालों के बारे में सोचती हूँ, और कई बातों को मिस किया करती हूँ।

डेनमार्क न मेरा देश था और न ही मार्को का, फिर भी हमने तय कर लिया कि अब कहीं और नहीं जायेंगे, यहीं बसेंगे। ये खाना-बदोश वाली जिन्दगी और नहीं जियेंगे। हमने कोपनहेगन के एक उपनगर हेल्लेरूप में एक घर खरीद लिया, दोमंजिला घर था। नीचे की मंजिल का घर हमने खरीदा, ऊपर की मंजिल में पहले से ही दो आदमी रहते थे—कार्ल और एल्फ।

मुझे बिल्डिंग में कचरे के लिए रखे रिसाइकलिंग डस्टबिन के सन्दर्भ में कुछ पूछना था, सो सीढ़ियाँ चढ़ कर कार्ल और एल्फ के घर गयी। कार्ल ने दरवाजा खोला। मुझे देख कर पहले तो वह चौंका, फिर मुस्कुराया। एल्फ बाहर बालकनी में बैठा सिगार पी रहा था। मुझे देख कर वह घर के अंदर आ गया। कार्ल एल्फ से बोला, ''यह नैन्सी लेरॉय है—हमारे नये पड़ोसी...'' मुझे एल्फ का परिचय देते हुए कहा, ''ये मेरे पति हैं।''

मुझे आश्चर्य हुआ। दोनों लंबे-तगड़े पुरुष—पति-पत्नी हैं।

एजेंट ने हमें सिर्फ यही बताया था कि ऊपर की मंजिल में दो आदमी रहते हैं। वे गे-कपल हैं, यह मुझे उनसे मिल कर पता चला।

''आपका घर भी क्या हमारे जितना बड़ा है?'' मैंने पूछा।

''चलो हम आपको दिखा देते हैं...'' कार्ल एक अदा से बोला, और मुझे अपना घर दिखाने लगा।

''यह हमारा किचन है।'' दीवारे खाली थी, सिर्फ एक पेंटिंग लगी हुई और सजावटी बल्ब टंगे हुए। ''मुझे कपबोर्ड पसंद नहीं आते,'' वह लड़कियों की तरह हाथ मटकाते हुए बोला।

''यह हमारा बेडरूम है। हम मास्टर बेडरूम नहीं यूज करते, इस छोटे बेडरूम में सोते हैं। हमें यह ज्यादा कोजी लगता है,'' कार्ल कुछ इतरा रहा था।

एक छोटे से कमरे में एक डबलबेड लगा था। दो पुरुष लेटे हुए परस्पर प्रेमालाप कर रहें... कल्पना करके मुझे अजीब सा लगा।

मैंने उनके घर की तारीफ की। कार्ल और एल्फ से हमारी अच्छी मित्रता हो गयी। एक गे परिवार कैसे रहता है, यह मुझे पहली बार पता चला। दोनों पढ़े-लिखे उच्च पदों पर आसीन थे, मेहनतकश लोग थे। अपने घर को काफी सुव्यवस्थित रखते थे। कार्ल पत्नी की भूमिका निभाता था और एल्फ पति की। एल्फ की तो दो बेटियाँ भी थी, बड़ी लड़की से एक नाती भी, इसका मतलब वह हमेशा से गे नहीं था, या बाइसेक्सुअल था—स्त्री, पुरुष दोनों के साथ रह सकता हो। हमने उनकी व्यक्तिगत जिन्दगी को अधिक नहीं टटोला। कार्ल एल्फ से दसेक साल के करीब छोटा था। उसके हाव-भाव लड़कियों जैसे थे। पहली नजर में तो वह एक मर्द ही प्रतीत होता था, मगर अगर उसके साथ कुछ क्षण बिताओ तो कुछ देर में एक हट्टा-कट्टा, दाढ़ी-मूछों वाला कार्ल एक सोनी-सलोनी नारी महसूस होने लगता था। कार्ल मेरे करीबी दोस्तों में से एक बनने लगा। हम एक साथ खरीदारी करने जाते, अपने नाखूनों में नेलपॉलिश लगा और प्यारे पुरुषों के बारे में गपशप करते।

जीवन में पहली बार मैंने अपने लिए कोई घर खरीदा था। बड़े उत्साह से मैंने इस मकान को अपने दिलोदिमाग से गढ़ कर एक सुंदर आशियाने में तब्दील किया।

विकसित देशों में जीवन विलासिताओं से भरा है किन्तु उस जीवनशैली को हासिल करने के लिए इंसान को कड़ी मेहनत करनी पड़ती है। नील छह वर्ष का हो चुका था। स्कूल में अधिक समय बिताने लगा था। फिर वही प्रश्न... मैं क्या करूं? अपने मनचाहे क्षेत्र में करियर निर्माण की सोचने लगी। अपने पुराने स्कूल में फिर से आवेदन किया। वहाँ व्यक्तिगत तौर पर सभी से मिलने भी गई। इस दौरान काफी कुछ बदल गया था। वहाँ लीडर और स्टाफ, सब बदल चुका था। दुर्भाग्य से मुझे वहाँ नौकरी नहीं मिल पायी। मेरी भूतपूर्व सहकर्ता डेनियेला, जो अभी भी वहाँ पढ़ा रही थी, ने बताया कि मुझे वहाँ दुबारा नौकरी न मिलने का असली कारण यह है कि नौकरी छोड़ते वक्त मैंने वहाँ अपना बहुत अच्छा प्रभाव नहीं छोड़ा। मैं बहुत अधिक छुट्टियाँ लेने लगी थी।

सुन कर खराब लगा पर क्या करूँ? मन को समझाया कि भूल जाऊँ उस स्कूल को। कहीं और नौकरी के लिए कोशिश करूं। लेकिन डेनिश नौकरी बाजार में पैर जमाने के लिए तो अच्छी डेनिश आनी चाहिए। जितनी डेनिश सीखी भी थी, अपने अमेरिका और भारत प्रवास के दौरान भूल चुकी थी। भाषा के साथ यही होता है—अगर तुम इसका प्रयोग नहीं करते तो धीरे-धीरे इसे भूलने से लगते हैं।

सरकारी नियम के तहत इमिग्रेंट्स के लिये पाँच साल तक डेनिश भाषा सीखना निःशुल्क था। अफसोस, मैं इस सुविधा का लाभ ढंग से नहीं उठा पायी। अनमने मन से डेनिश क्लास ज्वाइन करती थी, कोर्स खत्म किये बगैर ही बीच में छोड़ देती थी। जिन्दगी के उतार-चढ़ाव ने इतना अधिक व्यस्त व तनावग्रस्त रखा कि कुछ सोच ही नहीं पाई।

सो मुझे वहाँ निःशुल्क प्रवेश नहीं मिल सका। एक सेमेस्टर के नौ हजार क्रोनर थे, और एक सेमेस्टर तीन महीने का था। मैंने सोचा मैं मेहनत करके चार सेमेस्टर में अपना कोर्स पूरा कर लूंगी, यानी मुझे छत्तीस हजार क्रोनर चाहिए थे। मैंने मार्को से बात की वह यह छत्तीस हजार क्रोनर मुझे उधार दे दे, नौकरी लगते ही मैं ब्याज सहित चुका दूंगी। वह बड़ी अनिच्छा से इसके लिए मान गया।

समय छीजता जा रहा था। मैं छयालीस की हो चुकी थी। हालांकि मैं पूरी कोशिश कर रही थी कि मेरी देह पर जरा भी अतिरिक्त माँस न चढ़े, फिर भी बुढ़ापे को एक हद तक ही रोका जा सकता है। उम्र मुझ पर चढ़ रही थी। त्वचा शिथिल हो रही थी, बाल सफेद। पास की नजर का चश्मा लगाने लगी थी। मार्को मुझे धिक्कारता, "तुम मेरे करीब आती हो, मुझे कुछ अजीब सा हो जाता है। तुम थुलथुली हो रही हो। जाओ जिम जाओ, अपना फिगर ठीक करो।"

"ओके क्यूटीपाई!" मैं उसकी इन बातों को हँस कर टाल देती। वह मुझसे छह साल छोटा था, मेरे प्रति उदासीन हो रहा था। मगर क्या बूढ़ा होना मेरी गलती

थी? देर-सबेर सभी बूढ़े होते हैं। अपनी ऐसी बातों का जिक्र करती भी किससे? इतने दिनों की संचित वेदना, सखा पॉल आज झर-झर तुम्हारे चरणों में अर्घ्य बनकर बह रही है। सच्चाई यह थी कि इतना कुछ होने के बावजूद मैं उसे प्यार करती थी, मगर वह प्यार काफी नहीं था। मैंने महसूस किया— प्रेम सब कुछ नहीं जीत सकता।

उसके अंदर पनपती ठंडक और रूखापन मैं सहन कर लेती। मगर एक-एक पाई के लिए जो वह मुझे तरसाने लगा था, उस समस्या का मैं क्या करती...। वह सोचता था कि घर के बिलों का भुगतान और खाने-पीने का खर्चा उठा कर वह मुझ पर बहुत बड़ा अहसान कर रहा है। अगर मुझे अपने लिए कुछ करना होता—शैम्पू, लिपस्टिक खरीदना या मोबाइल चार्ज करवाना, बाल कटवाना तो मुझे अपने बैंक अकाउंट से पैसे निकालने पड़ते। अगर उससे सौ क्रोनर भी मांग लूँ तो वह बहस-तकरार शुरू कर देगा। मुझे लम्बी दूरी के फोन करने के लिए कई बार सोचना पड़ता था। मेरे भाई-बहन और मेरा बेटा जोशुआ मुझे खुद ही फोन करते थे, या फिर अगर मेरा उन्हें फोन करने का मन हो तो मैं उन्हें मिस्ड कॉल देती थी। मेरी स्थिति बड़ी दयनीय हो गयी। नील का चाइल्ड अलाउंस (बाल भत्ता) जो मुझे उसकी माता होने के नाते सरकार से मिलता था, और जो मेरे लिए थोड़ा आधार था, उसका पूरा हिसाब माँगता। मुझ पर तोहमतें लगाता अपने बच्चे का चाइल्ड अलाउंस मैं खा रही हूँ।

उसने जब यह मान लिया था कि वह मेरी फीस भरेगा, तभी मैंने डेनिश क्लास ज्वाइन की थी। बड़े मनोयोग से पढ़ रही थी। इस बार कमर कसी हुई थी कि डेनिश परीक्षाएँ पास करके सर्टिफिकेट लेना ही है। मैं आश्वस्त थी कि मेरा पति मेरी फीस जमा कर रहा है। किन्तु एक रोज जब स्कूल पहुंची तो मेरी डेनिश अध्यापिका मुझसे बोली, ''तुम्हें लीडर अन्नेता अपने कक्ष में बुला रही है।''

मैं अन्नेता के कक्ष में गई। उन्होंने बताया कि मेरी फीस जमा नहीं हो रही है।

मुझे बेहद आश्चर्य हुआ। मैं बोली, ''मेरे पति मेरी फीस भर रहे हैं।''

''नहीं कोई फीस जमा नहीं हुई।''

पूरे दिन क्लास में मन नहीं लगा। उचाट सी बैठी रही। घर आकर मैंने मार्को से पूछा। वह बोला, ''भूल गया।''

मैं आश्चर्य से बोली, ''अरे मार्को...! यह क्या?''

''जब भूल गया तो...'' वह उत्तेजित स्वर में बोला। मैं खामोश हो गयी। उसे भड़काना नहीं चाहती थी। मैंने अनुनय-विनय भरे स्वर में कहा कि वह मेरी फीस जल्दी से जल्दी भर दे। उसने हामी भरी। मगर उसने मेरे कई बार कहने पर भी फीस नहीं जमा की। बड़ा बेइज्जत होकर मुझे वह लेंगुएज स्कूल छोड़ना पड़ा। मैंने मार्को से पूछा, उसने ऐसा क्यों किया। वह बोला, वह मेरी डेनिश सीखने की फीस

नहीं भर सकता। वह मुझे कोसता— "तुम डेनमार्क 1995 में आ गयी थी— पन्द्रह सालों से यहाँ रह रही हो। क्यों नहीं समय से डेनिश सीखी? क्यों नहीं डेनिश नागरिकता हासिल की? क्यों नहीं...?"

क्यों नहीं...? क्यों नहीं...?

मैं हताशा से भर गई। पति पर मैं आर्थिक तौर पर निर्भर नहीं हो सकती थी? उसके सँरक्षण में नहीं जी सकती। मैं तो यह ही समझती थी कि विवाह का मतलब है कि जो कुछ पति का है, वह पत्नी का है और जो कुछ पत्नी का है वह पति का है, मगर ऐसा लग रहा था कि सब कुछ मार्को का है, और मैं अबला, आश्रिता, उसकी कृपा दृष्टि की मोहताज। यह सब मुझमें हीनता भर रहा था। मैं उससे कहती कि जब मैं उससे मिली थी, एक अच्छी-खासी नौकरी पर थी, आर्थिक तौर पर आत्मनिर्भर थी। उसकी वजह से, परिवार की खातिर मैंने अपनी नौकरी पर लात मारी, उसके साथ अमेरिका, इंडिया और फिर से डेनमार्क आ गयी हूँ। अब इस उम्र में नौकरी मिलनी इतनी आसान नहीं। मुझ में काबिलियत है। अगर वह मेरी मदद करे तो अपने पैरों पर फिर से उठ सकती हूँ।

मैं सहसा थोड़े पैसे कमाने के लिए बेताब हो गई। जोर-शोरों से अपने लिए नौकरी के विज्ञापन देखने लगी, और एक दिन एक विज्ञापन देखा जो मेरे लिये बहुत आशाजनक था। "पेशेवर मालिश थेरेपिस्ट चाहिए।"

मैंने उन्हें तुरंत फोन किया। प्रबंधक अचारा फोन पर बहुत नम्र और मैत्रीपूर्ण लगी। उसने बताया कि वह मूलत: थाईलैंड की है, और कोपनहेगन में अपना थाई मसाज का पार्लर चला रही है। अगले दिन उसने मुझे अपने पार्लर में इंटरव्यू के लिए आमंत्रित किया तो मैं रोमांचित हो गई। केन्या में रहते हुए, मैंने मॉरीन से तेल मालिश का प्रशिक्षण लिया था। इसके बाद बंगलौर के एक प्रतिष्ठित केंद्र से एक पेशेवर मालिश कोर्स किया था, तेल मालिश के साथ एक्यूप्रेशर भी सीखा था। मेरे पास कुछ कौशल थे। बार-बार मैं अपना बॉडी मसाज डिप्लोमा सर्टिफिकेट निहारती जो मुझे बंगलौर में अभ्यांगा आयुर्वेदिक तेल मालिश केंद्र से मिला था। मेरे हाथ मचल रहे थे किसी देह को छूने के लिए, किसी की मालिश करने के लिए।

साक्षात्कार अच्छा रहा, और मुझे काम पर रख लिया गया। व्यवसाय धीमा था। मुझे एक सप्ताह में दो-तीन दिन ही पार्लर में जाना पड़ता और प्रति सप्ताह 4-8 ग्राहकों की मालिश करनी होती। सैलून की मालकिन अचारा को प्रति ग्राहक जो मिलता उसका 20% ही वह मुझे भुगतान करती। मुश्किल से एक हजार कोर्नर प्रति माह मेरे हाथ पड़ते, फिर भी मैंने यह काम जारी रखा क्योंकि यह मुझे व्यावसायिक अनुभव दे रहा था।

अचारा के पास शिक्षा बहुत कम थी और उसमें पेशेवर कौशल और शिष्टाचार

का भी अभाव था। एक बार, एक ग्राहक ने उसके सामने ही मुझे कस कर पकड़ लिया और गले लगा लिया। वह हंसते हुए बोली, ''यह तुम्हारी मालिश से बहुत खुश है। तुम्हारा शुक्रिया अदा कर रहा है। इसकी आदत डाल लो।''

मैं गुस्से से बोली, ''उसने सीमाएँ पार की हैं।'' वह बोली, ''तुम ऑवर रियेक्ट कर रही हो। सिर्फ इसलिए कि वह एक पुरुष ग्राहक है, अगर उसने कुछ प्रतिक्रिया कर दी तो इसका मतलब यह नहीं कि उसका यौन दुराचार का कोई इरादा है।''

मुझे बेहद अफसोस होता कि मुझे अचारा जैसे एक कम कौशल के व्यक्ति के मातहत काम करना पड़ रहा है। उसका आर्डर मानना पड़ रहा है। मार्को से जब मैं अपनी कुंठा शेयर करती तो वह व्यंग्यात्मक लहजे में कहता, ''करियर के हिसाब से मालिश एक गलत चुनाव है। इस पेशे से तुम कभी अच्छा कमा तो सकती नहीं, और बेइज्जत होती रहोगी। इस पेशे से जल्दी बाहर निकलो।''

''मालिश एक प्राचीन चिकित्सा पद्धति है, मसाज सैलून और मसाज थेरेपिस्ट का अच्छा होना अनिवार्य है,'' मैंने कहा।

एक बार फिर, मैंने मार्को को समझाने की कोशिश की कि हमें एक-दूसरे को आगे बढ़ने के लिए सहयोग देना चाहिए। पति-पत्नी हैं हम— जीवनसाथी! अगर वह मेरी आर्थिक मदद करे, तो मैं अपना खुद का मालिश सैलून खोल सकती हूँ, जहाँ मैं खुद की बॉस होऊँगी। डेनमार्क में एक आयुर्वेदिक मालिश सैलून अभी तक नहीं है। मुझे विश्वास है कि मेरा सैलून अच्छा पैसा देगा, क्योंकि आयुर्वेद ने दुनिया भर में लोकप्रियता हासिल करना शुरू कर दिया है। लोग वापस प्रकृति की ओर बढ़ रहे हैं। लोग अपने शरीर के विज्ञान को नहीं समझते हैं और एक बार जब आप उन्हें बतायेंगे कि यह कैसे काम करता है, तो वे आप पर भरोसा करने लग जायेंगे। वे आपसे मालिश करवाएंगे और आपके सुझाए गए हर्बल उत्पादों को भी खरीदेंगे।

''हूँ...आयुर्वेदिक मालिश पार्लर...हर्बल उत्पाद...अपनी शक्ल देखी शीशे में...'' वह मुँह बिचकाते हुए बोला।

वह मुझे अपने पूर्व दो पतियों से अधिक खतरनाक लग रहा था। मेरे पिछले पति, अब्राहम और लार्स ने चाहे कुछ भी किया हो, मेरी आत्मा को दुखाया हो, मेरे जिस्म पर वार किया हो किन्तु मेरे वजूद को नही तोड़ा। अब्राहम मेरे प्रति निष्ठावान नहीं था, मगर मेरे विकास में उसने पूरा सहयोग दिया। समुद्री तैराकी सीखने के लिए मेरे लिए एक प्रशिक्षक का इंतजाम किया था। मेरे कम्प्यूटर कोर्स की महंगी फीस भरी थी। मोम्बासा में अध्यापिका की नौकरी लगाने के लिए कई लोगों से सिफारिश की थी। और लार्स भले ही मुझे मारता-फिरता था मगर उसने मुझे रूपये-पैसों के लिए कभी नहीं सताया। बल्कि जब कभी उसका बिजनेस चमकता था वह

मुझ पर अपना कमाया धन न्यौछावर कर देता था। उसके दो-दो एटीएम् कार्ड मेरे पास रहते थे, जिनका मैं जब चाहे, जैसे चाहे इस्तेमाल कर सकती थी।

''मैं तुझे फूटी कौड़ी नहीं दूँगा,'' मार्को दांत पीसते हुए कहता।

''मार्को तुम मेरे इतने खिलाफ क्यों हो? तुम्हारे बेटे की माँ हूँ मैं!''

''वह सबसे बड़ी दुर्घटना है।''

***

एक दीवार सी हमारे बीच खड़ी हो गई थी। साथ रहते हुए भी हम अलग हो चुके थे। यह भी शक हुआ कि उसका प्रेम कहीं और तो नहीं पनप गया, लेकिन मेरे पास कोई प्रमाण नहीं थे। क्या करना मैंने ऐसे पति का? हूँ... डेनिश दार्शनिक, सोरेन किर्केगार्ड की यह उक्ति याद आ गयी—''एक खराब शादी से तो मौत भली।''

मैं कहाँ गलत हूँ? जब हमें बिना किसी अपराध के भुगतना पड़ता है, तब हृदय बार-बार द्रवित होकर पुकारता है कि मेरी क्या गलती है। मैं जाना चाहूँ तो कहाँ जाऊँ? मैं हर साल भारत जाने की सोचती हूँ पर इतना पैसा कहाँ से लाऊँ। किससे अपनी समस्या का जिक्र करूं? पता नहीं लोग मेरा पक्ष लेंगें भी कि नहीं? कहीं मुझे ही न गलत ठहरा दे? अब्राहम, लार्स, मार्को... ऐसे आदमियों को पति के रूप में पाकर कोई भी नारी दु:ख भोगती।

मार्को मुझसे अपेक्षा करता कि मैं उसे अपना पूरा खर्चा दूँ। वह मुझे आर्थिक रूप से तोड़ना चाहता है। मेरे वजूद को खत्म करना चाहता है। मुझ पर फिकरा कसता—''एक गैर कमाऊ पत्नी! हमेशा पैसों को लेकर जरुरतमन्द रहती हो।''

''और तुम मक्खीचूस हो,'' मैं उसे सुनाती।

जब स्थिति बिगड़ते ही गई तो मैंने सोचा, मुझे एक मध्यस्थ की मदद लेनी चाहिए। मैं अपने पड़ोसी, ऊपर एल्फ के पास गई। वह परिपक्व और बुद्धिमान था, और हम दोनों को बहुत अच्छी तरह से जानता था। हम दोनों भी उसका बड़ा सम्मान करते थे। शायद वह मेरी कुछ मदद कर सके।

एल्फ ने हंसते हुए मार्को को सलाह दी—''तुम लोगों को छुट्टी पर जाना चाहिए। कहीं यात्रा पर जाओ। एक रात की डेट की योजना बनाओ। पैसे के लिए मत लड़ो। तुम्हारे पास बहुत पैसा है।''

मुझे अकेले में उसने कहा, ''मैं अपनी पत्नी से इसलिए ही अलग हुआ क्योंकि एक-दूसरे को समझना बहुत मुश्किल था। एक ही लिंग के लोगों के साथ रहना बेहतर है।'' बहरहाल एल्फ कुछ भी मदद नहीं कर सका। मगर एल्फ और कार्ल को एक साथ प्रेमपूर्वक रहते हुए देख मुझे ईर्ष्या हो जाती। सभी मुद्दों में—पैसा, सेक्स, घरेलू काम-काज, मौज-मस्ती, आदि में उनके बीच एक सही समझ और

साझेदारी दिखती। उनका समलैंगिक संबंध हमारे सीधे संबंधों की तुलना में अधिक स्थिर और प्रेमपूर्ण था।

परेशान होकर मैंने 'मम्स नेट' ऑनलाइन पर अपनी परेशानी लिखनी शुरू करदी—"मेरा पति मुझे पैसे के लिए सताता है। अपने पैसे की कोई जानकारी नहीं देता।" दुनिया भर से तमाम औरतों ने मेरी पोस्ट पर प्रतिक्रियायें दी। सभी की सलाह— "तुम्हारा हसबैंड एक 'फाइनेंसियल अबुसिव हसबैंड' है, वह बदलेगा नहीं। उसे तुरंत छोड़ दो।"

एल्फ के साथ परामर्श करने और मॉम्स नेट पर पोस्ट करने के बाद, मैंने एक वित्तीय सलाहकार से संपर्क किया। वह भी विफल रहा, अंततः हम मैरिज काउंसलर के पास पहुंचे, क्योंकि मसले सिर्फ वित्त तक नहीं रह गये थे, और संगीन हो गये थे।

ओह, वह लम्बा सिलसिला...। मैरिज काउंसिलिंग के सत्र...। अदालत के चक्कर...। कोशिश की थी हमने अपने दाम्पत्य को बचाने की। पर कटुता बढ़ती ही गई और इसका असर नील पर पड़ने लगा था, हमें लगने लगा कि हमें एक साथ नहीं रहना चाहिए।

अब्राहम से जब मैं अलग हुई थी तो जवान थी, बहुत सारे विकल्प थे। चुपचाप, गुपचुप मैंने अपनी नई डगर तलाशी थी, और खामोश उसकी जिन्दगी से निकल गयी थी। लार्स के साथ घटनाएँ स्वतः ही घटित होती चली गयी। वहाँ पुलिस सम्मिलित थी। उस पर क्रिमिनल केस बना था। वह साइको हो गया था। उसकी माँ ने खुद ही मुझे सलाह दी कि मैं उससे तलाक लेलूं। उसके मामा फिलिप की सहानुभूति मेरे साथ थी।

मगर अब स्थितियां बिलकुल अलग थी। मैं अधेड़ उम्र की बेढौल स्त्री हो रही थी। मैं अपनी शादी को बचाना चाहती थी। मार्को के साथ शादी मेरी बड़ी धूमधाम से हुई थी। ढेर सारी रस्में हुई थी। ऐसा लगता था कि हमारी जोड़ी ऊपर से बन कर आई है। हमारा आरंभिक दांपत्य जीवन बहुत मधुर रहा था। छोटी-छोटी बातों के लिए, छोटी-छोटी इच्छाओं की पूर्ति के लिए मैं मार्को से अलग नहीं होना चाहती थी। मैरिज काउंसलर सोफिया लांगे ने भी भरसक कोशिश की हमारे अपंग हुए प्रेम, टूटते रिश्तों को बचाने के लिए।

किन्तु बात-बात पर झगड़ा होता ही गया और कभी-कभी यह झगड़ा बहुत बढ़ जाता। हम दोनों एक-दूसरे को खरी-खोटी सुनाने से बाज नहीं आते। वह मुझे ताना देता, "तुम्हारी कुंजम्मा... जिनके साये में तुम बड़े हुए, वह तो इतनी खुद्दार और ईमानदार औरत है। तुम इतनी खुदगर्ज और बेईमान क्यों निकल गई? तुमने अब्राहम को बदनाम किया, लार्स को साइको बनाया। तुम्हारे दोनों पूर्व पतियों से

मेरी पूरी-पूरी सहानुभूति है।''

''तुम्हारे संग जिन्दगी गुजार कर अब मुझे भी वे भले लगने लगे हैं,'' मैं तंज कसती।

''मैं तुझे डाइवोर्स दे दूँगा— देख लो तीसरा डाइवोर्स होगा तेरा।''

''कोई बात नहीं, मैं पहले भी दो तलाकों से निपटी हूँ, तीसरे से भी निपट लूंगी,'' मैं पलट कर कहती ।

वह अपनी फ्रांसीसी भाषा में मुझे भद्दी गालियाँ बकने लगा— मेरदे (शिट), पुतिन (वेश्या), सलोपे (बिच)।

मैंने उसी की भाषा में उसे मुंहतोड़ जवाब दिया— फिल्स दे सलोपे (सन ऑफ ए बिच)।

''छी...छी...'' पॉल के मुंह से उभरा।

क्या करूं पॉल, अजीब संकट था...। धीरे-धीरे खरी-खोटी सुनानी भी बंद हो गयी। सब कुछ स्थिर हो गया। हमारी बातचीत बंद हो गयी। वह कहीं जाता तो मुझे बताता नहीं। मुझे नील से पूछना पड़ता कि उसके पापा कहाँ गये हैं। उस बेचारे के पास कभी जवाब होता, कभी नहीं होता। ऐसे में अब एक ही रास्ता बचा था— हम अलग हो जाएँ। जब किसी खूबसूरत जीवन में कुछ ऐसा वैसा हो जाता है तो दुर्घटना मान कर आगे बढ़ा जा सकता है लेकिन यह तो पूर्ण आपदा थी। गंभीर क्षति। मैं किसी भी स्थिति में तलाक नहीं चाहती थी। पर अफसोस मजबूरन हमें तलाक की पिटीशन डालनी पड़ी। हमारे संबंध खासे खराब हो चले थे। मार्को को भी लगा कि अब हम साथ नहीं रह सकते।

हमने अदालत में आपसी रजामंदी से तलाक लेने और विवादों का निबटारा करने के कागजात पर दस्तखत किए। न्यायालय ने हमें चार माह तक अलग रहने की सलाह दी। हमसे कहा कि आवेश में फैसला न ले। तलाक होने से पहले एक बार फिर हम अपने संबंधों पर गौर फरमाएं। यदि इस अवधि में हम दोनों तलाक की अर्जी वापस नहीं लेते तो अदालत उचित जांच के बाद तलाक की डिक्री दे देगी।

चार महीने सेपरेशन, एक माह से दो माह अर्जी वापस लेने का इंतजार और अदालत की कार्रवाई में लगने वाले कुछ महीनों को मिला लें तो लगभग एक साल में पति-पत्नी एक-दूसरे से मुक्त होकर अपनी जिदंगी अपनी मर्जी से जीने लायक बना सकते हैं। अदालत ने मार्को को यह आदेश दिया कि जब तक न्यायालय तलाक देने का निर्णय विचाराधीन रखता है, मार्को अपना कहीं और रहने का इंतजाम करें और घर में बिना पत्नी के इजाजत के नहीं घुसे।

मार्को अपमान का घूँट पीकर रह गया। बहस करने लगा यह घर उसने अपनी आय से खरीदा है। घर का सारा खर्चा वह चलाता है। वह कहीं नहीं जाएगा। अगर

उस घर से कोई निकले तो मैं निकलूं। मेरी वकील सोफिया लांगे ने उसे समझाया कि अगर वह नौकरी कर रहा है, कमा रहा है, घर खरीद रहा है तो उसकी पत्नी भी अपना दायित्व निभा रही है। पुत्र को जन्म दिया, घर की देखरेख कर रही है, बेटे को पाल रही है। बेटा अभी बहुत छोटा है, जिसकी परवरिश अभी माँ के साथ ही होनी चाहिए, जिसके लिए माँ को एक घर चाहिए। बेटे के हित के लिए यही सही है कि पिता अपना सामान लेकर घर से निकल जाए और माँ बेटे के साथ अभी फिलहाल घर में ही बनी रहे जब तक कोर्ट कोई निर्णय नहीं सुनाता।

मार्को को घर से अपना सामान उठा कर जाना पड़ा। वह चला तो गया मगर जब चाहे घर में आ धमकता था। घर की एक चाबी उसके पास थी। पूरे घर की चहलकदमी करता, इधर-उधर चीजों को निहारा करता। मैं चाहती तो पुलिस को फोन कर उसे घर से बाहर निकाल सकती थी। मगर ऐसा नहीं करती। मैं यह बात हमेशा ध्यान में रखती कि वह मेरे पुत्र का पिता है। मैं तलाक के बाद भी अपने बेटे के पिता से स्वस्थ रिश्ते चाहती थी।

मगर एक बार मुझे पुलिस को बुलाना पड़ ही गया। मन बहुत व्यथित था। किससे अपने मन की व्यथा व्यक्त करूं? मैंने फिलिप को फोन लगाया। लॉरा की मौत के बाद उन्हें दो-तीन दफा अपने घर खाने पर बुला चुकी थी। उन्हीं से मुझे लार्स के बारे में खबरें मिला करती थी। अब एक रिहेब सेंटर में था।

फिलिप से बहुत दिनों बाद बात कर रही थी। मैंने उन्हें बताया कि मेरी और मार्को के बीच बन नहीं रही। हम अलग हो रहे हैं।''

''ओह...।''

''फिलिप, मैं आपसे मिलना चाहती हूँ...। आप मेरे घर आइये इस शनिवार को। आपको उत्पम बना कर खिलाऊँगी।''

फिलिप को साउथ इन्डियन स्नैक उत्पम, नारियल की चटनी और साम्भर बहुत पसंद था।

फिलिप जब भी मिलते थे मेरे बड़े बेटे, जोशुआ के विषय में जरुर पूछते थे। मैंने बहुत खुश होकर उन्हें अपने जोशुआ की कामयाबियां बताई कि अच्छे ग्रेड्स से अपनी यूनीवर्सिटी की पढ़ाई पूरी करके वह टोरंटो में एक प्रतिष्ठित कम्पनी में इंटर्नशिप कर रहा है, अपने को व्यवस्थित करने की कोशिश कर रहा है। और उसकी माँ एक बार फिर उजड़ गयी है...। सभी कुछ मैंने उनके साथ शेयर किया—मार्को से बिगड़ते सम्बन्ध, अपनी मनोस्थिति। उत्पम खाते हुए वे बड़ी धैर्य से सब कुछ सुनते गये। मुझसे बोले, ''मैं तुम्हारे पहले और तीसरे पति को तो ख़ास जानता नहीं हूँ मगर तुम्हें और लार्स को जानता हूँ। नैन्सी, तुम एक स्पष्टवादी, ईमानदार और कर्मठ इंसान हो। जहाँ तक लार्स की बात है वह बचपन से ही कुछ असामान्य सा

था।''

''थैंक्यू फिलिप। मगर सभी लोग ऐसा नहीं समझते। मेरे पतियों ने तो मुझ पर लांछन लगाया है कि मैं खुदगर्ज हूँ, धूर्त हूँ।

''नहीं, बिलकुल भी नहीं।''

इस बीच मार्को का नील के लिए फोन आया। वह उससे हमेशा अपनी फ्रांसीसी भाषा में बात किया करता था, जो मैं थोड़ा बहुत समझ लेती थी। उसने उससे पूछा, ''क्या घर में कोई है?''

नील ने जवाब दिया, ''हाँ।''

''कौन है?''

नील बच्चा ही ठहरा, बोल पड़ा, ''नहीं मालूम।''

''आदमी है कि औरत?''

''आदमी।''

थोड़ी ही देर में मार्को दनदनाते हुए घर पहुंच गया। न कोई दुआ, न सलाम...। डाइनिंग टेबल—चटनी, साम्भर, वाइन को घूरने लगा। ''तो यहाँ पार्टी चल रही है...''तल्खी से बोला।''

बिना किसी पूर्वसूचना के उसका घर में यूँ धमक जाना...। हमारी स्थिति अजीब सी हो गयी। डाइनिंग टेबल पर से उठते हुए फिलिप ने बड़े अदब से उसकी तरफ अपना हाथ बढ़ाया। हालांकि वह फिलिप से दो-तीन बार पहले मिल चुका था, फिर भी उसने कोट की जेब से अपने हाथ नहीं निकाले। फिलिप का हाथ उठा का उठा रह गया। मैं फिलिप के सम्मुख कोई तमाशा नहीं करना चाहती थी, सो उससे नरमी से पूछा, ''उत्पम खाओगे? बनाऊँ तुम्हारे लिए गर्म गर्म उत्पम?''

''नहीं, कोई जरूरत नहीं है,'' वह बेरुखी से बोला।

फिलिप किंकर्तव्यविमूढ़ से थे। इतने चाव से वे उत्पम खा रहे थे। उनका मन खराब हो गया। ''चलता हूँ...'' मुझसे बोले।

मैंने भी उन्हें रोका नहीं। मैं उन्हें बाहर गेट तक छोड़ने गयी। विदा लेने से पहले वे मुझसे बोले, ''नदी में गिरने से मौत नहीं होती। मौत तब होती है जब हमें तैरना नहीं आता। तुम तो बहुत अच्छी तैराक हो।''

फिलिप को विदा कर मैं जैसे ही घर में घुसी मार्को मेरे ऊपर चढ़ गया, ''यह तुम मेरे घर में किस-किस को एंटरटेन करती रहती हो?''

''वे फिलिप हैं। मेरे दोस्त हैं। तुम्हें मालूम तो है,'' मैं बोली।

''तो जाकर रहो उसके घर। वह बूढ़ा भी अकेला है...। तुम्हें रख लेगा अपने घर। यहाँ क्यों मेरे घर में कब्जा किया हुआ है?''

''मार्को...! प्लीज ऐसा अनाप-शनाप मत बोलो। फिलिप मेरी सास के बड़े

भाई थे, मेरे पिता समान। और यह घर मेरा भी है।'' मुझे भी तैश आ गया। मैं उससे बोली, ''मैं घर की चाबी बदलती हूँ, तब देखो तुम यहाँ कैसे घुसे आओगे? जब कोर्ट ने तुम्हें यहाँ आने के लिए मना किया हुआ है तो क्यों चले आते हो यहाँ? क्यों नहीं कोर्ट के आदेश का पालन करते?''

''यह मेरा घर है...'' वह चीखा। ''मैंने खरीदा है। मैं यहाँ से कहीं नहीं जाऊँगा,'' वह जैकेट, जूते उतार सोफे पर पसर गया।

''फूटो यहाँ से, वरना मैं पुलिस को खबर करती हूँ,'' मैंने उसे धमकी दी।

जब वह नहीं उठा तो मुझे वाकई पुलिस को बुलाना पड़ा। पुलिस तुरंत आयी। मार्को को घर से खदेड़ा। नील रोने लगा। मैं पछताने लगी कि मैंने फिलिप को क्यों आमंत्रित किया। उनका भी अपमान हुआ, और खामखाँ यह हंगामा भी हुआ।

***

कोर्ट से तलाक की अर्जी वापस लेने का अब कोई सवाल नहीं था। ओह पॉल... पहले तलाक की बात अलग होती है। उस वक्त व्यक्ति कम उम्र का होता है, अपरिपक्व होता है। वह जिंदगी और रिश्तों के प्रति उतना संजीदा नहीं होता। तलाक के बाद लोग उसे सहानुभूति की नजरों से देखते हैं और सोचते हैं कि जरूर वह गलत व्यक्ति के साथ बंध गया होगा या किन्हीं कारणों से तालमेल नहीं बैठा पाया होगा। उसे लोगों का सहयोग मिलता है।

मगर दूसरे और तीसरे तलाक तक बात अलग हो जाती है। व्यक्ति परिपक्व और अनुभवी हो चुका होता है। माना जाता है कि वह अब जीवनसाथी का चुनाव सावधानी से करेगा। उस की आंखें खुलीं होंगी और वह पुरानी गलतियां दोहरायेगा नहीं। मगर यदि तीसरी दफा भी बात न बने तो लोग उसे नीची नजरों से देखने लगते हैं। लोगों को लगता है कि जरूर इस में ही कोई ऐब है, तभी इस की किसी से नहीं निभ पाती।

मेरे पहले तलाक को दुर्घटना माना जा सकता है, दूसरे तलाक को कहीं न कहीं मेरी लापरवाही। मगर तीसरे को क्या माने?

सच कहूँ तो दांपत्य के टूटने का दर्द मेरे दिल को छलनी कर रहा था। बार-बार तलाक की त्रासदी से गुजरना भावनात्मक रूप से तोड़ देता है। दुख और हताशा से भर गयी हूँ। ऐसा लगता है जैसे किसी महत्त्वपूर्ण रिश्ते का अंत हो गया हो। पछतावा भी होता है। असफलता का अहसास होता है। ऐसा महसूस होता है जैसे मैं स्वयं की, परिवार वालों की और समाज की अपेक्षाओं पर खरी नहीं उतर सकी। जोश को जब मैंने अपने और मार्को के अलग होने के बारे में बताया तो बोला,

''मुझे कोई अचरज नहीं हो रहा है।''

रेचल और जॉर्ज आश्चर्य से बोले—''फिर तलाक! तीसरे से भी नहीं बनी! ओह नो...।''

रेचल फोन पर मुझे डांटने लगी, ''जो हम अपनी शादी में टिके हैं, यह मत समझो कि हमें कोई दिक्कत नहीं हैं। लेकिन हम प्रोब्लम को सोल्व करते हैं, भागते नहीं है...।''

मैं अपराधी बनी चुपचाप अपनी बड़ी बहन की डांट खाती रही।

अपराधबोध हुआ कि मैं उम्र भर के रिश्ते को नहीं निभा सकी, और मैंने अपने घर वालों को निराश किया है। कभी-कभी यह दर्द व शर्मिंदगी, गुस्से और हताशा में बदल जाती है। डर और चिंता अलग लगी रहती है। मन में तनाव और खौफ पैदा हो जाता है यह सोच कर कि नील का क्या होगा। न जाने किन-किन आर्थिक कठिनाइयों का सामना करना पड़ेगा।

''तलाक को शर्मिंदगी से न जोड़ें,'' पॉल कह रहा है। ''स्वयं को दयनीय न मानो। यह प्रवृत्ति उचित नहीं। निराश होने या तलाक से घबराने के बजाय असहनीय परिस्थितियों में तलाक ले लेना ही बेहतर विकल्प है। दरअसल, शादी एक ऐसा संकल्प है, जिस में पति और पत्नी दोनों के लिए एक-दूसरे को समझना और एक-दूसरे का सम्मान करना बेहद जरूरी है। यही इस रिश्ते की बुनियाद है। यदि इस रिश्ते में आपको सम्मान नहीं मिल रहा है तो फिर साथ रहने का कोई औचित्य नहीं। हर किसी को शांति और सम्मान के साथ जीने का हक है। आप स्वयं को हीन महसूस न करें और न ही दुखी और परेशान हों। यदि आप की तीसरी शादी खतरे में है, तो भी घबराएं नहीं और न ही स्वयं को दोषी मानें, वरन मानसिक रूप से मजबूत बनें। मानसिक मजबूती के साथ आर्थिक मजबूती भी सुनिश्चित करें।''

ओह पॉल तुम्हारी बातें मुझे कितना धीरज दे रही है...! कोटि-कोटि धन्यवाद! आप मेरे लिए एक फरिश्ता हो।

''मेरा ही उदाहरण लें। पहले मैं सौन्द्रा से विवाहित था, उससे ब्रेकअप के बाद मैं नीना के संपर्क में आया। इस रिश्ते को मैं हर हाल में संजोना चाहता था। नीना से मेरा इतना ज्यादा इमोशनल अटैचमैंट था कि उस के बिना मैं जीने की सोच भी नहीं सकता था। मैं तलाक की पीड़ा को भली-भाँती समझता हूँ। मैंने नीना के साथ अपने दाम्पत्य जीवन में उदात्त प्रेम और गहरे विषाद दोनों का अनुभव किया। गहरे अवसाद के पलों में मेरा ही यह निर्णय था—लेट्स सेपरेट, जबकि मैं शादी के चिरस्थायित्व का अभिलाषी रहा। वह मेरी जिन्दगी का सबसे मुश्किल निर्णय था।''

''नीना की मृत्यु हो चुकी है...'' मैं पॉल से कहती हूँ।

''ओह, यहाँ भगवान, भाग्य, नियति... जो भी आप इसे कहें, कह सकते हैं।

जल्द ही, हमारे तलाक के बाद, एक दिन मुझे उसका फोन आया कि उसे कैंसर हो गया है। जो भी संभव था, मैंने उसकी मदद की, उसकी सेवा की, पर वह बच नहीं पायी।''

''और तीर्थयात्रा?''

''तीर्थयात्रा मैंने उसकी पहली पुण्यतिथि पर उसे अपनी श्रद्धांजलि अर्पित करने के लिए की।''

''ओह, इसका मतलब, तुम वास्तव में उससे प्यार करते थे।''

''हां, मैंने उससे प्रेम किया। नीना से अलगाव के बाद मैं जीवन के सबसे मुश्किल दौर से गुजरा, चारों तरफ व्यर्थता, निस्सारता का अनुभव किया करता था। मैंने विवाह की टूटन को झेलते हुए जाना कि तर्क-वितर्क-तनाव के बाद दो खामोश समानांतर जिंदगियां शुरू होती हैं, तकरार प्यार पर हावी होने लगता है और विवाहित जिन्दगी तबाही की और बढ़ने लगती है। लेकिन मैं शादी को एक 'पारी' की तरह समझता हूँ, पहले सौन्द्रा के साथ विवाहित था, फिर नीना मिली और अब मैं तीसरी पारी खेलने को तैयार हूँ...'' कहते हुए पॉल मेरी तरफ देख रहा है।

मैं हंस पड़ी हूँ। पॉल भी हंसने लगा है। निठल्ला पॉल...!

मैं अपने छितरे वजूद को समेटने की फिर से कोशिश कर रही हूँ। अंहकार जरूर दूर हो गया मगर असहाय नहीं हुई हूँ। अपना मसाज पार्लर खोलने की कभी से सोच रही थी। मेरी हार्दिक इच्छा थी कि मेरे पास जो कुछ भी जमापूंजी, संसाधन हैं, उनसे अपना कोई कारोबार खोल लूँ। अब तो मेरा जोशुआ भी कमाने लगा है। उससे कुछ रकम उधार ले लूंगी। सौभाग्य से मुझे एक सस्ती जगह मिल गयी। नोरबरो इलाके के हुलगार्ड चौराहे पर स्थित आर्केड बिल्डिंग के बेसमेंट में मुझे एक कमरा मिल गया। नोरबरो एक इमीग्रेंट, भीड़भाड़ वाला इलाका है, लोगों का आना-जाना वहाँ लगा रहता है।

बैंक लॉकर से मैंने अपने सारे कीमती गहने निकाले, और सब मैंने बेच दिए। मेरे दोनों भाई-बहन रेचल और जॉर्ज ने मेरे मसाज पार्लर खोलने के फैसले को बहुत सराहा और मुझे कुछ डॉलर भेजे। कुछ जोशुआ ने दिये, थोड़े बहुत अहम मित्रों ने, बाकी मैंने बैंक लोन लिया। मसाज पार्लर खोलना मेरे लिए एक आराधना, एक पूजा हो गयी। आजकल की तनाव भरी व्यस्त जिन्दगी में हम छोटी-छोटी बातों पर संतुलन खो बैठते हैं। दर्द और तनाव को कम करने के लिए सालों से चल रहा है यह चलन-एक्यूप्रेशर व मसाज थैरेपी सेशन। आजकल खेल-कूदने वाले और नृतकों को ही मालिश की जरूरत नहीं है, जो लोग सुबह से शाम बिना हिले-डुले कम्प्यूटर के आगे बैठे रहते है, उन्हें भी मालिश की जरूरत है।

कम्यून से मुझे मालिश सैलून खोलने की इजाजत मिल गयी थी। श्रम

विभाग से सैलून का पंजीकरण करवा लिया था...। मैं मसाज पार्लर खोलने की दिशा में जोरशोरों से काम कर रही थी कि एक दिन रेचल के आमन्त्रण ने मुझे चौंका दिया— "पांच नवम्बर बेटे की शादी है मनामा में।" तीन साल पहले उसकी बेटी की शादी में भारत नहीं जा पायी थी। मेरे मन से आवाज उभरी— "नहीं-नहीं, मैं इतनी व्यस्त हूँ, पैसों की भी किल्लत है। मैं अभी कहीं नहीं जा सकती!" मैंने रेचल को शादी में न आने की अपनी असमर्थता बताई तो वह बोली, "तू प्रोग्राम बना। टिकट मैं बुक कर रही हूँ।"

"अरे वाह!"

"आई लव यू, सिस्टर!"

मैं सोचने लगी कि नील को साथ लेकर उसकी बेटे की शादी में जाऊं बहरीन। मेरे लिये थोड़ा बदलाव हो जायेगा और नील के लिए भी। इससे दिलोदिमाग में उठ रहे तूफान और क्रोध का आवेग थोड़ा थम जाएगा और ठंडे दिमाग से अपनी जिन्दगी के बारे में सोचने का अवकाश मिलेगा। मुझे यह एक बहुत अच्छा अवसर लगने लगा। मध्य पूर्वी देशों की तरफ मैं कभी गई भी नहीं थी।

जोर्ज का भी मेरे पास फोन आ गया। मुझे सलाह देने लगा कि मैं अपने यात्रा कार्यक्रम में कतर भी जोड़ लूँ, कतर बहरीन से बहुत पास है। हम कार से मनामा से दोहा का सफर करेंगे, सऊदी अरब होकर हमें जाना पड़ेगा, सो मैं सऊदी अरब का ट्रांजिट वीजा ले लूँ।

जॉर्ज के सुझाव ने मुझे और भी उत्साहित कर दिया। मसाज सैलून खोलने के बाद मैं बहुत अधिक व्यस्त होने वाली थी, उससे पहले थोड़ी सैर कर लूँ तो अच्छा रहेगा। और जब यूरोप से अरब जगत जा ही रही थी तो सोचा लगे हाथों दोहा भी घूम लूँ। मध्य-पूर्वी देश...दुनिया की कई पुरानी सभ्यताओं की शुरूआत जहाँ हुई...।

बहरीन व कतर घूमने के लिए 'वीजा ऑन अराइवल' की सुविधा थी, मगर सऊदी अरब के ट्रांजिट वीजा लेने के लिए मुझे कोपनहेगन स्थित रॉयल एम्बेसी ऑफ सऊदी अराबिया जाना पड़ा। सो मेरा यात्रा कार्यक्रम बना—कोपनहेगन से बहरीन। बहरीन में शादी निपटने के बाद कतर। कतर में जॉर्ज के साथ के तीन-चार दिन बीता, सीधे वापसी कोपनहेगन। कुल मिला कर दस दिन का कार्यक्रम। नील भी मेरे साथ अरब देश जाने के लिए उत्सुक था। विश्व अब सिमटता जा रहा है, आवागमन गति से हो रहा है। सो माँ-बेटे तैयार एक लम्बी सैर के लिए...।

दस

बहरीन और कतर (अरब जगत)

इस्लामी देश बहरीन की राजधानी—मनामा फारस की खाड़ी के किनारे एक द्वीप पर बसी है। रोजगार की तलाश में बहरीन आने वाले विदेशियों में सबसे ज्यादा संख्या भारतीयों की है—बहरीन की कुल आबादी में भारतीयों की हिस्सेदारी चालीस प्रतिशत है। 1.3 बिलियन से अधिक लोगों की आबादी के साथ, भारतीयों ने दुनिया के कई देशों की जनसांख्यिकी को प्रभावित किया है। दरअसल आप्रवासी भारतीयों से प्राप्त होने वाले धन का एक बड़ा हिस्सा भारत को अरब जगत से प्राप्त होता है। हमारा मलप्पुरम आर्थिक और सामाजिक रूप से केरल का एक पिछड़ा इलाका समझा जाता था, मगर वहाँ हर दूसरे घर का एक न एक सदस्य कामकाज के सिलसिले में मध्य पूर्वी देश में जाकर बस गया था। जहां से करोड़ों रूपये वे स्वदेश भेजा करते थे। पश्चिम एशिया से आई इस समृद्धि से शहर में आलीशान शॉपिंग मॉल, बड़े-बड़े रेस्तरां, फैंसी घर, स्कूल, सड़कें और निजी अस्पताल उग आये थे।

मेरे भाई-बहन-रेचल और जॉर्ज भी जीविका की तलाश में अपने देश से निकल अरब मुल्कों की तरफ बढ़ गये थे। इन वर्षों में अपनी कड़ी मेहनत और लगन से दोनों इन मुल्कों में अच्छे से बस गये थे। रेचल हेड नर्स बन गयी थी और जॉर्ज तेल कम्पनी में अधिकारी। उन दोनों की वजह से मैंने स्वयं को हमेशा अरब जगत से जुड़ा हुआ पाया।

द्वीप अल मुहर्रक पर स्थित अंतर्राष्ट्रीय विमानक्षेत्र पर अपने सामान की ट्राली थामे मैं अपनी बहन को ढूँढ़ रही थी। सब कुछ जानते हुए भी मुझे इस मुल्क के बारे में कुछ पता नहीं था। यहाँ पथ कैसे हैं, गन्तव्य कितनी दूर है, जीवन कितना भिन्न है, कुछ भी मालूम नहीं था। चारों तरफ अरबी भाषा में लिखे बोर्ड, अरबी भाषा के स्वर, हिजाब में नजर आती औरतें...।

यह रेचल मुझे दिख क्यों नहीं रही है? उसने कहा था वह हमें लेने एयरपोर्ट आयेगी। पाँच मिनट, दस मिनट, पन्द्रह मिनट हो गये। नील को भी मैंने कहा कि अपनी मौसी को देख।

''मौसी दिखती कैसी है?'' उसने मुझसे पूछा।

''तू मिला तो है उनसे..!''

मुझे याद नहीं

''हूँ... मम्मी से थोड़ी ठिगनी है, मम्मी से सात साल बड़ी है तो मुझसे बड़ी लगती है। वह मम्मी की तरह जींस-पैंट और टॉप नहीं पहनती। लम्बी स्कर्ट में होंगी या सलवार-कमीज में।''

वह भी मेरे साथ रेचल को ढूँढने लगा। आगमन गैलरी का हमने पूरा चक्कर लगा लिया। कई लोग हम माँ-बेटे को चक्कर लगाते हुए घूरने लगे थे। नील एकदम यूरोपीय लगता था और मैं भारतीय रंगरूप की, यह बात भी लोगों का ध्यान हमारी तरफ खींचती थी।

मन थोड़ा विचलित हो गया। रेचल को फोन करूं, किन्तु मेरे मोबाइल में रोमिंग सुविधा नहीं थी। उसका पता देखती हूँ... टैक्सी पकड़ कर खुद ही उसके घर चले जाते हैं। वह शादी की तैयारी में व्यस्त होगी। बैग से अपनी डायरी निकालने लगी, जिस पर उसका पता लिखा था। पहले वह तुब्ली में रहती थी मगर पिछले साल रिफ्फा में शिफ्ट हुई है।

''नैन्सी...'' कानों में मधुर स्वर गूँजा।

गर्दन उठा कर देखा तो मेरी बहन मुझे पुकार रही थी। अपने पति जोजफ के साथ मुझे लेने एयरपोर्ट आयी थी। मेरे मन का सारा ऊहापोह समाप्त। अब रेचल ही मेरी यहाँ खवैया थी। मुझे घर ले जाना, शहर घुमाना, यहाँ के जीवन से रूबरू करवाना...। सब उसकी जिम्मेदारी।

हमारे करीब आते ही रेचल ने हम माँ-बेटे को स्नेह से आलिंगनबद्ध कर लिया। 'वेलकम टू मनामा!' बहुत देर तक अपने आलिंगन से हमें मुक्त नहीं किया। जोजफ ने मेरे हाथों से ट्रोली ले ली। कार में चढ़े तो रेचल बोली एक झपकी ले ले, घर काफी दूर है। लेकिन मेरा झपकी लेने का इरादा नहीं था। एक तो मुझे रेचल से बात करनी थी, दूसरा शहर का नजारा देखना था।

रेचल मुझसे बोली, ''हम किंग फैजल हाईवे और शेख खलीफा बीन सलमान हाईवे से घर जायेंगे। मैं खिड़की से बाहर देखने लगी। यह संसार एक अथाह सागर है, जिसका जितना मंथन करो उतना कम। नये चेहरे, नया परिवेश, नई संस्कृति, नया खानपान, नया पहनावा...। मनामा मुझे यूरोप से कम मगर भारत से अधिक विकसित लगा। लगभग पैंतीस मिनट की दूरी पर एक सुंदर इलाके में रेचल मुझे ले आयी। ''यह है हमारा इलाका रिफ्फा और यह है हमारा घर...'' रेचल ने घोषणा की।

गेट पर काली मार्बल की प्लेट पर लिखा था—अंटोनी रेजीडेंस।

रेचल के सादगीपूर्ण और शालीन घर में घुसते ही मुझे अच्छा लगा। घर की सुन्दरता में दक्षिण भारतीय पुट था। कुछ इस्लामी सजावट की चीजें भी दिख रही थी। बहुत साल पहले जब मैं मोम्बासा में थी, मैंने रेचल को एक अफ्रीकन स्त्री की काठ की मूर्ति भेंट की थी। वह मूर्ति उसके घर में एक चौकी पर करीने से सजी थी। मुझे यह देख कर बहुत अच्छा लगा। मैं उसके घर में इधर से उधर मंडरा रही थी। खुला-बड़ा दोमंजिला घर था। अम्मा और अप्पा की फोटुएं भी उसके बेडरूम में लगी थी। मैंने अपने घर में कभी अपने मातापिता की तस्वीरें नहीं लगाई। कैसे लगाती, एक ठोस घर होता तो बहुत कुछ करती। घर बदलते रहे, मैं उखड़ती रही।

रेचल के चेहरे पर छाई मुस्कुराहट को देखते हुए उसके पति जोसफ मुझसे बोले, ''नैन्सी, तुम्हारी बहन से मेरी शादी को पैंतीस साल हो गये हैं। मैंने गौर किया है कि तुम्हारी बहन सबसे ज्यादा खुश तब नजर आती है जब तुम उसके साथ होती हो।''

''ऊँ...'' करते हुए मैं रेचल की तरफ लपकी और उससे लिपट गयी। रेचल ने भी मुझे अपनी बांहों में कैद कर लिया। जोजफ हम दोनों बहनों को एक-दूसरे से लिपटते हुए देख कर मंद मंद मुस्कुराने लगे, और झट से अपने मोबाइल से हम दोनों की तस्वीरें खींच ली। इंसान अपनी जिन्दगी में बहुत से रिश्तों से बंधा होता है। कुछ रिश्ते होते है जो जन्म से उसे विरासत में मिलते है। रेचल और उसके पति जोजफ के बीच रिश्ते बहुत स्वस्थ और मजबूत दीखते थे। शायद इस वजह से जोजफ की उपस्थिति मुझे हमेशा बहुत सुखद लगती थी।

रेचल ने मेरी खूब आवभगत की, अपना पूरा लाड़-प्यार मुझ पर न्यौछावर कर दिया। सभी नील का बहुत ध्यान रख रहे थे। मैं खुद भी उसका ख्याल रख रही थी कि कहीं वह बोर न हो जाए। उसकी मेरे रिश्तेदारों के साथ रहने की आदत नहीं थी। उनके बीच वह एक विदेशी था।

वह शादी का घर था। परिवार में खुशी का माहौल था। रेचल बहुत उत्साहित और व्यस्त थी! उसने मुझे शादी की सारी शौपिंग दिखाई—कपड़े, गहने...।

सब कुछ दिखा कर वह उन्हें संजो रही थी। कमरे में सिर्फ वह और मैं। सामने दीवार पर टंगी अप्पा की तस्वीर, जिसको देख कर मेरे मन तूफान उठ जाता। बार-बार वह शाम याद आ जाती...। मन कड़ुवाहट से भर जाता। मैंने उसे पुकारा, ''रेचल।''

''हूँ...'' वह बिना अपनी गर्दन उठाये बोली।

''मुझे तुझसे कुछ कहना है...।''

''क्या?''

''अप्पा के विषय में...।''

''क्या?''

''उस दिन अप्पा ने मुझे एक बार नहीं, तीन बार आवाज दी थी, और तीसरी बार उनकी आवाज में जो घरघराहट थी मैंने साफ महसूस की थी... फिर भी मैं उठी नहीं... जोश से ही बात करने में मशगूल रही...। डाक्टरों ने कहा कि लाने में देरी कर दी...।''

रेचल ने गर्दन उठा कर मेरी तरफ अजीब नजरों से देखा। ''यह तू क्या बक रही है...?'' सहसा उसकी रुलाई फूट गई। सब कुछ छोड़ कर बिस्तर पर धम से बैठ गयी, जैसे किसी इंसान की सारी शक्ति निचुड़ जाती है। सुबकते हुए चिल्लाई, ''गेट लॉस्ट फ्रॉम हियर...। मैं तेरी कुछ नहीं लगती। क्यों आयी यहाँ?''

मैं उसके निकट गई। उसके दोनों हाथ उठाते हुए बोली, ''ले, मुझे मार...। जो भी सजा मुझे देनी है, दे दे...। मैंने अप्पा को मार दिया। मैं तुम सबकी गुनहगार हूँ। मैं उनकी पुकार अगर तुरंत सुन लेती तो शायद अप्पा बच जाते। शायद आज वे तेरे बेटे की शादी के जश्न में यहाँ होते...।''

मेरे गालों पर हल्की सी चपत लगाते हुए रेचल बोली, ''चल पगली, दस सालों से तू यह फालतू का अफसोस अपने मन में पाल रही है... बेवजह ही खुद को मुजरिम समझ रही है। क्यों नहीं पहले हमसे सब कुछ कहा? क्या हमें इतना पराया समझ लिया?''

''डर था कि तुम लोग पता नहीं कैसा रिएक्ट करेंगे...।''

रेचल ने मुझे भींच लिया। ''नैन्सी, तू खुद को दोषी मत मान। पेरेंट्स के लिए हम जितना भी कर ले, कम होता है। तेरी कोई खता नहीं...। अप्पा अपनी उम्र लेकर मरे हैं।''

''मौत सबसे असाधारण घटना है। कोई भी मृत्यु के रहस्य को नहीं जानता,'' पॉल का स्वर।

सच पॉल, इतनी राहत मिली मुझे उस दिन रेचल के सम्मुख सब कुछ उगल कर! मन में वर्षों से दबा एक भारी बोझ उतर गया था।

''चल बता... मुझे क्या करना है?'' मैं प्रफुल्लित होते हुए रेचल से बोली। ''मुझे भी कोई काम दे शादी का...।''

''तुझे कम्प्यूटर की अच्छी जानकारी है। थॉमस की बचपन से लेकर अब तक की वीडियो फिल्म बना दे...।''

***

हमारे बहरीन पहुँचने के तीन रोज बाद से शादी की रस्में शुरू हुई। धीरे-धीरे परिवार के लोग शादी के लिए पहुंचने लगे। मैं और नील पहले मेहमान थे। रेचल की

लड़की ओर्नेला अपने पति व बच्चों सहित अगले रोज सुबह पहुंची। जॉर्ज और उसकी पत्नी रीबा शाम पहुंचे। जोसफ के परिवार के कुछ लोग भी पहुंच गये। दूर-करीब के रिश्तेदारों से घर खचाखच भर गया। कुछ होटलों में भी ठहरे थे।

शादी की गहमागमी और भीड़भाड़ में भी हम तीनों भाई-बहन कुछ क्षण निकाल कर एकांत में आपस में बतिया लेते, सिर्फ हम तीनों। कहवा की चुस्कियाँ लेते हुए हम अपने मलप्पुरम की बातें करते। अम्मा और अप्पा को याद करते। ऐसे विशेष अवसरों पर नील बहुत याद आ जाता था। काश वह जिन्दा होता तो आज हमारे संग खुशियाँ मना रहा होता।

कुंजम्मा का भी जिक्र हो गया। रेचल ने बताया कि वह कभी-कभार कुंजम्मा को फोन करके उनका हालचाल पूछ लेती है। मैंने और जॉर्ज ने कहा कि हम कुंजम्मा को फोन नहीं कर पाते। मगर हमने रेचल को सराहा। हम तीनों ने अपना देश कभी का छोड़ दिया था मगर एक खास बात यह थी कि हम तीनों के पास अभी भी इंडियन पासपोर्ट था।

मैं वीडियो फिल्म बनाने में जुटी थी। मेरा बेटा नील मेरी मदद कर रहा था। थॉमस की तस्वीरें जन्म से बड़े होने तक की... कैसे वह अपने माता-पिता, बहन, और अन्य तमाम रिश्तेदारों के स्नेह की छत्रच्छाया में आहिस्ते-आहिस्ते बड़ा होता गया। शिशु से एक बालक, फिर किशोर, और फिर एक सजीला युवक बन गया। वीडियो की अंतिम कड़ी में मंगेतर जैनब के साथ उसकी तस्वीर थी। पार्श्व संगीत भी डाला।

रेचल का बेटा, थॉमस एक स्थानीय बहरीन अरब लड़की—जैनब से शादी कर रहा था। दोनों ने मेडिकल कोर्स एक साथ किया था, अब अलग-अलग अस्पतालों में प्रैक्टिस कर रहे थे। वैसे तो अरब लोग ब्याह-शादी के मामले में बड़े कट्टर होते हैं, मगर समय के साथ उनके संस्कारों में भी लचक आ रही थी। बहरहाल शाही तरीके से शादी हुई। इस्लामिक विवाह के रीतिरिवाज भी देखने को मिले। तीन रोज तक शादी की रस्में चलती रही। शुरुआत हेना पार्टी की रात से हुई। फिर निकाह, रजिस्ट्रेशन, रिसेप्शन। और अंत में वलीमा—दूल्हे की तरफ से दी जाने वाली दावत। इसमें दोनों तरफ के रिश्तेदार शामिल थे। दूल्हा—दुल्हन वलीमे के दिन, अपने से बड़ों को सलाम कर, उनकी दुआएं ले रहे थे।

अहा... रिश्ता बना हमारा अरबों के साथ। एक बिलकुल नई संस्कृति से जुड़ाव हुआ। ग्लोबल शादी। सरहदों के पार जीवन बंधन।

पोशाक और फैशन पर मजहब का असर होता है। दुल्हन की तरफ की मुस्लिम औरतें शालीन और मर्यादित पहनावे—अबाया और हिजाब में भी स्मार्ट, बनी-ठनी बहुत सुंदर लगीं। फैशन इंडस्ट्री इस परंपरागत परिधान को आकर्षक बना

नित नये रूप में उतार रही है। बेहतरीन फैब्रिक में नए प्रिंट व कट के साथ रंग-बिरंगे डिजाइनर हिजाब व अबाया औरतों ने पहने हुए थे। कुछों के नकाब तो बड़े महंगे व स्टाइलिश लग रहे थे।

खैर हमने भी जमकर तरह-तरह की अपनी भारतीय पोशाकें पहनीं। मेंहदी वाले दिन लहंगा-चोली, शादी वाले दिन साड़ी और रिसेप्सन में सलवार सूट पहन कर हमने भी अपने जलवे दिखाए। हम किसी से कम नहीं! रेचल हर किसी को फख्र से मेरा परिचय दे रही थी—'मेरी बेबी सिस्टर', 'मेरी लिटिल सिस्टर'। मैं भी इतरा रही थी। सहसा अपना दु:ख-दर्द भूल कर एक उमंग और उत्साह से भर गयी।

रेचल के पास भी दो हिजाब थे। उसने बताया, जब कभी वह सऊदी जाती है तो वहाँ उसे पहनना पड़ता है। मैंने हिजाब में अपनी फोटो खिंचवाई और फेसबुक पर लगाई तो बहुत 'लाइक्स' मिले, कुछों ने टिप्पणी की मैं हिजाब में भी ग्लेमरस लग रही हूँ।

एक बात और, मैंने यहाँ तेज इलायची का कॉफी काढ़ा—'गहवा' खूब पीया। गहवा के बिना किसी भी अरबवासी के लिए अपना एक दिन काटना या किसी दावत का होना असम्भव माना जाता है। यह अरबों के आतिथ्य का प्रतीक हैं।

मनामा के कई इलाकों से हम परिचित हुए—यहाँ की मस्जिदें, इंडोर मार्कट, पार्क और सड़के-गलियाँ देखी। नुराना द्वीप, अधारी पार्क, तुब्ली जेहन में बस गये। लोग आम तौर पर यहाँ सरल, आरामतलब, मेहमाननवाज व वर्तमान में जीने वाले लगे।

रेचल मुझसे बोली, "मैं यहाँ तीस सालों से रह रही हूँ। अब मेरा कोई दूसरा देश, घर हो ही नहीं सकता। हाँ यहाँ के मुसलिम समाज में कुछ स्थानीय परम्पराओं का पालन करना पड़ता है। मगर कुल मिला कर मैं यहाँ बहुत खुश हूँ।"

रेचल से मेरी ढेरों बातें हुई। मेरी बहन जितनी व्यवस्थित थी, मैं उतनी ही अव्यवस्थित, वह बार-बार मुझे कह रही थी—"तू मसाज पार्लर खोल, अपने पैरों पर खड़ी हो। मुझसे जितना होगा मैं तेरी मदद करूंगी। आई लव यू!"

शादी के निपटने के बाद मैंने रेचल से विदा ली। हम दोनों की आँखों में आंसू थे। उसने मुझे अपने बेटे की शादी में आने के लिए कई बार धन्यवाद कहा। एक बार फिर कहा कि मैं अप्पा की मौत का कोई अपराधबोध अपने मन में न पालूं। मुझे और नील को छोटे-बड़े कई उपहार भी पकड़ाये। चुपके से कुछ डॉलर भी पर्स में डाल दिए।

मैं और नील जॉर्ज और रीबा के साथ कार में बैठ कर मनामा से दोहा रवाना हो गए। बहरीन से कतर का सीधा मार्ग नहीं था, सो हमें सऊदी अरब होकर कतर जाना पड़ा। बहरीन से सउदी के लिए एक ठोस, पक्का चालीस किमी लम्बा पुल था।

स्थापत्य का अद्भुत नमूना। कहा जा रहा था कि भविष्य में बहरीन से सीधे कतर के लिए पुल निर्माण हो जाएगा, फिर लोगों को सऊदी होकर कतर नहीं जाना पड़ेगा। सऊदी का मैंने ट्रांजिट वीजा पहले ही ले लिया था।

कुल मिला कर हमें छह घंटे लगे जॉर्ज के घर मंसौरा पहुंचने में। तेल के अथाह भंडार से इस देश के लोग भी काफी अमीर हैं। दोहा खाड़ी प्रदेश का एक आधुनिक शहर लगा, मनामा से अधिक। यहाँ सभी खास दर्शनीय स्थलों का भ्रमण किया। एक तरफ से सऊदी अरब से जुड़ा हुआ, तीन तरफ से फारस की खाड़ी से घिरा है। जॉर्ज ने हमारी जम कर खातिरदारी की। रीबा भी हमारा खूब ख्याल रख रही थी। यह मेरे लिए एक ऐसी जगह थी जहाँ घूमने के लिए न मुझे अपने पैसे लगाने पड़ रहे थे और न ही दिमाग। जॉर्ज हमें हर जगह घुमाने ले जा रहा था। म्यूजियम ऑफ इस्लामिक आर्ट में दुनिया भर में मौजूद मुस्लिम संसार का एक व्यापक संग्रह देखा। मानव निर्मित द्वीप पर्ल कतर एक शानदार स्थान लगा। पारंपरिक बाजारों का भ्रमण किया।

"तुम्हारा यात्रा वृतांत बड़ा दिलचस्प लग रहा है। मुझे भी अरब प्रदेश घूमने के लिए प्रेरित कर रहा है," पॉल बोला।

"पूरा वृतांत तो सुनो, पॉल...!"

अरब यात्रा का मैं वास्तव में पूरा लुत्फ उठा रही थी। पूरी लचीली दिनचर्या। अपने बड़े भाई और बहन के सान्निध्य में खुद को बेहद सुरक्षित महसूस कर रही थी। पारिवारिक प्रेम, सौहार्द और सुरक्षा की भावना मिल रही थी। मेरा आत्मबल बढ़ रहा था। मुझे ऐसा लग रहा था कि ये दस दिन इतने अधिक आनन्दमय है कि कितनी ही खाली जगहों की भरपाई कर देगी।

पर ऐसा नहीं था... हर बार मेरी खुशी में कुछ दरार फटी। मेरी खुशी सहसा क्षीण हुई।

"हालेलुइया..." पॉल का स्वर उभरा। "अब क्या हुआ?"

हमारा अरब दौरा समाप्ति पर आ गया था। अगले रोज हमें कोपनहेगन वापसी की फ्लाईट पकड़नी थी। मैं और नील अकेले घूम रहे थे। मैंने जॉर्ज और रीबा को अपने साथ आने के लिए एकदम मना कर दिया था। मैं उनसे बोली, हमारी घूमने की आदत है, हमें थोड़ा-बहुत अकेले शहर की छानबीन करने दो। हमें अच्छा लग रहा था कि शादी की गहमागहमी और रिश्तेदारों की भीड़भाड़ से अलग हम माँ-बेटे कुछ पल अकेले में बिता रहे थे।

मैं और नील आँखों में काला चश्मा चढ़ाए, एक-दूसरे का हाथ पकड़े खूब घूम रहे थे, खा-पी रहे थे। एक जोश से भरे थे। कोई सुनिश्चित गन्तव्य नहीं था। शहर के केंद्र में यूं ही टहल रहे थे। अरबी भाषा में लिखे बोर्ड का अभिप्राय समझने

की कोशिश कर रहे थे। रास्तों को टटोल रहे थे। मगर यहाँ, कतर की राजधानी दोहा की इस हलचल भरी सड़क पर मेरे बेटे नील ने जो कुछ मुझे कहा, वह बेहद आहत करने वाला था।

"ओह! क्या कह दिया ऐसा बेटे ने?"

नील मुझसे सहसा कहने लगा कि वह अपने पिता को बहुत मिस करता है। उसे बहुत खराब लगता है कि उसके पिता अकेले एक कमरे के किराए के घर में रहते हैं और हम दोनों ठाट से विला में रह रहे हैं। मुझे मालूम था कि मार्को नील को इमोशनल ब्लैकमेल करता है। अपने को दयनीय दर्शा अपने बेटे की सहानुभूति बटोरता है। उसे मेरे खिलाफ भड़काने में लगा रहता है।

"यह कोर्ट का फैसला था, बेटा... मैंने कुछ नहीं किया," मैं उससे बोली।

"फैसला सही, गलत की बात नहीं कर रहा मैं...। आपको दोषी नहीं ठहरा रहा मैं। मैं यह भी नहीं चाहता कि पापा लौट कर हमारे साथ रहने लग जाए। क्योंकि पापा और आप साथ बिल्कुल नहीं रह सकते। आप दोनों बहुत लड़ते हो।"

मैं ठगी सी, हक्की-बक्की उसका मुँह देखते रह गयी। कब यह इतना सयाना हो गया! कैसी बड़ी-बड़ी बातें कर रहा है...।

"तू कहना क्या चाहता है?" मैं उससे बोली।

"मैं पापा के संग रहना चाहता हूँ...। आपसे मिलने आता रहूँगा...।"

"कोर्ट ने यह हक मुझे दिया है, क्योंकि तू अभी बच्चा है। तेरे पापा तेरी देखभाल नहीं कर सकते।"

"मैं जहाँ भी जाता हूँ, सिर्फ आपके साथ...। सुबह-शाम सिर्फ आपका ही चेहरा देखता हूँ। मैं पापा के संग रहना चाहता हूँ, उनके साथ घूमना-फिरना चाहता हूँ," कह कर वह फूट-फूट कर रोने लगा।

मैं अवाक् उसे देखती रह गई। यह जिन्दगी मेरे साथ आँख-मिचौली क्यों खेलती रहती है? शब्द अपने आप फूट पड़े—"अपने पापा के पास जाना चाहता है, चले जा। छोड़ दे अपनी माँ को अकेले...। पर अभी रो मत। सड़क पर तमाशा मत कर।"

वह तेज कदमों से आगे-आगे चलने लगा। मैंने भी अपनी रफ्तार तेज की तो वह भागने लगा। मैं उसके पीछे-पीछे भागी। "नील... भाग मत। रुक। यह कोपनहेगन नहीं है। यह दोहा है। हमें रास्ते मालूम नहीं।"

वह भागता गया, भागता गया, मैं उसके पीछे-पीछे। उसकी रफ्तार से मैं अपनी रफ्तार नहीं मिला पा रही थी। मेरी सांस फूल रही थी। राहगीर हमें ताकने लगे। मैं चिल्लाई, "रोको उसे...। स्टॉप हिम.... ।"

सामने से चले आ रहे दो नवयुवकों ने नील को रोका। मैं नील के करीब

पहुंची, और उसका हाथ मजबूती से पकड़ लिया। "यह मेरा बेटा है, मैं इसकी माँ," मैं हाँफते हुए उनसे बोली। वे नील को समझाने लगे, "अच्छे बच्चे मम्मी को तंग नहीं किया करते। मम्मी का कहना मानते हैं।"

नील और भी हाथ-पाँव मारने लगा। मेरी गिरफ्त से निकल कर भागने की कोशिश करने लगा।

मैंने उन युवकों से नील को कुछ भी कहने के लिए मना किया और उनसे विनम्र निवेदन किया कि वे हमारे लिए एक टैक्सी बुला ले। मुझे बुरी तरह डर लगने लगा था...। किसका घूमना-फिरना...! टैक्सी पकड़ कर मैं सीधे घर आ गयी।

मैं मन से टूट चुकी थी। मुझे खुद पर शक होने लगा। मैं क्या औरत हूँ? जोशुआ भी इसी उम्र में मुझसे जुदा हो गया था। अब यह नील भी...। अरब यात्रा का सारा आनन्द एकाएक खत्म हो गया। मुझे लग रहा था कि नील मेरे संग घूमना-फिरना बहुत पसंद कर रहा है। यह यात्रा हम माँ-बेटे को और निकट ला रही है। मगर यह क्या... वह निरंतर अपने पिता के बारे में सोच रहा है। मेरे साथ होकर भी वह मेरे साथ नहीं है। मेरे साथ रहना तक नहीं चाहता।

घर आकर मैंने जॉर्ज और रीबा को सारी बातें बताई। वे मुझसे बोले कि मैं नील को लेकर इतनी पजेसिव न बनूँ। अगर वह अपने पिता के पास जाना चाहता है तो रोकूँ नहीं। बल्कि मुझे यह कोशिश करनी चाहिए कि मार्को से मेरे खराब रिश्तों का प्रभाव नील पर न पड़े।

नील को यह आश्वासन दिया गया कि कोपनहेगन पहुंचते ही उसे उसके पिता के पास जाने दिया जाएगा। उस पर कोई जोर-जबरदस्ती नहीं की जायेगी। वह आश्वस्त हुआ और सामान्य मूड में आ गया। जॉर्ज उसे खुश करने के लिए हमें कार से घुमाने ले गया। उसका कहना था कि कोपनहेगन हम अच्छे मूड में लौटे।

गगनचुम्बी एस्पायर टावर होटल, जोकि मशाल दोहा के नाम से भी प्रचलित है, में बैठ कर हमने खाना खाया, शहर का नजारा देखा। इस्लामिक रंगीन फिजायें... महकती-झूमती ठण्डी हवायें...।

मैं आनन्द उठा भी रही थी और नहीं भी। जॉर्ज बार-बार मुझे ताक रहा था, मेरे चेहरे के भाव पढ़ने की कोशिश कर रहा था। मेरी नजरें उससे टकराती जा रही थी। पता नहीं उसने मेरे चेहरे पर क्या पढ़ा कि सहसा वह मेरी तरफ लपका, मेरा हाथ पकड़ कर बोला, "आई लव यू!"

मेरी आँखें नम हो गयी। चाहे मैंने कुछ भी किया हो, मेरे भाई-बहन ने हमेशा मुझे यही कहा—वी लव यू!

ग्यारह

डेनमार्क (यूरोप)

अरब जगत कुल मिला कर एक अच्छा बदलाव रहा। एक बिलकुल नये परिवेश व संस्कृति से मेरा साक्षात्कार हुआ, बहुत सारे नये अनुभव हुए, कुछ अलग अहसास हुए। यह देख कर बहुत संतोष हुआ कि मेरे भाई-बहन वहाँ अच्छे से व्यवस्थित हैं। पर मेरा क्या होगा...? यह विचार बार-बार मन को उद्धेलित कर देता।

जीवन में अनेक त्रुटियाँ हुई। न्याय पाने के लिए मैंने कई गलत राहें भी चुनी। अपमानित, लज्जित हुई तो काफी कुछ हासिल भी किया। कोपनहेगन वापस आकर वाकई तरोताजा महसूस कर रही थी। एक हफ्ते बाद नील अपने सामान सहित अपने पिता के पास चला गया। मैंने उसे जाने दिया, बल्कि मैंने उसका सामान बांधा। उसके पापा आये और उसे लेकर चले गये, जाते-जाते मुझे सुना गये, ''अब तुम पूरी तरह स्वतंत्र हो। अपनी आजादी का लुत्फ उठाओ।''

पति के बाद घर से बेटा भी चला गया। एकाएक गहरे अवसाद से भर गयी। मगर हर परिस्थिति में कुछ न कुछ सकारात्मक होता है। अब मैं अकेली थी— अपने पार्लर की तरफ पूरा ध्यान लगा सकती थी। शुरुवात से मालिश सैलून खोलना कोई सरल तो नहीं, इसके लिए एक ठोस व्यावसायिक योजना बनानी जरूरी थी। सौभाग्य से, हुलगार्ड क्रॉसिंग में मुझे जो कमरा मिला था, वह भले ही तहखाने में था, लेकिन काफी बड़ा था। मैंने एक देशी बढ़ई को काम पर रखा, जिसके दाम बहुत अधिक नहीं थे, और इसे पुनर्निर्मित किया। पतले पर्दों और पेड़ की टहनियों से रोचक तरीके से उसे तीन भागों में विभाजित किया। एक छोटा सा रिसेप्सन रूम, एक मसाज रूम, एक स्टीम केबिनेट, एक किचन और एक टॉयलेट मेरे लिए यह बिजनेस शुरू करने के लिए काफी था।

अपनी समस्त जमापूँजी के अतिरिक्त जो कुछ धनराशि मुझे इधर-उधर से मिली थी, बहरहाल उससे काम चल गया। हाइड्रोलिक मालिश टेबल, अलमारियाँ-रैक, आधुनिक मालिश उपकरण, कॉस्मेटिक प्रसाधन तथा अन्य आवश्यक वस्तुएं आ गयी। सैलून की आंतरिक साज-सज्जा बढ़ाने में रंगों का सुंदर चुनाव किया।

वास्तु शास्त्र के अनुसार फर्नीचर, पर्दे, पेंटिंग्स, प्लांट्स वगैरह लगाये। रिसेप्सन की दीवार पर अपनी गुरु मौरीन टॉड की तस्वीर टांगी। जिनको देख कर हुआ था चलने का अभ्यास, उन्हीं को समर्पित मेरा प्रथम प्रयास।

मुझे मोम्बासा में रह रहे अपने पुराने मित्रों द्वारा मौरीन के गुजर जाने का दुखद संदेश मिला था। मैं चाहते हुए भी उनके अंतिम संस्कार में न जा सकी। मगर वे मेरी पहली गुरु थी जिन्होंने मुझे मालिश करने की दीक्षा दी थी। मालिश के प्रति मेरा अनुराग जगाया था। आज यह मेरा एक शक्तिशाली अस्त्र बन चुका था। अभ्यांगा आयुर्वेदिक तेल मालिश केंद्र से मिला बॉडी मसाज डिप्लोमा सर्टिफिकेट को भी मैंने सुंदर फ्रेम में जड़ कर लटका दिया।

पार्लर खड़ा करने के लिए मैं दौड़-भाग कर रही थी। अपने लक्ष्य को प्राप्त करने के लिए मैंने कमर कस ली थी, मुझ पर जूनून सवार हो गया था। मैं बहुत दुबली हो गयी। चेहरे पर मेरे हवाइयां उड़ने लगी थी। मगर जब पार्लर तैयार हो गया तो अपने सजे-धजे पार्लर को देख कर मैं खुद ही फूली न समाई। अपने को दाद देने लगी—नैन्सी तू अचम्भा कर सकती है, बस हौसला रख। बहकी सी मैं अपने पार्लर में मंडराने लगी—आरामदायक और शांत मसाज रूम, ग्राहक अपनी पसंद का संगीत खुद चुन सकते हैं। मैंने गर्म पत्थरों, हर्बल पैक, अरोमाथेरेपी, पैराफिन और पेपरमिंट फुट स्क्रब को शामिल किया—जो भी ग्राहक के अनुकूल हो। यह पार्लर अब मेरा बच्चा था, जिसे मुझे बड़ा करना था।

नामकरण अपने बच्चे का मैं पहले ही कर चुकी थी। उसमें भी ऊहापोह, असमंजस में पड़ी थी। बहुत सोचा, क्या नाम दूँ। अभ्यंगा... या फिर आयुर्वेदा...। मगर मैं कोई मोहक, दिलकश और सार्थक नाम अपने इस बच्चे को देना चाहती थी। 'कैराली' ज्यादा दिलकश है। 'केरल की कैराली मालिश...' मगर यहाँ तो सभी लोग कैराली का मतलब नहीं समझते। समझने लग जायेंगे जब यह प्रसिद्ध होगा। योगा शब्द भी तो दुनिया भर में प्रसिद्ध हुआ है। काफी सोच-समझ कर मैंने अपने मसाज सेंटर को नाम दिया— कैराली मसाज पार्लर।

पार्लर के इनोग्रेशन पर अपने कुछ खास मित्रों को आमंत्रित किया। लार्स के मामा फिलिप आये। नील इनोग्रेशन के दौरान लगातार मेरे साथ था। इनोग्रेशन पर मेरे पड़ोसी कार्ल और एल्फ पधारे। मेरी चार सहेलियाँ आयी। मेरी पुरानी बॉस अचारा भी आयी। मुझसे बोली, ''तुम तो मेरी कॉम्पीटीटर बन गई।''

''तुम्हारी प्रतिस्पर्धी नहीं, सहयोगी हूँ,'' मैं उससे बोली, और हम दोनों गले लग गये।

दस-बारह लोगों का जमघट हो गया था। मैंने केक, जूस और समोसों का इंतजाम कर दिया था।

अपने बिजनेस के लिए मैंने गिफ्ट कार्ड्स भी बनाये। अपनी एक वेबसाईट बना ली। अखबारों व सोशल मीडिया पर इसका विज्ञापन डाला। अपने सभी मित्रों को व्यक्तिगत तौर पर सूचित किया। पहले ग्राहक मेरे पड़ोसी कार्ल और एल्फ थे। फिर मेरी चार सखियाँ आयी—डेनियेला, कैथरीना, मिशेल, और जूलिया।

मसाज पार्लर एक ऐसी जगह है, जिसका सीधा संबंध आराम और सौंदर्य से है। और कारोबार का सबसे अहम पहलू है मुनाफा। मैं अपने सैलून को एक विशिष्ट स्पर्श देना चाहती थी, क्या ऐसा करूं कि मेरा यह पार्लर अन्य पार्लरो से भिन्न हो। मैंने फैसला किया कि मैं ग्राहकों को एक पौष्टिक पेय प्रदान करूंगी, और मालिश सभी के लिए सस्ती रखूंगी। मुझे केवल अमीर ग्राहकों की सेवा करने में दिलचस्पी नहीं है। मैं अपने मूल्यों को बनाएं रखने का प्रयास करूंगी। मैंने थोड़ी गणित की और हिसाब लगाया कि अगर चार ग्राहक भी रोज आ जाए तो मेरा गुजारा हो जाएगा।

मेरी यह कोशिश है कि अपने मसाज पार्लर को ऊंचाइयों पर ले जाऊं। मेरे पार्लर में आकर ग्राहक सुकून के कुछ पल गुजार सके। मेरे ग्राहकों को यह विश्वास होना चाहिए कि आयुर्वेदिक मसाज सेंटर में उनके पैसे का सही इस्तेमाल हो रहा है।

शुरू-शुरू में तो मैं बेजार बैठी रहती थी। ग्राहकों की बाट जोहती थी। अपनी मनोधारणा सकारात्मक रखने की कोशिश करती। बचपन से गिरजाघरों से जुड़े रहने की वजह से भगवान में मेरी गहरी आस्था थी। मैं हमेशा सर्वशक्तिमान ईश्वर को याद करती। स्वयं से कहती, प्रभु यीशु मेरे साथ है। उनका वरदानी हाथ मेरे सिर पर है। काले बादल कभी स्थिर नहीं रहते, वे छटेंगे, सूर्य की किरणें फेलेंगी। मैं कल्पना करती कि ग्राहक मेरे सैलून में आते जा रहे हैं, मैं बहुत व्यस्त होती जा रही हूँ।

फिर, एक दिन वाकई मुझे अपने पार्लर में पचास-पचपन साल का एक आदमी आता दिखाई दिया—मस्त और पस्त, सद्‌भावना से फुँका हुआ...। वह तीर्थयात्रा करके आया था। वह तीर्थयात्री मेरा नियमित और आदर्श ग्राहक बन गया। उसने मुझे महत्व दिया और मेरी काफी सराहना की। अपने दोस्तों और परिवार के सदस्यों को मेरे पार्लर में भेजा। वह मेरे लिए फरिश्ता साबित हुआ। जब भी वह मेरे पार्लर में आता है, हमेशा कहता है— "एक अच्छी मालिश चाहता हूँ...।"

अहा मैं मालिशवाली, बॉडीवर्कर बन गई। आयुर्वेदिक तेलों व एलोविरा के रस से मैं दिल लगा कर उसकी मालिश करती हूँ। साथ में अपनी जीवन कहानी भी उसे सुनाया करती हूँ। मेरे जख्म हरे हैं। मैं वास्तव में किसी ऐसे व्यक्ति के सम्मुख अपना दु:ख उड़ेलना चाहती हूँ जिसे मेरी निजी जिन्दगी से अधिक वास्ता नहीं, जो मुझे बिलकुल जानता ही नहीं, जिसकी मेरी स्थिति के प्रति कोई मत या राय नहीं है। वह मेरे लिए एक नि:शुल्क मनोवैज्ञानिक हो गया।

कहानी व मालिश...। नींद को उत्प्रेरित करते हैं। बच्चों की तरह वह मसाज टेबल पर निश्चल सो जाता है। पहले दिन तो वह मूर्च्छा वाली नींद सो गया था। बीच-बीच में इतनी जोर से खर्राटें भरने लगा कि मुझे बाहर रिसेप्सन में उसके खर्राटें भरने की आवाज सुनाई देने लगी।

जीवन में घाव तो हर किसी को लगते रहते हैं। वह भी जख्मी है, इसीलिए मेरे पार्लर में सुस्ताने आता है। मेरी सुनता है तो अपनी भी बहुत कुछ कहता है। उसका अतीत धीरे-धीरे मेरे सम्मुख पूरा खुल रहा है। काफी कुछ मैं उसकी जिन्दगी के विषय में जान चुकी हूँ। वह भी दो बार तलाकशुदा है। उसके कुछ शौक है, कुछ रुचियाँ हैं। उसे अपनी पारम्परिक पौशाक किल्ट बेहद पसंद है, नृत्य करने के लिए उसका दिल मचलता है। थोड़ा धार्मिक प्रवृत्ति का भी है। लगता है, अपनी जिन्दगी के पन्नों में वह कई राज छुपाये हुए हैं।

आकर्षण, विवाह, खटपट, अधीरता, बैचेनी, तलाक, कानूनी प्रक्रिया, किस्तों में जीने की लाचारगी, पुनर्विवाह, जैविक बच्चे, सौतेले बच्चे, पत्नी का पूर्व पति, पूर्व पत्नी का नया पति, बेगानापन, बेरुखी, अधिकार का भ्रम, मोहभंग, अपमान, हीनता, कुंठा, टूटन, बिखराव, अकेलापन, दूरियाँ-स्थान की, परिवेश की, रिश्तों की—और इन सबके मध्य गच्चे खाता एक नेक दिल इंसान, एक मेहनतकश इंसान, थोड़े से के लिए बहुत कुछ दांव पर लगा देने वाला इंसान—पॉल। परिस्थितयों ने उससे बहुत कुछ छीना, लेकिन जो चीज नहीं छीन पाई वह है उसकी—इंसानियत।

अपनी पूर्व पत्नी की बरसी में शामिल होने के निमन्त्रण को उसने दिल की गहराइयों से स्वीकार किया और प्रेम की पवित्रता से मन्दिर तक की पदयात्रा को तीर्थयात्रा बना दिया। एक हारे हुए योद्धा की जीती हुई तीर्थयात्रा।

ओह पॉल... तुम रो रहे हो। बात-बात पर हंसने-मुस्कुराने वाला पॉल रो पड़ा है। तुम्हारी यह किलकती रुलाई कितनी मार्मिक, कितनी वेदनापूर्ण है! मेरे मर्म पर प्रहार कर रही है। क्या कहूँ तुम्हें पॉल? कैसे अभिव्यक्त करूं अपने मन की बात?

तुमसे एक गहरा आत्मीय बोध होता है। तुम्हें देखती हूँ तो लगता है जैसे युगों से तुम्हें जानती हूँ। तुम्हारी महक से महकना लगा है मेरा पार्लर।

आँसू पोंछ कर पॉल मुस्कुराने लगा है। हाँ पॉल, तुम्हारे चरण मेरे पार्लर में पड़े तो मेरे पार्लर का उद्धार हो गया। आगुन्तकों की अब बाट नहीं जोहनी पड़ती। वे खुद ब खुद आ रहे हैं। खूब ऑनलाइन बुकिंग हो रही है। धीरे-धीरे मेरा पार्लर लोकप्रिय होता जा रहा है। बॉडी मसाज का लुत्फ उठाने के लिए लोगों का ताँता लगने लगा है—आदमी, औरत, लड़कियाँ, मॉडल सभी किस्म, स्वरूप के...। महिलाएं सौंदर्य व सौष्ठव के लिए मेरे उत्पाद भी खरीद रही हैं। पुरुष भी रिलैक्स

होने के लिए आते हैं।

"मार्को?"

मार्को से तलाक का मामला चल रहा है। मैं चाहती हूँ कि जो कुछ भी हिसाब-किताब हमारे बीच है, वह पूरा हो जाए। घर बेच दिया जाए। रकम फिफ्टी-फिफ्टी हमारे बीच बँट जाए। वह भी अपने लिए कोई घर खरीद सके और मैं भी। सब पुरानी बातों को अग्नि कुंड में आहुति देकर स्वाहा कर दो। जो कुछ गिले-शिकवे हैं सब खत्म—स्वाहा। पुरानी बातें चित्त में रख कर हम जिन्दगी में आगे नहीं बढ़ सकते। मैंने अपने दो पूर्व पतियों—अब्राहम और लार्स को पूरी तरह क्षमा कर दिया था। एक बार मैं उनसे अलग हुई तो मैंने उन्हें अपनी सिर्फ शुभकामनाएं दी। अपना आशीर्वाद दिया। उनके भले की कामना की। वे भले ही मेरे लिए गैर बन चुके हैं किन्तु उनसे कोई वैर नहीं।

मैंने मार्को से विन्रमतापूर्वक कहा—"देख, न तू बुरा है, न मैं। व्यक्तिगत तौर पर हम दोनों अच्छे इंसान हैं। बस हम एक-दूसरे के नजरिये को समझ पाने में असमर्थ रहे। हम संजीदगी से अलग हो जाते हैं। तू भी जी और मैं भी। मैं अपने पैरों पर खड़ी हो रही हूँ। नील की परवरिश का आर्थिक भार पूरा तुझ पर नहीं पड़ेगा।"

मैंने उसे अपने मसाज पार्लर के उद्घाटन पर आमंत्रित तक किया था। वह उस दिन तो नहीं आया, मगर उसके दो दिन बाद अचानक, बिना किसी पूर्व सूचना के धमक गया। मुझे अकेले बैठे देख तीखा कटाक्ष किया, "अरे अकेली बैठी है... ग्राहक नहीं मिल रहे क्या?"

पार्लर में इधर-उधर घूमते हुए वह ईर्ष्या से भर गया। तारीफ करने के बजाए, पहले तो पूछताछ करने लगा, कहाँ से मेरे पास इतना धन आया, इस पार्लर को खोलने और सजाने के लिए। शक करने लगा कि कहीं मैं उसे तो किसी रूप में इस्तेमाल नहीं कर रही हूँ।

उसकी मुखाकृति से स्पष्ट था कि वह मेरा पार्लर देख कर बुरी तरह चिढ़ रहा है। हाथ नचाते हुए कहने लगा, "चलेगा नहीं... यह मसाज सैलून... जल्दी ही बंद हो जाएगा। मुझे तो डर है कि अगर यह चलेगा नहीं तो जितना पैसा तुमने इस पर लगाया, सब डूब जाएगा। तुम सड़क पर आ गयी तो...।"

तुम उसकी चिंता मत करो मार्को...।" मैं उससे लगातार विनम्रता से पेश आ रही थी। "और शुभ-शुभ बोलो। लो स्मूथी पियो। पहली बार आये हो मेरे पार्लर में...। मालिश करवानी है? रिलैक्सेशन मिलेगा...।"

"तुम मेरी बहुत मालिश कर चुकी है। अब मुझे तुम्हारे हाथ घिनौने लगते हैं...।"

रेचल, जोर्ज, जोशुआ ने मेरी आर्थिक मदद की थी। यहाँ तक कि मेरी सखी

डेनियेला ने भी मुझे बीस हजार क्रोनर उधार दिए, इस पार्लर को खोलने के लिए। वे सब लोग मेरा भला चाहते हैं। मुझे मेरे पैरों पर खड़ा होना देखना चाहते हैं। वे मेरे शुभचिंतक हैं। एक यह आदमी है... जिसने हमेशा मेरी बर्बादी चाही। जो मुझे कभी ऊपर उठता देख नहीं पाया। जिसने हमेशा मुझे तोड़ना चाहा।

मेरे अत्यंत संयत रुख के बावजूद वह लगातार बौखला रहा था। जो कटु वाक्य वह पहले भी कई दफा सुना चुका था आज फिर दोहरा रहा था। मैंने उसे बड़ी देर तक बर्दाश्त किया, मगर जब वह रुका नहीं, अनाप-शनाप बकता ही चला गया तो मुझे मजबूरन अपने पार्लर से बाहर निकल जाने को कहना पड़ा— "गेट आउट फ्रॉम हियर...।"

"यू गेट आउट फ्रॉम माय होम..." वह गुर्राया।

दरअसल उसकी बौखलाहट का मामला कुछ और ही था। वह इस बात से बेहद तिलमिलाया करता था की मैं उसके खरीदे हुए घर में रहती हूँ और उसे बाहर निकलना पड़ा। उसे एक तंग फ्लैट की शरण लेनी पड़ी, और मैं एक खुले घर में अकेले ठाटबाट से रह रही हूँ।

"अब तो तुम और भी उच्छृंखल, आवारा हो गई हो। नील भी तुम्हारे साथ नहीं रहता।"

"नील अपनी मर्जी से तुम्हारे पास गया है। मैंने नहीं भेजा। वह मेरे पास जब चाहे रहने आ सकता है। मैं उसे मिस करती हूँ।"

"वह क्यों तुम्हारे पास से मेरे पास आया?"

"यह तुम उससे ही पूछो," मैं सूखे कंठ से बोली।

"मैंने उससे पूछा...। कैसे वह तुम्हारे साथ रहेगा, जब तुम उसके कपड़े नहीं धोती, उसके लिए खाना नहीं पकाती। यहाँ तक कि खाना खरीद कर भी उसे नहीं देती। बस उसे पचास, सौ क्रोनर थमा देती हो कि जाकर किसी पिजेरिया से अपने लिए पीजा खरीद ले।"

मैं भौचक्की रह गई। "यह सब नील ने तुमसे कहा...?"

"हाँ, और किसने, उसने ही मुझे यह सब बताया।"

"तुम तो यह जानते हो, मार्को मैं एक अच्छी कुक हूँ। मुझे खाना पकाने का शौक है। मैं उसे खाना खरीदने को तब कहती हूँ जब मुझे कहीं जाना होता है।"

"और तुम्हें अक्सर कहीं जाना होता है...।"

"नहीं, ऐसी बात नहीं है। कभी-कभी ही ऐसा होता था— जब मुझे पार्लर का कोई काम हो, या अपनी किसी सखी वगैरह से मिलना हो। अब चौबीस घंटे तो मैं घर में नहीं बैठ सकती। उसे भी अपने संग चलने को कहती हूँ, वह मना कर देता है। बड़ा जो हो रहा है... माँ की संगत अब उसे हमेशा अच्छी नहीं लगती। जहाँ तक

उसे पैसे पकड़ा कर खुद खरीदने की बात है...मैं उसे आत्मनिर्भर बनाना चाहती हूँ।''

''हूँ... उसे आत्मनिर्भर बनाना...। तुम एक बहुत ही खुदगर्ज औरत हो... जिसने सिर्फ अपनी सोची... लोगों को ठगा...। तुम्हारा जमीर बहुत ही गिरा हुआ है। मुझे अगर तुम्हारा असली रूप मालूम होता तो मैं कभी तुमसे शादी नहीं करता...'' मुझे कोसते-कोसते उसका मुख विकृत हो गया था।

खैर मैं उससे कोई बहस नहीं करना चाहती थी, सिर्फ बोली, ''यह मेरा पार्लर है, घर नहीं। यहाँ अगर मालिश वगैरह करवानी है तो बताओ। नहीं तो जाकर मेरी वकील सोफिया लांगे से बात करो। वह तुम्हें सब जवाब देगी।''

कहाँ मैं उसे 'क्यूटीपाई' पुकारती थी, और कहाँ हम उस स्थिति से भी परे हट चुके थे कि सीधे मुँह एक दूसरे से बात कर सके। हमारी तरफ से हमारे वकील बात किया करेंगे। इसी में हम दोनों की अब भलाई थी।

वह दांत पीसते हुए गुर्राया, ''मैं तुम्हारा यह पार्लर बंद होते हुए देखना चाहता हूँ। तुम्हें यह देश छोड़ते हुए देखना चाहता हूँ। तुम्हारा खात्मा होते देखना चाहता हूँ।''

'इंसानी खाल में छिपा भेड़िया!' परायों के लिए क्या कहूँ, अपनों के साथ भी नीम की पत्तियाँ चबाई हैं, मैंने। मेरे बेटों ने भी नहीं बख्सा मुझे कोसने में ।

''मैंने तुम्हें सब कुछ बता दिया है, पॉल। मुझे अपने मन-मस्तिष्क से इसे बाहर निकालना था और तुम्हारे अलावा कोई नहीं दिखा जिसे अपनी कहानी सुना पाती। हो सकता है कि मेरी कहानी में अभी और अधिक अध्याय हों—या शायद यह अंत है। मेरा भविष्य क्या आकार लेगा, मुझे नहीं पता। मैं फिर से डेटिंग पर विचार नहीं कर सकती। मगर मैंने पहले भी कहा था कि मैं कभी दोबारा शादी नहीं करूंगी, और मैंने की। फिलहाल भगवान व भाग्य पर सब कुछ छोड़ देती हूँ।''

इतिश्री!

उपसंहार

नैन्सी ने तो तो इतिश्री कर ली मगर मुझे कुछ कहना है...।

यह सृष्टि एक रहस्य का आवरण ओढ़े हुए है। एक सामान्य सा दिखने वाला जीवन भी अपने भीतर इस सम्पूर्ण सृष्टि का इतिहास छिपाए रहता है। नैन्सी ने अपनी बकबक व चीं-चपड़ में बहुत कुछ अगर कहा है तो बहुत कुछ छुपाया भी है। अपने तीनों पतियों पर जम कर दोष मढ़े हैं जैसे वह स्वयं दूध की धुली है। उसने बिसूरते हुए यह तो खूब कहा—''मैं पीड़िता हूँ। मैं विश्वासघात, भावनात्मक शोषण, वित्तीय दुर्व्यवहार और घरेलू हिंसा का शिकार हूँ।'' पर इस बात को गोल कर जाती है कि जिस विवाहेतर सम्बन्ध को लेकर उसने अब्राहम को दुत्कारा उस अनैतिकता में तो वह स्वयं लिप्त हो गयी थी। परिस्थितियाँ चाहे कुछ भी रही हों, जोशुआ और नील को उनके पिताओं ने ही पाला। घोर धनाभाव में भी उसने तफरीह का मोह संवरण नहीं किया और अपने भाई-बहिन पर भी आर्थिक दवाब बनाये रखा। टूटे हुए सम्बन्ध पर भी वह आर्थिक रूप से निर्भर रही। हालांकि यह कथा मैंने एक तरफा ही सुनी है, मैं उसे पूर्णतया निर्दोष नहीं कह सकता। उसे क्लीन चिट नहीं मिल सकती।

खैर, मैं भी दूध का धुला नहीं हूँ। कई सवाल व लांछन मुझ पर भी उठ सकते हैं। मेरी दो पूर्व पत्नियों ने मुझ पर वे ही सारे इल्जाम लगाये जो नैन्सी ने अपने पतियों पर लगाये। मैं न्यायाधीश भी नहीं हूँ, जो किसी को अपराधी बता कर सजा सुनाऊँ। यह भी आवश्यक नहीं है कि हम आदर्श व्यक्ति हों और हमेशा सही काम ही करें। हर किसी में कमियाँ-अच्छाइयाँ रहती हैं। यहाँ हर कोई अपनी-अपनी धूप-छाँव के साथ है। अतीत को हम नहीं बदल सकते, पर अपनी गलती मान सकते हैं और भविष्य में वैसी गलती न दोहराने का संकल्प ले सकते हैं। इतना कुछ देखने के बाद मेरी आँखें जो देखती हैं दिमाग उसे समझ लेता है। नैन्सी जो बोल रही है बात केवल उतनी ही नहीं है, फिर भी वह निश्चित रूप से एक जिंदादिल इंसान है। मेरे पास इतने विकल्प भी नहीं हैं। नैन्सी से मुलाकात मुझे जिन्दगी का

दिया एक और मौका है।

बहरहाल हर कहानी की एक शुरुआत होती है, मध्य भाग होता है और अंत होता है। मैं इस कथा, जो नैन्सी ने शुरू की, का उपसंहार करता हूँ। अपनी बात कहता हूँ। अपनी पूर्व पत्नी नीना की प्रथम पुण्यतिथि पर उसे श्रद्धांजलि अर्पित करने के लिए मन्दिर की यात्रा मैंने बड़े जोशो-खरोश से की थी, जो निःसंदेह मेरे लिए एक तीर्थयात्रा बन गयी थी। मुझे मुक्ति की दरकार थी। इस यात्रा से मन की विचलन खत्म हुई, और जिन्दगी मुझसे नये नजरिये के साथ रूबरू हुई। मगर मेरे पाँव बुरी तरह जख्मी हो गये थे। मोटे-मोटे सूज गये थे। पिंडलियाँ फूल गई थी। नैन्सी के 'हर्बल पद्धति' पर आधारित कैराली मसाज सेंटर का विज्ञापन बहुत दिनों से फेसबुक पर देख रहा था।

कैराली मसाज थेरेपी— हर्बल आयुर्वेदिक मालिश

हर्बल ऑयलिंग से डीप टिश्यू मसाज

शरीर की अकड़न दूर, तन मन की थकान पल में छूमंतर।

जवानी का राज, तेलमालिश!

सिर जो तेरा चकराये या दिल डूबा जाये, आजा प्यारे पास हमारे, काहे घबराये...

होम-सर्विस उपलब्ध

समर ऑफर-पैंतीस मिनट के दो सौ क्रोनर। पचास मिनट के तीन सौ क्रोनर।

तरह-तरह के प्रलोभनों से नैन्सी की वेबसाईट ग्राहकों को आकृष्ट करने की कोशिश कर रही थी।

तीर्थयात्रा से वापस अपने डेरे में लौटा तो थकान से बदन टूट रहा था। मेरा पोर-पोर बहुत ही दर्द कर रहा था, विशेषकर मेरे दोनों पाँव जो हाथी पाँव बन गये थे, जमीन से उठाये ही नहीं जा रहे थे। मैं कैराली मसाज सेंटर की वेबसाईट पर गया। होमपेज पर कैराली मसाज की विस्तृत जानकारी थी—

कैराली मालिश क्या है?

नियमित रूप से तेल मालिश की समृद्ध परंपरा का अभ्यास पीढ़ियों के माध्यम से हस्तांतरित होता रहा है। कैराली केरल की माटी में पनपी आयुर्वेदिक मालिश है। कैराली आयुर्वेद विज्ञान पर आधारित है। मालिश की यह विधा पाँच हज़ार से भी अधिक सालों से जानी जाती है।

कैराली मालिश कैसे की जाती है?

मौसम के अनुसार आयुर्वेदिक जड़ी बूटियों युक्त सुरभित तेलों का प्रयोग किया

जाता है। व्यक्ति को आरामदायक अवस्था में एक कुर्सी पर बैठा कर या बिस्तर पर लेटा कर मालिश की जाती है। ग्राहक 35 या 50 या 75 मिनट की अवधि मालिश के लिए चुन सकता है। कंधे, हाथ, पैर, पीठ, चेहरे और सिर की मालिश होती है। मालिश शरीर में सभी तीन दोषों—वात, पित्त और कफ-की स्थिति को संतुलित करती है।

कैराली के क्या फायदे हैं?

मालिश में एक चिकित्सा प्रभाव होता है—यह विषाक्त पदार्थों को निकालने और रक्त परिसंचरण को बढ़ाने में मदद करती है। मांसपेशियों के तनाव को दूर कर उन्हें लचीला बनाती है। प्रतिरक्षा प्रणाली को मजबूत कर व्यक्ति को ऊर्जा से भरती है और चिंता व तनाव से राहत देती है।

मैं बुकिंग कैसे बुक कर सकता हूँ?

ऑनलाइन बुकिंग, कृपया अपनी बुकिंग इस वेबसाइट पर करिये। वैकल्पिक रूप से फोन नम्बर 21314151 घुमाइए। मोबाइल पर अपना कॉल छोड़ने पर जितनी जल्दी हो सके आपसे सम्पर्क किया जाएगा।

कैराली मालिश के लिए कैसे भुगतान करते हैं?

भुगतान मोबाइलपे, स्विप्प या नकदी के द्वारा होता है।

मैंने नैन्सी के पार्लर में पचास मिनट मालिश के लिए ऑनलाइन बुकिंग की और अगले रोज तीन बजे का अपॉइंटमेंट ले लिया। कैराली मसाज पार्लर का बोर्ड ढूँढ़ते हुए मैं हुलगार्ड चौराहे पर स्थित उसके पार्लर पहुँच गया। पार्लर बेसमेंट में था सो मुझे सीढ़ियाँ उतरनी पड़ी।

नैन्सी रिसेप्सन पर अकेले बैठी थी। उसने सफेद रंग की लम्बी स्कर्ट और हरे रंग का टॉप पहना था, जोकि एक शांतिमय पोशाक लग रही थी। ऐसा नहीं वह बहुत सुंदर थी। लेकिन इस बात से इंकार नहीं किया जा सकता कि उसमें एक विशेष आकर्षण था।

सफेद गमलों में हरे पौधे ताजगी का आभास करवा रहे थे। आर्टिफिशियल फव्वारे में निरंतर बहता पानी मन को आह्लादित कर रहा था। तलघर में आकर्षक और कलात्मक रूप से सजाया पार्लर एक खूबसूरत अलंकृत स्थान लग रहा था।

उसने गर्मजोशी से मेरा स्वागत किया। पूछा, ''किस भाषा में बात करना चाहोगे—अंग्रेजी में या डेनिश में?''

मैंने कहा— ''डेनिश में।''

हमारा वार्तालाप डेनिश में शुरू हुआ मगर जल्दी ही अंग्रेजी में शिफ्ट हो गया, क्योंकि न तो मेरी डेनिश बहुत अच्छी थी और न ही उसकी।

मेरे चेहरे पर बढ़ी दाढ़ी को देखते हुए बोली, ''नाईस बियर्ड! प्लीज,'' मुझे सोफे पर बैठने के लिए संकेत करके वह अंदर चली गई। थोड़ी देर में वह मेरे लिए ताजे फलों व सब्जियों की स्मूथी बना कर लायी।

मैंने उसे प्रश्नात्मक निगाहों से देखा।

''यह कॉम्प्लीमेंटरी ड्रिंक है— आर्गेनिक है,'' वह मुस्कुराते हुए बोली।

''ओह! थैंक यू!''

वह लेपटोप के पास बैठ मेरी केस हिस्ट्री लेने लगी—सामान्य सवाल मेरे स्वास्थ्य और जीवन शैली को लेकर। ''आपका पॅकेज बना लूँ?'' उसने पूछा।

''क्या मतलब?''

''मतलब वीकली मालिश होगी। एक महीने के पॅकेज में दस प्रतिशत डिस्काउंट मिलेगा, तीन महीने के पैकेज में तीस प्रतिशत डिस्काउंट, छह महीने के पैकेज में...।''

ग्राहक पटाओ, फायदा उठाओ। मैं कुछ मसाज पार्लरो में अनुभव कर चुका था—नाम बड़े और दर्शन छोटे। सो मैं उससे बोला, ''आज मालिश करवा कर देखता हूँ, कैसा लगता है...।''

''बिल्कुल,'' वह उठते हुए बोली। मैं स्मूथी खत्म कर चुका था।

''चलिए,'' वह मुझे मसाज रूम में ले गयी। हल्का नीला प्रकाश, धीगा संगीत, निर्मल और शांत वातावरण। दीवारों पर जड़ीबूटियों और मालिश करते मालिशियों की तस्वीरें। एक बड़ी सी घड़ी समय बता रही ।

''कपड़े हटा दीजिये,'' वह बोली।

मैं शरमा गया। मेरी हिचकिचाहट देखते हुए वह बोली, ''मुझे एक डाक्टर ही समझिये।'' उसने मेरी तरफ एक गाउन बढाया और बाहर निकल गई।

कपड़े उतार कर मैंने उसके पार्लर का गाउन पहना और बिस्तर पर लेट गया। नयन मूंद लिए। वह अंदर आयी। मालिश करने के प्रोडक्ट्स फिक्स किये। कुछ पलों बाद गर्म-गर्म हर्बल आयुर्वेदिक तेल से लिपे उसके नरम हाथ मेरी पीठ, बाजू, जांघ, पैर, तलुवे-मेरे समूचे बदन पर चलने लगे। शुरू-शुरू में अनुभव मिले-जुले थे। गर्म तेल कभी बदन पर बेचैनी सी उत्पन्न करता तो कभी लगता मानो बदन टूट रहा है और कभी निचुड़ती थकान मदहोश सा कर देती।

आयुर्वेदिक तेलों की तासीर गर्म होती है, फिर नैन्सी गजब की मालिशिया थी। हर हाथ सधा हुआ, निपुणता इतनी कि बदन पर ऊपर-नीचे सरकते हाथों में सेकेण्ड का भी फर्क नहीं। पैरों और पिंडलियों में संवेदी बिन्दुओं पर वह दबाव

देती। लगभग पचास मिनट तक गहन मालिश के बाद शरीर के पोर-पोर को जो विश्रान्ति मिली, वह अनुभव अनोखा था। भीतर की सारी थकान, जड़ता पिघल-पिघल कर रिस रही। मुझे लगता मैं बादलों के ऊपर उड़ रहा हूँ। पहले भी कई जगह मसाज करवा चुका था मगर जो सुकून, जो अहसास नैन्सी के मसाज सेंटर में मिला वह अभी तक कहीं नहीं मिला था।

मालिश के बाद चिकना-चिपुड़ा बदन लेकर मैं स्टीम कैबिनेट में ले जाया गया। सिर से नीचे के हिस्से को एक बक्से में बंद कर दिया गया और उसमें भाप प्रवाहित की गई। पाँच मिनट के भाप स्नान के बाद गरम पानी से स्नान ने मेरे शरीर को तरोताजा कर दिया।

वाह... वह ताजगी मुझे फिर वहाँ जाने के लिए प्रेरित करने लगी। ऊपर से ताजे फल-पत्तों का जो हर्बल ड्रिंक वह पिलाती थी, उसका कोई जवाब नहीं था। दो सेशन के बाद ही मैंने अपने लिए तीन महीने का पैकेज बना लिया।

भारत इतना घूमने के बाद भी आयुर्वेदिक मसाज के प्रति कोई उत्साह मेरे भीतर नहीं जागा था, केरल जाकर भी नहीं। मगर नैन्सी के पार्लर में मिला मालिश का यह अहसास काफी अनूठा था। चार मसाज करवा कर ही मैं चुस्त-दुरुस्त, एक स्फूर्ति महसूस करने लगा था। रोजमर्रा की जिन्दगी के बवालों से हट कर किसी सुंदर और आरामदायक माहौल में विलासिता और आनंद के कुछ पल व्यतीत करने और मालिश का लुत्फ उठाने के लिए मेरा दिल मचलता। यह मसाज मेरी नस-नस में ताजगी और जोश भर देता। मैं मसाज डे का इन्तजार करता। वह अपने पेशे और ग्राहक सेवा के बारे में काफी कुछ जानती थी। वह अपने ग्राहकों को कोई न कोई कॉम्प्लीमेंट जरूरत देती थी—'आप बहुत अच्छे लग रहे हैं'; 'आप बहुत फ्रेश लग रहें हैं;' 'आप पर दाढ़ी जंच रही है,' 'आपकी पोशाक बहुत अच्छी है, कहाँ से खरीदी?' ...वह पक्की पेशेवर थी।

मैंने उसके पार्लर की मार्केटिंग यूँ ही, महज उसकी मदद करने के इरादे से नहीं की। मैं वास्तव में उसके मसाज सेंटर व उसके व्यक्तित्व से अत्यधिक प्रभावित था। मुझे लगा कि उसके काम का अच्छा प्रचार होना चाहिए। 'नाम बड़े और दर्शन छोटे' वाली बात यहाँ पर नहीं थी। नैन्सी मेरी कायल होती गई। भारत मेरे लिए हमेशा एक आकर्षण रहा है। मेरी परदादी भारतीय राजघराने की थी। मेरी रगों में भारतीय खून बह रहा है। मेरी पूर्व पत्नी भारतीय मूल की थी।

मालिश के दौरान हम एक-दूसरे से खूब बातें किया करते। हम दोनों के दिलों की हालत एक सी थी। उसके मसाज पार्लर में हमारे प्रेम का अंकुर पनपने लगा और जल्दी ही नैन्सी के साथ मेरा रिश्ता एक मसाज थेरेपिस्ट से एक प्रेमिका के रूप में बदल गया। प्रेम किसी उम्र विशेष का मोहताज नहीं है।

हम दोनों ही उम्र के उस पड़ाव पर थे कि लम्बी इन्तजारी नहीं कर सकते थे। हम साथ घूमने लगे, साथ सोने लगे और, नैन्सी गर्भवती हो गयी। हालांकि यह स्वाभाविक नहीं है कि कोई महिला उनचास वर्ष में गर्भधारण करे मगर यह निश्चित रूप से संभावना के दायरे से बाहर भी नहीं है। कौन सी उम्र जन्म देने के लिए बहुत अधिक है, कोई नहीं जानता। औरत की उम्र मर्द के लिए हमेशा एक विमर्श रहा है। एक महिला की जैविक घड़ी के बारे में कुछ नहीं कहा जा सकता। यह आज भी एक रहस्य है।

बहरहाल उनचास वर्षीया नैन्सी को उल्टियाँ हो रही हैं और गर्भावस्था में होने वाली दिक्कतों से वह पीड़ित है। प्रेगनेंसी टेस्ट के बाद अल्ट्रासाउंड हुआ। तकनीशियन ने स्क्रीन पर इंगित करते हुआ कहा—"यहाँ पर बच्चे के हृदय की धड़कन है।"

"इसका मतलब वाकई में बच्चा है?" नैन्सी ने थर्राते स्वर में पूछा। मेरा भी दिल धड़क गया।

"हाँ, तुम प्रेगनेन्ट हो," तकनीशियन बोली। हम दोनों का मुँह खुला का खुला रह गया। हम भयभीत अधिक थे रोमांचित कम।

मेरी बेटियाँ लूसी-ग्रेसी पच्चीस साल की हो चली थी। नैन्सी का बड़ा बेटा लगभग तीस साल का और छोटा दस का था। हम फिर से माता-पिता बनने जा रहे हैं। जिस दिन पहला अल्ट्रासाउंड हुआ, नीना मेरे साथ आकर रहने लगी थी। तीन महीने बाद हमने बड़ी सादगी से चर्च में शादी कर ली, बिना किसी शोर-शराबे के। मेरे भाई-बहन व माँ हमारी शादी में आने के लिये मचल रहे थे। मैंने उन्हें मना कर दिया।

विवाह के बाद हमने खबर का प्रसारण शुरू किया। प्रतिक्रियाएँ मिश्रित थी, विशेष रूप से हमारे बच्चों के बीच। लूसी हँसी, रोयी, फिर खिलखिलाई। ग्रेसी पहले नाराज हुई, फिर सामान्य हो गई। नैन्सी का बड़ा बेटा जोशुआ तटस्थ रहा। उसका छोटा बेटा, नील उत्सुकता से भर गया, पूछने लगा, बच्चा इतना बड़ा कब होगा कि उसके साथ आइस हॉकी और फुटबाल खेल सके। मेरे भाई-बहन पूछने लगे, एक वकील की तरह, हमारे पास क्या प्रयोजन है बच्चे के लिए, अगर हमें कुछ हो जाए। मैंने उन्हें आश्वासन दिया है कि हम योजना बना रहे हैं, जिसके तहत बच्चे का भविष्य आर्थिक तौर पर सुरक्षित रहेगा। माँ सबसे ज्यादा खुश हुई, बोली—यह बच्चा मेरे लिए एक वरदान है। अजन्मे बच्चे का भविष्य सुरक्षित करने के लिए उन्होंने अपनी कुछ जमा-पूँजी भी मेरे हवाले की।

पहले हमने परिवार वालों को बताया, फिर अपने दोस्तों को बताना शुरू किया। हमारे दोस्त अपने बच्चों की शादियाँ रचा रहें हैं, नाती-पोते का आनंद ले रहे हैं, और गर्म स्थानों में संन्यास लेने के बारे में बात कर रहे हैं। खैर हमारे भावी बच्चे

की खबर सुनकर वे सभी खूब हँसे। अचरज और मीठी ईर्ष्या से भी भर गये। मजाक करने लगे—''आप दोनों तो अभी जवाँ हो। राज क्या है?'' हमें नये पेरेंट्स समझ कर अपनी राय और मशवरे देने लगे। एक मित्र ने हमें अपने पोते की पराम दी कि अब उसका पोता बड़ा हो गया है।

हमें कुछ भद्दे कमेंट्स भी सुनने को मिले—''किसी क्लाइंट के साथ डेटिंग और शादी करना एक प्रोफेशनल मसाज थेरेपिस्ट के लिए अनैतिक है।'' ''यह थेरेपिस्ट कितने क्लाइंट्स के साथ ऐसा कर रही है?''

ऐसी फब्तियों को हमने नजरअंदाज किया। हम बच्चे के लिए स्कूल के बारे में सोच रहे हैं। बड़ी उम्र में जो महिलाएं माँ बनी, उनकी सलाह माँग रहे हैं। फिर से हम माता-पिता की पटरी में कूद रहे हैं। जीवन दिलचस्प चुनौतियों से भर गया।

सो, लगभग पचास साल की उम्र में नैन्सी फिर माँ बन रही है। एक महीने के बाद, दूसरा महीना, फिर तीसरा आहिस्ता-आहिस्ता गुजर रहा है और मेरी बीवी का पेट बढ़ता जा रहा है। सच सुनना कठिन होता है। बच्चा जनने के हिसाब से वह वास्तव में बूढ़ी औरत मानी जाती है। हाई-रिस्क प्रेगनेंसी-जोखिम भरी गर्भावस्था, बच्चे को डाउन सिंड्रोम या कोई अन्य विकार होने का खतरा, डाक्टर्स के पास अधिक विजिट, बेड-रेस्ट वगैरह वगैरह। मेडिकल वर्ल्ड के लिए भी यह एक कौतूहल का विषय है। उनचास वर्ष की आयु में महिला गर्भवती-बिना किसी फर्टिलिटी ट्रीटमेंट के। डॉक्टर्स उसकी काफी देखभाल कर रहे हैं और चाहते हैं कि उसकी गर्भावस्था व प्रसव सफल-सुरक्षित रहे।

मैंने उसके मसाज पार्लर को बंद नहीं होने दिया। कैसे होने देता? इसी मसाज पार्लर में तो मेरे और नैन्सी के बीच प्रेम पनपा था। तीन पतियों वाली नैन्सी के कुछ ठोस सिद्धांत भी हैं। एक दिन मैं बहुत रोमांचित हो गया। मसाज सेंटर में उसे बाहों में भर कर ताबड़तोड़ चूमने लगा कि उसने मुझे एकदम से रोकते हुए कहा, ''यह मसाज सेंटर है। रोमांस का केंद्र नहीं। कुछ प्रोफेशनलिज्म-व्यावसायिक नैतिकता होनी चाहिए।''

मैं रुक गया। कई मसाज सेंटर में बहुत कुछ अनैतिक होता है, किन्तु नैन्सी के मसाज सेंटर में नहीं हो सकता। मैं उसके प्रति सम्मान से भर गया। मैं उसके जुनून, अपने कार्य के प्रति उसके समर्पण की प्रशंसा करता हूँ।

नैन्सी के प्रसव के समय उसका कोई विकल्प पार्लर में चाहिए था। सारी व्यवस्था मैं देख रहा था किन्तु मालिश करनी मेरे वश की बात नहीं थी। सौभाग्य से उसके फेसबुक में ही विज्ञापन देख कर कोपनहेगन में रह रही एक इंडियन लड़की मिल गयी जिसने मालिश सीखी हुई है और मुंबई में ब्यूटी व मसाज सेंटर में काम कर चुकी है। उसका नाम अंजू है। अंजू को हमने मालिश के लिए नियुक्त कर

लिया।

इतनी बड़ी उम्र में हम माँ-बाप बन रहें थे... हम घबराए हुए थे। गर्भवस्था के तीसरे महीने में हमने भ्रूण के जेनेटिक टेस्ट करवाए कि उसमें कोई विकार तो नहीं है। टेस्ट के परिणाम डॉक्टर से फोन द्वारा नैन्सी को मिले थे— 'सब कुछ अच्छा दिख रहा है, लड़का है।'

नैन्सी तुरंत अपना पार्लर बंद कर एक बेबी शॉप में गयी। स्लेटी रंग की एक शिशु पोशाक खरीद कर मुझे वत्सैप की। ड्रेस पर लिखा था—आई एम एज हेंडसम एज माय डैड (मैं अपने डैड की तरह ही सजीला हूँ!)' एक निहायत मधुर, कोमल अहसास ने मुझे छू लिया जब मैंने स्कूल में नैन्सी का मैसेज पढ़ा। मैंने उस तस्वीर को चूम लिया।

***

बच्चा सर्जरी से पैदा हुआ। नर्स ने जब ऑपरेशन रूम से बाहर निकल कर उसे मुझे थमाया तो मेरी बेकरार आँखे अपने बेटे पर पड़ी और मेरा दिल खुशी से झूम उठा। नीना अनायास ही याद आ गयी। हम दोनों ने कितनी कोशिश की थी कि हमारी एक सन्तान हो जाए। वह दुनिया से चल बसी पर ईश्वर ने मेरी मुराद पूरी कर दी। जिन्दगी ने मुझसे बहुत कुछ छीना मगर देने में भी कंजूसी नहीं की। दोनों हाथों को जोड़कर मैंने ईश्वर को धन्यवाद दिया।

जब बच्चा डेढ़ माह का हुआ तो नैन्सी पार्लर में फिर से खड़ी हो गयी। अंजू को उसने हटाया नहीं, बल्कि दो लड़कियाँ और नियुक्त की। काफी ग्राहक आने लगे हैं। विभिन्न आयु वर्ग के—बीस से अस्सी साल के, तनाव से राहत पाने के लिए। सभी कहते हैं—उन्हें नैन्सी चाहिये मालिश करवाने के लिए।

नैन्सी की बेटी, यानी उसकी कैराली लोकप्रिय होती जा रही है। वह कहती है, उसके चार बच्चे हैं—तीन बेटे और एक बेटी। कैराली उसकी बेटी है। पुरानी जगह छोड़ कर उसने नई बड़ी जगह ले ली। मालिश एक देहाती शब्द लगता है, मसाज सेंटर भी पुराना शब्द है, इसलिए वह अपने मसाज सेंटर को 'कैराली-आयुर्वेदिक हीलिंग रिसोर्ट'। कहने लगी है। बॉडी-स्पा, हेड मसाज, फुट मसाज, फुल बॉडी मसाज, एरोमा थेरेपी...। पता नहीं क्या-क्या उसने अपने सर्विस मेन्यू में जोड़ लिया है। मसाज सेंटर के दो हिस्से कर दिए हैं—एक पुरुषों के लिए और दूसरा स्त्रियों के लिए।

यह पेशा चुनौतीपूर्ण है। क्लाइंट की आवश्यकता और उनकी संख्या के अनुसार लंबे घंटों तक काम करना पड़ता है। कई बार साप्ताहिक अवकाश और शाम के समय भी काम करना पड़ जाता है। वह क्लाइंट के घर जाकर या उसके

कार्यस्थल पर पहुंचकर भी अपनी सेवाएं देती है। क्लाइंट के शारीरिक लक्षणों और उपचार के प्रभाव को देखते हुए वह मालिश योजना में बदलाव करती है। मसाज के लिए कई तरीकों का इस्तेमाल करती है। उपचार के बाद वह अपने क्लाइंट को बेहतर दिनचर्या और स्वास्थ्य के लिए जरूरी सलाह देती है। वह क्लाइंट के स्वास्थ्य और उपचार से संबंधित विस्तृत रिकॉर्ड भी रखती है, जो जरूरत पड़ने पर क्लाइंट के डॉक्टर या फिजियोथेरेपिस्ट के लिए मददगार साबित होते हैं।

उसे ग्राहकों के साथ सीमाओं का भी निर्धारण करना पड़ता है। कभी-कभी ग्राहक उससे अनुचित अनुरोध करते हैं। उसके अनुभवों ने उसको बहुत सजग कर दिया है, वह अपनी गारंटी तो ले सकती है, ग्राहक की नहीं। खैर उसे इससे निपटना आता है। गुस्सा करने के बजाए वह उन्हें समझाती है। वह अपने ग्राहकों से अपनी सेवाओं को बेहतर बनाने के लिए उनकी प्रतिक्रियायें मांगती हैं।

दो इंडियन और एक थाई लड़कियां अपने हुनर के साथ उसके साथ हमेशा मौजूद रहती हैं। मैं भी स्कूल के बाद वहाँ का एक चक्कर प्राय: रोज लगा लेता हूँ। ऑनलाइन बुकिंग प्रबंध और मसाज प्रोडक्ट्स वगैरह की खरीददारी की व्यवस्था मैं ही देखता हूँ। उसने बंगलौर आयुर्वेदिक केंद्र के साथ एक पेशेवर संबंध बनाया है, जहाँ से उसने मालिश का कोर्स किया था। उसके शिक्षक वेणुगोपाल नांबियार गर्मियों में अपनी सेवाएं देने के लिए उसके सैलून आते हैं। उनकी सेवाएं उत्कृष्ट और महंगी हैं। वे एक महीने के लिए उसके पार्लर को एक शानदार आयुर्वेद रिजॉर्ट में बदल देते हैं। ज्यादातर डेनिश औरतें उनसे मालिश करवाने आती हैं। शुरुआत मसाज टेबल पर लेटने से होती है। नाम्बियार यह कहते थे कि मालिश करते हुए उन्हें कोई आवरण नहीं चाहिए—उनका ध्यान अंगों की सिर्फ मालिश में होता है, और कहीं नहीं। यह उनके लिए एक आराधना है। उनका व्यक्तित्व इतना गरिमामय और ऑरा इतना फैला हुआ है कि कोई ग्राहक बेहूदगी की जुर्रत कर ही नहीं सकता।

नैन्सी के साथ मेरी कई सन्दर्भों में समानता है। वह भी मूलत: एक टीचर थी। जहाँ मैं पढ़ाता हूँ, वहाँ की वह एक भूतपूर्व अध्यापिका है। मेरे स्कूल के पुराने अध्यापकों से उसका अभी भी मिलना-जुलना है। वह भी ईसाई परिवेश की है। उसे चर्च में सिर्फ आस्था ही नहीं है, वह चर्च की समस्त कार्यप्रणाली को भी भलीभांति जानती है। वह एक पादरी की पत्नी रह चुकी है। मेरे संग चर्च कार्यक्रमों में पूरी रुचि लेती है। मैं उसके साथ एक आध्यात्मिक जुड़ाव महसूस करता हूँ।

नैन्सी एक कसे शरीर की औरत है। वह सब कुछ आर्गेनिक व हर्बल खाती-पीती है, किसी भी नशीले पदार्थ का सेवन नहीं करती। अपने शरीर व स्वास्थ्य के प्रति बड़ी सजग रहती है। अपना युवापन उसने संजो कर रखा है, तभी तो देखो कुदरत ने उसे पचास वर्ष की आयु में फिर माँ बना दिया—बिलकुल स्वाभाविक

तरीके से, बिना किसी प्रजनन उपचार के। हम दोनों मजाक में कहते हैं—यह हमारा आर्गेनिक बच्चा है।

नैन्सी ने चाहा कि हमारे बेटे का नाम आयुर रखा जाए। मुझे भी यह नाम अच्छा लगा। उसने ही मुझे बताया—आयुर एक संस्कृत शब्द है जो आयुर्वेद से निकला है, जिसका अर्थ है जीवन-दीर्घ आयु। वास्तव में मेरा पुत्र हमारा जीवन है। चर्च में हमने बहुत धूमधाम से उसका बपतिस्मा संस्कार किया। स्कॉटलैंड से मेरे भाई-बहन पधारे, माँ आई, बेटियाँ आई। नैन्सी का बड़ा बेटा जोशुआ कनाडा से नहीं आ पाया। मैंने नीना के माता-पिता, यानी अपने भूतपूर्व सास-ससुर—डॉक्टर रामचन्द्र और शीला देवी को भी आमंत्रित किया। दोनों खोये-खोये से लग रहे थे। दोनों मेरे बेटे के लिए दो-तीन उपहार लाये। मेरी गोदी में आयुर को देख कर शीला देवी बोली, "तुम्हें अपनी जिन्दगी तो जीनी ही है। मरने वाले के साथ कोई नहीं जाता। हम भी तो जी रहे हैं।"

डॉ रामचन्द्र आयुर को निहारते हुए बोले, "तुम्हें हार्दिक बधाई पुत्ररत्न की प्राप्ति पर!"

मैंने दोनों हाथ जोड़ कर व शीश झुका कर उन्हें धन्यवाद कहा। दोनों पति-पत्नी के बीच कुछ गूफ्तगू हुई, फिर उन्होंने मुझे व नैन्सी को आयुर समेत अपने घर भोजन पर आमंत्रित क्या। मैंने देखा—नैन्सी उनके साथ तमिल में बात कर रही है। उस दिन मुझे पता चला नैन्सी तमिल भाषा भी बोल लेती है।

सो, नैन्सी मेरी वर्तमान पत्नी है। हम दोनों का अब एक बेटा है, जिसे हम मिलकर पाल रहें हैं। अपने सामूहिक शारीरिक, भावनात्मक और बौद्धिक संसाधनों के साथ हम माता-पिता होने के लिए पहले से अधिक सक्षम महसूस करते हैं। जिन्दगी ने हमें इतना कुछ सिखा दिया है, इतना सजग कर दिया है कि अगर जरा सा भी हमारे बीच मतभेद होता है, जरा भी चूक होती है तो हम तुरन्त सम्भल जाते हैं। अब हम कुछ भी खोने का जोखिम नहीं उठा सकते। एक-दूसरे से माफी माँग लेते हैं। मैं उसका चौथा पति हूँ, वह मेरी तीसरी पत्नी है...।

जब भी उसे मुझ पर जरा भी गुस्सा आता है मैं झट से कह देता हूँ—मैं इंसानी खाल में इंसान ही हूँ, भेड़िया नहीं। उसका गुस्सा काफूर हो जाता है और वह हँसने लगती है। मुझसे लिपट कर मुझे चूम लेती है, कहती है, "तुम मेरी जिन्दगी के सर्वाधिक सही फैसला हो। तुम इंसानी खाल में देवता हो।"

मैं कहना चाहूँगा कि जिन्दगी में कई बार हम निःसंदेह गलत सम्बन्धों के शिकार हो जाते हैं और उन सम्बन्धों से बाहर निकलना ही हितकर होता है। मगर अधिकतर हमारी समझ की कमी, अपरिपक्वता हमारे सम्बन्धों को बिगाड़ती है और दाम्पत्य में विष घोलती है। सूझबूझ-समझदारी से काम लें तो नब्बे प्रतिशत

संभावना है कि हम अपनी वैवाहिक जिन्दगी को बचा सकते हैं। सम्बन्धों को 'टेकन फॉर ग्रांटेड' नहीं ले सकते। सम्बन्धों को बनाए रखने के लिए हमारी कोशिश होनी चाहिए, और चाह भी।

डॉ रामचन्द्र के घर हम तीनों डिनर के लिए गये। मेरी पूर्व ससुराल...। वही माहौल...। डॉ रामचन्द्र के हाथों में जाम और मेरे हाथों में फ्रूट जूस, बीच में तीखे इंडियन स्नैक्स—कुछ गीले, कुछ सूखे...। वे अपना ज्ञान बखार रहे हैं। मेरे व उनके बीच संवाद अंग्रेजी में चल रहा है। नैन्सी व शीला देवी के बीच तमिल में।

शीला देवी नैन्सी से अपने घुटनों के दर्द व मालिश की बात करने लगी तो नैन्सी ने तुरन्त अपना मोबाइल निकाला। उनका अपॉइंटमेंट फिक्स करने लगी। उन्हें पैकेज सुझाने लगी। ग्राहकों को पटाना और अधिक से अधिक समय तक घेरे रखने के लिए नैन्सी झट से पैकेज का प्रलोभन देने लगती है। शीला देवी भी अपवाद नहीं है। जैसा कि शीला देवी ने कहा था कि जाना वाला चला जाता है और बचे लोगों को जिन्दगी जीनी पड़ती है। नीना की बड़ी-सी फोटो उनके लिविंग रूम में लगी है। हम उसकी फोटो के सामने बैठे खा-पी रहे हैं। वह तस्वीर में हँस रही है। हम भी हँस-खिलखिला रहे हैं। हसीन पल हैं। जिन्दगी के सुख-दु:ख से भरे लम्हें गुजर रहे हैं।

हर अंत का एक शुभारंभ होता है।

आमेन।

•••